U0105392

民國三十八年，當少
年兵來台第一張相片

幹校畢業照

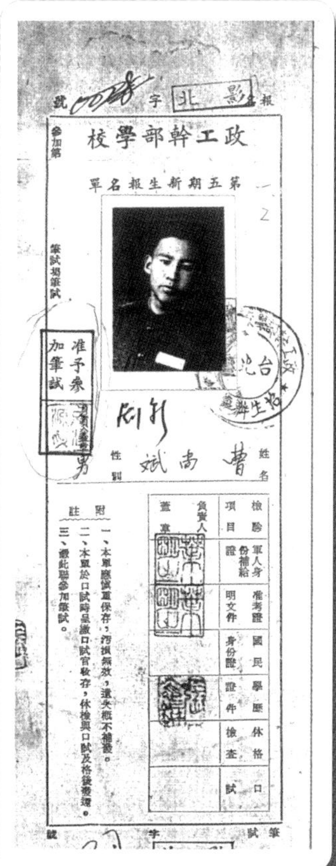

報影北字　　號

參加第

政工幹部學校

第五期新生報名單

筆試場筆試

准予參加筆試

姓名 曹尚斌　性別 男

附註
一、本單應慎重保存，污損無效，遺失概不補發。
二、本單於口試時呈繳口試官收存，体檢與口試及格後發還。
三、憑此單參加筆試。

檢驗項目	負責人蓋章
軍人身份補給證	
准考證明文件	
國民身份證	
學歷證件	
体格檢查	
口試	

筆試　字　號

報考政工幹校
報名單，彌足可貴

一生未執槍赴戰場，倒
也騎馬顯英姿，民國
五十一年於后里馬場

三十歲出頭

已是中老年人

刹時已八十出頭

有女萬事足

慶賀岳母生日合影

民國九十八年與妻旅遊大陸合照於觀世音菩薩法像下

夫妻與福智團體一起上梨山採有機蘋果，留影於蘋果樹王之前

二〇一九年與妻二嫂一家及女兒女婿共餐合影

胞弟一家人

臺海兩地開通後首次返新蔡老家與胞三姊胞弟等人合影

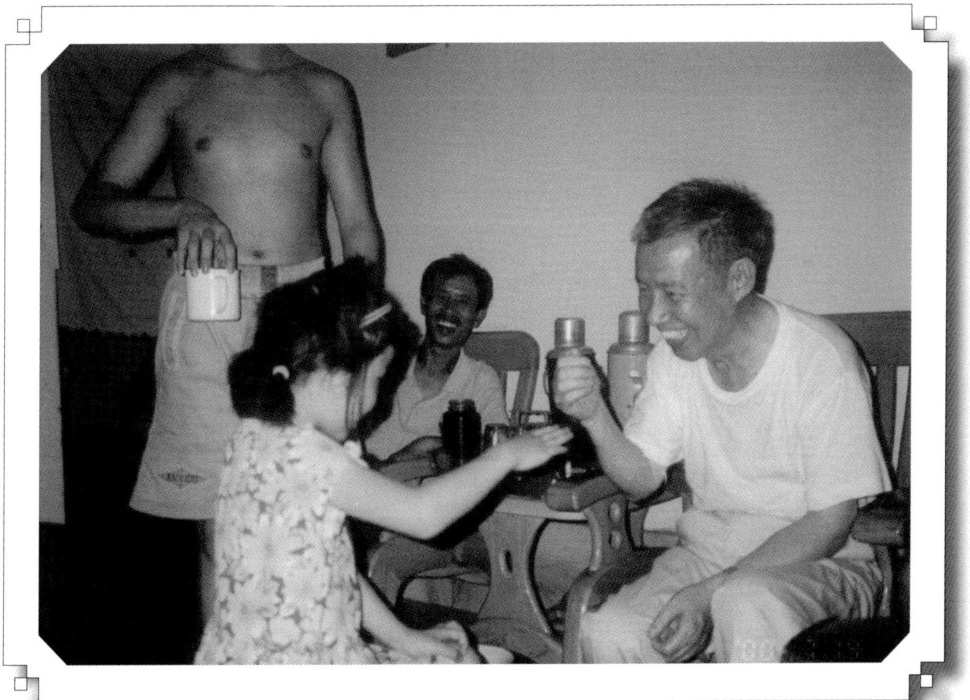

與姪孫玩得很開心

與私塾恩師女兒及孫女合影

與鄉宗長原景輝、耿顯學共餐，兩位皆愛我如兄弟

一九七三年文化大學畢業，愛護我之宗長曹增益大哥與大嫂到校致賀留影，彌足珍貴

民國七十二年參加政大東亞研究所暑期大陸問題研習班合影（作者爲前數第三排左第三位）

二○○○年於大專院校授課

二○○三年與書法家潘慶忠夫婦首度訪越南

作者與阮文紅博士合影

作者於二〇〇三年至越南河內社會科與人文大學獲贈國家大學名譽教授證書，由范春恆校長轉頒。

二○○○年作者恩師王生善教授主導「車站」舞臺劇，作者承擔主角，於國立藝術館演出

政工幹校創校六十週年，作者參加舞臺劇演出，扮演「老學長」謝幕合影

二○一○年與中華文聯會至大陸旅遊合影

作者於國父孫中山先生墨寶前留影

作者夫婦於鷲池留影

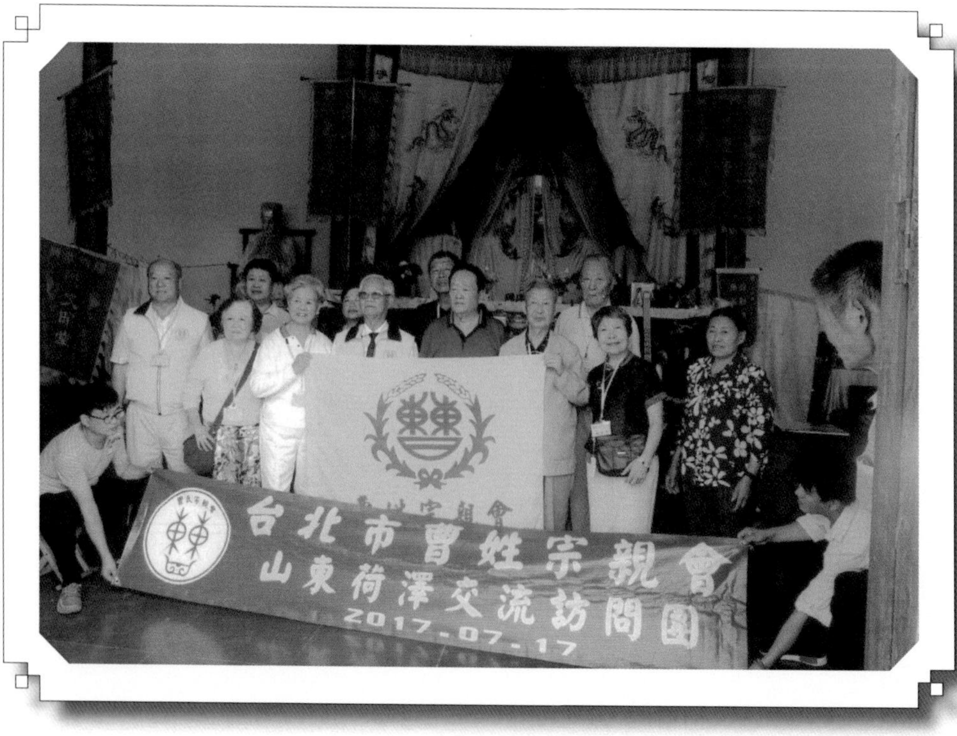

二〇一七年尋根之旅——山東行

作者參加錢穆學術思想研討會

作者夫婦參加第二屆世界儒學大會

作者參加山東孔廟祭孔大典

作者參加第九屆河洛文化學術研討會

作者與大學同學許學仁教授合影於東華大學

作者與上海師大管繼英教授合影

作者參加博士班撥穗典禮與中文系李正芬主任合影

作者參加博士班撥穗典禮

作者參加博士班撥穗典禮與親友合影

作者參加博士班撥穗典禮

作者參加博士班撥穗典禮

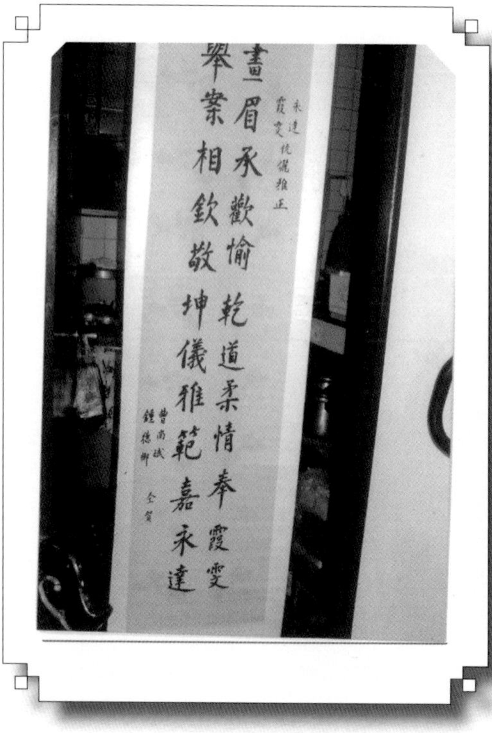

作者書法作品

二〇一一年作者與妻習畫於師大教授鄭翼祥門下，
惜欠恆心平生僅此一幅墨竹

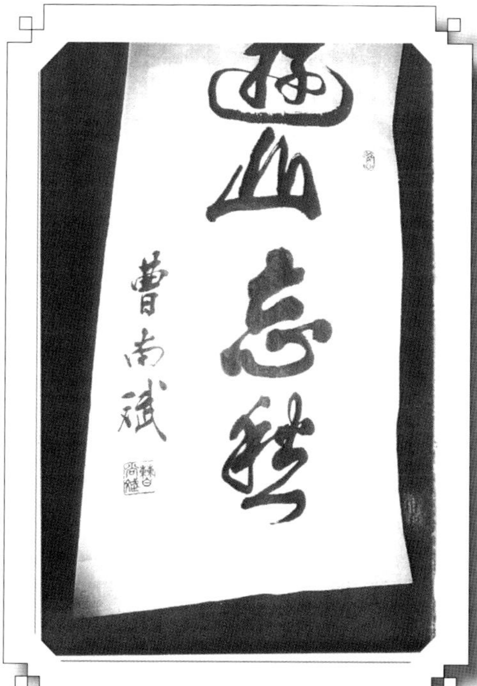

作者初試大筆揮毫

民國一一〇年作者夫婦感謝並祝賀親友合影

作者夫婦至福智團體坪林六合有機茶場採茶趣

作者夫婦至福智團體坪林有機淨源茶場合影

作者夫婦至福智團體坪林淨源有機茶場合影

作者夫婦至苗栗福智根本道場月稱光明寺，捐瓦建寺合影

作者與胞弟尚清闔家來臺時合影

作者夫婦合影於古坑鄉麻園日常老和尚創辦之福智教育園區

作者旅遊大陸獨照

二〇二〇年作者第一本著作辦理新書發表會時，
神采飛揚的站著分享著作旨趣

二〇二〇年作者第一本著作辦理新書發表會大合影

作者著作新書發表時，東華大學人社院王院長致贈感謝狀合影

作者著作新書發表會時，東華大學中文系彭主任獻花致意合影

二〇二〇年新書發表會後合影（前排 曹夫人鍾德卿女士、作者、吳冠宏教授）（後排 李秀華教授、彭衍綸主任、歐家榮先生、蔡語宸小姐）

二〇二〇年夫婦合影於東華大學圖書館前

二〇二〇年作者與吳冠宏教授於東華大學圖書館前合影

二〇二〇年作者夫婦於新書發表會場合影

二〇二〇年作者於著作題字贈送王院長

作者相關著作

二〇二〇年作者舊地重遊東華中文系系辦公室合影

二〇二〇年作者重遊就讀博士時宿舍

二〇二一年東華大學趙校長頒贈作者榮譽博士學位證書合影

作者致贈著作給趙校長

東華中文系李秀華教授題贈作者墨寶，慶賀新書發表會成功圓滿

二〇二一年，作者獲頒榮譽博士學位與會來賓合影

作者夫婦手持東華大學頒贈榮譽博士證書與贈書感謝狀

作者夫婦於榮譽博士證書與李秀華教授題贈墨寶前合影

著作集叢書

尚文齋纂言續編——曹尚斌的漢學天地與人生風景

曹尚斌　著
吳冠宏　主編
歐家榮　編輯

吳序

「終始典於學」的實踐者——記曹尚斌出書始末及東華二三事

猶記幾年前的東華校務發展會議，在最後的臨時動議時主持人趙涵㨗校長突然點名我發言，我就不吐不快，把心中積澱一陣子的想法說出來：

其一是十二樓高的圖書館塔樓一直是校園中最高的建築，象徵道統高於政統，圖書館塔樓夜間的照明更爲師生指點迷津之所在，但我發現已經很久不亮了，建議校方儘快修復這深具象徵意義的塔燈，讓東華的黑夜得以重現光明。

其二爲以往每天清晨七點前後都可以在校園見到環保組廖順魁組長騎著單車四處撿垃圾，這眞是東華校園動人的風景，但我已久不見其蹤影了，後才得知他已於半年前退休離校，試想在臺東賣菜樂捐善款的陳秀菊女士，如果沒有被國際媒體報導，其善舉何以被人知曉？又何以能帶動社會善的循環？建議趙校長應該給廖組長頒個獎，表揚這值得被肯認的價值。

幾天後圖書館塔樓的燈重新亮起，當年的校慶典禮，趙校長也特別邀請退休的廖組長回校接受表揚，我的建言被逐一付諸實踐，主事者能有此心量及行動，眞是令人感動。

去年已高齡九十二歲的曹尚斌先生，由於癌症纏身，不克完成工程浩大的博論了，因此我協助統整他數十年來所撰的學術論文，集結成《尚文齋纂言斠編——曹尚斌論文集》一書，並於二〇二〇年十二月十日（週四）在東華圖書館楊牧書房爲他舉辦一場新書發表會。該書通貫文史哲及經史子集的跨域格局與恢弘氣象，充分體現傳統中文系全方位之學養的淬鍊與成果。

當天由人社院王鴻濬院長開場致詞，讚揚曹先生的向學精神，勉勵在學同學當向他看齊，並代表校方致贈感謝狀，以答謝曹先生致贈其心血論著的心意；接著由編輯歐家榮系友的啓問，帶出曹先生分享其書寫的點滴歷程，還有他在東華受學的難忘經驗；曹先生雖跌傷未癒而行動不便，仍興高采烈地手持萬卷樓印製的精美新書，以眞切的話語表達對學校及系所滿滿的感念之情，與會師友同學無一不浸潤在他洋溢振奮有力的語調中；最後由中文系彭衍綸主任致贈花束，感謝曹先生在火車未能全線通車的情況下，辛苦前來東華分享其新書的成果與美好，這一場有溫度且難得一見的新書發表會，就在溫暖祥和的氛圍中結束。

圖書館是曹先生在東華最常流連之處，因此發表會結束之後，我仍要以這讀書人的天堂作爲背景，爲賢伉儷留下充實而有光輝的合影；其後又安排他們前往最初爲了修課之便曾留宿兩年的擷雲莊，這是東華最早興建的研究生宿舍，讓他們在此大門前牽手，重現關睢情深的幸福。當時我以爲曹先生於年邁之時有緣入東華求學，最後雖未能取得博士學位，至少出版一本論文集，爲此一階段的學習歷程畫上句點，未嘗不是一種變通的方式。

始料未及的是，今年一月初我接獲校方訊息，趙校長十分感佩曹先生爲實現父親遺志以高齡之身就讀東華博士的深願，故有意一圓他老人家的博士夢，並表彰這種「活到老、學到老」的精神，以激揚後進學子在學習的路上當更加積極奮進，遂有志一同至曹宅頒贈榮譽博士的規劃。

猶記二〇二一年一月十日（週日）正值寒流來襲多日，我於凜冽冷風中搭著普悠瑪最早班次北上送暖，與趙涵捷校長、中文系彭衍綸主任相約一同來到新店曹宅探視老人家，並頒贈榮譽博士證書給曹尚斌先生，曹夫人鍾德卿女士還邀請親戚觀禮，場面隆重簡單，卻格外溫馨，同事書法家李秀華老師，還將親手揮毫「桑榆猶未晚，微霞尚滿天」的贈聯寄達，爲曹宅歡喜的現場增色加光。曹先生早年生活多磨難，又遭逢國共爭戰，民國三十八年以軍人身分從武漢、廣州輾轉來臺，經歷過這一場驚心動魄的大時代浩劫，使他更珍惜在寶島重生的安居歲月，並抓緊每一次可以學習進修的機會，對於傳統中華文化，他一路勤學筆耕，可謂先自得之而後人助之，我有幸作爲他的指導老師，見證其歷劫重生後漸入佳境的殊榮美事，豈不快哉！

在整理其舊作以編撰前書時，我已發現曹先生喜好優游筆硯，書寫過不少生活、交游、時事之類的雜文，或感時憂國、或抒情敘事、或緬懷先祖師友，處處可見其珍貴鮮活的生命足跡，並爲昔日的點滴歲月留下難得的歷史印記。前書編排時受限於篇幅，已有部分學術性的論文無法收入，付梓前，在《中原文獻》仍可瞥見曹先生發表的新作，眞可謂孜孜不倦於浩瀚的漢學天地。加以新書發表會、東華校園留影、獲頒榮譽博士，又留下倍足珍藏的影像，在諸多文稿及身影的交錯下，且催促著這一位不斷與時間拔河的老先生，再發出版新書的宏願。

系友歐家榮繼續承擔起打字、整理的辛苦工作，至於從旁扮演助緣角色的我，在《彙編》時採用傳統經史子集的分類框架，以照應曹先生中文學術的跨格局與多面向；進入《續編》的編目任務，一則要廣收未能編入前書的學術文章，二則必須兼納其生活現場的文稿記錄，故副標定爲「曹尚斌的漢學天地與人生風景」，顯示本書的兩大主軸；文稿則依「生命書寫」、「家族師友」、「時事名流」、「漢學天地」四個類目，依時序以類相從之。其後我致函懇請萬卷樓張晏瑞總經理同意出版，獲其鼎力支持，再續出版合作的善緣。

我總是想起曹先生剛結束東華修課返北長住，我們第一次約在臺北車站附近公園路的公保大樓，雖是他自己選定且熟悉的地點，但在人潮眾多的臺北街頭，要與這一位不用手機、年近九十的老學生相約碰面，仍讓我心中存有某種不確定感，果眞約好的時間卻久不見人影，我當下焦慮不安的心緒可想。

原來一個守在公保大樓站牌，一個立於公保大樓門前，還好皇天不負苦心人，最後終於讓這兩位眼力都不好的人望穿秋眼地相遇了，爲便於後續的討論交流，我扶著他過馬路走入公保大樓對面的麥當勞。

我問他：「曹先生，想點什麼飲料呢？」

他張望看版一陣子後回頭告訴我：「吳老師，不必點了，我們可以回到公保大樓討論嗎？那裡我比較熟悉。」

心裡雖覺得有點哭笑不得，仍順著他老人家的意思張嘴道：「好吧！我們到公保大樓。」於是我再度扶著他橫渡公園路，來到公保大樓二樓看診室前的等候區，環顧這空寂陌生的四周，不免納悶何以只有我們師生兩人坐擁這偌大的空間？原來曾經熙來攘往的公保大樓即將整修，已處於半關閉的狀態，置身在這有如醫院的場域上開講授課，也算是我教學經驗中的特例，曹先生突然從我左側換至右側，並告訴我其左耳已經重聽使然，我開始娓娓道來如何寫一本結合傳統漢學及其生命史之博士論文的構想，心裡仍不禁自問：面對這一位已經耳不聰、目不明的老學生，其漫漫博士論文的指導之路何時可以有個終了？

但曹先生總是以一副專注入神的表情聆聽著，有如在告訴我學習是一輩子的事！畢竟在東華黑夜的盡頭始終有一座最高的塔燈，亮到黎明再起時！

東華大學中國語文學系　吳冠宏

彭序

跨越世紀，行遊兩岸的人生好風景

我原任教於花蓮教育大學民間文學研究所，二十一世紀初從繁華的臺北來到後山沒幾年，花蓮兩所國立大學因教育政策等因素，走向合併一途，從此花教大進入歷史，東華大學成爲花蓮唯一國立大學，這也是那幾年國內高教發展的趨勢之一。二〇一一年，東華大學壽豐校區成爲兩所大學合併後的主要教學場域，遼闊的校區，特色的建築，秀麗的湖泊，呈現的不僅是校園景觀，亦是令人心靈沈澱的好處所，因此吸引不少國內外學子前來就讀。

二〇一二年九月，中文系博士班來了一位「新生」報到，通常博士生年齡偏大是天經地義的，祇不過這位新生的年齡特別大，比之校長、院長、全系教師都要年長。很快地，他好學不倦，活到老學到老的事情，不僅傳遍中文系，學校還特別發布新聞，期許他的精神爲全校學子效法。這位當時高齡八十幾歲的新生即是曹尚斌先生。

自曹尚斌先生入學後，中文系開始有了一位名號「曹爺爺」的人物，對於這位應該是全東華最高齡的學生，多數人對他都是表示佩服且尊敬的，我亦是。但因我的教學專長與曹爺爺研究領域不同，所以他從未在我授課的課堂上出現，校園中亦鮮少遇見，對他大致停留於「久仰大名」的階段。

二〇二〇年十一月，曹尙斌先生在指導老師吳冠宏教授的鼓勵下，完成《尙文齋纂言斠編——曹尙斌論文集》，並受到人文社會科學學院及院長王鴻濬教授的協助，得於二〇二〇年十二月十日在東華大學圖書館楊牧書房舉行該書的分享會。二〇二〇年八月，我接任中文系主任一職，因此曹爺爺的新書分享會協辦工作即成爲一上任的重要任務。自此我與曹爺爺方有較多的接觸，且閒話家常。而聆聽他口述精彩的生命史，對於時常跑田野調查，訪談耆老的我，不由得備感格外親切。

新書分享會之後，我們接到來自趙涵㨗校長欲親臨曹尙斌先生住家頒贈榮譽文學博士學位證書的訊息，二〇二一年一開始的元月，事就實現了。當天，趙校長即表示要將這事寫成新聞稿，對外發布。我認爲事情意義重大，亦有幸爲參與者，於是攬下新聞稿撰寫工作，藉由今日寫序的機會，特將新聞稿內容再現如下，以與更多人分享。而受頒榮譽博士學位證書，對於曹先生而言，相信當是一生中值得記錄之事。

一月的雙北，總是特別寒冷，霪雨霏霏，煩人心緒；寒風習習，刺人骨裡。二〇二一年元旦後的接連數日，更是迎來一波又一波的寒流，溫暖的陽光幾成奢求，一月十日星期日，氣溫雖一樣偏低，但國立東華大學的趙涵㨗校長卻促成了一件暖人心坎的美事。

相較熙來攘往的北捷新店區公所站，其旁的小巷特別顯得幽靜。幽靜的小巷內居住著一對鶼鰈情深，結縭近半世紀的老夫婦，老太太鍾德卿八十一歲，老先生曹尚斌九十三歲。高齡者在臺灣社會越見普遍，只是老先生尚有一身分：國立東華大學中國語文學系博士候選人。

二〇一二年，曹尚斌先生爲達成先父遺願，及一圓修讀博士的夢想，以八十五歲的年紀考取東華大學中國語文學系博士班，拜於吳冠宏教授門下，成爲全校最高齡的學生。入學後他孜孜不倦，努力修習課程、發表論文，不久即成爲博士候選人。然而，隨著歲月流逝，入學時即已罹癌第四期的曹先生，身軀更爲孱弱，博士學位的取得遙遙無期。之後在指導教授吳冠宏老師的建議鼓勵下，曹先生將多年積累的部分學術論文集結成《尚文齋纂言斠編——曹尚斌論文集》一書，以彌補未能完成博士論文的缺憾，並在人文社會科學學院王鴻濬院長的玉成下，二〇二〇年十二月十日於東華大學圖書館楊牧書房舉行新書發表及分享會。

二〇二一年元旦連假後的第一個星期日，一月十日，北臺灣依然寒風凜冽，寒氣逼人，但在曹尚斌先生位於新店的住家卻是格外溫暖，因爲趙涵捷校長偕同夫人，在指導教授吳冠宏老師，中國語文學系彭衍綸主任的陪同下，特別攜帶榮譽文學博士學位證書，親臨曹宅探視老人家，並頒贈證書，曹先生因此尚邀請親戚前來觀禮，氣氛十分溫馨。趙校長特別讚許曹先生一生向學的精神，即使早已病痛纏身多年，仍堅持於學術研究，不放棄任何深造的機會，足以成爲年輕學子的楷模，亦是東華大學的典範。而曹先生則表示，能夠考上東華大學博士班是他一生最高興的事，此時則是一輩子最榮耀的時刻，感謝趙校長、吳教授、李秀華教授、李正芬教授（二位爲曹先生在校時的系主任）、彭主任，以及東華師生對他的照顧，特別是校長能親頒榮譽學位證書，以人爲本，感人肺腑，更能一圓他長久以來企望成爲博士的夢想。

當日曹先生夫婦與趙校長、吳教授、彭主任，閒話家常，談曹先生的求學歷程，亦聊他曲折卻閱歷豐富的人生，趙校長並希望他多回花蓮、東華大學走走。最後在曹先生夫婦表達須盡東道主情誼的堅持下，一行人在附近的餐館用膳，並結束此次富含意義且具溫度的行程。

十分高興地，在冠宏教授和歐家榮系友的協助下，繼《尚文齋纂言斠編　曹尚斌論文集》出版後不及一年，曹尚斌先生又完成了本書《尚文齋纂言續編——曹尚斌的漢學天地與人生風景》，隨著書中文字，我們一起分享了曹爺爺的生命歷程，以及漢學見解。閱其書，知其人，透過一篇篇跨越二十、二十一世紀的文章，我們聆聽，甚至走進曹爺爺的近百年行遊於兩岸的故事，包括他對於生活遭遇的抒發、家族師友的追憶、時事名人的懷想、漢學探究的見解等等，令人對他認識更深，愈發佩服他的治學精神。我思忖著，未來無論經過多少光陰，曹尚斌先生，曹爺爺應該都會是東華中文的傳奇人物，亦是年輕學子的典範。難能可貴地，曹先生夫婦尚慨然捐助獎學金，希望嘉惠東華中文的學弟妹。

雖說在接任系主任之前，我與曹尚斌先生無太多交集和聯結，惟我曾在位於新店的科技大學任教多年，內人娘家亦在新店，難怪曹太太鍾德卿女士總同我說有似曾相識的感覺，或許在若干年前，我在新店的街道時，就曾與曹爺爺、曹奶奶擦身而過……。

彭衍綸　二〇二一年初秋於洄瀾東華大學東湖畔

李序

日薄西山盡歲月竟如詩

因新冠肺炎疫情影響，幾個月沒回家，直到暑假疫情稍緩，才得回臺中探望家人。九十三歲年邁的母親一直都很努力且認眞的活著，不請外勞，一切都自己來，不畏辛勞堅持不懈的鍛練身體，因著母親，家成爲兄弟姊妹們凝結團聚的向心力所在。回到故鄉趁著難得時光與同學相約，前往探望國中導師，這位令人讚嘆與佩服的老師，自幼年即歷經艱困顚簸的求學生活，一路堅強的活出自己，走出屬於自己的一條道路來；至今已年逾八旬，仍走入校園，一圓心中求學之夢，正努力完成博士學位。老師將已寫好論文口試後附上的濃縮簡約版自傳《N次幸運所串聯的人生》（其已出版過文筆流暢感人的自傳成長實錄）送給我，末尾結語寫到：「世事多變，人生幾何？……心情斜陽映，照出一點紅。那是希望的象徵，那亦是人生的另一個起點，在五湖煙月中繼續前行！」原來年老不是生命的終點，生命的豐厚，有時是一種涓涓滴水，持續的向前流去，在受阻之後，緩緩突破，又成爲一個新的起點。由年少到老，正是起點與終點不斷的交錯前行，而這些或堆疊著年少的風華，盛年的篤實，而至老來斑白的智慧，一路上不斷的重新開始，終至編織成可珍藏於心底的美好生命印記。

這趟回鄉之行，在剛回到臺中時，接到冠宏老師來電，曹尚斌老師正準備出版第二本書，也轉達請我幫忙寫序。多年前曹老師以八十四歲高齡前來東華博士班進修，一心向學，以圓其父志。然隨著年事已高，近年又罹癌，無力撰寫完成研究論文，在病苦中得指導教授冠宏老師的鼓勵，於去年將其多年累積的學術論文集結出版，以彌補其未完成的博士論文之心願。除東華大學人社院王鴻濬院長的玉成，爲之舉辦新書發表，並獲得趙涵捷校長鼓勵，以之可爲東華年輕學子楷模，而親自前往臺北新店，頒發榮譽博士學位證書給曹老師，圓滿了其長久以來完成博士學位之夢想。

人的一生偶或春風得意，有時亦似西風疾行，曹老師曾歷經大時代苦難歲月的煎熬與淬鍊，攀山渡海，來到臺灣，初時雖然生活艱難，但不減其年少之志，常於工作之餘，讀書寫志，抒情寫意，其詩文與其人生相互依傍。而這過程，幾許滄桑，幾許熱情，不斷維繫著其心中對美好人生的追尋。在冠宏老師的鼓勵下，曹老師將第一本書未能編入的其他雜文，內容含括了曹老師於詩文學術的漢學天地之求索，以及以寬闊的視角，深情至性的寫著追念師友，感恩家族親情與時事名流，還有其自身的生命書寫，將之編入第二本書中。雖然這不是一部壯闊幽微的生命史詩，但卻也是曹老師一生漂泊的心靈足跡見證。近幾個月曹老師剛開完直腸癌切除手術大刀，之後又髖骨錯位，疼痛不已，但想著第二本新書的發表時刻即將來到，竟也忘卻病苦，又抖擻著精神，靜心爬梳文字，誦經回向，爲這美好的願景，至誠禮敬。

余秋雨曾說：「人生的過程，在多數情況下，遠遠重於人生的目的。」人生的過程就如一幅幅的風景，細細體會著，有時如朝雲，有時如暴雨，晴和雨都在生命的路程中，交織成眞實生命的記憶。這趟暑假回鄉，正好串結了幾位老人家，從母親的堅毅自持，國中導師的奮發踔厲，到曹老師，歲月不曾阻礙了他們的前行，微霞的天空，餘暉仍是光燦動人的。曹老師以如詩般的歲月，望穿一生中的春華秋實，於悲喜交欣中，用文字寫下他對人生的感動與省思，傳達著他的生命境界。當我們細細品賞著其記憶中的人生風景，其俗世歲月的流轉，又該是多麼令人動容與仰望啊。

東華大學中國語文學系　李秀華

訪談・曹尚斌先生

出生年分：民國二十一年
籍貫：河南省新蔡縣
退伍軍階：陸軍上尉
受訪時間：二〇一〇年四月二十二日
訪問地點：臺北市國軍歷史文物館
主訪人：吳貞正
記錄整理：吳貞正

家世與求學

曹家世居何南，祖父以務農維生，父爲次子，自小赴縣城菜館當學徒，後自立門戶，經營菜館生意，當時遠近馳名，家境尚爲小康，我上有兄長二人，姐三人，爲家中么子，二哥襁褓中夭折，母親於我出生次年即逝世，我在三位姐姐的辛苦撫育下成長。惟好景不常，大姐、二姐呵護我五年之後，竟於同日因病棄世，死時均尚待字閨中，長兄為父親希望所在，但亦於二十八歲英年，因重感冒病逝，家人接踵棄世，我遂在長年愁苦中成人，九歲時始入私塾就學，後因父喪之故，於十五歲失學。

民國三十五年，我就業於縣政府軍法室，初為練習書記，半年後獲委任為正式書記職，次年因縣城淪陷，縣府流亡至正陽縣，就此失業。

投筆從戎經過

民國三十八年，偶爾在走路途中撿到一張殘篇報紙，正為蔣介石先生下野之簡訊，我有若受到重大打擊而痛心流淚，乃決心離家流亡到信陽。與縣府時同仁（為我就業介紹人喬新民學長）之弟喬衛民租屋處住一夜，次日喬新民兄到來，我隨他搭火車到武昌黃鶴樓之第五綏靖軍區司令部軍法處，喬新民兄為該處之軍法書記（占上尉缺），但我無法再由他介紹就業，倉皇迷惘間，無所棲止。適逢孫立人將軍以陸軍訓練司令部名義在此招生，於是投筆從戎。獲錄取後，先赴廣州，數日後搭乘「滬廣號」客貨輪，於三十八年五月四日抵基隆，連夜轉赴臺南，開始從軍生涯。

入伍生總隊經歷

訓練受傷

我入伍於臺南之旭町營房，旋被編入第一團第一營第四連，當時團長爲江無畏上校，營長爲錢起瑞少校，我襁褓中喪母，嗷嗷待哺，三位姐姐急中生智，買來米糕用開水泡沖成流質奶狀，勉強撫育成長，因此從小體質欠佳，身形瘦弱，來臺後，面對嚴苛的受訓生活，眞是勉力支撐。

每日晨起，內務整理，盥洗完畢，先是跑步，再行基本教練、射擊教練、戰鬥教練等，某日於基本戰鬥訓練，障礙超越項目，我由高跳臺被推下，因極其害怕，以致姿勢不正確而受傷。當時並未及時就醫，只覺背部疼痛不已，日後每每行進操練，均因背疾無法繼續。數十年之後，因腰背劇疼，照了X光片，經醫師提問，才知當年竟已摔裂胸椎第十二節及腰椎第四節，而不自知。

好友猝逝

當時生活苦悶，幸有結識於武昌之好友，萬榮華兄與我爲伴，他是湖北省黃陂縣人，與先慈同鄉，備感親切，萬兄常言要帶我回黃陂，探訪親人。先慈在世時，深受親鄰尊卑人等之稱善，自我稍懂人事，還屢屢聽到親鄰追敘先慈之母德懿範，因此我對黃陂備感神往，與萬兄交情益深。豈知天有不測風雲，人有旦夕禍福，一日晚間，值星排長竟宣布萬兄因感冒不治，病逝於醫院。頓如五雷轟頂，萬兄之死因竟與家兄類似，顧我一生，除三姐外，親人先後辭世，僅存知己好友，竟亦天不假年，怎不令人神傷！

訓練點滴

受訓當時，伙食不佳，大家普遍營養不良，於是孫立人將軍曾交代隊職官應於伙食中加配營養補充品及水果，蓋即維他命、酵母片與香蕉等隨餐進食。孫將軍還指示連隊每週應召開一次「良心會」，讓大家對於軍中生活提出善意批評與建議，並誠懇檢討訓練得失，以求部隊之進步，並藉以抒發心情，這項制度後來改稱「榮譽團結座談會」，惟某次我在良心會上提出批評，竟遭到連長嚴厲的訓斥。

入伍生總隊另一項令人難忘的經驗就是打罵管教方式，我曾有二次因細故，被班長與排長打耳光，也曾看到排長打班長耳光。對於如此的管教方式，孫立人將軍也曾在訓勉我們時提及，當年他在維吉尼亞學校（Virginia Military Institute）受訓時，新生都要聽從學長的指導，如學長可糾正新生的服裝儀容、姿態、行進是否端整，若稍有錯誤，學長就是一拳揮出，這是他們因襲之傳統，百多年來，一向如此，這就是要使你養成絕對服從、絕對盡職、絕對誠實的態度。該校校長也常說，這種打人的風氣，嚴格的訓練，並無惡意，對任何人也沒有歧視，唯一的目的，在鍛鍊你成爲軍人。

孫立人將軍常在我們每一階段受訓時前來視導，並親自示範正確動作。當時覺得其學養卓越，爲人親和，行事嚴謹，心地厚道善良，尤其聽他訓話，更顯其高尚人格。他曾提過當他童年時，住在青島，當時青島已是德國租界，德國人霸氣凌人，從不把中國人看在眼裡。有一天他在海邊撿到一個漂亮的小紅石，正在玩賞，不料旁邊有一德國小孩，竟蠻横搶去！他掙扎時，被德國小孩打一耳光，當他要還手時，家人厲止！他反問家人，爲什麼他打我，竟不能還手？家人說：「他是外國人呀！誰敢打他！」孫立人將軍當時雖然年紀小，但他已深深體悟到中國太弱，才會受到欺侮，將來必得爭氣，使國家強盛！就此下定決心，力圖雪恥報國。

孫將軍也曾將「曾（國藩）胡（林翼）治兵語錄」輯成袖珍本，發給我們人手一冊，此外並要營、團部張貼格言式標語，以「誠」與「拙」二字誡勉我等身體力行。

蔣中正總統於復職後，也曾到鳳山軍訓班營區對我們訓話，略以必將帶我們反攻回大陸。除孫將軍外，總隊長趙狄將軍對我們訓話甚多，似乎每週有朝會，總隊長必有較長時間講話，多以生活動態，訓練成效爲題。趙總隊長予人竭智盡忠之印象，可惜其後似因對某要人之態度不敬，而遭立即免職之處分。

在入伍生總隊期間，我因背疾無法再行操練，遂被調到營部，充任文書士辦理業務，其間雖曾於民國三十九年報考第四軍官訓練班第十九期考試，惟於體格檢查時，因視力不及格，而未能報考，只得續留營部辦理文書抄寫與整理檔案工作。

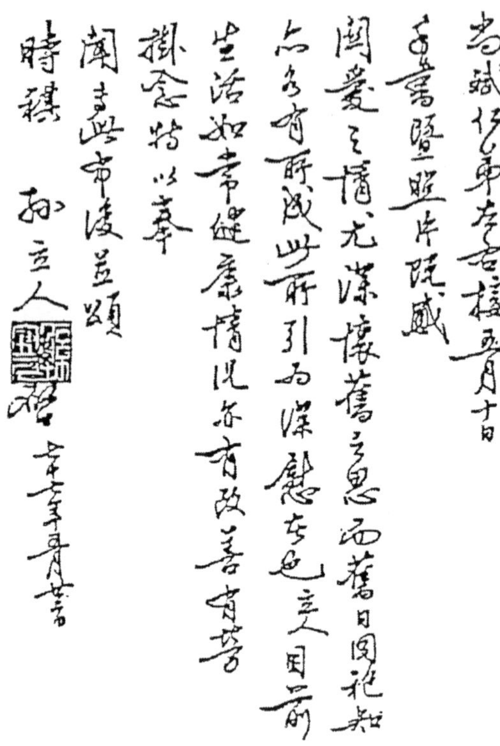
尚斌仁弟左右 接五月十日
手書暨照片 既感
關愛之情 尤深懷舊之思 而舊日同袍知
己各有所成 此所引為深慰者也 立人目前
生活如常 健康情況亦有改善 無勞
掛念 特以奉
聞 專此 並頌
時祺 孫立人 啓 七十七年五月廿二日

民國七十七年孫立人將軍寫給曹尚斌先生之信函。

軍旅歷程

民國三十九年九月入伍生總隊奉命結束，我被撥編爲裝甲兵步兵二十七大隊，後來於四十五年考入政工幹校第六期影劇科就讀，中途曾欲轉科，而蒙校長王昇將軍召見。王校長曾親切詢問我爲何想要轉系？個人志向爲何？我答稱喜愛文學，想轉讀政治科，王校長勸勉我，既然喜愛文學，更應留在戲劇科，戲劇就是文學呀！西方的偉大文學作品，戲劇爲其主流，我遂聽其所勸，不再轉科。

幹校畢業後，分發到裝甲兵第一師，承政治部科長張素行之提拔，調任爲政治教官，但職缺爲政治隊康樂官，後又改調到裝甲兵司令部派爲政二科助理參謀，惟均非個人之宿志，乃以體質欠佳，不適軍旅，循住院養病，調爲上尉療養員，長達四年之久而退伍。

自民國三十八年五月四日來臺入伍，迄五十八年十二月三十一日退伍，服務軍旅長達二十年又七個月，故得以上尉年功俸二級之俸給，每半年領取生活補助費，錢雖不多，但安定知足，殊甚感激政府之德政，惠我良多。

教職生涯

民國五十八年在花蓮軍醫院退伍前，曾寫信給李曼瑰老師（李女士曾任第一屆立法委員），李老師是四十七年間，我就讀政工幹校時之系主任，承老師關愛有加，允我到她主持之「話劇欣賞演出委員會」工作。五十九年秋，考取師大與輔導會合辦之國文專修科，繼又轉學考入中國文化學院中文系文學組，畢業後留校任助教多年，後終以提交論文送審合格，取得講師資格，之後曾先後兼課於政戰學校、中正理工學院、銘傳、世新、實踐等校教授國文，並在空中大學兼任講師九年之久，多年之教學相長，略伸報國服務之志。期間也曾在中國時報協助編纂「歷代經典寶庫」，因感個人學識有限，又赴政治大學中文研究所進修，近年也曾報考國內東華大學文學博士班與上海復旦大學史學博士班，雖未遂所願，但仍秉持「活到老，學到老」之精神，勤學讀書。

入伍生總隊訓練之人生體認

寄寓臺灣已歷六十餘年，惜我手足親人多早逝，僅三姐強毅堅忍，至七十歲辭世，所幸她一兒一女均已成家立業，生前得享天倫，含飴弄孫，其樂融融。

當年從戎報國，渡海來臺，得以在此成家立業，並繼續求學，充實自我，入伍生總隊之受訓生活，雖然辛苦嚴格，也讓我了解軍人之奉獻與犧牲，養成踏實、不好高騖遠之性情。

當時孫立人將軍「誠」與「拙」二字之訓勉，教導我們做人任事應不投機取巧，腳踏實地，其人不僅學識淵博，人格高尚，且以身教示範，確實是值得我們崇敬、學習的好榜樣。

回顧一生，親人離喪，獨自在困苦中力爭上游，幸逢師長、朋友多方提攜，尤當感恩。多年來之人生體認與文史研習心得多見刊於中原文獻等刊物，並得以參加多場國際性之使學研討會，或堪告慰於親人。庸碌半生，雖無所得，惟比上不足，比下有餘，又何計其多寡，雖已年齒八十，尚耳聰目明，猶可閱讀、寫作以自娛，實感謝上蒼待我厚矣！

摘自《群英憶往：陸軍官校第四軍官訓練班入伍生總隊口述歷史》

心語——思緒綿綿道不盡

民國一〇一年七月拙荊陪我至花蓮國立東華大學應考中文系博士班，我能考上眞喜出望外。

記得正式成爲東華大學學生的開學日，在中文系的辦公大樓顯得很熱鬧，來了幾家新聞記者訪問我；吳校長茂昆握著我的手，溫暖而有力，我在他旁邊更突顯他年輕有爲，而我當下自許矢志完成學業，絕不中輟，不負學校之期盼與厚愛。拙荊也被訪問了：「是否陪曹先生一起到校打理他的生活起居？」從拙荊的言語中，老師們更放心我一個人可以自處；只是聽力、視力已遲鈍，電腦更是一竅不通。說到此，九個學期的學生生涯，學校給予我很多的幫助，彌補我在學習上的缺陷與不足。

老師同學皆能接受我，而且讓我住校，對我多方體諒及關照，我也依課表受課交作業，尤以冠宏老師看我向學努力，給我許多協助與指導。每週一搭車從新店至東華住校，週二下課就返家。除上課之外，剩餘時間幾乎都在圖書館找資料寫作業，如授課老師之規定而用心完成讀書報告。老師們對我的作業都給予高分，同學們也很羨慕，稱讚我的作業內容豐富、切合題旨。其實我之所以作業能寫得出來，能把握綱要，都得感恩每一學科老師的幫忙，特別指定年輕的同學坐在我旁邊爲我重述教授們的授課內容與作業題旨，這對我已耳背者是極大的恩寵與助益，我才能順利完成，與其說是我寫的，更可說是老師與同學們相助而成。每思及此，心中非常溫暖。

我經常到中文系圖書室翻閱各種資料或向指導教授冠宏老師請益，偶爾也向蔡語宸助理請教或查詢資料，除此之外，在生活上也助我若干，語宸助理視我如親人。

由宿舍到上課教室或至人社院中文系，或到餐飲區買餐，我雖然常常一個人走，遼闊的校園有林蔭遮天之處，亦有讓陽光肆情遍灑的地方，聽到蟲鳴鳥叫、心曠神怡。晨曦與夕陽可以盡情欣賞，沒有都市的塵囂，卻是天籟點綴清靜。偶爾會看到年輕的同學或聚或獨行，或騎單車，有人還會向我問候。走著走著，我會忘記年齡、返老還童於幼少時，羨慕鄰人穿制服上學，而今我在臺灣都能以八十多歲老翁躋進東華大學文學博士班之門，似夢非夢。人生的際遇是如此難測。

四年半的求學生活是嚴謹的。沒課返家也大部分埋首在圖書館中，除了趕報告之外，我還熱衷於寫些文章投稿和參加文聯會參訪大陸所舉辦之河洛文化交流會議。

冠宏老師有見於我已年老多病，身心要完成博士論文實在不易，於是建議將我多年發表及在校之學術報告等文章集冊出書，對我的近況比較適宜。老師極關心我，到臺北參加學術研討會結束，必來新店住宅附近看我，談論出書之事並問候近況，來去匆促，連吃個飯都辭謝……。老師愛護我有加，應該是學生趨前懇請賜教，而今反之，此恩此情，令我心愧並感動難忘。

我的第一本書《尚文齋纂言斠編——曹尚斌論文集》承冠宏老師主編，歐家榮先生打字編輯，由萬卷樓印刷而問世。蒙李秀華教授揮毫書名並寫序文！以及冠宏老師寫序，都提升拙作的光彩與價值。古來「立言」是讀書人嚮往之事，而今在恩師冠宏教授之關愛下促成了。內心生起無比的感懷：知我、解我、愛我、惜我者恩師也！

去年十二月八日吳老師及中文系彭主任衍綸教授又爲我在學校楊牧書房開了新書發表會，人社院王院長鴻濬教授、系主任彭衍綸教授、冠宏教授、李秀華教授都與會，許多學生抽上課之暇與會，場面莊嚴。我因一時興奮忘了腸癌開刀及跌傷左肩胛骨之疼痛站立多言約二十多分鐘，與會者驚奇於鏗鏘之聲與年齡不相符。

彭主任告知趙校長參加另一重要會議，新書發表會當天無法蒞會，事後看到了我的新書被感動。只爲完成父親臨終「這孩子應多讀書」之遺言而能在蹎蹶歲月中克服諸多疲困與煎熬成就了最高學業以及立言。蒙校長睿智與慈悲，立即決定今年一月十日到寒舍頒發「榮譽文學博士」學位。消息傳來，全家受寵若驚。

「家」被我的書及影印的文稿堆得客廳不像客廳，拙荊說已來不及遮醜了，就稍做整理以對；校長也非只顧外表唐皇之人。這天有些寒意，屋內卻因爲校長及其夫人平易近人、冠宏老師、彭主任、歐家榮同學以及親人等滿座倍覺溫馨。

東華大學，我的母校，我圓夢的高等學府，我愛你，我感恩你。不但讓我圓完夢、希望，也是我隻身投靠軍旅來臺的歲月中，賜給我榮譽與溫馨之處，我的思緒又回到東華寬闊靜謐的校園裡，沐浴在晚霞的慈懷中，萬千感激，湧現而出。

我因今年六月又跌跤，傷壞左髖骨疼痛不已時，拙荊都會在耳邊提策我東華之恩，校長等師長之厚愛不可忘，冠宏老師還要指導我出第二本書呢！這是甚強的鎮痛劑。

回想我這一生投軍旅來臺，求學、成家、執教，搖筆桿，平平庸庸，雖無達官之顯赫，亦無家財之萬貫，然壽越九十高齡享榮譽文學博士之殊榮，與其說是努力而得，不如說爲「眾緣匯聚」乃成。我應感恩許多人：給我生命的雙親、陪我成長的兄姊、姨媽、尙清弟。在我未成家孤寂時給我親情的同鄉好友；在我工作遭挫而成全我到校執教的諸位校長；部隊裡提攜我的長官及同袍；涵濡我各階段成長之母校：政戰大學、文化大學、政治大學諸位老師及同學；婚後拙荊德卿的父母及兄弟姊妹、晚輩、女兒、女婿等眞情之流露，彌補了親情之寥寂。

因今全球正面臨許多天災人禍，尤其是新冠肺炎的猖獗，我從電視佛教臺節目中看到許多法師爲保護地球之元氣，爲人類棄惡行善而祈福、集體誦經、辦法會等等，或依各自宗教儀式消災祈福，政府執事者各盡本分的努力，更應感謝第一線之醫護人員義工們，捨己爲人之作爲，還有大家危機意識的覺醒，戴口罩不聚會才有今日較他國平靜之景象。

我無能爲力，只有跟隨拙荊在家誦經做功課祈福消災，全球歸於平安，以及稍做布施慰勞守護大家「健康」的醫護人員與需要幫助的人。

從家鄉河南新蔡流離至臺灣忽爾已七十又二年，這是我的重生、是我的幸運，我的「業」得到大翻轉。因拙荊的關係，我成爲福智文教基金會的廣論長青班學員。在這團體中我的師父日常老法師及眞如老師是我心靈的導師，從他們的身教中體會佛教是「教育」，非只是宗教信仰，「它」教人從善去惡，從身語意三門下工夫，心意誠正、善良，更爲重要，因爲心能正，言行才有可能正。「愛他」是萬善根，「愛自」生貪瞋毒，各種禍即起，目前整個地球及其他生物的反撲不就是人之貪勝使然？！我們儒家思想以「孝」爲德本，教之所由生也，然後再談到「克己復禮」之仁德思想，儒佛基本相通。

我憧憬著互融互愛互助和樂的大同世界——地球村，經過此次新冠肺炎的衝擊能很快地到來。「人」自認爲「人定勝天」，強烈追求物質享受的貪婪心能消弱、轉趨爲相互依存、互助互愛互容互諒的大同世界，永續生命的來生將充滿新希望。

「夕陽無限好，只是近黃昏」，這是大自然的常理法則，任誰也無法搏倒，而生命的盡頭不也是如此嗎?生生相續，無始亦無終。任是達官顯貴，凡夫窮子皆難免於此，揮揮手，合掌頂禮於天、地、人、事、物，比較吉祥。

此時此刻，我的思緒又奔馳到東華——我所懷念的地方。晚霞想必依然絢麗。在靜謐的校園，讓我人生旅途已近尾聲，給我快樂與溫暖的地方，感恩啊！東華的一切。

曹尚斌口述
鍾德卿筆錄
西元二〇二一年八月七日（父親節前夕）初稿

目次

吳序　「終始典於學」的實踐者……一
彭序　跨越世紀，行遊兩岸的人生好風景……七
李序　日薄西山盡歲月竟如詩……一三
訪談．曹尚斌先生……一七
心語——思緒綿綿道不盡……二七
一　生命書寫
落日三人行……三

自銘箋……七
欣見小女習字記……一一
壬申仲春遣懷詩並序……一三
自嘲銘諧〈陋室銘〉韻字之戲作……一七
無題偶感……一九
春暖還寒偶興并序……二三
雜感二詩作……二五
滄浪絮語……二七
雪泥淚痕鴻爪笑印……三一
自述……三五
似夢卻是眞……三九
我在車站等到了自己……四一
春望……四五
秦淮曉月・太湖夕照……四七
淺談生活與爲學……五五
演戲之夢與緣……六七

欣幸銘懷……七一
兩可一否之自嘲——和您說眞心話……七三
感悟自白……七七
影劇系典故紀實……八五
禍福休咎，宿命身受……八九
我的三十年……九五
尋根之旅記略……一〇一
觀功念恩感良伴……一〇三
十五從軍徵……一〇五
夜之詠……一〇七
我和拙荊早日生活記趣點滴……一〇九
我的後半生所依存之福地瑣憶……一一三

二　家族師友

追念感懷——紀與李師曼瑰一段師生情誼……一一九
緯國將軍逝世三周年述往……一二五

記李曼瑰老師……一三三
民國七十年（一九八一年）新蔡在臺鄉親第一次春節祭祖團拜紀盛……一四九
新蔡曹氏在臺宗譜序字……一五五
《新蔡大事記》閱讀附識……一五七
臺北曹姓宗親會民國八十年聯合高雄、彰化宗親舉行秋祭大典祭祖禱辭……一五九
高山仰止景行行止——爲孝公恩師七秩五華誕敘舊……一六一
追念易老師太白誄辭……一六七
敬悼易老師太白週年忌日……一六九
陳師伯元挽易故所長大德詩……一七一
清明思親……一七三
即興擷要——母親節絮語……一七九
追思劉乃和教授……一八一
詠傅氏梅教授……一八七
予興到神來，率爲事先，以急就章詩詠十首，以俟越南講學後，耑政諸師友，藉充臨別贈言。……一八九
春殘夢未斷——追憶王生善老師二三事……一九三

寄不到的隔世殘箋……一九七
爲王化公原景輝二將軍九秩嵩壽同慶話舊……二〇一
懷恩感舊，祝師親嵩壽……二〇七
心想事成之體現……二一三
追念吾姊與吾姪……二一九
以此陰陽會契之書箋弔唁素梅三姊……二二三
對三姊的永世歉忱……二二五
新蔡原景輝將軍百秩嵩壽頌辭……二二九
寄尚清弟伉儷抒會面之懷……二三一
戲夢人生話同儕……二三五
曹氏家譜創始緣起……二四一

三　時事名流

臺灣時下流行話題之一六年國建特拈七絕句以讚嘆之……二四五
睽別　建中將軍　匆匆十餘稔欣聞比年事功榮顯賦贈……二四七
母親節禮讚——恭述蔣夫人二三事……二四九

諗以任俠與朋黨正誼而利國說……二五五
詠駐馬店盛會（有序）……二五九
稽古游俠志士與今之會黨人物比擬趣談……二六一
犖義之行永銘在懷……二六五
國王父女各說福報因果之聯想……二六九
緯國將軍未帶走我永遠的歉忱……二七一
以岑參〈白雪歌送武判官歸京〉原韻贊誄……二七九
贈八千里路雲和月製作人凌峰一首……二八一
聞騰格爾來臺演唱賦贈七絕句一首……二八三

四　漢學天地

試以「步韻擬句」習作古近諸體詩藉發詩心初探……二八七
談詩之「新古」與「新體」連枝結果，更生壯實說略……三一一
讀〈情采〉、〈文言說〉指略……三一七
以綴句集錦說學與文……三二一
李益其人與詩識略……三三三

張輔越南靖難記……三四一
錢穆學術研究會側寫……三五一
蔣士銓爲母畫像徵文　啓迪人文情意疏……三五七
宋明理學融貫「道統」思辨述要……三六七
對詩的韻格芻蕘淺談……三九一
河洛文化對越、日、韓諸友邦之廣泛影響……三九九
語言學的實務理論及語言風格綜識……四一七
先秦儒、道、法玄學思淺斟……四四七
中西詩作體制各異通變指略……四六一
讀朱際鎰「史學、史家與時代」心得記略……四七一
佛陀之教育理念啓蒙初探……四七九
閱讀文言文之門徑……四八九

附錄

管繼英　桑榆未晚，紅霞滿天——祝賀曹尚斌先生讀博士……四九九
歐家榮　後記——獻給曹爺爺的學術人生……五〇三

一　生命書寫

落日三人行

西元一九四八年的暮春，但大地仍呈現鶯飛草長，一片青翠濃郁之綠色，放眼萬物生機勃勃！我常一個人前往鄉下，踏上那一望無垠的平疇綠野，時而仍覺得春寒料峭、春風拂面，有種難以言狀的舒暢身心。

上天惠施萬物！默默地澤被著陽光、雨水、空氣！不知不覺中，生命的成長，有如花草的枝蔓綻放。隨著春、夏、秋、冬四季規律之輪迴，大地上一切時刻在變！這種新舊交替，任誰都無力抵抗。其時社會之動盪不安，人心惶惶！人事之更迭，尤其無奈！

新蔡縣之世代交替，如以其原有之政治權勢的移轉爲象徵，而我不知該說幸，抑不幸？也恰在這個新舊交替的夾縫中，隨波逐流，尾隨張、曹兩公避開了風濤浪潮，然自昔至今，我等三人殊途卻未同歸。在百無依靠之孤獨，憤而離鄉背井，隻身來臺！

曩昔某日，比鄰曹氏族「祖」輩，覺士先生囑他的公子毓熙（我稱他爲「叔」），告訴我去他家見覺士爺一面，我當晚去他家，他當面對我說：明天先去縣政府秘書室上班，張縣長連璜可能會到縣政府，這眞是一個好消息！自從去年舊曆八月十六日，縣城淪陷（解放）迄今一年了，我處於失業狀態，但，我無時無刻不在盼望著縣政府早日光復回來。當時我方弱冠之年，還有些兒天眞稚氣，還想望再回復縣政府的書記職位。

除了縣政府之急就章式的上班，聽說：由張軫統帥之豫南挺進軍司令部，也將開拔到新蔡南間，原來之河南省政府新蔡行署的辦公地點駐紮下來。我當時一掃過去一年來腦子中的陰霾，以爲這次新蔡縣眞的光復了，尤其新任縣長張公又是我們原來的銀行行長。而主任秘書竟是我曹氏族長，況且我和他的公子「毓熙」叔，我們是玩伴，平日常聚在一起，雖然他已兩度結婚生子（女），我們都仍耽溺狎玩，猶稚氣十足！張縣長的家人、子女，我都不認識！其掌上明珠張慧貞，卻是我讀第一小學五年級乙班之算術老師。

雖然，我和縣長搆不上淵源關係，可是僅憑主任秘書曹覺士族長俾予關照，我想，今後還會當一名書記，領得微薄薪糧，維持我四口之家的生計。安全無虞呀！然而，我天生苦命，即使這一起碼之現實企求，上天也不肯施恩予我。

回縣府上班，整理雜亂滿地的公文紙頁，忙亂了兩天，突然，縣長來秘書室！我一眼看到張公，中等身材，溫文儒雅，言談親切！我當時不知道張公就是慧貞老師之令尊大人。慧貞老師之所以莊重嫻雅，氣質高尚者，其來有自也。

歷經半個多世紀之睽違，姑且不談張、曹兩位先輩、長者之必已仙逝！即晚出如我，乃屬賤軀，雖每生硬，然亦已瀕夕陽西下，無遑其餘。自今而後，我更加眷懷這夕陽美景。

客歲末，得繼英姐手書，告知我：將與慧貞、肅蘭兩位老師取得聯絡，惟慧貞老師年近八旬，但仍往來於合肥、南京兩地走動，探望子、女住所，可能沒固定在哪裡，聯絡不甚容易。即使聯絡上，恐怕美英老師也不一定願加倍勞累，再到上海師大，英姐之住處。

我實際上不只盼望會見宋、張兩位老師，同時至今也未曾與繼英、繼寧姐妹見過面。近數月間，僅和繼英姐、繼寧妹通過幾封信，倘若此生有幸，得與四位師、姐有緣相識而相聚，這是我生平最大幸事！早年因身家之差異，我哪有這種福分呀？如今經過世代交替之洗禮，各人都已洗盡鉛華，不斤斤於富貴貧賤之區處，我們所擁有的，只剩下這夕陽美景！盼諸師、姐，不以我之少也貧賤，老而無成，接受我爲你的「無知亦復無爲」之弱弟！吾曷其欣幸歟？親、師友誼之歡聚，是生平快事！我感謝繼英教授支助我，慧貞老師之怙恃，視我若親！

自銘箋

我到時報出版公司臨時工作，整整半年了，將要離去的前夕，突然發現了「社刊」復刊徵文的海報，眞是又驚又喜！在我還沒有確知本報內部有一份社刊時，每當我走進總機構（總管理處）的各部門長廊或大廳中，看到各種表情的男女同仁匆忙的走進走出，緊張的工作著，除了在擁擠的電梯裡，聽到些輕鬆的交談外，在其他的時、空裡，顯得一片肅穆。這也許是一般公私機構所呈現的正常現象，但，我以爲像我們是一個卓然有成的文化社團，應當在團隊精神上表現一些特色。因之開辦一份屬於內部同仁的刊物是十分必要的。我，以及大多數同仁想必都樂於看到「社刊」的復出。

社刊既屬於每一位同仁的精神食糧，它也是溝通本報上下之間情感的橋樑！同時也是時報總機構成千上萬同仁團結一致的象徵。我們有義務也有責任關心它，愛護它！

爲了「社刊」徵文的獎勵而投稿，只是動機之一；另外的一種誘惑力，應當是滿足心靈的饑渴、發洩情緒的昇華、促進同仁的友誼！藉著「社刊」的園地，同仁們可以思親憶舊，可以閑話家常，當然也可以抒發個人的理想願望。提出建設性的批評建議——促進團結與瞭解，發展個人與團體的事業理想。

我直截了當的舉此實例：我非常羨慕往日在軍中的同仁十多人，都在本報各部門安定的工作：我欽佩他們敬業樂群的精神，不論各人工作性質的不同，勞心勞力的分別任使，但，大家卻有一個殊途同歸的理想目標：先求團體的壯大興盛，才是個人安定的磐石。三十年的漫長歲月，老友們已經有兩個世代的人同時爲本報的成長而默默地耕耘這塊園地。在時報廣場披荊斬棘，胼手胝足日以繼夜不停地耕耘，數十年如一日的典型的老園丁余創辦人紀忠先生，他的高風亮節，他處事爲人的誠懇莊敬，足堪爲同仁之典範！我是一個圈外人，我所謂之「圈外」就是「外行」的意思。從很年輕的時代就聽說過余董事長的成功故事，從那時候開始我就由崇拜而想到本報來工作。總算皇天不負苦心人，也許是精誠所至、金石爲開吧！終於在去年夏間我失業在家，三番五次寫信給時報副刊的總編輯高信疆先生，由於高先生的推介承蒙柯經理元馨的接納！我中途加入「歷代經典寶庫」的工作行列。可惜個人學疏才拙在這件有意義的工作上，沒有提供什麼力量。不過半年多的見聞，從辦公室校讀書稿，到倉庫實習包裝作業，以及日常應對四面八方客戶的查詢電話；同仁們多采多姿的爲人處事方法，使我在不知不覺地實際感染薰陶中，似乎也學到些什麼似的，只是說不出所以然來。出版公司不過是時報文化事業的一部分！在總管理處之下還有更多的企劃、作業、發行等單位，如果能有機會歷練一下，必將得到更深廣的見聞，基於這一點體認，我若有所悟，難怪有不少棟樑之材都是由新聞機構錘鍊出來的。說到這裡我又不免興起悵惘之情！我要是早幾年到報社來工作那該多好，也許我不是一個新聞從業員的材料，但一般行政工作，我自信差堪勝任。如今因爲在其他單位受到顚躓，爲人所乘，在不得已的情況中，是由於朋友的關照垂顧下到這裡來工作，此情此景難以言詞形容啊！

一些摯友關注我爲什麼沒有補上正式缺額？我不知道該怎麼回答？就客觀的條件說：年齡太過老大，該是主要原因。儘管我還沒有到退休的年齡，若非特殊原故，有些部門可以此拒納我，而我也沒有話說。每當上下班時刻遇到往年軍中老友，看到他們都愉快安詳的工作著，一則以喜，一則以哀！

我不善於寫時下所謂文藝創作的題材，我更沒有那種才情，只能以生硬樸拙的筆觸，寫出內心的眞誠意願，我因爲不善於表達情感——沒有生花妙筆的技巧，刻畫內心的悲哀或喜悅。當然更不會把自己的不幸際遇，假託一個傳奇性的故事，編撰一篇動人心弦的小說，這也許就是我不能立足於報社一席之地的緣由吧！我所能的乃不出我所學範圍之外；我所能予人及獻身於工作者，不過一片純誠；竭其心力而已！這種庸碌無奇，難獲青睞是必然的。豈何以「馮唐勿老」自況自怨？

最後我對「社刊」提供些淺薄意見：突破俗套，試創新貌。除了廣開言路，多採用同仁文稿——不違背政策方針的文稿。不一定要什麼特定形式，但以眞誠爲首要條件。此外，多做些連繫同仁間友誼的活動，像聯誼會、工作觀摩、郊遊、聚餐等生動活潑的趣味交流！可以促進和諧團結，發揚團隊精神，鞏固上下間的情感。將要離去的前夕，心情有點沉重，回顧既往，瞻望未來，令人低徊無已！臨穎神馳，不勝依依。

「自銘箋」這個題目有什麼涵意，我自己也說不出所以然來，我曾經想用「臨別贈言」，或是什麼感言、什麼書箋之類的命題，幾番考慮之後，選定這個玄而不哲的題目。想同仁們會爲之莞爾哩！

文賓
一九八一年六月十日於臺北新店

欣見小女習字記

余平日與親友通信，每以毛筆寫信封，乃欲將較大之字體，在格框內有勻稱之排比。蓋非悉心於毛筆字之練習也，朝夕如斯已成習慣。然毛筆字則了無進展，勿寧貽人嘲笑乎？殊堪自省焉。

歲月奄忽！予已自杏壇退休廿餘載，反躬自惕，一無所成！內疚曷深！今欣見小女季儒已知習字，特以簡淺篆字範帖詒之，囑其識讀以摹仿。用爲習字之初階。

噫！予半生蹉跎，未習書藝，若小女善體吾心，勤勉力學，練字倘有可觀，當能彌縫我心憾悵於百一，記其始末耳。

一九九一年十月六日於臺北新店寓內

壬申仲春遣懷詩並序

壬申新歲元宵夜，細雨雰雰，年添些許鄉愁，聞臺北縣平溪鄉十分寮，舉辦一年一度的民俗活動——放天燈，這是眾多節目中主要的一項，風雨無阻，招徠四面八方的遊客，尤其平溪還保留一條鐵路支線的火車交通線，也是吸引遊人的一項因素。我住家新店離平溪三十餘公里，但元宵前數日，我們一家三口就商議過決定在元宵這天下午整理行裝，帶了四條毛毯準備借住平溪國中教師宿舍，以便「秉燭夜遊」現場觀賞天燈的製作與燃火上升。

菊黃猶傲松柏缺　櫻紅難襯寒梅花
皦子菜湯綠豆粥　夢裡垂涎在天涯

元宵夜攜妻女觀賞放天燈。憶及前次所見是在家鄉之正月十五夜，歲月悠忽，距今已垂四十五載矣！撫今思昔，鄉園舊事早已雲消煙渺，能不感慨繫之？偶讀方拱乾詩，乃步其韻腳草此遣懷，並就教於師友戚誼，匡我不逮。

我妻、女皆有心人也，藉此遊興紓我對往昔鄉情年節之憧憬懷想。每逢佳節倍思親，今年爲尤甚，因爲過年前後連續接獲家鄉親友來信敘及過年的氣氛，比過去四十年來要濃，要熱，他們異口同聲表示，希望我們一家都回去分享他們年節的快樂，並細述置備年菜情景，提到數十年前我喜歡吃的鄉土小吃，令人垂涎欲滴。

悵望鄉關，雲煙渺渺，歸旋無期，積鬱塊壘，思欲一吐爲快。適巧讀得清，桐城學人方拱乾詩曰：「老妻書至勸歸家，爲數鄉園樂事賒，彭澤鯉魚無錫酒，宣州栗子霍山茶，帝蘿已補床頭漏，扁豆猶開屋角花，舊布衣裳新米粥，爲誰留滯在天涯。」這首詩敘事抒情，竟契合我要酬答大陸親友想說的一些情節，於是依方詩韻腳，改易內容而擬作七律一首，並以讀方詩戲拈七絕句一首，貽我鄉親友特予詩識者一笑：茲錄拙作兩首如次：

一　贈同鄉諸親友

親友頻書催還家　爲敘鄉心樂事賒
洪河鯉魚高粱酒　鍋奎鹵雞熱油茶
菊黃猶傲秋霜缺　櫻紅難抵寒梅花
鐵子菜湯綠豆粥　夢裡垂涎在天涯

二 讀方詩戲拈七絕句

雖非宣州霍山人　酒茶栗子口生津
床頭枕邊無軼事　水涯花叢覓句吟

一九九二年三月八日臺北新店

自嘲銘

諧〈陋室銘〉運字之戲作

道不在高　能通則靈　學不在深　致用則明　斯事秘涘　惟吾得心　苔痕堦陛綠　草色浴蓮清　談笑出禪機　往來無名倫　可以調俗情　偶爾閱眞經　有扣應之聒耳　無鐘磬之枯聲　北部天師壇　南界活佛亭　信眾云　何神之有

曹尚斌　書於乙亥仲夏
一九九五年五月二十日

無題偶感

無題（一）

半生漂泊空無是　徒兒飛鴻踏雪泥
鴻痕尚能留趾爪　庸愚那得印東西

壬申（一九九二）孟秋

無題（二）

選舉內閣改組兩岸會談GATT文經交流連串好戲輪番登場令人眼花撩亂耳根不能清淨戲拈七絕句

教父笑談謦欬間　連場好戲群丑演

生旦淨末齊上陣　押賭郎中奸白臉

壬申（一九九三）季秋

註：按三花臉即俗稱之丑臉若以新義概之似可指爲：一、奸白臉（小生）、二、奸賊臉（鬚生）、三、樸克臉（花臉），此等臉譜在戲中角色多爲奸詐之小人但卻善於僞裝欺世盗名。

無題（二）

予習慣性治遊於臺北、基隆等夜市目覩形形色色感觸良多驀然警省四十餘年青壯歲月盡消磨於斯猛回首已悵恨不及撫今思昔傷懷曷其有亟爰占五絕詩一首以貽我戚友

遊走平民域　出入士夫群
冷眼觀世事　聚散幾朵雲

壬申（一九九二）十二月

附錄：弘一大師聯語以自勉

事能知足心常愜　人到無求品自高

無題（四）

癸酉開春，政事紛紜，令人痛心，但草野之民徒望洋興嘆！咨嗟奈何識時務者爲俊傑士大夫之無恥是爲國恥此時無言勝有言，愚陋如我者，竟饒舌以干權貴，自討無趣寧爲無識者之借鑒耶但不知曾因此而肇禍否？

禍亂種源惡霸蠢　矯情弄權妄發身
爲虎作倀萬人唾　違抗民意絕群倫

癸酉（一九九三）孟春元月廿五日

註：很多官場中人恣意橫行皆可以惡霸蠢三字意概之

無題（五）

每隻身踽步於市囂園林之中，頗有繁什感慨！心緒紛煩，草此吟句，以洩私衷苦悶塊壘。有感於倪夏憾事，眾口嘵嘵，莫衷一是！藏拙於心，形諸筆端云：

人間有苦樂
來去任自然
彼此巧相識
緣盡離恨天

《演藝會訊》七月號，二〇〇五年五月七日

春暖還寒偶興并序

歲次癸酉政潮起伏頗覺厭惡徒喚奈何口占七絕以詒諸師友聊博一笑

閑情偶寄詩簡中　展紙揮毫意興濃
雲氣陰霾迷望眼　塵寰沸鬧耳爲聲

附記：草成初稿後曾請桂冠詩人易老師太白教授改正，吾師以此作既失韻律又不明題意，乃再斟酌呈上，易老師又批句：「詩未切題」。蓋以序詞與詩意之未合故也。但承吾師改正詩句。方敢披露。

雜感二詩作 丁丑年孟春

一

每見親人，輒自慚阮囊羞澀，不克饜呈親人之需索，窘態畢現，力不從心，奈何？「到老莫還鄉，還鄉欲斷腸」。悵然莫名，特以自嘲曰：

魂縈舊夢千般好　孤鴻遊子他鄉老
喜見故宅盡翻新　燃萁煮豆何時了

余生不逢侵，孩提初知事，乃隱於日寇侵略之烽火狼煙，犧饉遑恐，懋苦煎迫！抗戰勝利之以年，先父病逝，生計更形困乏。越兩載，家鄉沉淪，乃投筆從戎，臺灣爲我最後棲息之地。黃昏晚暈，侍覺淒涼，思念親故之情，與日俱增。現實矛盾，後呼負負平。

一九九六年七月二十於臺北新店

二

臺海兩岸一水間　玉山遙望南屏山
春陽和煦綠大地　共看月明人未還

步〈泊船瓜舟〉韻偶成七絕句。

滄浪絮語

竊有幸躋身於政工幹校六期同學之雁行，乃我生平快事之一，其尤爲振奮者厥爲修業於影劇科系。故得從李故先師曼魏教授及今爲華岡教授之王老師生善諸名師游學任事，姑就表面而言，予雖朝夕承李、王二師之謦欬，及耳提面命之授業，然我資質駑鈍、不求長進，終未得二位大師「劇學」之堂奧。蹉跎半生，一無所成，退伍後再就學於中國文化學院之中文系，復有幸從名師瑞安林景伊（尹）及其高足當今聲韻學集大成之陳師伯元，經兩度之授業於我，卒未得啓我愚頑。行將卒業，陳師洞悉我仍遲滯未悟奧竅，特將我留校工作，或有以反芻溫習未通之課業，以俟日後更上層樓之進修，以保此愚蠢之材於不棄，吾師用心良苦，惜我不知自惕，終不免於棄置之窘厄！

憶昔往事！乃欲哭無淚矣！

學劍不成則學書！兩者皆怠墮幾廢！惟渾渾噩噩以渡日，寶貴時光，無意義、無聲無息的浪擲虛抛，由青壯而老邁！已無暇吟慨夕陽黃昏之驚嘆詩句。試一翹首仰望，學與事皆有成之同學，再一反顧自身之踉蹌落魄，形成強烈對比，相距眞不可以道里計矣。夜夢乍醒，愧汗淋漓！面對師友，無地自容！逝者已矣，何堪回首。

檢省過去四十年之漫長歲月，光陰如白駒之過隙！究竟爲何不能善加利用，矢志於正當目標之追求？竟自甘墮落、淪爲俗物，思索幾點不成理由之藉辭：

一、年輕時，心智成長過程缺乏正確指導，心猿意馬！未塑造成健全身心之範型，減低個人價值觀，青春浪擲於無謂之間。

二、社會變遷快速，踵事增華，自身囿於營伍，不能深刻體認時勢潮流，退伍後與社會人群有扞格不入之隔閡！謀求理想工作，殊屬不易。

三、現實生計煎迫，不得已而只求覓一枝棲，但求溫飽，無虞他志，仍不能達成最低願望。方始警醒，自身學有未逮，乃矢志就學，卒得溷跡於上庠。

四、學書雖未成，然於人情事理稍悟契機，尤其於修習研究所學分時，獲得啓發良多，此吾之所以幸獲空中大學兼課機會，蓋悉得力於賴保禎、段國昌、吳永猛、沈謙、林益勝諸教授之協力拔擢，陳校長義揚之俯允接納，就我身心能得最後之安宅！此情此景，能不令我感激零涕！

身心有安頓，且無內顧之憂，蓋以吾妻德卿鍾女士助我良多也。伊半生皆獻身教育工作，雖百忙之餘，仍孜孜於書藝之進修，所幸我家人口單薄，小女方就讀高中，然已知書達理，足堪慰我夫婦免於晚景孤寂！

今歲戊寅，適逢我六期畢業四十週年，同學咸以作一回顧金門之旅遊，並編纂一紀念文集，藉以交流同學前半生之生活點滴。況不乏多采多姿之記敘，煥乎文章，必大有可觀，故樂爲之記。

一九九八年三月十八夜

雪泥淚痕鴻爪笑印

大約是民國四十年的冬季或次年的春間，正值幹校一期同學快要畢業的前一兩個月內，我買了一雙「回力牌」球鞋，特向連上請假，從高雄五塊厝營房搭火車趕來北投，到幹校探望族弟增毅。他很意外我遠道來看他，相談甚歡，但增毅拒絕收球鞋！這有幾種原因：一是部隊，尤其軍校學生都穿公發之制式（皮）膠鞋，如不能穿便衣，則不可能穿民用球鞋；一則是大小未必合適，總不能「削足適履」呀！我只好又悵然收回。

增毅帶我在校園走走，特意走進「文化亭」（或以「陽明」名其亭？已不記得）。看到學生書法、作文、漫畫等作品精選，貼滿亭內四周壁上，有一幅寫的李煜〈相見歡〉小令詞：「小樓昨夜又東風……故國不堪回首月明中」！最令人印象深刻。巡禮校園之後，增毅又陪我逛一趟新北投，其時已華燈初上，把這個山城小鎮映照得五彩繽紛！頗有異國（日本）情調。春城無處不花飛，用來形容它，倒是貼切呀。

復興崗之旅五年後，我也走進了這所學校，由後補班轉上正則班六期，算是美夢成眞，又選讀了影劇科，乃憑添些浪漫文學的色彩！

在鳳山軍官基礎養成教育八個月後，回到復興崗本校，得到師長愛護，除了兼任文宣幹事，又選上影劇科「教授班長」，不免得意忘形，我竟作福作威起來，幾次集合同學訓話，出言不遜，引致樂景春同學之質疑抗議。畢業演出，我更以舞臺監督任務，對胡英氣指頤使，爭吵之後，張培眞把我叫到一邊，委婉勸導，叫我不能對同學這般苛厲。我羞愧得無地自容。跟同學迭有衝突，我眞是「前科累累」呀，在鳳山受訓期問和何志謙同學打過架，回到復興崗，我已深自懺悔，極思向志謙同學懇之歉忱！但卻一直見不到他，後來聽說他畢業後不久，就去美國了，至今也不知其訊息。而我內心也永遠揮不去這片羞慚！

在鳳山受訓期末，臺北市爆發「劉自然案」，民眾向美國大使館激烈抗議！而我竟因民族情緒之亢奮，公然在對指導員訓話時舉手表示支持示威行動，甚至痛恨美國在臺灣享有治外法權之惡劣行徑。「殺人無罪」！劉自然遺孀無言抗議，令人同情，我非草木豈能無動於衷？結果趙指導員除了當眾訓斥我之外，並扣我總成績五分。今天想來，當時年少氣盛，理智不足，徒遺伊戚之譏！眞是啼笑皆非。

第二學年某天上午臺詞練習課，下課後我去醫務室看眼睛，一位中尉醫官看了一下我的眼睛，就以不屑的表情斜視我，並且一言不發的推開我，以愛理不理的神態聽我自述病情後，不但不給我開藥，竟起身走進另一間屋，和一位中校（想必是醫務主任）以譏笑尖刻語辭說：「剛才一個影劇科學生看病，講話就像唸臺詞，我不甩他……」。剛好被我聽到彼二人之嘲笑談話，我立刻質問他，不爲我看病，也不開藥方就罷了，怎又背後譏笑我？但彼二人雖係中校、中尉官階竟堅不承認剛才說過的話，我要他同我去見校長，質問學影劇說話像念臺詞有何不妥？彼身爲中級主管，職司醫療，何以不接受病者之陳述？反而有意輕侮譏笑影劇科學生？但，他們在總務主任，張大隊長面前卻瞪眼說瞎話，我一時氣憤至極，一陣昏厥，全身痲痺片刻後，但彼醫護人員不予急救，趁機遁去，眞令人氣結。

倒敘一件更使我意外的事：我退伍後就學於文化學院，行政院退輔會依例予以有限之補助，我去辦理申請手續時，忽然看到楊誠上校在座，我向他報告。十分欣喜遇到往日教官，於是我立即表明在後補軍官班受訓時，楊教官曾爲我們上過某一軍事課程。不料，他頓時露出極不悅之表情，而日後他竟把我應領之補助費，（藉口是什麼？已忘記）不發給我，等某一天趙主委主持座談會時，我準備發言，卻立即被楊誠撒謊說已解決，而趙主委亦說，既已解決，勿需再提；而我也不願爲區區小錢，使彼等不愉快。之後，我寫一封信給趙主委，也不見下文。至今我還不明楊誠先生如此對我究竟有什麼緣故？如果他是藉此發洩他往日對學校某些人、事的不滿，如今時過境遷，人事已非，何況我跟他絕對沒有過節，怎能拿我出氣？難道就是想吞掉我這一點小錢？我不敢想像！至今仍不解內情。我今天敘此事意不在追究，而是有感於某些公務人員何以如此沒有品格？眞令人扼腕。

再回憶一件民國三十七年的往事，當時我還困居在家中，某天閒散的走到縣城北大街，看見一鄰家劉姓兄弟正在把玩相機（放置支架上），聽到其中一人說他在上海或杭州曾和蔣經國先生有交往等語，使我印象頗深刻。直到一九五六年我在幹校後補班受訓期中，某天被班上推爲代表，參加了由經國先生主祭劉垠教官逝世週年的追悼儀式，經國先生到場從我面前走時，稍留意注視了我一下，我立即想起在家鄉劉氏兄弟談經國先生之軼事，如今我竟也有緣靠近經國先生！這也算生平快事呀。

雪泥鴻爪，吉光片羽，有時卻久久縈懷，特撮其始末云。

一九九八年五月三十日匆匆走筆於臺北新店

自述

曹尚斌，河南省新蔡縣人，世居城西曹老庄，先人以農耕維生，父輩伯叔四人，生計困乏，先嚴於弱冠之年，離家赴縣城謀生，而伯、叔等分產後散居陳店集上，我諸堂兄皆各自成家立業，綿延後裔。

先父習廚藝有成，自營餐館，家業奠基，迎娶先慈，婚後，先兄、姊五人陸續出生長成，而我晚出爲么兒，排行第六。母親生我後，復以操勞過度患病，越一年逝世！我在襁褓中失去母親之哺育，兼以諸姊尚未及笄之年即負起我之提攜呵護；總以食物無法取代母乳之功用，故我體質羸弱，身軀瘦削。但幸獲天眷，竟然長大，惟所歷艱辛坎坷，亦甚悲慘，五歲時，大姊二姊相攜病逝，葬亦同穴。九歲時，長兄尚文以二十八歲英年早逝！（二兄則僅爲嬰童即夭折）三姊與我幸存世間。

予幼承庭訓，就外傅入塾學啓蒙，始知學，而父親爲痔疾困，終於一九四五年因醫治之誤而死於病！猶記父親彌留之際，遺囑姨母務使我再讀幾年書。然格於現實生活煎迫，我無法再入學，幸獲吾師張鳳桐字向陽，學長喬新民，時已就業於我縣政府充軍法書記，乃協力薦我至軍法室充練習生半年，獲委任爲書記，時尚屬童少年，一時鄰里官署，嘖嘖揶揄。

一九四九年，我因家鄉解放後，失業已兩年，家中幾將斷炊，不得已我於當年農曆二月秘密潛離家鄉，當時好友藺叢茂曾薦我爲小學教師，並飭我爲召集人，我自覺學能才德不足，畏懼有負他之重託，而又以看小說故事描述江南京滬地區紙醉金迷社會之夢幻，決心投身於現實金粉世界，哪管烽火狼煙之吞噬？於是由駐馬店搭上運散兵遊勇（徐蚌會戰失利，國軍潰散）之列車到信陽下車，找到趙承武兄，他答應給我辦一身分證，並囑我到武漢後報考孫立人將軍招考之學生團隊，我等喬新民兄抵信陽與育民兄相晤後，未及找承武兄拿身分證，即匆匆隨新民兄抵武漢，再赴震寰紗廠投靠二族姑，其時耀東兄及表姊熊松齡皆早已定居於紗廠，我得雪樵姑丈之諒解，而暫棲身於廠內，約兩天後二姑囑我離開她們，不得已我即到黃鶴樓報考臺灣陸訓部之招生。錄取後輾轉來臺。一九四九年五月四日乘滬廣號客貨輪自廣州啓茅抵基隆港，再搭夜班火車抵臺南入第四軍官訓練班入伍生教導總隊第一團一營四連，接受嚴格之軍事教練。

一九五一年，入伍生總隊竟奉令改編爲陸軍裝軍甲兵各總隊之裝步大隊，就是我等想成爲軍訓班學生之夢想幻滅，此時軍訓班已改稱陸軍官校，初時要我等自願到軍校示範營，而我曾被選取，但我堅持放棄，等於自投煉獄！乃以優秀士官選代連隊政治幹事，直到一九五五年候補軍官考試，我考取政工科，先奉派正式幹事，旋升准尉。再入第二期受訓，時爲一九五五年春，受訓歷半年，將卒業再考取六期正則班（即學生班）影劇科，接連受訓至一九五八年十一月四日畢業。除奉頒幹校畢業證書，並獲頒教育部驗印二年制專科學資畢業證書。使我日後憑此證書得以報考文化學院中文系轉學生，幸獲錄取。之前我先考取師範大學與輔導會合作開設之國文專修科。（後併入師大國文系）入學一月餘，乃退學。轉讀文化學院（略敘於〈記李曼瑰老師〉一文中）。

溯自一九四九年五月入伍，至一九六九年十二月三十日退伍，其長達二十年七個月所歷軍職皆了了無甚稱說者，若必一提各時段職稱，則爲：政治幹事、政治教官、康樂官、保防官（及情報官）等。最後職稱是工兵分遣隊輔導長。

文化學院畢業後，歷充助教，兼城區部主任助理，陽明學社編審，共同科目系助教、講師、兼中華詩學編輯，詩學研究所行政助理。又歷任政工幹校，世界新聞專科學校、實踐家政專科學校、中正理工學院、銘傳商專等兼任講師、國立空中大學兼任講師至今。由於各校皆不爲兼課教師報升等，我亦淡於虛名，而未謀求專任，仍不願以教師之名，而承辦行政業務之實，所以甘於現況而不求上進！

憶昔碌碌於教學，疏於著述，直到入政大中文研究所修讀學分，必以撰寫報告代替期末考，始著手撰寫簡捷讀書心得，彙集零散詩文，得數十篇，約十萬餘字，部分皆爲《中原文獻》季刊發表，少數經大陸北京出版之論文集採取刊布。

《中原文獻》季刊三十卷三期（一九九八年七月一日刊行）、《中原在臺人物志》、〈新蔡縣志編纂會〉編，〈新蔡人物志〉。

似夢卻是真

在夕陽餘暉歲月裡，我以興奮卻帶著些淚痕的筆觸，寫下這片段個人事歷！因爲要呈給您——我的師長、同學、鄉、親友誼，激起我內中一絲喜悅！

五月十六日晚上七時許，在臺北市南海路國立藝術館公漁之舞臺劇《一張床，兩個夢》中，我竟軋上一角。這次演出之始作俑者是由當代戲劇學者，享譽國際的名劇作家，名導演王生善教授承行政院文建會之委託，開辦「新世紀編劇人才培訓營」所製作之結訓成果驗收。

溯自四十五年我第一次成爲王老師的學生是在政工幹校影劇科（系），第二次再從王老師遊學於中國文化學院。王老師任戲劇系主任時，我是共同科目系助教，有一年他囑我一定要給夏元瑜教授排到戲劇系教通史課，這是題外話之軼聞。

這一次我又第三度和王老師結師生緣，俗話以爲同船共渡就是五百年前之宿緣！而我和王老師相遇三次爲師生！那該是千百年前的宿緣吧？話至此，又連帶想起兩段師友之緣，前一段是我和林主委澄枝十多年前三專聯合招生，她是主任委員，我由銘傳商專派出支援協辦招生，之後她接納我到家專兼服裝、食品兩科之國文課，後又經謝孟雄委員接任校長對我十分禮遇！

後一段的師友之緣是我在政大修讀中文研究所學分中，經空中大學教務長賴保禎教授之援引，承陳校長義揚、段主任昌國、沈主任謙、吳主任永猛、林主任益勝、蔡主任相煇、簡主任恩定、張主任繼昊等先後關照。使我近十年來得以受聘爲空大兼課講師。朝夕與空大同學論學習文，獲得教學相長之功效。其樂融融！吾嘗語友諸生，我平生失意於各行各業，唯獨得教育界名宿碩儒之緣分，予以不次之拔助，除上述諸君子外，當再回憶最初提攜我走入教育界之恩師陳伯元（新雄）教授。老師先把我留校推薦爲推廣教育中心執行秘書，兼城區部主任助理，正職是助教。

古人有老萊子七十歲以綵衣娛親表達孝道，我也行年七十，則以優孟衣冠娛我師友，藉表感戴之微忱！近人言：人生七十方開始。這可作爲個人惕勵不息之省察，雖然夕陽近黃昏，此刻我的心情悲喜交集，在燭光淚影中期待我的親、師友誼歡聚一堂，看我粉墨登場的表演是否及格？曷勝企盼。

二〇〇〇年四月二十五日

初稿於臺北新店

我在車站等到了自己

唉！「就這樣叫我們等了一輩子，白白的等到白頭到老！」這是《車站》劇集裡「大爺」這個角色和一些同在一個車站上焦急等車的那群人發出的埋怨之對話，這也正是今年（二〇〇一）七月中演出的無場次多聲部社會抒情喜劇《車站》，首度展現於臺灣觀眾之前。這個劇本的著作人高行健教授是我華裔同胞拔得二〇〇〇千禧年諾貝爾文學獎頭籌的第一位華人。

臺北新生代劇團受行政院文化建設委員會之委託開辦「表、導演人才培訓營」，特以王生善教授爲班主任，邀聘臺灣大學、國立藝術學院等校戲劇系、所教授兼授戲劇專業課程。《車站》是五個實驗教學演出的教材之一，課程進度到第三階段就要分組排練，所選劇本之第一步工作是各組指導排演，教授在王老師總監協調下，選定各劇集演員，我很欣幸被老師選定在《車站》中飾演「大爺」這個角色。

劇中人「大爺」是一個限齡退休的公教人員，他平庸無奇，惟其自足於歲月累積地人生閱歷，和他那不顯眼的在職進修之學歷。這還眞像是我的人生寫照啊！從戲的情節上看，「大爺」沒有什麼突出之處，只不過隱約看到一個性格執著，愛管閒事，教訓年輕人，有意或無意中流露出，他往日曾經歷過一個管理人、事、物的小主管心態，看不慣年輕人魯莽滅列的輕佻行徑！就在一些無關疼癢的小事上，大爺總想插上一腳，因而突顯了他的戲的分量，其實《車站》中每個角色的戲分很均衡，從每個不同人物的立場去看，每一角色都可能覺得自己是戲的主線，很多劇情因爲他而展現暴露出爭吵、打架、上進、墮落、心機……等一連串人性卑怯的醜陋之面相。

個人感覺這個戲既寫實又浪漫！大爺這個人是一個既執著又隨和的圓融性格，前一階段他耐著性子排隊等車，他嘟囔著買不到「大前門」香菸，就調侃說：「大前門」都從後門溜出去了。他自己常年排隊要想進城在文化宮裡下一局棋，不知覺自己太半歲月都虛擲於排隊等呀，等，等了一輩子，但，就不省察個人無謂的浪費掉青春歲月，最後一無所得——去文化宮下棋只是空幻的夢想，可是他卻勸那位年輕的姑娘，不要死心眼等一個負心的男人。當然，他也以嚴厲的語氣警告愣小子不要不知天高地厚……只是傻混，一事無成，沒有女孩子屬意於他。

當馬主任苦口婆心提醒他不要癡心於下棋，把老命賠上，值嗎?他反唇相譏說：「你懂什麼?一個庸俗的生意人，哪懂得下棋需要點勁，要點堅強的精神，人活著就是靠那點精神的表現！」

經過幾次的反覆排練、念臺詞，我感覺高行健先生創作「大爺」這個人物，似乎就是拿我當作想像的張本哩！愈讀這個劇本，我就愈喜歡它，這也產生了「愛屋及烏」的情境呢。

二〇〇一年五月二十二日臺北雨夜初稿

《中原文獻》第三十三卷四期，二〇〇一年十月一日

春望

臺海兩岸一水間　玉山遙望南屏山
春風和煦綠大地　共看明月人未還

二〇〇五年二月二四日吟草

秦淮曉月・太湖夕照

溯自三年伊始，如所謂「以文會友」，與上海師大教授管繼英，書翰往還！爰於鄉土故人情懷，客歲仲秋我夫婦於赴合肥出席「中國歷史文獻研究年會」之便，假道上海，走訪繼英姊，適逢其子媳、孫女自美返滬探親，得以聚晤一室，暢敘前塵往事，和洽親切，亦若故友重逢，繼英早於數月之前，爲我採得昔年我在新蔡城廂鎮第一小學五年級之算術老師張慧貞近況消息。我決定於合肥會議之後，轉往南京拜晤張老師。她心廣神怡，令人欣慰。

去年京滬遊訪行程，我草一紙文稿，敘其梗概，發布於《中原文獻》季刊，（題爲：心想事成之體現。茲從略）這裡稍作補述前文疏漏之處：即在滬五天，曾又拜訪居住徐滙區園南二村之原直夫四哥，並承四哥嫂與其全家原寶山，以及向明姪兩家三代人一齊宴請我夫妻及繼英姊，幾家人享用豐富之午宴，飯後，寶山與其妹婿開車送我三人返回繼英住處。此一盛情，繼英至今念茲在茲，她決心於今年此日，作東邀請我夫婦及直夫哥嫂大享一頓聞名已久的「大閘蟹」特餐，由於我們這些人年事已高，又不食菸酒飲料，因而一席特餐所費不到千元。大快朵頤，賓主盡歡！飯後再回四哥嫂家，暢敘前塵往事，悠悠歲月，哪堪回首？說到傷心處，四哥憶起當年不堪忍受痛苦折磨，乃欲跳樓自殺，幸被人極力抱住雙腿，才未釀成憾事，言未已，又流下傷心淚！他已九四高齡，仍鑄情於昔日歡樂辛酸備嘗之情境。眞有心人也。

辭別四哥嫂，我們返回繼英家，再敘她往日亦曾經歷痛苦煎熬歲月，這種新舊更迭的時代悲劇，幾乎人皆有之。當我插敘昔日家破人亡之窮困，少年失學之悲痛，繼英用兩個字，以況彼我不同際遇，她說您（指我）扼於「貧」！我（指她）扼於「賤」！她所以要謔稱自己賤，蓋以新時代大陸有多樣階級運動，而她父母先前充任公職，被認爲成分不好。而今時移勢轉，乃又重新評估，這一類活動，已不具深義，人們已不甚了了。

我夫婦起程之前，住在南京江寧區秦淮後河沿岸之二十一世紀假日花園的萬靜嫻與其夫婿施則悌賢伉儷。連日來打電話到我家問我出發之確切日程。而我於十月十六日飛抵上海之當天，他們夫婦迫不及待，在我們航程途中，靜嫻又分別打電話給繼英，與南京第二幹休所住家的原淵（彩霞）。顯見彼夫婦對我們的關注之情，有逾骨肉手足，此情此景，至矣，盡矣。我非草木，能無動於衷？

當要去無錫出席「錢穆學術思想研討會」前夕，繼英爲我初擬兩階段赴南京行程，作了修正，建議——我在去無錫之中途，先到張家港市探候燕鍾秀及其弟繼成。到燕家盤桓一日夜，即去無錫開會，多承繼成賢弟，先派休旅車到上海師大接我夫婦到他家，次日他又派車送我夫婦到無錫會議下榻之山明水秀飯店會場。

在張家港市一日夜，看到繼成賢弟受到公司員工的敬重愛戴，及其新購住宅，是市府核可最後幾戶所僅有之豪華寬敞之獨門獨院新宅第，一戶占地三百餘平方公尺，約爲臺灣之百餘坪，上下二層樓。姊弟二人相依爲命，僱一年輕佣人，照顧姊姊，居家庭院及室內外，各項設施用具高雅樸實厚重，豪華但不奢侈。貴重而不靡費。當然，我們所關注的是繼成賢弟比年以來由困頓轉爲富有，是憑其卓越才幹，對他公司經營有方，業績超卓，贏得董事長之推重，畀以總經理重任，自然，所獲報酬相對優厚，他善於理財，個人與其姊之用錢，寬緊有致，不吝嗇、不靡費！爲人處世有原則，有立場。我相信他的事業成功，是穩健而紮實的。他姊弟二人，平日言行舉止，絕無虛妄誇誕之表現，爲人誠懇，做事踏實。

無錫江南大學文學院主辦之錢穆學術思想研討會，承徐興海教授之推薦，蕭向東院長之首肯，我得以應邀赴會，這使我十分意外而欣幸。臺灣另三位學人爲新竹清華大學文學院張遠院長及臺北東吳大學文學院院長黃兆強教授，還有一位年輕博士，係張教授之高足弟子。彼三子者皆學術界之重鎮，惟我則淺薄無文，更無藉藉之名，而竟受興海教授青睞，攜我躋身於上庠之側席，敬聆諸先生之高論及其論文內容之精采。賓四先生地下有知，當含笑於九泉。三天研討論文之報告，平實而深刻，是見大陸學界大雅君子治學嚴謹，工力精到。此次大會之表現，更將賓四先生之於我國傳統學術文化相表裡推重錢先生之卓越成果——《錢穆全集》，臻於翹楚地位。令人仰之彌高，鑽之彌堅。瞻之在前，忽焉在後！

先生之門牆數仞！可望而不可及！因之，我雖應邀與會，而不敢肆意撰述論文。我要向錢夫人，美琦老師及錢遜教授致上最深歉意。

十月二十二日上午參觀東林書院之後，本屆錢穆學術研討會正式結束，我夫婦搭乘下午三時，延至四時許火車到南京站下車，一眼就看到奚文勝君高舉接我之名牌，抵達奚家，彩霞及其孫兒浩洋，家鄉一位親鄰小雪都在迎接我夫婦之到來，稍候文勝愛人王靜也提早由公司下班回來，全家人有如候接離家已久之遊子歸來。看到他們一家老少，身體健康，對人親和，我夫婦也以和家人團圓之心情，大家同席進餐。承久違之親人，特備一舒適房間給我夫婦安宿，感念每一親人好友如此親切款待我們。

在奚家和萬靜嫻通電話，她立即邀我們去她家。而我和慧貞老師通電話後，商定先在彩霞家和張老師會晤，次日午飯後，彩霞又陪我夫婦同去江寧施府，我們下車後看到則悌、靜嫻賢伉儷早已在路口佇候，欣喜之情，難以盡傾。除了感動，仍是感動。

晚餐之豐富餚饌，都由則悌先已採購到家！每樣葷素菜式，都那麼好吃，我大口吞食，不顧靜嫻、彩霞是否笑我，即使失態，難掩我之不雅吃相。飯後，彩霞告辭返回南京，我放開心情，和靜嫻回憶我家住西北菜園的舊時情景，靜嫻十分清楚記得每一街巷道路狀況，她問我是否知道四六年？某天下午發生之驚人血案，我記憶猶新，但卻已忘記那位殺死三數人之張姓嫌犯的名字。

一九四八年國共徐蚌會戰，有不知名的軍隊，初冬路過新蔡縣城！有如強盜土匪，搶劫拉夫，惡行令人髮指！而我不幸就被該敗軍強拉到某一排之某班，他們把我拘禁在北街糧行之後院（塘西涯近處），靜嫻說：正是她家。一夜困坐地上，次日一早該部原本已開拔，但走近劉埠正待過河，忽然又折回城內，我懇求一中尉排長准我回去，不料當晚又被該班兵持槍迫我母親帶他找到我，表明要我付錢放人，我實在告訴該兵，櫃中二十餘銀元被偷，我已身無分文，且須償還給二位合夥人。當前我惟一的求生之途，就是當兵。我以極肯定語氣說：明天一早我自動到該班報到。他察覺在我身上詐不到錢，就對我說：明天你一定自己到班上。然而，當夜又有一賊兵闖進我家對門一徐姓青年夫婦住屋中，強暴徐太太，我尚未入睡，耳聞該兵口出髒話、恐嚇我母親不要阻止他姦污人妻的罪行，由於這一事件警示我不甘淪爲非人道之賊兵，乘夜暗躲入鄰居院中牆角之乾草垛裡，天微明，有一持槍賊兵兩度從不同方位用刀槍刺進乾草推裡，幸未刺中我，他匆匆離去。此時鄰人走近草堆看我毫髮無傷的出來，大家相當驚訝！我亦竊爲欣幸。

每當與人敘及這件事，眾皆以爲我命不該絕！而我卻深自疑惑！是否有神靈或宿命之註定問題？直到數十年後今天十月二十四日和靜嫻伉儷又申敘這一令我終生不得其解的困惑，忽然聽靜嫻說：糧行後院就是我家。這句簡短語音，像是刺激我腦波神經，我若有頓悟般想到靜嫻先大人俊齋公，他之冤逝英靈未泯，當我在他家受劫持，俊齋公英靈庇祐我，免於該賊兵凶徒之傷害，五十餘年後，我竟得見靜嫻及其夫婿則悌兄，我們一見如故。我原定在他們家只留宿一夜，但見面後，靜嫻囑咐我多留一夜，則悌說：明日整天不要外出，好好在家聊天！當我夫婦離去後，靜嫻在電話中對德卿說：您二人一走，則悌說感覺悵然若失！其實我也有這種心情感應。

逗留於靜嫻家，彼伉儷對我夫婦推誠相與，胸無城府，無話不談！二十五日晨起，散步到秦淮河畔，水波不興，放眼周邊空曠市廛之中的囂攘擠亂，干擾不到這一現代桃園之寧靜，這一片南京郊區之淨土，所建房屋規模宏偉，園區景觀高雅寬敞，眞是不可多觀之理想社區。再加天然輻輳之秦淮後河，有如社區之護城河，隔阻了煩囂雜亂！由於大環境之影響煦育，住在這裡的人們，顯得溫文儒雅，和藹親切。則悌不避深夜勞累，帶我夫婦造訪幾家鄰居，藉以觀賞不同人家之室內設計的匠心巧構，他鼓勵我們在他鄰近區內，遇到機會何妨購一住屋，以便日後常相聚晤，把臂言歡！這是推心置腹、親仁善鄰的誠正之意，我們爲之心動，但，格於現實多重障礙，恐難遂我們心願。

除了則悌、靜嫻伉儷是我們夢寐以求要會面的親友！慧貞老師、原淵戚誼，也都是我們難以割捨的親人。況且我已垂垂老矣，倍加思念故鄉親友及其後人。而目前在南京地區的各家，又都是我年歲相近、碩果僅存之親友。花果飄零於異鄉土地播種生根！惟我煢獨孑遺；後繼乏人。言念及此，心情黯然。

二〇〇五年十一月八日夜於臺北新店

淺談生活與為學

自覺所學不足以發爲讜言，乃略引「現代文粹」中三篇名作鴻文之要旨，撮其精警文辭：

學問與智慧

此乃可大可廣之論題，羅家倫《新人生觀》講詞指出：學問與智慧之區別爲：「學問是智識的聚集，可謂之滋養人生之原料。而智慧是陶冶這原料之鎔爐。學問若喻爲鐵，而智慧則是錬鋼之電火。學問種類雖繁多，卻可寸積銖累而成條貫，而爲人利用之工具。智慧則不同，它是一種本能天成的透視！」反思之啓迪，是一種遠瞻。這是每人與生俱來所含蘊的一種放射性，從人生深處迸發的潛能、光亮，它可以燭照人生的前途。

有學問並不一定有智慧，有些學問淵博之士，竟食古不化，食今也不化！癥結在於不能融會貫通，舉一而不能反三，終生跳不出書本的圈子，這就稱不上智慧。相反地，有智慧的人，也不一定有學問。這不是天賦高下的問題，而可能受到某種阻礙侷限，雖有天資，而沒 有求

學讀書之財力支助！此種事例，不勝枚舉。（略）

……有智慧的人，能從小問題中探驪得珠，悟出大道理。

學問智慧之求得培養，這旁及思想方法問題，不靠別人教得。西方古諺：「你能引馬就水，卻不能教馬喝水。」思想可以啓發，所謂「不憤不啓，不悱不發。」孔子又提「毋意毋必，毋固毋我」四誡示。

西方思想家培根，在其所著《學問的進展》書中說：「思想每有錯誤，乃拗於三種偶像，在佛家稱爲「執」。而我們謂之「蔽」。第一，部落偶像之錯！可以說是「觀感之蔽」的錯。第二是市場之偶像，可謂「語言之蔽」的錯。第三是戲院之偶像，乃爲「學統之蔽」的錯。吾人當深思自省。

張曉峰先生以爲：善讀書者，視書籍爲一種美術，美善相樂，是謂讀書之勝義，讀書可以養心，雖值拂逆，而開卷時許，如扇清風而解煩熱，前人有詩云：「讀書切戒在慌忙，涵泳工夫興味長」。優遊饜飫，既得書之益，不讀時體察涵養尤得書之益也。欲求讀書有心得，須從容不迫，循序漸進，有得於心。用心向學、根柢扎實。

朱子（熹）有詩云：「書冊埋頭何日了？不如拋卻去尋春」。這提示讀書陷於困頓蹇滯時，紛頤難通之際，不如暫且放下書來，至空曠處遊走，或思想忽然觸發，欣然領會，乃收不期而然的功效。由是吾人得一啓悟，讀書並不專靠用功，休息有方，亦是一種收穫。

黃黎洲說：「學問之道，以各人用得著爲眞。」這惕勵吾人勿須把讀書所曉悉的箴言雋語，不必一味貪得務多，而以你能吸收並消化者，才是學有心得。古今書籍，浩如淵海！一味談讀書方法，恐只食古不化，徒勞無功。吾人當知名家著作，其義甚精，其類例甚博，苟能用心閱讀，效其所爲，處處皆可領悟方法，讀書方法與學力成正比，即隨自身學問之進步而俱進！「短綆不可汲深井之泉，學問不能躐等躁進」，孔子說：學而時習之！學者能自動自得，方可日進日新，時習之義，當在於斯。

書有精粗高下，有急需不急需之異，大致約分五等，有當讀之書，有當熟讀之書，有當看之書，有當再三細看之書，有必當備以資查考之書，五者固不容偏廢，學者直加分別，則知工夫緩急先後之序，而收事半功倍之效。

學問之道，大抵前修未密，後出轉精，譬如木之有本，水之有源，甚多名著，經後學者之傳述，常可間接閱得堂奧，所謂「讀書得門，正緣不欲於賣花擔上看桃李，須樹頭枝底方見得活精神。」讀書之法，當手眼並用，凡書，目過、口過，不如手過。蓋手過，則心必隨之，必有所得，即隨手筆記，（或曰劄記，亦曰疏記）日積月累，自然充足，後重省察，歡興彌深，習與性成，不覺倦筆，所謂：日知其所無，月無忘其所有。

讀書之要，在得其宗旨，得其要領，明其大義，明其條理，凡此，均非筆記不爲功，韓文公曰：「記事者必提其要，纂言者必鉤其玄。」信斯言之可詣也。學以窮理，問以決疑，問前須學，學後細思，故學問之道，以致思爲最要。學者誠能原始要終，熟讀深思，功力既深，自見渙然冰釋，怡然理順之機。（續）吾人若能每日有若干時間，與古人（指書本）晤對一室，上下其議論，想見其丰神，則未有不受其感應者。（張其昀著，原載《教育通訊》第二卷三十七期，民國二十八年九月二十三日刊行，又臺北市正中書局《精神教育》民國四十一年臺北初版。）

求學之目的，在獲得適當之知識，而梁啓超則指爲做人之含意。說到做人，乃泛涉「人生觀」之題旨。溯自人生觀一辭之論戰，始於「五四」前後的文化論戰，當時有新舊兩派學人壁壘鮮明的主張，一派可稱之「維新派」，即所謂打倒孔家店的思維。且舉舊學根柢深厚的吳稚暉竟說：把線裝書扔到毛廁坑去，但他似補充說一句：「三十年後，再把它翻出來，守舊派林琴南（紓）則指斥白話文爲「引車賣漿者之流言」。經過時間的陶冶，新舊兩派，各有所是，也各有所非。本文並非爲評論誰是誰非之題旨，亦不涉文化論戰之範疇。且引吳怡博士（文化大學哲學系主任）於中國時報發表「新人生觀」文章提及胡適先生於民國十二年爲「亞東圖書館出版的《科學與人生觀》一書作序」提出十點思見。茲略引三項：

一、宇宙萬物的自然變遷是天道之自然、生物的競爭是殘酷的，並沒有超自然的造物者，及好生之德的主宰左右人之命運。

二、人和動物只有程度的差異，人的道德禮教，都是變遷的。

三、小我是要死滅的，而人類是不朽的。爲全種萬世而生活才是宗教。至於祈求天堂淨土是自私自利的宗教。

由上述三點一窺胡氏所謂科學的人生觀，無非是藉二、三百年來科學方面的研究，以攻擊傳統的宗教和禮教罷了，其實這種人生觀並不科學，而眞正的科學是直探眞理。這種所謂科學的人生觀，不過是受進化論這一派學說的影響，是偏差的看法。把研究動物的理論用以解釋人生，是扞格不通的……以生物進化論，否定人類向上之一條路，超自然的天道。及人之內在——不朽的良知。怎能算是科學？胡先生只拘於小我之思，而不思化小我爲大我。

人本是從生物進化而成，進化到人類期之後，人既已脫去非人的物性之束縛。當今雖仍有戰爭殘殺等反理性行爲，這可以認知人之進化年代尚短，並未臻於完成成熟期，所以仍須道德、法律等規範人之行事。

方東美教授在〈從比較哲學上曠觀中國文化裡的人與自然〉一文中說：亞里士多德所謂「人是理性的動物」雖是名言，卻有語病。因爲人已完全超越了獸性的限制。了解他（指人類）是受到無窮創造的神性的薰陶，人已被視爲能與天地參的一員了。而胡適先生以生物進化之說爲根據的人生觀，將隨生物進化論學說的衰退而弱化。

今天，我們當重建以人生爲本位的「哲學的人生觀」雖然，這有兩個重要目標：一是求大，一是求小。

（一）求大

按《易經》乾卦文言：「夫大人者與天地合其德，與日月合其明，與四時合其序，與鬼神合其吉凶。」這幾句話並無虛玄之處，只是指大人之德性像天地之深厚，智慧如日月之明澈，行爲像四時那樣自然有理，處事像鬼神之避凶得吉，然而究當如何表現其大呢？有五點：

1　能高——心境高

孟子書中描寫孔子登東山而小魯，登泰山而小天下……高，能使我們了解以前看法的錯誤，並能看出前途之峰迴路轉。

2　能深——見解深

今天在科學技術大量製造下，什麼東西都是加速完成，像養來亨雞似的，一針就長大，一針就多生蛋，可是卻中看不中吃。即使學術研究，也同樣只求速成、量多，而忽視質精。

老子一生只寫一篇五千言《道德經》，曹雪芹只完成大半部《紅樓夢》，量也不多，但，都不朽之作。不過在他們出書之前，歷經人生之體驗，在漫長的生活中醞釀其思想，砥礪其智慧，發而發文，乃有其精鍊的深度，卓越的思維，促成不朽之鉅著。

3　能遠——目光遠

今天社會之現象，以城市言：人們住的是鴿子籠，走在路上人碰人，摩肩接踵，耳濡目染之聲色，都爲了謀取勢利及物慾之貪婪，人自出生及童年起就去補習才藝、外文，直經小學、中專、大學要選能賺錢之醫、財、貿、資訊等系科，無非皆著眼職、錢權之獲得。全世界有人活動之處，情況皆近似如此。

4　能廣——知識廣

今天是智識爆炸，印刷品氾濫成災，電腦病毒之流行，觸目所見，充耳之聞，無不是靡爛頹廢之景象，病魔之源起，就是知識之扭曲，狂飆，淫佚之污染，如果吾人能深入思考，謀求救治之方，自視乎哲學人生觀的確立。

5　能容——心量寬

江河不擇細流，乃能成其大，無論爲學，處事待人，都要心存寬厚。《大學篇》引秦誓章中一段話：「若有一個臣，斷斷兮無他技，其心休休焉，其如有容焉，人之有技，若已有之，人之彥聖，其心好之，不啻若自其口出，實能容之，以能保我子孫黎民，尚亦有利哉！」這是政治哲學，把能容之德性，看得比才幹還重要。是智慧之流露。老子說：「知常容，容乃公」。

求大之事已如上述五點。

（二）求小

1　能低——地位低

各人雖都有求大之抱負，然亦須具有能低之精神，此所謂低是就地位言，老子云：「江海所以能爲百谷王者，以其善下之，故能爲百谷王。」老子借地勢之形狀以喻聖賢之人，雖處謙卑地位，而能萬眾歸心。（吳怡教授舉武訓興學之例〔略〕姑且以大陸鄧小平倡改革，以布衣而駕卿相之例，可見受人敬重，不專靠權位而致。）

2　能少——欲望少

老子說：「五色令人目盲，五音令人耳聾，五味令人口爽，馳騁田獵，令人心發狂。」今天的社會就是個五色、五音、五味雜陳的世界。充斥人間之奇技淫巧，控制著我們，其所以致此者，就是人欲橫流，人性幾將泯沒的渾濁不堪之境界，舉一首耐人玩味之諷刺打油詩：

十畝良田丘溪水　家中妻妾個個美
父爲宰相子封侯　我在堂上翹翹腿

全世界不同之國度裡，卻都有此雷同之現象，這首詩是勸世的，還是諷世的，可能人言言殊，因不同階層的人，而有正反兩極的思見。

3　能待——待時機

《禮記・儒行篇》云：「儒有席上之珍以待聘，夙夜強學以待問，懷忠信以待舉，立行以待取。」又：「愛其死者，以有待也，養其身，以有爲也。」此蓋當知，時會未至「潛龍勿用」，時機來到，「飛龍在天」。

4　能曲——曲有識

天下事並非盡爲直線發展。老子說：「曲則全」、「枉則直」。孟子以爲：「天將降大任於斯人，必先苦其心志……。」把一切的挫折阻礙，當作成功之磨石，以誠處曲，以曲通誠，精誠所至，金石為開。

5 能庸——道中庸

庸，就是中庸之「庸」。莊子對庸的解釋最精要，他說：「庸也者，用也，用也者，通也，通也者，得也。」而《中庸》上說：「君子之道，造端乎夫婦，及其至也，察乎天地，在中國哲學裡，把夫婦，及其至也，察乎天地。」在中國哲學裡，把夫婦關係視為「道」，人倫五常道（德）中，夫婦之倫居其中。

守持科學的人生觀者，則必略夫婦之一倫。再就西方而言，彼祇以男女關係相對待，而不闡述夫婦人倫之道。許多生理學，只從性愛的觀點，以斷定夫婦行為準繩。而佛洛伊德更以性解釋一切，顯然是昧於人倫文化的認知。

生活必得繼續

前段引錄羅（家倫）、張（其昀）、吳（怡）三先生之鴻文奧旨，能否搏得普及大眾之察閱？竊不宜妄斷。個人膚淺愚昧，徒自抄襲，而遑顧其餘，迺文藝界聯誼會年刊徵文，故不惴固陋，然思維衰竭！雖蒐索枯腸，恐難發為一己之言、意，不得已故伎重施。茲又擷錄近期

（六月中下旬）間報紙（新生報社論、聯合報專訪）兩篇鴻文之片段：新生報「追隨歷史大潮云云……。」聯合報「歷史潛規律試煉云云……」如：

「在現實世界和歷史中，有聖君賢相、偉人、英雄，但眞正重要的，卻是人民百姓的生存與生活，任何人、事、物都沒有人們的生活和生存偉大——（容筆者插敘）臺灣目前社會之混亂，人倫綱常，蕩然無存，子女暴弒其父母，兄弟相殘，其尤罪大惡極者，把童嬰抓到沸熱水鍋中，在學童少年，公然在上課時，群毆一同學，教師視若無覩！國中甫入學之少年，竟以鋼針暗置老師（女）坐椅中，刺傷老師……接二連三發生之狂悖行爲，以及公私人際關係互動之詭譎，高級知識分子，曾一度峨大冠、坐廟堂，並爲諾貝爾獎及黨魁提起訟棍。街頭示威暴亂之混混，竟以司法人權護衛爲名，公然聲稱支持現行貪污罪犯之家屬亟欲出國繼承其非法所得之巨大資產（略以百億元計）如此種：不堪充耳入目的醜聞，騰笑國際，究竟是愛臺灣，還是害臺灣，毋庸言諭。——是歡樂，是和諧，是悲苦，但，都是透過人們生活和生存表現出來。再雄才大略的偉人英雄，在人們生存生活之前都是渺小而虛構（僞）的。而此政治人物，金光黨徒能否參透？這層道理。即是否以人們生活爲導向，思考問題。」誠如聯合報專訪政大國際事務事院院長李英明教授所說：「人們要過生活或要讓生活繼續下去，這會形成歷史發展的潛規律，最終決定精英的言論行爲或政策，是否具有歷史的正當性……生活就是一切，生活最大，在它之外，沒有其他任何事物，它超越政治、宗教、意識型態，生活必須繼續下去。」

「……生活依舊在，幾度夕陽紅，浪淘盡千古英雄人物，任何人、事、物相對於生活，卻顯得無比的渺小。」做官能達於九五之尊，總統名號，歷史豈得多見，貪污洗錢能開帳户於全球銀行，在地球村之內數十億人口中，有幾人排得上名錄？只要選舉有多數票，傾家蕩產在所不惜，贏了就獲得一切報償。人之異於禽獸者，幾希，又何計其芳？臭之名！多麼迷人的「另類之歷史潛律！」盍興乎來？

二〇〇九年七月六日於臺北新店

演戲之夢與緣

二〇〇一年七月十三日晚上七點三十分，臺北市羅斯福路三段，耕莘文教院小劇場，上演大文豪，諾貝爾文學獎得主高行健之名著《車站》舞臺劇，當終場時，觀眾不肯離席，等待著名戲劇學者、名導演、名劇作家王生善教授的講評。

孝公老師鞭辟入裡的析述這齣多聲部社會問題喜劇，編寫手法十分前衛。但由於「表、導演人才培訓營」實習導演卓世盟、陳怡君聯手執導，並經熊睦群指導排演，贏得最佳演出團獎。王老師特別提出熊副教授，在這齣戲的指導之盡心盡力，並表現出他行政領導之卓越才能。

在評介每位演員時，老師以鼓勵多於指疵的寬厚語氣嘉勉同學。說到我時，語音變得低沉緩慢些：「曹尚斌是我四十五年前的老學生，在開班之前，我要他擔任本班秘書兼任教課，他不願意，堅持要再當學生，要演戲，他已七十多歲！倒適合演《車站》裡『大爺』這個角色。」

老師所以要我演這一戲分相當吃重的老生戲，對我是又一次嚴格的測驗！因爲「大爺」這個角色有一百五十人次的對話，背臺詞就得認眞下功夫溶冶劇情，圓融貼切。這裡我要回溯一下去年五月十六日在臺北市南海路國立藝術教育館演出《一張床，兩個夢》中「錢老爹」這個角色！這是編劇班同學自編自演的簡短劇目，雖然是我寫的戲劇大綱，經過指導排演的何乾偉老師及全體（一組）同學分場編臺詞，由於大家之豐富想像力，編出之劇情對話，我覺得很陌生，記不住臺詞，王老師顯得擔心，囑咐拙荊在家連夜和我練習，有兩三次老師坐鎮排演場，看完全程排練後，又徹夜改寫第五場對話，並親自指導我和女主角王秋壬同學的動作，老師排戲時嚴肅認眞，不苟言笑！某次，我反覆練習不禁失笑，被老師大聲喝斥，全場肅然靜止。

五月十四日深夜排練散場時，老師囑咐拙荊要連夜爲我提詞，一定背熟對話。直到十六日上午進入藝術館，臺前再排練，下午彩排，我仍嫌生硬，且精神疲憊，老師緊迫拙荊和我練習對話，陳豫舜同學是劇務總監督，他看我相當緊張，特別給我打氣，要我放鬆心情！

噹！一聲鑼響，我在何乾偉老師陪伴著走進前臺，按部就班演完整齣戲，王老師私下對拙荊及多位老師開懷大笑說：「終於過關了。」當我領到第一名厚重的獎品，進入後臺，竟有人等著要我簽名，楊金榜學長特來致慰勉之意，隔日，接獲中央研究院社會研究所曹添旺教授、空中大學陳校長義揚等先後來函嘉勉！袁鋭鄉親賦詩一首，情眞意切，令人動容，詩曰：「藝術奇談七十翁，粉墨登場娛親朋，一張木床兩個夢，經典名劇化頑靈，能詩善文鐵衛兵，著書主說不計名，人生舞臺添佳劇，彩衣繽紛視群英。」

也許就是去年我第一次步上藝術殿堂演戲，使得王老師放心，今年要我擔綱《車站》劇中吃重的角色！但，我自覺不如去年演得出色！去年劇本是全組同學揣摩出我寫的《夢與現實》大綱創出那個回大陸探親，失望而歸的錢老爹的現實故事，再由王老師改寫第五場臺詞。令我表演得心應手，一年後見到我的同學親友，還交相讚譽，有些同學鄉誼知道我今年又要演戲，叫我不要上癮啊！其實，我之所以演戲，只想以優孟衣冠、娛我師友，不敢奢望獵獲利名，而乃遊戲人間，聊博一粲耳。

《中原文獻》第三十四卷第一期，二〇〇二年一月一日

欣幸銘懷

「光陰似箭、日月如梭」，驀然回首！個人竟無感的歲月已流逝八十餘年！一無所成。復以日省吾身，雖百病叢生，仍欲再入學爲職志，幸得東華大學校長以下，及執文學院印綬的吳老師冠宏以開擴之襟懷，折衷協調，允我以同等學力報考中文系不分組博士班，我以低名之末錄爲正取生。卻是我平庸無才、無能人生之最佳注腳。

只要上榜，何計其名次高低！入學後，承老師以有教無類之關愛，不以我之衰邁佝僂屈膝而見棄，不以我不懂電腦不嫌煩，不以我耳聾眼花而鄙夷遲鈍以怨懟！善美哉！感念諸師輔導用心之良苦也。感謝同窗共研（硯）的諸學友，容我、助我良多。永銘五內，而中文系李主任秀華及兩位學姊視我若遊子歸家之呵護關懷。

以玄學與魏晉士人文化爲課程教材，是我先前曾宿願於內中之企想夢幻！如今又一次夢得成眞，由衷感謝吳老師予以適逢其會此良機，而老師如沐春風之豐神……。肅然，欽羨！

且以顏崑陽老師的名著《人生因夢而成眞》以況我斯夕之心情，乃切中肯綮矣。美哉！東華，這片寬闊淨靜大地，乃我之最愛大學的校園，爲全臺文化基因之人文薈萃的地靈人傑的福域。凡是來過東華大學的人都可能留下「簡約玄淡、爾雅有韻」之印象！日前文學名人白先勇到花蓮作專題演講，承辦單位特選於本校人社二館演藝廳開講，白先生曾盛讚學校環境優雅而大美！所以他顯露逸興遄飛的神情。

我入學後，所接觸人、地、事、物都是親和溫馨的，每當步行到教室之中途，都見到一隻以至兩隻、三隻的寰頸雉在草坪走動，頓然令人心曠神怡，尤其清風徐來之舒暢，引發深思遐想！置身於此，夫復何求。欣幸之餘，聊以記敘云。

二〇一三年三月二十四日匆草

兩可一否之自嘲——和您說真心話

唯斯題耑起句，可能導致「丈二和尚摸不著頭腦」！茲述其意含：兩可者「可笑可嘆也」，一否者，「或不盡其然也」否！「也或亦然」也。

溯自廿（念）餘年來，承《中原文獻》季刊梓行拙文歷有年數，計其篇目，約五十餘次，其過程，可謂不短，首當感謝主筆劉光華兄校編之辛勞！惠我良多。嘗懍於「文章是自己的好」斯一自詡詞，竊不敢以虛應！然，我亦世俗之流也！亦薰薰然，浸假乎私心，於是將已刊布之拙文，每加印頗多，寄贈親師友儕，聊搏一粲。此一固陋習性，乃我定性之作爲！寧不引人發笑？人或眥目於我，予欣然受之。

常年印東抄西，不知覺間，將蝸居陋室，轉化成「印刷物垃圾場。」放眼一眇，每一空隙處，塞滿廢棄垃圾紙！家人望而生厭！拙荊譏我浪費地球資源！我視若罔聞「敝帚自珍」心態，依然固我，眞乃斯可忍孰不可忍？

由於居家狹隘，個人終不免於煩悶之困窘！而憂心忡忡，因以奢盼或即將堆積之文稿，分別寄給親、師、友儕？拙荊斥爲愚昧之妄想！禍移伊戚！徒招惹唾棄，曷三思乎？屢屢思索，無脫困之良策，任其懸宕窘困！

連篇累牘之贅語！殊未揭明題旨，且又轉入另一瑣屑之話圉，卻非人際活動之抒敘。亦不只是心情苦悶之獨白，而乃人禽相互照應，單方面之記事，詳如次云：

東華與我一草一木皆有情！禽鳥之樂，尤爲欣盼。

乃上學年校園曾經親身體現之零慊述略，猶記某一次往教室中途，甫出宿舍二道大門，即擷雲一、二莊相隔之空間、樹林、路燈、電桿，忽見幾隻名爲「烏秋」的小鳥穿梭飛越，並細聲嘶鳴，天籟佳音，沁人心脾！我稍佇足仰望，鳴聲加急，令人感覺牠們似有所需，展翅翺翔示意。正巧，我帶少許飯屑順便向樹梢、草叢拋撒，鳴聲漸止。我往前續行，不期而然，這一事故恆溫在心！

又，某一天經過學人宿舍橋拱，忽而聽到群鳥有節奏感之共鳴，我佇足傾聽，似若禽鳥有意識表演之奏鳴曲般，直令人心荊蕩漾，聆聽片刻，韻味頻增，我且幻想是這一烏秋鳥群，對我有意識之交流活動！是耶非也，殊難斷其含意。

驟然某一次，或曰不幸，中途竟見一隻烏秋行在路邊草坪，顯見其有病，但不知如何助牠？牠離我不遠，我走向前想抱牠，牠仍緩慢飛離，我也無所措手足，然！憶及「鳥之將死，其鳴也哀」！乃斯一驗證之實例也？

溯憶既往與我幹校同學五十五年之闊別，欣悉各人皆已創建美好幸福基業！眞的是大快人心，若一掃描時下社會紛爭混亂情境，吾輩眞欣幸已所獲之福澤安樂……難以言盡。

二〇一三年十月十日匆草於東華大學校園

（與幹校、文大、政大諸校友話家常）

感悟自白

乍看日曆，時序已爲十二月一日，乃自儆省，本年六月末本校，東華大學文學院吳老師冠宏院長，是我的論文指導教授，他乘赴政大開會後專囑我在臺北市健保中心晤面，老師提示論文撰著之概要，如：命題、取材、思維主旨等大綱領，老師一番箴言，我眞有茅塞頓開之啓迪。最令我感念的是教我可以斟酌以個人生命史，及生平爲學，任教諸歷程所獲得之成果，作貼切之記述，略以學術研究之體式，再補正內容，予以斠編成冊，先完成初稿，呈請老師審閱。

彙整一些新舊撰文，當分別類目，各依不同之素材，予以滙歸框欄，每一類目，寫明內含之小序。是否允當？乃以審定爲準確。

溯憶近三個學期之漫長時日，我不斷受紛至沓來之俗務所困擾，除了小女婚事之外，還要每月的十日，臺北市文聯協會之餐會，是不能缺席的，由於我是監事席位，必得以身作則。

十一月二十八日我夫婦一齊參加文化大學中文系文學組年會，倉促間我翻出一份五年前寫的通函，又帶到餐給每位到會的同學，又附上一張十多年前餐會中同學攜帶家人照了一張團體相片，今天竟又重溫舊夢，倍感親切，點點滴滴往事仍堪回味。至少，我是自足快慰之心情，面對一切所獲得的欣幸寬慰，其所以然者，其來有自也。

話說從頭：我九歲之童年，始入私塾學館啓蒙唸三字經、百家姓，次年再轉到另一家私塾就學，開始讀四書教本，第三年讀到《詩經》，課程進度，我都應付裕如，有一次我從《論》、《孟》學、《庸》，背完四書，接續背誦《詩經》，一字不漏。老師張鳳桐，向陽公，竟要我向大師姊鴻才面前再背一次四書及《詩經》全本。緣由於大師姊要到城南一大鄉村名稱「潘灣」的郉莊裡，開辦一個社區私塾學屋。老師顧慮到女兒（我大師姊）事前並未充分作準備，竟將要初爲人師。萬一發生她個人忘記書本中會有少數難認難記的字，句含意之閃失！倘有此窘況，會被學生嗤笑，甚至當面背後調笑。

老師叫我背書，同時叫大師姊，隨著我背書聲之進度細心看字句，萬一有生字，立即記下，之後再向老師請教。我雖在學屋受教三個年頭，每天上學受課，仍止於背書寫字，並未開講課文精義，更沒有教學作文，惟已知到文具圖書店裡，買文具，看到大量的書冊，當然也已看懂一些白話文的淺顯文集。尤其看了一些文庫收錄的佳作文章。自己心旌蕩漾！幻想著日後個人或亦習得作文？原先的夢想企望，竟逐漸成眞。

今天，自己走到爲學之高層，回憶起來，自覺欣喜。然而這又使我想到眞有若天助，賜我於孤獨生命歷程，每遇良師益友！尤其於此夕陽晚景，再入大學碩博研究求學，得遇如東華大學之多位經師人師，皆是卓越學養，高尚人品的師鐸，我曷其欣幸！

游文於六藝之中，留意於仁義之際！我終生感念東華大學中文學冠宏老師、正芬老師、語宸、怡婷學姊，乃至江宇學妹，他們留心察覺我的健康狀況，日漸薄弱，已難耐身心體力不濟。同心協力，蒐集我以往於政大中文所之受課作業報告及歷年接受大陸之「中國歷史文獻研究會」、「河洛文化研究究會」等（例如「錢穆學術研究會」）函邀赴會所附論文，部分已經冠鴻老師惠閱，並承口諭，上述文稿可酌予採納於論文之內。如上所述老師過目之拙文散稿，先後皆承《中原文獻》季刊梓行於世。幸承吾師關注我已値老邁之衰年、且已多年前罹患「攝護腺癌」，醫療診斷，時下爲末期。然而從表面看不出我已身罹重病，其原因：甲、得遇良醫陳、洪二博士之診斷下藥得宜，而我也能稍安勿躁，充分接受陳、洪二醫師治療服藥，定期檢驗打針驗血、尿之狀況，病況皆甚穩定無突變。但，容我且舉一實例，即本（三）月八日病逝之摯誼袁銳鄉兄，他與我同病況，原先且較輕微，因誤判採行手術切除攝護腺，病未減輕且更惡化。卒致一病不起，而棄世。吾甚悲愴，痛失良友！奈何。

上週某日，承李主任正芬老師提示我須早出論文，以便參加本學年（一〇五）年度畢業典禮。她並且轉達其父親關注我早日讀完課業，交出論文。若經審查通過，學校亦照規章頒發學位證書。李父在勇是我學長校友。其所以諄諄誥語，其來有自也。

我之不厭其煩歷述諸親、師、友儕之瑣細生活點滴，蓋以個人論文主旨乃是以自我生命史略爲基志，爲求名副其實，自當貼切地靠近我親、師友誼之間的彼此日常生活互動諸般往還等，雖平常但確係深摯情懷之鋪敘。個人於民國三十八年二月（農曆）中旬黯然來臺，途中遇見一位近鄰賈姓經營銀樓之少東（老闆之弟）看我瘦小之身影，卻背著一個大行李包。他問我要到哪裡去？我說：去臺灣！他啞然一笑，就不再說話了。而我也頓感惶惑！心情油然不知將何所止。但，既已離棄家鄉，只有茫然向前走，……到了基隆港，把身上所穿全新之棉褲棉襖脫下丟棄。拋到港口海裡，只換穿一身新夾衣，留一床棉被，後來駐進旗山埔江林營區，把棉被拿到彈棉花店加工彈一下，次日取回，眼見一床膨脹，仍是新渲白色，只是比未彈之前，顯得更大包，心喜不已，但，使用不到一個月，棉被套竟變成一堆小顆粒棉球，才知道棉彈店把我最優質（河南生產之棉花，享譽全國之佳名）棉被裡子偷換爲臺灣樹產之木棉，可是也不敢向店質問（怕犯軍紀處罰）。這使我蒙吃暗虧之苦悶！也永遠記著這一不良印象，並不記恨。之後，又認識幾家經商、務農的民家，我還被一楊姓家人邀我每天傍晚去他家，爲其正讀中學的孩子補習國文課。我們相互友善交往。

在楊姓友人家近鄰一家林姓食物雜貨店，男、女少東都與我爲友，而小姐且對我有好感，男孩似乎比我還年長一兩歲。因爲他正準備考警官學校。彼我相談甚歡！我其時爲中士身分，被指導員選爲代理隊上政治幹事。原入伍生教導總隊，改編入裝甲兵總隊，一年後我由士兵晉升准尉，且與政工幹校三期畢業生分發爲政治幹事，再一年我考取後補軍官班，入幹校候補班受六個月軍官入伍軍事教育，中途我又考取幹校正科班六期之影劇組。在讀影劇班時，進度學程有實際表演課，記得校長曾親自觀看每一同學受測試情況，當時我是教授班長，可能由於平時我都以爲個人在上課時，必得正經八百以身作則，對於生活細節，特別注意個人身爲一班之長，務須端正儀容，不苟言笑！偏偏有些同學比較有「戲」的天性，生活動態比較散漫，嬉戲頑皮，我自己扭於孤僻，想像畢業後分發到部隊基，當政治幹事，凡事就必正規典型。絕不能像在校受課以戲劇角色姿態顯現要比人突出。就因爲個人之故步自封，有一次上完「舞臺語言」課，午餐一過，我到醫務所看病，我主動向一位眼科醫師敘述病況！記得那位年輕的中尉醫師，他聽了我說完病情，竟以眇視我的神情，囑我回隊。

我之所以寫數十年前微不足道的小事，因爲這就是我的生命之眞實情節，當時那些人對我之友誼，我已永銘在心。例如有兩位陳小姐，她們都對我表現了親近的友誼，和她們閒敘家常話，她們似若以姊、弟口吻談笑，其實她們年齡並不比我大，而我當時看起來比實際年齡要小。

由於她們太親近我，使我有點害怕，（因爲軍中各級長官早已訓誡我們勿與任何女性有戀愛行爲！）直言之，我們只是士兵階層禁止結婚！所以我就疏遠陳家姊妹，然而令我意外地是，她們二人竟然到我們營區福利社裡作員工，因爲，我常去福利社走動，買零什（食）又和她們有接觸機會，說來可笑！我竟也不再去福利社走動了。

由於我曾被隊上政治指導員指派協助辦壁報，寫標語。順理成章的就暫代政治幹事任務，所以日後被推選爲晉升准尉職，並和政工幹校之分發來的三位少尉同一人事命令分發我爲裝一師第三指揮部本部連的政治幹事。直到兩年後，我才又考取候補軍官班，到幹校受六個月訓練之中途，又考入正規班，再到陸軍官校受八個月之所謂軍官養成教育。再回到政工幹校受專業教育。即影劇之編、導、演的初級體驗實習。前已略說：我得以擔任教育班長，自我扭曲，以爲要嚴肅的習得日後成爲好樣的領導人，其實自己犯了矯枉過正的偏頗思維，我竟給校長寫信，想要轉到「政治科」！幸而化公校長（王昇字化行，口頭稱他化公以示尊敬）問我喜讀什麼學科，我說喜歡文學。他即笑而導正，指說：戲劇就是文學，要我耐心讀下去！然而，正因爲化公的正確指示！我逐漸深入文學底蘊，以至於垂暮之年，走上博士課的層級來。尤爲欣幸者，是進了東華大學，中文系諸師誼，視我若親。多年前，寫了一篇〈幾句舊話，記憶猶新〉的短文，曾提及這件事（茲略）。進了東華博士班，更有如遊子歸家，因爲每一位老師，對我之寬仁厚澤，直令我感覺，就如同與家人久別重逢！

我原本想把思維主旨命題曰：〈以思與言啓迪生命史略〉，可是經反覆思索，殊欠妥貼，又欲再加副題曰「尚文齋譔言斠篇」，但，也不能彰顯個人生命史的意涵。其主要緣故，是自己生命歷程平淡無奇，剝其內裡，自己一事無成，又沒經過什麼大風大浪，或做出任何值得誇耀的東西，更不曾做過什麼大官，發過大財。哪能寫出什麼令人側目一盼的回憶錄或大事記？

不過我的天性，卻喜歡看別人的史志。尤其他人如何能成就既富且貴的事功。

所述種種，我都做不到、學不來。我資質遲鈍，又欠缺發憤出氣的膽識！凡事多存退一步想，或反身省思。而少有報復之用心。我卻常懷念我的親人——首當從父、母、兄、姊說起：

一、父親是我最想念的有天高地厚之恩德的至親人，一歲之年，母親去世，多賴三位姊予我之呵護！尤其大姊、二姊，她們以童少之青年不得已勞累日夜照顧我！再加上堂姊較年長，伯父囑咐她到我家，協助三位少年胞姊共同扶持我，日夜以米糕煮成的，如同人乳之稀粥餵我。唯三姊當時只有十歲之童年，某一天抱住我，失手把我的頭碰在熱水茶壺的嘴上，頭骨見血，全家人驚嚇，父親從店裡回家查看，並未斥責三姊。大姊、二姊照顧到我五歲，她二人竟先後兩天病逝！我十歲時哥哥以二十七歲之英年夭折，父親最痛心之悲愴！他以頭撞牆。

影劇系典故紀實

一

同學們來呀！母校六十五歲壽誕的大事，請您盡可能參加元月六日的慶典，尤其影劇系做了一件大家所熱切盼望的《影劇系文集》，經系主任邱冬媛教授率領幾位助理（後期學妹）協同心力編出一冊內容豐富的大書，可以稱說：《影劇系史》，（詳細內容：參閱邱主任的下通函）更能讓您親身見聞，歷年來影劇戲演出的單元劇留下的活動照片。

當然，我要在母校影劇系六十週年慶典演出《世代傳承在復興崗》單元劇中的片段寫實情景，至今已過了五個年頭，回想這件事，心情之愉快、欣幸，想要再表達永難忘懷的感念！因爲這件事，我深入其中，這令我早先並不熟知的邱冬媛學妹，她對大小事，都設想周到，編排恰當。尤其大公無私、守分、中規、中矩，而使人欽佩她的才能及幹勁。誠如：她說，自己已經爲影劇系奉獻二十年的心力。爲了工作的圓滿完善，主其事者，必得有先天的聰慧，對人事之觀察去、取，都要恰到好處。又，後天的學養，做事的才具，例如：「世代傳承在復與崗」劇之編、導、演員的選定——每一角色，必須稱職，各如其分！當我受到擔鋼飾演男主角，以不慍不火心情表現，演出各時段情景，受到觀眾肯定。這完全得力於導演的識人、指導的得體。

二

在這之前，我先觀賞過本校影劇系應屆畢業生之公演，這是我首次和冬媛認識。之後，冬媛也許看過我在西元二〇〇〇年五月於王生善老師主辦之訓練班，演出之「一張床，兩個夢」的單元劇。留下印象。所以在母校六十年院慶，由冬媛編劇兼導演之《世代傳承在復興崗》之紀念劇，排練多日，先在校內試演給官、生、員、兵、家屬共同觀賞評鑑過關，再正式公演於臺北市國父紀念館，正式面對社會大眾。當然，也經國防大學、政戰學院官兵員生之一致評鑑。並承嘉讚。

我再憶述王生善老師承行政院文建會委託舉辦之暑期將辦之夏令營，「中學教師戲劇演習班」邀我與陳豫舜同學參加（陳豫舜曾在冬媛之前任政工幹校時段之戲劇學系主任，他自軍中退休後，兩次應王生善老師所辦之「編劇及表演，導演訓練班」擔任執行班主任。王老師又要我參與行政工作（執行秘書）。在第三次表演、導演班開辦後，陳豫舜因女兒在紐西蘭經辦事業，極需其父母共同協力，而豫舜只能中途辭職，王老師要我兼理班務。並於畢業演出之公演，例如：最後之導演班，選定高行健（諾貝爾文學獎作品之一的戲劇「大爺」角色，戲劇名爲《車站》）。這齣劇在臺北市耕莘文教院演出，由於劇場地狹小，演出當晚很多人進不了場，包括我先已接到王化行（本校前校長）老師回信表示，他會到場看我之表演，但卻進不去場內。（事前未指派專人接他）由於夏令營人手不足，陳豫舜早已離隊，我無法兼顧行政事務。以致有此紕漏！（我曾先後寫兩篇短文：（一）演戲之夢與緣。（二）我在車站等到了自己。經《中原文獻》刊行。）

三

上述屢次於臺北公演之主演劇中角色，也可以自我陶醉調侃是個人學戲之成果歷程的報告。我且又寫了一篇短文「似夢卻是眞」，本欲將之呈送母校「戲劇系，請冬媛斟酌可否採入劇集？不過我又附一篇回憶錄式之短文〈我與李曼瑰老師之師生情誼〉。若蒙採用，爲了不多占文集篇幅（版面），而略去「似夢卻是眞」這篇，不要採入文集。

另外則以個人在四年前，即演出母校六十年紀念承冬媛之指定我入戲中主角，並自行主演的短劇，可算是我最難能可貴的爲自己劃下句點的演劇生涯之終篇。

最令我感到之幸福滿懷的，是個人之美夢成眞都是冬媛爲我所編織！我於人生高潮之後，又翻轉為東華大學之博士生，今年六月四日奉學校通知，要我參加二〇〇四學年之「畢業生撥穗典禮」，在全校各學系畢業生共同畢業典禮上由社會人文學院陳鴻進院長主持之典禮大會上，陳院長致詞文，竟也把我列入講演題材內，陳院長於講演後，旋即走下講壇，到我座位向我握手，再致嘉勉辭。（我坐第一排之中央主要位置，這也是我一生唯一之受矚目的珍貴時機。雖然我尚未獲取學位證書，乃以我尚未交博士論文之故，而承我的指導教授吳冠宏老師面諭，要我於明年二月之前呈交論文，經考試委員口試通過，先前已交三篇所謂小篇論文，經評定及格，而為博士候選人。）明年再接受口試及格，始得獲「博士」學位證書。但，能否及格，仍不敢斷言。我只說：盡血心承命而已。

二〇一六年九月二十六日

福禍休咎，宿命身受

福兮禍所伏，禍兮福所依，老子箴言，我又一次切身感受。上週一，即十月十五日，我依預定時間上午八時前趕到松山機場，不一會，鐘培文也到了，稍後旅行社人員也到了，隨我們辦妥託運手續，我和培文同時搭輪轉手扶梯。可是我並未扶欄杆，到中途因與德卿揮別，我竟忘記電梯之滑動，突然我在電梯口摔倒了，身旁的人助我要站起，我竟抬不起左腳，手摸一下膝蓋，竟凹下一大塊，但幸無外傷，承航站醫務人員，立即電請消防隊，派救護車送我到長庚醫院，急診照X光片，確定是髕骨已斷，須及時手術開刀。必須轉往有此手術設備的醫院才可以動手術，我選定榮民總醫院。手術順利，打兩根鋼釘於髕骨。豈料，次年又摔斷鋼釘，再次手術治癒至今。

長庚又派救護車送我到石牌榮總，辦妥入院手續，下午三時餘進手術房，多位醫護人員，協力爲我進行手術，順利完成各項手術，已是下午近六時之晚間。在觀察室又待一小時，病情穩定，進入中正樓之十八樓近護理站之病房。

在病房內除了多位醫護人員外，拙荊寸步未離我身邊，她也隨我住在我床側。肆應一切大小事務，她比專業特別護理更眼快手熟呵護我！除了腿傷微疼，一切都顯得平安如常。主治醫師兩度對我說，可提前回家休養，我決定於二十一日（星期日）出院。太太和女兒隨車照扶，到家後冏宗、岳勳、芳儒三侄兒女扶我上樓梯。令我感到溫馨貼心。

由於這是我太半人生歷程第六次受到重大創傷，就約略記述梗概。從出生甫周歲，就失去母親的溫馨哺育，母親積勞過度，病逝後，由三位尚未成年的姊姊手忙腳亂的提攜我，再把年方及笄的堂姊到家協助三位胞姊，她們急中生智，買來米糕用開水泡沖成流質奶狀，日夜不停地餵我或抱起搖晃著，盼能使我安睡。不致哭叫吵得父親不得安寢，怕影響他一早就得趕到酒店料理生意。（其實是只包筵席的飯館）父親內心之痛苦，難以解厄，借酒澆愁！重病（痔癌）殤逝。

失去母愛哺育，只得勞累三、四位姊姊之提攜，大約算兩歲（但，還不會走路）的那年冬天，三姊不過十來歲，抱著一個小棉被，包裹著我，又穿一身棉衣，合起來一大包，三姊哪能抱太久呀！就在她想動一下緊繃的手臂，不慎把我的頭撞到桌上的銅熱水茶壺的嘴，我的頭傷深約及骨，血流如注！嚇壞了全家人！晚上父親回來痛斥三姊。但也埋下父親對三姊的怨怒心情。當我在五歲之年，又被三姊以火鉗燙傷左小腿時，父親暴發長久以來的厭恨三姊之怒氣，決心把她趕出家門，方其時家中只有哥哥在用功求學，大姊、二姊雙雙病逝不久。父親正需要家中有人代他操勞。（偶爾請寡居之姨母來家照顧些瑣事。）父親若非對三姊積怨偏見，怎能忍心把唯一尚存的年幼女兒趕出家門呀？年幼體弱，不但缺乏母愛怙恃，兄姊連袂病逝，在極其艱困環境中苟活至今。

可憐的三姊，終於黯然走出家門，所幸父親並未打罵過任何一位子女。只是口頭指責，用心嚴苛。三姊被逐離家，由鄉下某遠親代養，後來終於歸趙家爲塡房婦。（趙天羽原配歿世）我姊爲繼室。初受惡婆虐待，三姊懷孕在身，婆婆逼她到河邊汲水挑兩水桶，爬河坡上來，不愼摔倒，三次流產，都未就醫，幸而三姊天性強毅堅忍！婆婆去世後，她接管當家，最後一兒一女都成人持家立業，三姊得享含飴弄孫天倫團聚，其樂也融融。到七十歲辭世。

我走筆疾書，追敘三姊與我不同之遭際！並也玩味老子的銘言：禍福休咎，倚伏回環，尚不得其透析所以之理？（非本文能深致探討者，茲從略）

以下仍接敘個人過去所履歷災患之大概：（在軍中入伍不到半年就摔斷脊椎、腰椎兩段骨折。另文敘述。）

民國六十一年，我尚肆業於中國文化學院中文系三年級時，某次上體育課，在路邊滑倒坐地，右手腕、掌脫臼撞斷，當時除了劇疼且頭暈嘔吐。（據悉是骨折之通常反應現象）經醫師把我手綁在醫療床架，再往下拉，把手掌拉回原關節位置。（未上痲醉藥）十分痛疼，但翌日我仍照常上課，並以左手抄筆記，女同學調侃我，左手寫字比她們右手寫得還好！眞是笑不出來之打趣。

手傷過後，不過三數年（我已畢業留校工作）田宗仁同學結婚，要我充伴郎，因爲在他之前先奉命作劉倫正同學結婚伴郎，竟先後受寵若驚！正自感得意之次日，午飯後去圖書館，途經大賢館門，忽起一陣陰風，吹落該館三樓陽臺，壓被單之大型鵝卵石，先掉在二樓門簷防風板，再反彈落地，正巧打在我頭頂，血流如注，我先走進大義館體育系，以水龍頭沖洗滿頭臉之血漬，並承一位女老師（同仁）打電話召來計程車，載我去石牌榮民總醫院，把傷口縫十多針，有輕微腦震盪，並未住院，回學校靜養，照常上班工作。

回到一開始所提到機場的意外，摔斷了左腿臏骨，友人驚聞，電話致慰說：這是好消息，必有後福。（國賢兄略去「大難不死」一句，特強調後半句之義蘊。）但願如他所云。

元智大學張明文博士（榮譽終身教授，早年留美對光學研究有重大成就，獲選爲世界光學會副會長），以安陽文獻社長兼同鄉會長之職司，推薦我參加「河洛文化國際學術研討會」第六屆年會，由於高安澤兄（安陽文獻主編）對我縣袁銳、萬良、鐘培文、楊崇幹諸鄉賢多有所聞，皆欲延攬赴會。尤其原景輝之文章道德素所敬仰。安澤兄多次表示推薦曉初（景輝字）爲我縣赴會之領隊，並獲明文博士之首肯。然而，原將軍已達期頤（九五嵩齡）之年。我乃向明文、安澤二先生代爲陳情，勿促曉初赴會！幸蒙惠允。劉慧英大姊，視我若乃弟，聞我摔傷，欲來舍下探視，我雖婉拒，她堅決在我赴醫院複診時會晤一面。以表關注之至忱，遠在上海師大之繼英姊及南京慧貞老師對我遭此不測之災患，俱表深切之關注。至於新蔡家鄉諸親人，我都不欲其俱聞，關山遙望，倍感注念，徒增不安之心緒。惟臺灣諸親嫂及諸姪，先後赴醫院，來家致候並享以多樣水果食品，令我親受溫馨之摯誼，並再次體會「患難見眞情」這句話貼切情景。

草此短文，乃以前此寫給繼英、繼寧、靜嫻、則悌諸姊弟拙文末段之「禍福休咎，感同身受」句辭，引以爲題。

捨去昨日好與壞，把握今日。

莫做虧心僥倖事，夜半敲門心不驚。

摘自《中原文獻》季刊

我的三十年

我做事的一個大毛病是分不出輕重緩急，應該要做的事非到火燒著眉毛，就提不起勁來！然而往往對一件急須做好的事，總是在最後時限裡，以急就章的草率心情，倉促完成。舉此一例，就可以看出我的個性，甚至能就此判定我碌碌無成，潦倒半生的癥結所在了。

「我的三十年」是十分契合我心情的一個題旨。且不管能否趕上徵文的最後時限；也不問能否入選？但，決定寫它完全是興趣與投契的緣故。當我把第一天看到的徵文消息告訴妻時，她很高興鼓勵我試試。爲了減輕我心理上負擔，她一再強調的說：得不得獎是次要問題，主要的是這個題目適合您去發揮，其實你只要把三十餘年所遭遇的切身經歷，扼要寫出一點，即使不給人別人看，自己存個底稿，日後作爲憑藉參考，那也沒有白費工夫呀！就在妻的鼓勵下，一鼓作氣連著兩三個晚上，深夜疾書，眞的寫了兩三千字的一篇草稿。卿要先睹爲快！我不敢給她看，我怕她不忍卒讀，會笑掉大牙！可能她會先給我一個最大勇氣獎哩！

早上卿到學校去之前，先給我沖牛奶，被我三兩次峻拒——我說不習慣喝牛奶，每次喝了就會瀉肚子，她不敢再給我沖了。於是爲了我早上吃饅頭，煮好鹹蛋放進我皮包裡，好在半路上買了饅頭帶到辦公室去拌著吃。這樣上半天體力會好一點，我照樣不感興趣，卿沒有勉強。於是她又換一招，早上我還在睡回頭覺時，她就拿著半杯溫水，送到我面前，硬要我吃一顆維他命丸，這使我更厭煩，我厲聲地對她表示一肚子不高興，正告訴明天不要在這個時候叫醒我。她三番兩次碰我釘子，眞的不敢再煩我了。我不知道自己是這麼怪，記得兩年前還不曾娶妻，一個人住在學校單身宿舍裡，有時在外酢酬喝醉了酒、回到宿舍，嘔吐半夜，鄰居小王實在不忍看到我那種狼狽痛苦的樣子，幫我買解酒藥，又倒醋、又拿什麼仁丹之類的藥給我，越吃越吐。第二天早上平靜下來，小王勸我要少喝酒，並鼓勵我早點成家，也好有人照顧我的起居。如今我有一個賢慧的妻子，但卻忘記了往年單身的苦惱，反而把妻看成是一件麻煩事。這是什麼心態呢？有句俗話說：身在福中不知福！至今我才切實體會到這句話的受用。

至少最近五年當中，每當報紙上出現「母親節」的消息時，我都悵惘這一次又沒來得及在早些時，寫一篇追念我娘的文稿！想想等父親節之前，寫一篇追念爹的文章，也可以補償一下心裡的鬱悶，然而母親節一年一年的過去了，父親節也隨著無情的時光消聲匿跡了。我這篇文稿那一天才寫成呀！我至今還沒有做父親；妻也沒有做母親。不知是否由於我們自身沒有經驗過做父、母的歷程，而寫不出眞情感人的文章，乾脆就不急於寫它。嘗在傳播媒體上看到各行各業的人所表露的孝親之情，我的心底便受到些震撼！襁褓中我失去母親；童年時父親病逝；哥哥姊姊都是英年夭折！在悲愴黯淡的歲月中長成。人皆有母，唯我獨無。母親生我、父親育我！姊姊以幼弱的手腕，代替母職把我提攜到孩童之年，又撇下我而去。我直覺地體察到自己沒有過正常的親情溫馨生活。等到自己活了大半輩子，也還是體會不出所謂天倫之樂的家庭幸福！自己又是中年之後才完婚，至今中饋猶虛。就是這麼平淡而灰暗的人生，養成我孤僻的天性。我甚至抱怨，老天爲什麼獨薄於我呀？像一般的天下父母心那樣，我的爹娘同樣也期望我長大成人，也祝願神明保佑我成爲一個傑出的人。然而不幸，父母親對我的希望落空了！這應歸咎誰呢？老天不容許我爹娘撫養我長大；當然也就是不容許我有盡人子孝親的權利！小的時候我還可以獨自走到爹、娘墳前憑弔一番，至今遊離在外，再也看不到爹娘墳墓的蹤影。我該用什麼方法表露思親之情呢？除了在紙上發洩滿腔幽怨之外，我再也找不著更恰當的代替方式了。如果說有：那就是我和妻隨著年節習俗，以香火冥紙，鮮花素果，遙望祭拜。我無可奈何之際，只有以酸秀才口氣默念一下前人留下的一句話：「子欲養而親不在！樹欲靜而風不息」啊！

三十八年五月四日由武漢輾轉到廣州，穿著便服佩上當兵的符號，乘滬廣號輪船到達基隆港，當時天色未亮，我那個時候第一次有過發自內心的眞誠喜悅！自從父親去世之後，我已通曉人事！長年掩藏在悲傷愁苦之中，直到從漫天烽火中翻滾到臺灣。眞正開懷起來。嚴格地入伍訓練，不只把體魄鍛鍊強健了，更重要的還是精神教育，尤其研讀先總統　蔣公訓詞，他要我們切實體認　國父於黃埔軍校創辦第一期開學典禮的訓詞，所提示的革命軍人精神要旨：這可以說是我個人成年以後之氣質性型的典範。除了父母遺傳的秉性之外，後天的人格培養；學識基礎的奠定，都有賴軍事教育之陶冶！在所經過各階段軍校入伍、養成、專業教育的歷程中，最初之入伍訓練給我留下較深刻的記憶。至今我還清楚地記得一位高級長官，在我們入伍教育結束改編到裝甲部隊之前，他在冗長的精神講話中，提示的一個平凡經驗之例證。他以自己爲例說：當年從軍校畢業後是由排長幹起，如果能像「我們」一樣由列兵、伍長到班長之最基層領導與指揮方法，都切實磨練一段時間。他說，我可能對軍人事業，會有更多的建樹，他甚至慨乎言之！從排長以上各級領導幹部，所應具備的基本才能與統馭方法，他都仍能清楚地記得那些要領。惟自班長、伍長、列兵應該怎樣做得恰到好處？他就沒有一種堅定的信念，原因是當年他沒有歷練過班長、伍長、列兵的過程。然而一支部隊要能發揮它的功用，最主要的是基礎領導要健全；基本訓練要踏實！這是絲毫馬虎不得的，長久以來，我體會這番話確有啓發作用。練兵不能有虛假的手法、做學問不能自欺欺人；平常爲人處事又何嘗能做假？

我也以自己爲例：入伍訓練過程，我因病調到營部當文書，之後再回到連隊上補訓，不久參加軍官班的晉修考試，其實所考的就是一個班的指揮動作，下達幾個口令，變換幾個行進間的隊形。我竟目瞪口呆，手足無措。退伍後又一次痛苦的經驗！是在某學院讀書三年，幾項主科課程我沒有眞正吸收到腦子裡，有的科目重修一次；有的科目我至今還是不通；最近我想設法彌補這一缺憾；利用下班後的空間，到某國立大學夜間部再旁聽那些沒有學好的科目，可是效果不彰；原因是那些課程必須按部就班從開頭去學，我當年所學既不實在、又加上將近十年的中斷學習，原有的一點模糊印象，如今全部沖淡淨盡，勢必再重新起步溫習。所謂學而不思則罔，思而不學則殆！現在重新體驗這兩句話的含義，尤其覺得珍貴。

我不打算要做什麼不平凡的大事，相反地我只想做些極平凡而又切身可行的小事；今年春節我參加同鄉春祭團拜，有特殊的感觸；看到同鄉老少同堂、娓娓鄉音、親切話舊，恍若遇到自己的親人，何況同鄉們本來就沾親帶故呀！所以這樣的集會，才激盪人心哩。會後，我寫一封通函給鄉親們，竟博得很多鄉親的嘉勉。同鄉團拜之同時，我又受到同宗弟兄的鼓勵，要我爲本姓宗譜之昭穆（輩分序字）試作延伸續字，於是我先寫一篇「同宗譜系記略」的文稿。就在前天（二十九日）我才把這篇文稿擴充材料，改寫成一篇長達七千字的史志蒐輯文字。費了不少心力去寫那種文章、既無投稿機會，恐怕也難以博人青睞！人或以爲是出力不討好的事，我卻泰然自得。寫完那篇宗譜記略之後，趕緊著手寫這篇文稿，然而原先草成的底稿，似乎一句都沒有照抄下來。完全是另製新章。試想，怎麼能寫得好？哪裡還敢大膽應徵；連自己的太太我都不敢給她看一眼！然而竟敢眞的去應徵了，其實應徵的目的是想知道這篇文稿經過評審時，能得到公正的評分。

這篇應徵文稿寫好之後，下一件重要工作是蒐編同鄉世譜年表。一個新的希望目標在前面，使我幾乎忘記再度失業的惶恐，這也許是心理上早有準備！每天下了班走一段路去搭公車的途中，我就想到明天不知道是否還能上班？這種居安思危的顧慮，終於臨頭了。迫在眉睫的問題不應該是挑燈夜戰寫這篇文稿；應當是如何另覓枝棲——解決就業問題。正如我開頭所說，總是謀不急之務，而我碌碌無成，屢受顛躓，這是又一次的明證！

雖然摸不到看不見空氣、風、電的形相與顏色，但不可否認它的作用與功能。同樣道理，對鬼、神、佛、菩薩的靈驗，亦不可忽視；善惡有報，如影隨形。

尋根之旅記略

臺北市曹姓宗親會，於民國一〇六年七月十三日，是宗親會舉辦之旅遊，其重要之旅程之第五天，特定的「尋根」之活動，本會秘書長明喜宗親加強整備照相機！以便充分利用這一時段裡爲每人，對荷澤市曹氏遠古封國之曹陵王朝所保存之歷史文物認眞留下攝影檔案。

回憶七月十三日當天，德新會長，抱病到現場和每一家和個人，細說一些溫馨感人的關懷叮嚀、祝福，我們旅途平安快樂。可惜，就在當時，會長以感冒微恙，不克隨行。每一位宗親也以關切會長早日康復之惦念，盼他好好調養，獻上我們共同的祝福心語。

會長擔心我們隨身所需現金，或甚緊湊？他又立即宣布，他爲每人支援伍仟元之旅費。令人感到意外地欣慰。

那天參加「尋根」旅遊的人，有：副會長聰明爲領隊，他的夫人鄭敏治，兼爲女性成員佐理瑣事。最忙碌而全面照顧全隊的大小事務的人，當推明喜秘書長及其夫人顏麗珠他二人忽焉在前，忽焉殿後！忙得不亦樂乎。其餘各家、個人，有：健南理事，他年高九旬，竟不需帶家人，隨身照護。眞是自力自強也。又明遠理事，夫人胡秀瓊，他夫婦伉儷情深，彼此相扶持，令人讚羡！其次，尚斌忝爲監事，牽手鍾德卿，對尚斌關注良多，不遑細述。

約計旅遊尋根之旅的成員九人，多承會長德新暨秘書長明喜之多方關照。大家卻無以回饋！除了感激，還是感激！永銘在懷。旅遊第八天，到了荷澤市曹氏王陵，眼見不少古今曹氏先人對遠古迄今遺留先賢哲塑像，及古時當下之祭祀典儀。令人多思古之幽冥！依史料記載：早於三皇五帝前或及其時乃在西元前一千零四十六年爲曹氏封國後，享譽後世長達五百六十年計有二十位君主。其後延及周武王同母弟振鐸又受封承繼姬姓曹國，襲曹王陵故地……。

三月十八日到荷澤曹陵，見現任宗親會長時，已成立山東省、荷澤市「曹國文化研究會」現任會長曹長明，副會長曹東明，接引訪問團參觀甚多之古，今保存檔案文物典獻。

臺灣前曹仲植捐建「愛心亭」一座，奠基於曹氏王陵之要道口。一九七七年，中共政府正式公告：曹公祠應列爲省級重點文物保護單位。斯乃全世界周知訊息。

觀功念恩感良伴

我和德卿結褵即將五十年，長達數十年之久，我們倆口從未發生過大小爭執！在半百歲月中，我們二人都過著平順安靜的生活，按傳統諺語：「夫唱婦隨」、「三從四德」！德卿都以身體力行適應得恰到好處。在基本學力上，德卿比我受的教育完整踏實，她從昔日之高級師範畢業後，就充任小學教師歷十年之久，再考試升爲中學教師，又歷二十九年也完成大學教育。她成爲卓越的人師、經師，受師生交相讚譽。

居家則爲最稱職之家庭主婦，我家人口少！就只有一個寶貝女兒。女兒自幼至長至婚嫁，都中規中矩，歸功於德卿之以身體力行之良好示範之影響女兒養成勤學孝順的好品行。

如須說到家常細微事故，那眞的如數家珍般，不勝枚舉。這且不作細說。茲略指一、二每天家務事件，乃見其餘。譬如德卿在做完家務後，精心閱讀經書。自早至晚。都手不離書，她之用功，不遜於在校勤讀的學子。然而，她做飯菜時，極其認眞的把每樣食物從清洗到蒸煮，一絲不苟，逐次完成每一過程。

我吃得安心，用得放心！這自是德卿經心思認眞做好每一過程都必須做得對，而又精心琢磨把吃的、用的飯菜料理得心應手。所以我們一家人都十分健康有充足力氣！完善美好形象。

敘述家事，本當以寫小說之筆觸，津津樂道！可惜，我的功力不足！只能粗枝大葉，手不順口；口不稱心！草草了事。力不從心而已。

若要把每件事，條理清晰的逐項列敘，還眞得更下功夫，更用心思。我得自己深思苦想一番！對咧，她還替我省下了不少的理髮費，因爲結婚後第一次理髮是到理髮院修整，她陪我去，卻學會了替我理髮，數十年來，這筆費用是很可觀的，可是她完全是義務，而且還樂在其中。

附記：我寫好這一草稿，德卿已調理好早餐飲食，眞算是順手與應口呢！

二〇一七年三月二十三日

十五從軍徵

（漢）無名氏作

十五從軍徵，八十始得歸，道逢鄉里人：「家中有阿誰？」「遙望是君家，松柏冢纍纍。」兔從狗竇入，雉從梁上飛。中庭生旅穀，井上生旅葵。舂穀持作飰，采葵持作羹，羹飰一時熟，不知貽阿誰。出門東向望，淚落沾我衣。

客歲返鄉探親，於踏上征塵前夕，心情爲之激越，欣盼遐思，不一而足。重觀大陸河山之壯麗，風土人情之淳美，百感交集，亟欲賦之詩句，藉渲胸中塊壘，怎奈才絀思竭，又不諳音律，寤寐反側，終未得儷辭駢句，顧我數十年之孤零飄泊，所履風霜，雖千言萬語，亦難道盡底事於萬一。嘗讀古詩「十五從軍征」。感慨繫之。特鈔錄之以爲個人心境之寫照，並貽我鄉親摯誼，一笑我之浪蕩無成。

夜之詠

那是畢生難忘的一段時辰
閃爍著明亮耀眼的影痕
我心深憶的嚮往
沉浸在夢之美處
似若摶得你之眞心

頃刻乍見的星辰
在天之涯
在海之濱
獨享那清風明月
不自禁的顧影自憐的我
龍鍾蒼老就要逝世時

仍滿懷興奮之情至今

身在異鄉的我
總爲盼望而低徊
夢中之夢
是揮不去妳倩影的絕美
陡然覺醒自處夢外
喃喃不止的
相思長吟

我和拙荊平日生活記趣點滴

上天祐我！能娶到德卿爲我終生良伴！我們的日常生活細節不必細說。我們是由雙方都有交誼的友人介紹認識的，卻一見鍾情！曾聞外國一句諺語：「和一個喜歡您的人結爲伴侶，比您自己單方面喜歡的結伴者較好！」是的，我二人先認識而交誼，我發覺德卿是眞誠喜歡我，所以我也因爲她的誠心，和她結爲夫妻。在漫長的生命歲月中，我倆自始至終，彼此相敬如賓呀，從未爭吵過，更不曾動手腳相對。

德卿讀書踏實、文墨書藝頗有可觀！我不如她！但，她從不以傲態面對我！自她參加福智團體，日常老和尚開辦的廣論研討班後，篤信佛教，終日讀經拜佛不輟，並熱衷當義工，比教職退休前還忙，但很開心。

我原本並不是佛教徒，然有感於德卿之規勸，我乃受佛德化，依隨德卿行一定禮教每天念：「南無觀世音菩薩」，供養香燈，並做定課，其中有拜三十五佛名懺，我不方便跪拜，但我喜歡恭誦、念拜，身心快樂。

德卿日常爲人，親仁善鄰，對人寬容、律己甚嚴。對女兒關愛猶切。以其摯熱之親情感化，女兒也事親至孝！我也感念妻女以摯情，家庭和睦，和樂融融！結婚後第一次頭髮是在理髮院完成的，之後都是德卿幫我理，每次我都很滿意，我說她技術高，她說我頭形好易處理。這也是我倆相處的一件小樂事。

在福慧雙修的廣論班，前一階段受教之經典，我感到自己學力不足加上耳背，每次受課中昏昏欲睡，故於中途轉班於長青班，課中做短時間體健活動，促進體力，頗爲適於身心調劑。也會恭聽日常師父的廣論開示，只可惜眼花耳背，無法深入。雖然如此，也略知業果法則，事事因緣和合，皆無自性，生命是永續的，因此要爲善，在身語意上下工夫，來生才會更好。

晚年由於德卿牽引到福智團體，我的生活圈子擴大，我也偶爾當義工，認識了許多師兄姊，大家都因爲我老邁而特別關照我，使我很開心。

德卿要我背經書才不易患失智症，乍聽之下，有些不悅：年紀老大還背什麼經書？但是說也奇怪，因爲做定課，心經必念，居然念著念著就背起來了。

每次到大陸返鄉或參加河洛文化研討會，或到越南河內大學講課，德卿幾乎都陪我同行，應該是我保護她，行李該我多提，打雜等事，也應我效勞，事實卻相反，大部分是落在她身上，因爲她比我年輕又靈巧，眞是我的好幫手、好秘書、好伴侶。

民國一百年我到花蓮東華大學參加博士班考試、開學、畢業等等也都是靠她幫我打理。

想想我倆相處並非浪漫型態，而是在平淡中默默體會彼此的相惜與家的溫馨。

二〇一六年三月二十二日匆草

我的後半生所依存之福地瑣憶

民國三十六年某天傍晚，偶爾得知鄰友黃毛——當時，他正在讀初中即將畢業，不過，就我所知：黃毛只是單身一人和父親共同生活，竊悉其母似或棄家而去？詳情無得聞。直到三十八年某天，我突然接到從臺灣寄回家鄉一封信給我。直令我喜出望外，我急於閱讀信箋，大略得知黃毛兄是先離開家，到外地去從軍後，跟隨部隊到了臺灣，我仔細看信上，他寫的名字很草，我漫不經心，竟未牢記其學名。之後，不多時日，我也輾轉來臺，本想抽空請假去走訪他，可是，因未確知其所屬設身處地，尋找，打聽，未聞其人所在？

惟於探聽黃毛，只能按我所記黃兄之乳名「毛」，卻說不出其身分證上的學名。這也增加了困難度。另外，也有人向我作推測研判，或可能因「二二八」事變，說不定因變亂，有些外省人被亂鬥被殺？究竟眞相如何？一直沒得眞實訊息。之後，只得把這件懸案，置於度外。我又生幻覺，祈求上天神助！或者能得意外之佳音？

現在我的時光歲月速跳至近世。我的攝護腺症已入癌末（四）期多年，但仍未感覺有任何病情壓力，這算是天賜我之福分。不過醫師不願作肯定之判斷，他說：你能活到多大歲數？上帝作主。

本月二十七日下午預診，醫師又加開一味藥「貝坦利」。當天就服用，不曾有任異狀反應。五年前，相命術士（已逝世）生前對我說：「您（指我）可以活到九十歲。過去他曾預言，能活到九十歲。」按我出生於民國十八年二月十九日，今天是二月十三日，還有六日才十九日，便是我之忌日，到時必可判定，徐興杰大相士之金言確切與否!?不過我只聽天由命。並不在乎相士的話之後果。

按：我常掛記在心「能活，我幸；須死，我命」。即此推算，九十歲，是乃耄耋之壽數，亦堪自足並禱告於先人——父、母、兄、姊等（彼諸長輩，最高壽者是我父親活六十六歲，母親活四十歲，長兄尚文活二十八歲，次兄夭折襁褓中，大姊二十一歲，二姊十九歲，而我竟已八十九歲。我三姊得七十歲之長壽）。

而我有生之年，雖一歲喪母，但幸獲「姊代母職!」大姊長我十三歲，二姊大我十一歲，她二人也僅爲髫齡之童年，哪裡懂得照料幼兒之呵護成長，爲了撫養我，她二人幾乎每天往糕餅店去買餅乾酥果，再以熱水沖泡酥乾果成流質奶狀，細心餵我成長，因爲成人食物，不盡有足夠如母乳養分。所以直到三歲，我才會講話，不過在我童少年所吃食物肉類特多，那是因爲父親經營酒菜館，我每天以雞湯泡饃，並加肉類。所以有足夠養分。以致奠定我的飲食含多重營養「維生素」。這也許使我得以享高年，健康。

不過，我在老年時段，飲食習慣改變，少吃肉類，則偏多素食，照目前看，我太太健康比我好。依她的說法：因爲她吃「全素」，更適宜對身體之養護。

我時下雖重病（攝護腺）癌末期，可是無任何病痛狀，不過，對「小解」乃無節制力，即俗謂憋尿則失卻控制力，頗感困頓。

現在續談自身近日應引以爲快的樂事本題上，也是我或爲「交代後事」之遺言：時下個人最切近的要事，莫過於學位論文的撰著，客歲末欣承指導教授吳老師冠宏教授以電垂詢我當下撰稿狀況？這令我大爲驚喜。老師置其自家百般繁忙「年事」於度外，竟以受業生課業當先……我自當「五體投地」以接應！

我年事已高，心力不能如願，蒙老師知我、解我、疼惜我，免我因論文之事操心，而言：「論文之事寫不寫對曹先生而言並不重要，可能集其多年之寫究文稿集書出版更爲有意義。」因此我的第一本書籍——《尚文齋纂言斠編》於二〇二〇年問世了。當然還有打字歐家榮同學及萬卷樓出版社，更重要的是恩師冠宏及李秀華兩位教授書序及秀華教授爲書名賜墨寶，增加拙著之光彩。我也期待第二本「雜文」類的書冊能順利於今年完成。

晚年能成爲東華大學博士學生，受到師生無以言傳的關照順利完成學業，又蒙趙校長涵捷恩賜「榮譽文學博士」學位之殊榮，林林種種都得感謝文學院王鴻濬院長及彭系主任衍綸之協助。

「出書」與「榮譽文學博士」二項殊榮是我老病苦的振奮劑，每當我不堪左髖骨因錯位痛不堪忍而哀叫時（今年六月中旬又摔跤，考慮連續手術及住院新冠肺炎之兩大風險決定返家讓其自然癒合），拙荊總以此提策我，而我似服良藥就忍痛入睡了。

我順著拙荊參加福智佛教基金會長青廣論班，略了解信佛並非迷信，而是受其教化。日常老和尚及眞如老師的法語，啓迪我去思考另一個大的世界！生命是永續的，煩惱帶給人痛苦，去私心，爲善利他才會快樂，如孔老夫子「克己復禮」、「忠恕之道」，上至天子，以至於庶人，壹是皆以「孝、仁」爲本相吻合。雖耳背聽不了多少法語，但幾乎每天做功課，佛菩薩及師父老師的教授多少看了些，所以當我煩燥時，拙荊亦會叫我持「南無大悲觀世音菩薩」，我的心也能浙趨平靜。

每天早晨醒來，我是多麼感謝我還能呼吸，我還能說話，我還能思惟，我還能看到親人，看到陽光，聽到鳥叫……想到有那麼多人愛護我、助我，夫復何求？我在幸福中。

二　家族師友

追念感懷——紀與李師曼瑰一段師生情誼

回憶民國六十四年五月李師曼瑰她老人家六秩晉九誕辰，像過去許多年一樣，在平靜中度過了。在我的記憶裡似乎沒有人爲她做過慶生賀壽的活動，即使有人想做，老師也必定會婉言謝絕，當然，她個人更不會鋪張這種事。兩三年前我曾考慮在老師晉七秩大壽時，約幾位學長商量爲老師做一次簡單而隆重的祝壽活動。略表我師兄弟對老師崇敬的一點心意。

這件事我好像在暑假初期，給老師寫信的時候透露了一下，同時也略略敘述我看過「瑤池仙夢」的感想，並提出些膚淺的意見。之外也談到個人將要成家的打算，以釋老師的關注！老師沒有給我回信，我也沒有在意，但萬萬沒有料到老師已經因病住院了。直到最近看到報紙的消息，我還不敢相信，至少不相信老師會病得那麼厲害。走進病房裡才證實比報導的情形還要嚴重。老師瘦得不像原來的樣子了，但神態安詳自若，她老人家知道我站在病榻前，用盡氣力叫我的名字、嘴唇顫抖著說了幾句話，口齒已模糊不清、氣若游絲。我不知道要再跟老師說些什麼？老師又用力睜一下眼睛，似乎是看見我了。已經深陷的眼角裡，浮出些淚水。老師好幾次掙扎著伸出右手來，我輕輕地扶一會兒老師微腫而發燙的手，用被單替她蓋一下，她老人家連續好幾次還要伸出手來，就像三十年前我父親臨終前夕的情景一樣，反來覆去要極力地抬起手來。當然老師的病況和先君子並不一樣，醫療情況也大不相同，我相信老師會慢慢地驅走病魔，化險爲夷！

默默地爲老師祝福良久，思緒紛繁，溯自民國四十七年在學期間，我和幾位男女同學欣幸地在分科教育階段中，選擇進修編劇的專業訓練，李老師當時是系主任兼任我們那一組的指導教授，我暗自慶幸能得老師眞傳，不料事起突然，偏巧那一年聯合國教科文組織，贈與老師獎學金，指定老師入耶魯大學戲劇研究所，從事高深的研究。老師爲顧全大局，只得在我們修業中途，黯然離開我們。和老師闊別十餘年之漫長歲月，從來沒有和老師聯繫過，雖然會不時的留意老師於劇運活動的情景。大約是民國五十二年某次聯合報上出現一條引人矚目的標題：「啞吧說了話。」那條標題似乎用的頭號字，子題說明：立法委員李曼瑰在院會中十年來第一次發言。正文報導老師爲戲劇推展工作請命。敘述頗爲愷切詳盡。老師是一個踏實工作，不事浮誇的人。五十八年我給老師寫信又提及那件趣聞，相信她老人家曾爲之莞爾！給老師寫信不久我自軍中退伍，倉皇迷惘的來到臺北，四顧茫茫無所棲止！翌年春間去找老師，雖然，她老人家對我沒有印象了，但卻毫不遲疑地叫我到戲劇中心，辦理話劇欣賞會的財務行政工作。和老師相處的短短幾個月中，她老人家對我關愛有加，五十九年秋我因爲就學的緣故，只得離開老師，我當時的心情很複雜，按老師的意思，我不必去讀師大國文專修科，要我重考某校夜間部，因為招生期限已過，我只得轉學考進日間部。老師又建議我隔一年再來讀書，我沒有遵從老師慈命，老師也不怪我，後來我才知道老師用心良苦，她是在那一年某電視臺創立之初，想推薦我進去工作，等工作基礎奠定後，再去讀書，以便兼籌並顧。入學之後，老師又關心我的生活能不能維持，除了先給我四千元繳學費之外，每個月還要補助我五百元零錢，用以貼補生活所需。由於我當時還可以領假退伍待遇，輔導會也補助學雜生活費之半數，又稍有積蓄，我知道老師也非富有，因之，我婉謝了老師的盛意。

在老師門下有成千上百的佳子弟，唯獨我這個不成材的駑鈍子，算是得天獨厚吧！儘管老師對我蓄意提攜扶持。偏偏我是扶不起的阿斗，至今一事無成，依然故我。老師危在旦夕，見到我，她又流淚，而我竟麻木不仁，只覺心底一片灰暗！什麼也不願想了，只求上天保佑老師早日康復，這才使我有懺悔贖罪的機會。凡親近老師的人都知道老師心性修養異於常人。除非你犯了極大的過錯，老師絕不輕易責備人。有一天晚上老師叫我到家裡去，當時除了老師的堂姊李代表和阿美之外，沒有其他客人。她老人家於殷殷垂詢我的抱負和希望之後，慈祥親切而略含責備的問我說：你離開學校這麼多年，怎麼就沒有寫過一個劇本呢？在其他方面也了無表現，你都在做些什麼呀！其他的同學像張永祥、趙琦彬、聶光炎他們不都是在軍中很多年麼，而且他們的成就也多半是在軍中磨練出來的。惟有你白白地浪費歲月。人生能有多少個三、四十年啊！聽了老師的誡勉，我無言以對。如今回想起來，老師的話眞是語重心長。且當時聽了老師的話，心情還不自在，如今想再聽老師的訓誨，已有時不我與之慨！有一次老師要我把一篇剪貼拼湊的文稿再調整一下次序，我說：重新謄寫一遍，老師立即正色的說：哪有那麼多的時間浪費！很多急待要做的事都做不完了，還要無謂的消磨！老師的這番話，足以發人深省。

老師平日生活簡樸，交遊謹慎，不輕諾於人，但言而有信。爲文則惜墨如金，辭意醇厚而眞摯。亦如老師平素待人接物的談吐風範！相信很多人都在電視上看到過老師丰儀秀整的神采。一般人對老師的印象，認爲她是戲劇運動的領導者，然而從另一個角度來看，老師只不過是戲劇園地裡一個勤勞耕耘的園丁。這可以就老師的從政工作與戲劇創作兩條途徑上尋繹脈絡，先從戲劇創作方面說：在大陸以前的創作成果，姑且從略，自居臺以後二十餘年間老師編寫的劇本有《漢宮春秋》、《女畫家》、《皇天后土》、《維新橋》、《大漢復興曲》、《楚漢風雲》、《盡粹留芳》、《國父傳》、《淡水河畔》、《漢武帝》、《瑤池仙夢》等十多個劇，先後演出綜計不下數百場。這些劇本並曾陸續印行過。有關戲劇理論著作，最主要的是「編劇概要」這篇論文。曾輯入國防部編纂的康樂劇藝叢書。老師也把它用作戲劇教材，印行甚廣。其他重要的論文散篇則有〈三一話劇欣賞會的發起與籌備經過〉、〈小劇場運動推行委員會的成立與展望〉、〈話劇欣賞演出委員會的成立與展望〉、〈從小劇場運動到中國戲劇中心〉，以至六十二年應聯合報各說各話專欄特邀撰寫的「國家劇院之創立」。這一系列綱舉目張的文章，好似老師獻身劇運工作目標藍圖之縮影。亦如在復興基地，政府與民間協力推展的話劇振興運動之歷史綱目。

看了老師的著作歷程，知道她的文章既不是所謂「載道」那一種，但也不是閒情逸致的消遣作品。是有所爲而爲的呼號吶喊！在無適切的評析前，姑且這樣說它。

其次說到老師對「劇運」實際工作所做的，大概是這樣的：自居臺以後，除了傾全力於劇本的寫作，並獻身於戲劇教育工作。先後擔任過政工幹校、文化學院等戲劇系主任、研究所長。並在師大、政大、輔仁等校講授戲劇課程。四十七、四十八兩年間在國外考察，四十九年回國後眼看國內劇壇日漸式微，遂決心致力於劇運之振興。首先創立了「三一劇藝研究社」，聯合教育部中華實驗劇團，展開一連串的演出。這是自四十五年「漢宮春秋」上演所創高峰以後的平實推進過程。這一時期的劇運重點：顯然是在奠基鋪路，並擴大其普遍的影響力。當時新聞界以「小劇場運動」大肆宣導，對老師鼓勵頗大。也加強了她的劇運的信心。接著在救國團的贊助下，成立了「小劇場運動推行委員會」，五十一年復由於教育部的輔導，設立了「中國話劇欣賞演出委員會」，使「劇運」工作又超前了一大步。在老師主持下的話劇欣賞會，特別著力於推動各大專院校話劇社團的輔導演出。在同時也創立了「中國戲劇藝術中心」，除了輔冀話劇欣賞會的工作外，並拓展海外華僑的劇藝工作。五十九年籌議成立海外劇藝推行委員會，亞、美洲各地僑團都先後創設了分會。

老師除了竭其心力於社會大眾的「劇運」工作推展不遺餘力，她也兼顧兒童戲劇活動的出路，因而創設了兒童劇藝訓練班。與前此陸續開辦的演員訓練班、編劇講習班等都深受社會的重視，參加各班訓練者多達數百人，尤其與教育局合辦之暑期教師戲劇研習班，參加的人更爲踴躍，並發掘不少劇藝新秀。

爲配合實際工作的要求，每年並頒發各項話劇演出之金鼎獎。在老師的完美構想下，「劇運」工作的推展也算是有聲有色了。然而老師還有一項最後的心願，尚未付諸實現，那就是促成「國家劇院」之創立。我等以後生弟子的情懷。多麼希望早日看到老師構想的目標之完成。

和病魔纏鬥了五個月之久的李老師，眼前的情況十分危殆，她的生命力似乎已經到了山窮水盡的境地。前天我最後一次站在老師面前，她似乎什麼都感覺不到了。每一個照顧她的人都愁雲慘霧，木然相覷，一籌莫展。偶爾她老人家的嘴唇又微動了一下，想必是惦念著她有待完成的工作抱負吧！但願皇天后土齊祐斯人！使她在生命懸崖的邊沿止住腳步。

一九七五年十月十八日夜

初稿於臺北新店

緯國將軍逝世三周年述往

中華民國四十九年我由裝甲兵第一師政治教官組（這是編組單位，實際上我的職缺是政治工作隊康樂官）奉調到裝甲兵司令部仍是政治工作隊康樂官，但卻派在政二科佐理政工參謀作業，算是低階高用。不久又轉到政四科，協助陳烈少校保防官承辦人事安全資料之蒐錄，我不習慣這項工作，第二年夏秋之交，我因藉故住進東勢陸軍八一四醫院，出院後調到陸軍供應司令部政四科。

在裝甲兵司令部，總共不到兩年時間內，曾以公私事故和司令蔣緯國將軍有短暫的接近，在這些平淡故事中涵蘊著一些發人深省的啓示，茲敘如次：

一　婚禮司儀之意趣

記得到司令不數月間，適逢同仁程璠璋學長結婚佳期逼近，程學長突然我開懷大笑，說：終於找到人了，就是你！我一時如墮五里霧中，問他什麼事找我？他說，要您爲我擔任婚禮司儀！我以不能勝任推辭，不料，他卻再以肯定語氣說：非你莫屬。我也反問他，爲什麼？璠璋改以平和語氣頗有感慨地說：因爲司令答應要爲我證婚時，所以我徵求幾個人，都婉拒了司儀這一差使，本來按世俗常習，被邀爲婚禮司儀應稱喜幸，樂於接受才是。可是遇上了蔣司令證婚，大家就不敢爭出頭了，原因很單純，就怕司令當場糾正司儀的疏失，這是我曾經親自看到司令在主持週會時，糾正司儀某一事項，說他應有提示誘導動作，以免受獎者有不知所措的尷尬，司令每每就把這一尷尬窘態反射到司儀身上，這次璠璋學長的婚禮司儀，幸能順利闖過，不過當我向司令敬酒時，還是被他揪住我未乾杯而失禮，即席糾正，幸在向陳主任茂銓敬酒時，他卻稱讚我任司儀沉穩莊重，算是挽回一點面子。

二 為馮故中校讀祭文

司令部政三科馮監察官急病遽逝，治喪會不敢把祭奠儀式任由殯儀館包辦，他們會因循舊規，抄襲一篇老式的四六駢文，堆砌成與事實不相干的祭文，使聽的人不知所云。因此，治喪會特別撰寫一份白話語錄體祭文，並指派我在祭奠式上誦讀，由於內容情眞意切，而我目睹馮夫人家祭時悲悽情狀，再聯想到不久之前還與馮監察官協調公務，如今竟已隔世！有感於人生無常，一時悲不自勝，讀祭文時，有若聲淚俱下，馮夫人又當場痛哭！禮堂氣氛凝重，主祭者趙志華副司令，陪祭及與祭的將校尉士兵，秩序井然莊嚴肅穆，頓時全場一片隱泣，人人擦眼淚，祭弔結束，返回午餐時，先是一位中校法官對我開玩笑般，說：你應當再獲一專長「讀祭文」號碼，接著告訴我，大家公認我讀祭文令人感動得不禁聲淚俱下。

其實在馮故監察官之前，我已有兩次讀祭文體驗。雖然第一次讀的是四六駢文，我把吐字語氣拉長一些，聽得清楚而曉暢其意，第二次是喪家委託我代撰文稿，是語錄文體，與祭者聽得懂，故而引起唏噓感嘆之共鳴。

三　代理體育官之小故事

司令部有一體育官徐上尉，平日只見他十分忙碌，但多半是臺中地區各類體育活動邀請他參與其事，某次司令部例行之主管會報，司令突然詢問部本部體育活動是如何推展的？由於體育官不在場，無人代答，司令接著說：據悉，體育官終日忙於外務，他忘記自己是本部主管體育的參謀，除了要制訂本部年度體育計畫，也應當執行各項活動實務。可是從未見到本部有何運動項目之推展，訓示之後，當場交代參一人事俞處長，把徐上尉記一過，以示薄懲，徐上尉無奈但亦未作申訴，只忙著辦理到政工幹校初級班之召訓事宜，他央求我暫代他的職務，我不便拒絕，但也未積極任事，不敢想像哪一天會招來什麼霉頭哩。

某天上午政二科通知我，準時到司令辦公室，我倉促間換穿常禮服，並戴上白手套，走到司令室門口，只見趙副司令國昌將軍、政戰部陳主任茂銓（備升少校），還有人事處長俞上校，都在門外等著，看我到了，就跟張堉謙上尉說：代理體育官到了，向司令報告。緯國將軍神情愉快地走出來，他當時也是著常禮服，而趙副司令等都是著軍便師，司令首先注視我戴白手套，他以質疑語氣問我何以戴白手套？接著他又替我解圍似說：若非在某種典禮上規定戴白色手套，通常應該戴黑色或眞皮原色手套，這段插曲之後，他轉到體育官失職話題上：「……馬上把體育官記一過，給少尉（指我）看」。他語氣輕鬆，面帶笑容，手指縫夾一雪茄菸對我的面晃動著說：「這次我不找你，下次我可要找你呀！」並抿嘴一笑。

趙副司令當即指示我擬一項本部體育活動辦法，並早日預備好各類器材，每天早上在交通車到達之前，就把各種運動用具，分區位擺好，大家下車後就到各定點位置選取自己適用之器具，展開活動，偶爾緯國將軍也參加一二項運動，他一向主張以身作則（示範）而贏得大家之敬重，當他做運動時，會有陣陣歡笑聲，我代理一項外行職事，也許司令雖不滿意，但可接受吧！

徐上尉受訓結業，返部後準備年底報升少校之際，某一天人事處又透出訊息，他將再受記過處分，很不服氣。原來是主管會報中司令說：體育官受訓時，本部有體育活動，如今他返回後部裡體育運動又停止下來，所以交代俞處長再發布記他一過，爲此徐上尉說：這次記代理人（指我）的過才合理，但未爲人事處所接受，他看勢不可爲，乃請調到臺中預訓部去了。

四　指導博士論文

我在文化學院中文系就讀時，同班同學顏廷壐君考入博士班後特以「領袖思想研究」爲論文選題，我畢業後留校任助教，擔任共同科目系排課工作，先爲顏同學排一班現代史課，他由中南部趕來上課諸多不便，故而常要我再爲他覓代課教授，其次又問我否認識蔣緯國將軍？（時爲三軍大學校長）我說認識但不便作任何請託，廷壐兄知難而退，不料某天顏兄又特找我告知已蒙蔣上將答應作他論文指導教授，以後也得以順利畢業，臺中商專轉任空軍官校政治系（組）主任，然而天不祚斯人，或天妒英才？廷壐兄竟先緯國將軍病故，就我所知，文大同學同屆只有二人讀博士班，顏君之殤，令人同悲，緯國將軍之崩殂，更令千萬人同聲一哭。

還有一些個人與司令之間的閒事，卻留下緯國將軍給我一封回信，全文抄錄如下：

尚斌仁棣：月之二日來信收到，余已於九日利用早餐時間與崔德新將軍晤談，雖僅歷一小時餘，得暢所欲言，雖尚未覺言有盡意，定下次崔將軍再來臺灣任教時，將請其來校

主持一次學術研究會，崔將軍已慷慨答應，謝謝您的關注，特此奉聞。並祝

近好

老戰友　蔣制緯國　民六十四（一九七五）年六月十三日

在此略說緯國將軍回信之來由，信中提到的崔德新將軍，是大韓民國建國初期之陸軍官校校長，早年到我國矢志進入黃埔軍校，日後學成歸國投入抗日聖戰，日寇敗走，他和幾位黃埔軍校同學（有朴姓、金姓等）都成爲韓國重要軍事將領，崔德新將軍尤爲傑出，歷任大韓民國陸軍官校校長、外交部長、大學教授等，對促進中韓邦交之和睦貢獻良多，一九七六年中國文化學院創辦人張曉峰（其昀）先生特聘崔德新爲華崗（客座）教授，崔將軍欣然接受，並即來臺下榻陽明山文大校舍，學校爲他籌劃排課，大約在短暫兩個月內共排到十餘系所，二十幾天（次）專題講演方式，學校指派我爲崔將軍臨時助理兼聯絡人，每當崔將授課前一天我先與受課學系、所連繫安排適當時、地（教室），某天我突然想到給三軍大學校長蔣緯國上將寫封信，如蔣上將認識崔德新將軍，就便和他見見面，不幾天我接到緯國將軍之覆書：故友重逢，欣悅之情溢於字裡行間，這也顯示緯國將軍親切厚道之天性……。

接到老長官以戰友自稱的回信，激起我想要再給另一位原爲裝一師我的直屬上司（亦爲同

鄉）首任裝一師副師長的張廣勳將軍寫封信，然而我只是按軍校學程（一到十一、二期）相近推斷張將軍可能認識崔德新，但我遲遲未動筆，首先面臨要獲悉張將軍通訊地址，接著則是崔將軍快要返回韓國之緊促，因而終未遂心願，沒有給張將軍寫信。

今年九月二十二日我第一次參加緯國將軍追思紀念會畢，特向發起人岳天將軍致敬意，我想和張將軍一敘這段往事，但因張將軍提前離席，我心願又一次落空，在赴陽明山緯國將軍陵寢前悼祭之途中，片刻沉思往事如煙，人生苦短，再次反省個人行事，每有疏失，追悔莫及。

——中原文獻第三十三卷第一期

記李曼瑰老師

關懷學生一片純摯

六十二年仲夏我在中國文化學院畢業前夕，教務處田子仁先生有一天帶著緊張的神色，說話急急忙忙的，在路上和我一見面就問：「你這幾天到哪裡去了？李老師（曼瑰）到處找你，都不知道下落，她問我認不認識你？叫我趕緊告訴你，快到她家去一趟，老師有要緊事問你！」

這是李老師關注我畢業後的出路問題。就學三年期間，只有三年級時抽空去見老師一次面，那也是應老師召喚之命，要我替她居留美國的同學的外子編輯一本詩文稿遺著。藉著那件事的機會，和老師約略敘述了我就學情景及日後的打算。沒料到老師對我畢業後的出路竟耿耿於懷！

和老師敘別後一年多，我懵懵懂懂畢業了，正恍惚間不知何所棲止？當時新任訓導長王吉林博士，透過一位劉姓同學約見我，某天正和王博士面談之際，另一主管顯得神情訝異的中斷了我和王訓導長的對話。以後也就沒有結果，但，約十天後的某一個黃昏，人事室陳主任親自拿了一張董事長的手諭送到宿舍裡，要同學轉給我，大意是派我到夜間部中文系當助教，卻指定兼辦推廣教育中心的業務！我未曾考慮眼前得失或日後之坎坷！欣然應命，報到後認眞工作起來。兩年後李老師再度找我，想要替我覓一較佳工作環境，我毫不遲疑的婉謝了老師的盛情。

六十四年農曆五月初三，是李老師六秩晉九誕辰！我心裡勾畫一個理想：預備明年商諸幾位學長，爲老師辦一次七秩大壽的慶賀活動！過去二十餘年似乎從未聽到過老師有任何慶生活動！近五年來我追隨老師工作、就學總是比較靠近老師的身邊，如果她有什麼動靜，我自以爲能比一般同學的消息靈通些。這一年的二月間，我還接到「三一劇藝研究社」的信函，是由老師署名的通函，還付了兩張「瑤池仙夢」的入場券，這是慶祝婦女節上演的話劇，是李老師最新編寫的一個歷史劇。這齣新戲的演出，無疑地又是戲劇界的一件盛事。我暗自欣幸老師的新作，再一次激盪起沉寂已久的話劇運動的浪花！

病危消息來得突然

暑假快過去了，我想抽空去看看老師的近況，某天在不經意間看到報紙消息：李曼瑰教授病況危急！眞是晴天霹靂！怎麼會呢？我驚訝這是報紙的誇張報導，實在不敢相信是眞的。已經是十月了，看報後的第二天晚上我才跑到三軍總醫院去看老師，病房的門上懸掛一個簽名板，上面寫著：病人不宜多說話，請來訪親友簽名致意。我這才相信報紙上說的，老師確實病重了。我還是冒然地進入病房，一眼看到老師瘦得不像原來的樣子！我感到一種無名的沉痛內疚，一時說不出話來，圍坐在老師病榻旁的親友也似乎以一種奇特的眼神注視我。首先是阿美向我打招呼，我不及解釋事前不知道老師生病的情形，縮在床上的老師顯得氣力不足，她費了很大氣力睜開眼睛看著我，但燈光微弱，我又不曾說話，老師的視力可能比生病前更差了些，她一下看不出我是誰了。阿美告訴她我是在戲劇中心工作過的曹ＸＸ，卻未提到我現在的工作狀況。停了一下，老師想起我是誰了。她開始問起我的近況，不停地說著廣東方言，顯得有氣無力，我只是木然諦聽，不知道怎樣對答老師，經過阿美及老師的姊姊問我何以遲遲不來探望老師？等到今天老師已經危在旦夕！才來探望又怎麼安慰她呢？我感到慚愧不安，除了靜聽老師的最後叮嚀，李大姑輕微而親切的責備之外，我實在沒有一點法子安慰老師，經過一陣談話之後，老師深陷的眼窩裡流出淚來，我輕輕地替她擦了一下濕潤的臉頰，她還是不停地說話，由阿美代爲答話。而且不時的回顧我，總是說我來得太遲了。我就覺得心神不安，當她在喃喃的自語時，卻又不停地伸出手來，這樣反覆的連著幾次伸出顫抖的手來，使我聯想起三十五年前家父在彌留時刻，也曾一方面殷殷叮嚀，同時掙扎著把手抬起來，口詞已經不清，不知道都是說些什麼？李老師時似乎重現了昔年家父臨終前場景，我驚恐意識到這是不祥徵兆。

十年心願重振劇運

第二次——隔了一天晚上再去看老師，她已經氣若游絲，緊閉雙眼，不再說一句話了，除了親友們商議老師後事外，我只盼望奇蹟出現！祝願老師否極泰來，能從危急的邊緣，安然度過這道難關，恢復她的生命活力，正如她生病前在一次會議上做結語時，曾經自我判斷還有十年的壽數，在最後十年的生命歷程中，她決心重振劇運。然而，天不假年！從那次會議到老師病逝僅僅半年時光，竟成隔世！老師的心願未償，而我想爲她祝壽的構想，永遠成爲夢境，上週看到報紙消息：爲紀念李故教授生前熱心推展劇院而創設的戲劇獎金，再度頒獎。接著母親節快到了，老師的生辰也逼近了。在她生前，我以子侄心情和老師相處，個人幼失怙恃，隻身在臺，碌碌半生一無所成，正由於此，所以老師對我的關懷益切。從我應命追隨她到臺北工作以至第二次的學業完成，老師每次見到我時總是囑咐我早日結婚成家，再著手創業，說起來眞慚愧至極！老師對我的期望，我只兌現了一半，雖已成家卻未立業。

在老師七六生辰前夕，感觸良多，尤其個人對老師的一點宿願——想爲她辦一次祝壽活動。竟也無緣實現！這一件成爲夢幻的憾事，再也無法彌補了。然而埋藏我內心深處的這個夢想，將是一道永遠抹不掉的印痕！老師已經去世六個年頭了，她生前的種種形象，時而幻現眼前，她那慈母般的叮嚀與關注，我仍然能記得她略帶廣東語根的每句話之聲調，就筆者所知，現在北一女任教的莫蒙恩老師，講話的語勢聲調以至外貌 ，都很近似老師。這也許就是筆者和莫老師有一見如故的緣由吧！要追敘李老師生前瑣事，筆者雖不敢說如數家珍的話，但卻知道老師終生為話劇貫獻心力的大概狀況，以下個人謹追憶記述有關李曼瑰教授平生與戲劇之因緣際會的片段行誼。

雙十年華古典戲劇

民國十五年李老師雙十年華，保送燕京大學攻讀教育，後又轉入國文學系，專攻古典戲曲，終以《李笠翁十種曲之研究》為畢業論文。老師的論文提出後一時洛陽紙貴，北京晨報為之刊載，曾獲甚高評價。接著又發表「托爾斯泰的研究」與「田園詩人陶淵明與湖畔詩人華斯華滋」及短篇小說等於上海女青年月刊上。這連貫的突出表現，對李教授後來選定為戲劇運動奮鬥的目標，有決定性影響。說到李教授對戲劇發生興趣，應該上溯到她十六歲那年還在廣州眞光中學讀書時，就編撰了第一個劇本《有價值的人生》，她這個處女作並得到廣州女青年會的徵文首獎。這一嘗試與鼓勵，也許給了她相當的啓示。進入燕大讀書過程接連編撰了《新人道》、《慷慨》、《趙氏孤兒》等劇本。

民國二十年「九一八」事變，舉國憤慨——年輕的李老師又編撰一個「愛國瘋狂」的獨幕劇，由她執教的廣州培道中學巡迴演出後，各地青年熱烈響應，演出盛況歷久不衰，使李老師獲得很高的聲名。但李老師卻不受盛名之累，返璞歸眞。民國二十二年再度回到燕京大學國文研究院深造，繼續從事古典戲曲的研究，研究院期間她撰寫了《湯顯祖戲劇之研究》及《琵琶記與印度古劇莎貝達拉》等論文。同時也編撰了《花瓶》、《樂善好施》、《往何處去》等劇本。是不是受了她在燕大所寫的最後一個劇本主題之影響，而啓發她往「何處去」的念頭？於是在民國二十三年中止了燕大研究生歷程，飛越重洋到美國密歇根大學研究院戲劇研究組，繼續探索西方戲劇的研究。在密大的求學歷程可以說得上波折起伏！表現出李教授充沛的活力，超越尋常的智慧。她首先編寫《溺魂》、《大觀園》兩個劇本，《大觀園》一劇並得到極負盛譽的：霍伯伍德戲劇創作競賽第一名獎金，之後她又寫了四篇〈中國文學批評〉的論文，也獲得了霍氏獎金的首獎。

留美期間創作多種

據李老師記述她在美求學，接連獲獎後的心情是：「正在猶疑是否放棄獎學金，和學府學位的造詣而轉向寫作生涯之際，忽然接到美京國會圖書館的聘約，協編英文《清代名人辭典》

（Eminent Chinese of the Ching Period）乃決心應聘。」這是民國二十五年夏，當她得獎並獲碩士學位時，徘徊在學業工作的十字路口。這一年李教授已經三十歲了。雖然她個人諱言自身私事，但旁觀者可以據常情常理推斷：在三十年代即使在美國，年屆三十的女性總會把婚姻愛情問題，認真的考慮並作決定性之處理，李教授當時的私生活之另一面——愛情、婚姻的動向局外人無法知道底蘊。在現有的資料中，我們只能採集到她的學業、工作和日常生活動態的大概情形。在美國國會圖書館七樓東方圖書部，她終日翻閱中國古籍，編寫文學藝術家傳略數十篇。由於工作環境對文學創作無甚啓迪，她決定去職。

一九三七（民國二十六年）李教授辭去了國會圖書館工作之後，她轉往文化中心的紐約，尋覓新思，創作新著。在紐約三年的光景，她又是緊張忙碌的把時光消磨過去，她除了選修哥倫比亞大學的現代戲劇、戲劇寫作、小說寫作等課程外，並任職於哥大東方圖書館。讀書工作之餘就去觀研百老匯各劇院戲劇演出。逗留紐約一年多的日子裡，她還能抽暇編撰劇本多種，都是以英文寫成的，計有：《萬物芻狗》三幕劇（*God Unkind*，寫強權）、《故鄉兄弟情》四幕劇（*Homeland*，寫華僑）、《半世紀》三部曲（*Half a Century*、九幕劇，寫一美國女傳教士在華五十年）、《楊世英》三幕劇（*Yang shih ying*，寫婦女悲劇），及《淪陷之家》獨幕劇（*Devils Unleashed*，寫日人在華暴行，刊登於 *The Far Easter Magazine*）短篇小說《彈下生死》（*Birth Under the Bomb*刊登於*Asia Magazine*）。除了編寫劇本外，並主編留美學生出版的英文《遠東雜誌》（*The Far Eastern Magazine*）。二十七年（一九三八年）秋，激於愛國義憤，她連絡同學數人周遊全美，宣傳抗日。對殘暴無恥的日寇侵華行為，口誅筆伐猶嫌不足，於是她又決定回國，以實際行動參加祖國抗戰行列。

回國任教參加婦運

民國二十九年李教授回國了。她已經是三十四歲的中年人了：在當時的中國環境中，女性到了中年關頭還小姑獨處，這恐怕是不可思議的事。在這樣尷尬的夾縫裡，她卻力排眾議，我行我素，由此可以看出她有超越常人的信心和毅力！回國第一年是應金陵女子文理學院之聘（時已遷校成都），任英語系副教授，三十年秋，復應蔣夫人之聘，赴陪都重慶，任新生活運動婦女指導委員會文化事業組組長，主編婦女新運月刊、週刊、半月刊。李教授在此一時期的創作，偏重於時代性之論文，她撰寫了〈創造婦女的新史實〉等論文數十篇（三十六年精選專輯出版）。三十一年膺選為三民主義青年團常務監察，兼任女青年處副處長。三十二年任青年幹部學校研究部英文教授。在重慶六年，她躋身黨、政工作之餘，仍不忘戲劇創作，前後撰寫了獨幕劇《慈母淚》，多幕劇《冤家路窄》、《戲中戲》、《天問》、《時代插曲》，翻譯《英國戰時婦女》，歐尼爾的劇本《上帝的兒女有翅膀》，小說《錯過的愛》與《月落》等。

走筆至此，忽然發生一絲奇想，李教授回國後這一段歲月中創作的戲劇、翻譯的小說書名頗有微妙的暗示，當然這只是一種巧合。我們不妨玩味一下，上述一連串的書名簡直就是李教授生命的寫照。堅強一生的她想必也有過慈母般的飲泣吧？至少在她生命的終點彌留之片刻間，筆者親自見到傷感落淚的慈悲表現！她常常告誡我早日結婚成家，正如她一位同宗堂弟李ＸＸ說的：她晚年後曾流露出終生未婚的悵惘！所以她總是勉勵親近她的人——不論男女都不要錯過婚姻機緣。筆者忝爲李教授門下之求學子弟，我天眞地幻想她是上帝賜給凡世的天使，最後她應該展開翅膀，回歸上帝跟前，她不應該像一般人那樣隨著月落而沉寂啊。然而她畢竟是人，只不過她留下一頁更動人的悲喜劇之史材！廿四年前李老師正是我們的系主任，她授課中途送給我們全班同學人手一冊《時代插曲》的多幕劇本，如今想來這又像一次伏筆之劇情安排，她的一生事歷不就是這個時代的插曲嗎？當然我們每個人也都可以藉此自況！只不過是悲、喜、長、短之差別而已！

參政並非主動干求

三十三年她創辦《婦女文化》月刊。李教授的志業理想更遠大了，她自己說：除了藉此刊物鼓勵婦女創作外，她甚至希望對全人類文化有所貢獻！這種遠大的理想抱負不能徒託空言！

做起來也不只一端。從三十四年以後李教授涉足政壇，可能就是爲了實踐她所抱持的理想志業。

三十五年李教授隨中央政府返抵南京，任國立政治大學和國立戲劇專科學校教授、江蘇學院英語系主任，並膺選制憲國民大會代表。時國民黨與青年團合併，任常務監察委員。三十五年冬受命率領大專學生代表團，赴印度出席亞洲學生會議，得便觀研印度戲劇，翻譯印度近代名劇作家羅埃Dijendra LaL Ray傑作《沙查汗》五幕劇。三十七年李教授膺選第一屆立法委員。表面看起來她似乎很熱衷政治活動，事實上都是應然黨團的徵召而出，並非她主動干求，這就談不上政治慾望和野心，對於她早先想以政治力量輔翼其文化的理想，而未遂其初衷感到失望！以至於在民國五十二年發生一件趣聞，某報紙以顯著標題說：啞吧說了話，我仔細閱讀那條新聞的內容原來是，李曼瑰委員在立法院會中自我調侃，十年發一次言，而這次發言的要點是爲劇運請命。

她的政治生活平淡無奇！且舉她說的幾句話以見其心態之一斑：「三十八年六月舉家遷居臺灣，居臺二十年，因民意代表不能改選，連續繼任立法委員，先後兼任師範大學、政治大學和國立藝專教授，並兼任政工幹校及中國文化學院戲劇系主任、戲劇電影研究所所長等職。」這段話中沒有表露絲毫的政治遠景之理想，即使她擔任各學院之戲劇系、所主任，據筆者所知，那也是「黃袍加身」的勢所必然之儻來名位。

在臺推展劇運紀要

來臺之後李教授的戲劇創作舉其要者（民國六十年以前）有：《女畫家》、《皇天后土》、《維新橋》、《漢宮春秋》（王莽篡漢、光武中興兩部曲的縮短本）、《大漢復興曲》、《楚漢風雲》（是題《張良別傳》）、《盡瘁留芳》、《國父傳》、《淡水河畔》、《漢武帝》等。此外還有一些雜譯著作。比較重要的一本論文是《編劇綱要》。她的英文劇本出版的有：*The Garden and Other Plays*（包括《大觀園》、《天問》、《女畫家》、《維新橋》）和*Pretender*（即《漢宮春秋》）。在這一部分劇作表裡，是以兩漢宮廷爲題材的歷史爲主。如果要研究李教授劇作，這一點是要加意著些筆墨的。

就著作的量來說，李教授算是「劇作」等身了。她畢竟是受過治學訓練的學院派劇作家，顯然地她的劇本不屬於譁眾取寵之流亞，也不是阿附取容的媚俗之作，無論是取材、主題及人物塑造，都是正面而嚴肅的，因爲這種緣故，她的劇本未曾出現過太多的演出高潮，值得追敘的是民國四十五年在臺北新世界戲院演出的「漢宮春秋」卻掀起一陣空前的高潮，連續四十九場，場場客滿，黑市票價高出原價二十倍。這在臺灣舞臺劇職業演出上是一次空前的紀錄！到目前爲止，類似的演出還沒有創下新紀錄。

四十九年以後在她的晚年卻又著力於劇運實務工作，溯自四十七年聯合國文教組織贈給她獎學金，重赴美國，入耶魯大學戲劇研究所研究，四十八年亞洲協會復贈旅行獎金、赴歐亞各國考察戲劇。這兩次的短期研究與旅行考察，不知道她舊地重遊時，除了研究戲劇實務之外，會不會激起對年輕時留學生活的感慨：即使有種種情興，那也只有「悟已往之不諫，知來者猶可追」的陶淵明式的感喟吧！前塵往事已經付之流水，不堪回首。她是從四十九年著力於推展劇運的實務工作，謹摘錄一段有關於李教授的實際工作情形的技術資料如下：

參加國外戲劇活動

自歐亞各國考察戲劇返國後，鑑於國內劇壇日漸式微，決心獻身於困難重重的話劇運動，和教育部中華話劇團合作組織「三一戲劇研究社」創辦話劇欣賞會，演出合乎藝術標準的劇本。首輪演出《時代插曲》、《狄四娘》等六劇。這種類似歐美小劇場的劇運活動，得到青年反共救國團的協助，成立了小劇場推行委員會。五十一年並在教育部輔導下，成立中國話劇欣賞演出委員會，在這一委員會的推動下，輔導各大專院校之話劇社團，舉辦青年劇展、世界劇展，每年並頒發各項金鼎獎。除了在國內大力推展戲劇活動外，並數度參加國際性文教活動，先後出席過菲律賓亞洲作家會議、赴日本出席世界戲劇會議、赴德出席國際音樂戲劇會議、赴挪威出席國際筆會年會，對於世界劇壇見識愈廣，回顧本國戲劇仍瞠乎其後，則不勝感慨！但，李教授不像一般人出洋以後，回來就大發議論，高調層出不窮。而她只重力行，所謂坐而言不如起而行，她就是一個言行兼顧的人。於是她決心再發奮以圖振興！

民國五十六年李教授又創立了中國戲劇藝術中心，以爲發展劇運的基地。除了負起大專學生劇運、基督教育青年劇運及兒童劇運等輔導工作外，並成立兒童戲劇推行委員會、劇作家聯誼會、籌組編劇學會，開設影劇訓練班、中小學教師戲劇講習班、大專學生戲劇講習班、電視演員訓練班、兒童影劇訓練班等，又爲紀念其先翁先慈，姊弟四人捐獻巨資，設立李聖質先生夫人紀念宗教劇獎金，徵求優良宗教劇本，以爲推行教會劇運的基礎。

就上述有關李教授推展劇運的實務工作概況以觀，她進入老年後所表現的驚人活力，眞使年輕人也會發出望塵莫及的感慨！同時也顯示了她另一項過人的智慧——組織領導力也眞有不讓鬚眉的氣概！在推行小劇場運動的過程中，她也撰寫了幾篇相關的論文，舉其重要者有：〈三一話劇欣賞會的發起與籌備經過〉、〈小劇場運動推行委員會的成立與展望〉、〈話劇欣賞委員會的成立與展望〉、〈從小劇場運動到中國戲劇中心〉等。六十二年應聯合報「各說各話」專欄之約，撰寫〈國家劇院之創立〉，綜觀李教授這一系列綱舉目張的文章，就是推展劇運實務工作的各種藍圖，也可以說是在復興基地推動文化建設的先期計畫大綱。李教授所倡說的國家劇院，已經列入中正紀念堂第二期工程的範圍中，當國家劇院成立時，李教授必含笑於九泉之下。

追隨服務戲劇中心

筆者於五十八年底自花蓮軍醫院退伍前夕，給老師寫了封信，想請她爲我退伍後推介工作，她回信說：臺北地區人浮於事，找事不太容易，但她又囑咐我退伍後先到臺北居住，遇有機會予以推介。我遵照老師囑咐，五十九年元月就到臺北來，二月初去拜見她，當時老師不在家，我留下便簽說明再抽空來看老師。不料第二天忽然接到她一封限時信要我立即到藝術中心和董秘書一談，和董秘書見面後，他轉達老師慈命，要我到戲劇中心辦理會計業務，我格於外行不敢應命，然而董舜先生（是我學長）極力解釋說會計業務的範圍並不複雜，他負責從旁提示指導我登錄帳簿、編製報表的作業程序。我只得應允在工作中學習，第二天我就到戲劇中心報到，主要的是辦理話劇欣賞會的帳務工作。也兼辦些文書行政事項，後來老師要我接辦一件未完成的編輯工作，那就是《中華戲劇選集》第一集之編印出書。

最後想再補記一些個人就學前後和李教授相處之境況：在戲劇中心工作僅半年光景，五十九年六月考上師大國文專修科，七月中旬就註冊入學。這是輔導會委託師大代辦的一個專科班，後來也升格爲師大國文系。當李教授知道我要就學的情況後，她並不予鼓勵。反之她卻建議我重新報考文化學院夜間部大眾傳播系。經詢問明白才知道大眾傳播系不招轉學生，只好去考日間部中文系。錄取後就向師大辦退學，轉進文化學院中文系二年級就讀。老師雖稍予嘉勉，但她又要我明年再讀。因爲老師說明準備推薦我到第三家電視臺工作。我才恍然明白早先她要我去讀大眾傳播系的緣故。不過我對她再次向我建議：「明年再讀」這句話又一度感到納悶——不以爲然。我自忖年事老大，難得考上大學，若不及時就讀，還待何時？明年又怎能有把握會再考上呢？考慮之後我斷然感謝老師的善意，放棄那次垂手可得的優越的工作機會。之所以如此，主要的是我當時不知道普通大學考上後可以辦延緩一年入學的規定。如果老師首先對我說明此規章，我相信會接受老師的建議。當她聽到我不願接受推薦電視臺工作時，據說她頗爲難過，也許她誤以爲我是和她賭氣呢？不過老師畢竟能寬容人，尤其偏厚於我，等我去陽明山入學後，她又考慮到我恐怕一時拿不出幾千塊的巨額學費來，於是她立刻替我拿出五千塊要我應用。我又婉謝了她的慈愛關懷之情，接著她又要我繼續留住在戲劇中心，以便夜間做些事情。我困惑於通學擠車之苦，也未接受老師盛情，她又考慮我於學校生活之餘暇總得到臺北看看電影或戶外活動，花些零錢呀，她允我每月向她報五百元交通費。我又是毫不考慮的謝絕了。這一連串的違拗師命，實在有點乖常。如今回想起來，加倍後悔和內疚！

時不我與，追懷莫及

我現在自認對事親尊師的道理比較成熟了。然而老師走了，哪還有補償的機會呢？就像我想爲自己尊親盡點孝心已經不可能的情景一樣。爲老師做壽這一夢想不能兌現，這絕對是我個人的疏忽所造成，實在不該藉任何理由推諉或抱怨什麼。經過反省思考之後，由這件憾事我領悟到一個啓示：該做能做的事，一經構思就當力行；否則，時機一瞬即逝！再回頭可惜時不我予。人世間不知道有多少這種憾事一幕幕地從眼底流逝，個人也曾爲他人惋惜過，哪裡想到事情臨到自己頭上，還是逃不過這種憾事的循環軌轍！這難道是人類命運之共通的悲劇收場嗎？寫到這裡似乎不宜嘵嘵不休了。前事不忘，後事之師，但願自己日後能突破猶豫、徬徨、優柔、怯懦的惰性，接受以往的經驗教訓！把握時機完成自身要做的一切事情，或可稍慰吾師於九泉之下！

一九八一年於新店

民國七十年（一九八一年）新蔡在臺鄉親第一次春節祭祖團拜紀盛

致同鄉通函

鄉親臺鑒：二月十五日我們新蔡同鄉在臺北市實踐堂舉行的春節祭祖團拜，意義至爲深長！會場的氣氛與精神狀態都異於尋常，請看：鄉親們縱橫交錯的親情關係吧！有直系的祖、父、子、孫、兄、姊、弟、妹、姑、嫂；有旁系的姑表、姻親、叔姪、舅甥、連襟、同宗、師友、戚寅、學誼等，眞是前後相連貫，左右常牽繫。誰能說這不是一個五代同堂、枝葉並蒂的大家族團聚呢？眞是金玉滿堂、蘭桂騰芳！亦如龍虎將相之集合。一時找不到恰切的字詞來形容這次的聚會，只好借用大家耳熟能詳的聯語來襯托一下：「瑞日芝蘭光世澤，春風棠棣振家聲」。這句話並未誇大其詞，請看：萬良先生編撰之《新蔡縣地理略志》中所作之調查統計，鄉親們第二代不尋常的成就，眞令人欣慰鼓舞！然而我們這一代的成就如何呢？說來平凡，但總算爲國家奉獻了我們的良知良能，青春年華！正因爲我們成就不大，而要自我解嘲：「王將軍之武庫、孟學士之詞宗」。這兩句頗爲抽象的話，可以供鄉親們茶餘飯後的談資，中庸自足的傲世情懷！是我們相互期勉的中道。只能意會，不必言傳了。

那天團拜禮堂的布置，不僅有傳統形貌，又有新蔡味道，那種氣氛與情調，儼然就像我們家鄉堂屋供神的格局，更何況滿室又洋溢著鄉土聲浪，敘舊憶往、噓寒問暖，有父兄的諄諄期勉；有母姊的殷殷叮嚀，舉手投足之間，都表露出誠摯關注的情懷。看到每一張親切和藹樸實厚重、似曾相識的面孔，怎不勾起思親念舊之情，又怎能不憧憬幻想，已經回到了新蔡的田野村莊，老遠看到親人們扶老攜幼，齊來迎接我們這些漂泊異鄉卅餘載始歸故里的遊子，那幅動人的畫面，哪一天才能出現我們眼前呢？祇待王師北定之日，就是鄉親們衣錦還鄉的時節，我們有多少個夜晚都做過回家的夢。身在異鄉爲異客，哪一天才能結伴好還鄉？到各人自家祖先堂前祭拜，這恐怕是每一鄉親日夕祈求的願望哩！相信總有一天能實現這一夢想，早日回到我們新蔡故鄉。

對於一個半生戎馬、解甲歸來的沙場老兵來說，也許更易於觸景生情！「秦時明月漢時關，千里征戰幾人還！」料想家鄉的親人們蟄伏於破舊的老屋中，或踟躕於村溝旁，田梗邊不期不然的會發出愁腸鬱結地唉嘆吧？同樣，我們在這裡不也朝朝暮暮默念著故鄉！親人！別來無恙嗎？只不過一樣心思，兩樣情懷罷了。

時逢陽明山花季，山陰道上，遊人如織！然而聯想到故鄉的陽春煙景，一片寧靜安詳。那河灣渡頭、柳絮輕飄、小橋流水、鳥語花香，每當探親訪友途中，小憩槐蔭樹下，喝一瓢清洌的泉水，眞比吃一杯冰淇淋更有甘味。在這裡看到青少年孩童玩電動玩具，不禁想起我們兒時捉蟋蟀、放風箏、踢毽子、滾鐵環……種種遊興！如今，您、我不是遠留下一片清新的記憶嗎？言念及此，心情爲之黯然！

回味團拜的餐席上，如果能添幾樣家鄉的鍋饋夾鹵肉、或是豬油燒餅、綠豆糊塗（稀飯），那該多好，然而這些家常便飯！如今只能興起「此曲祇應天上有，人間那得幾回聞」的嘆息了。

團拜那天，只能倉促地寒暄，無法盡傾積愫，萬般情懷千言萬語，又怎能一朝說盡？今天上午我從陳蘭芝學姊家吃飯後回來，一進房門，就迫不及待的寫這封信，惟有這樣才能聊以補償心靈的飢渴嚮往，如果能夠串門子、敘家常，那是最佳的消遣！可是，長年棲息於都市的煩囂裡，緊張、忙碌，難以偷得半日閒，這眞是每個人共同的精神苦悶！

近日來經常翻閱萬良撰著之《地理略志》及「鄉親通信錄」，在上元節前夕偶爾興會所至，以〈石門行〉（王奇先生詩）韻字草就感懷一首，（另詳附記）不揣固陋，率爾呈現鄉親面前，還望不吝教正，不予見笑！我另有一個願望，也在這裡披露出來，那就是盼望在不久的將來，重印我們的縣志。這也是尋根行動之第一步，在縣志裡可以按圖索驥，覆案我們各自的家（族）譜序，這不僅要找到上幾代的根，同時也爲在臺灣扎下新根的鄉親，理出一個清楚的世系，使能脈絡連貫、綿延昌盛！讓後世子孫以其世系之源遠流長，引爲光榮。以激勵其心志、陶鑄其厚道的品性，不過茲事體大，有待從長研商，不必急於一時。幾年前承袁銳鄉親自費影印故宮藏本《新蔡縣志》（乾隆朝木刻版）相贈，近又獲閱萬良贈給《地理略志》，以萬著之新銳光采，輝映舊志之老成面貌，「牡丹綠葉、相得益彰」，萬著《略志》甚至可以納爲縣志的一部分，眞是一項重大貢獻！除了萬良先生之外，戴玄之、范守正也都是知名的史學教授，還有一些飽學宿儒之鄉親，如：原春輝（原景輝賢昆仲）、宋肅璟、宋鶴齡、黃顯忠、王奇、王彭澤、袁銳、李新三、張嘉臣，諸鄉賢或任大專、中學教席，或任公職，皆爲通達之士，都能爲鄉親作有意義之貢獻，當然還有些鄉親所作之其他貢獻，如：耿顯學、耿誠忠、曹增益、李國賢、潘超等都熱忱洋溢爲團拜盛會貢獻心力、財力（肅璟兄曾致函嘉許），鄉親們都深受感動，敢不揣冒昧，草此便箋，以記其盛。

還有些話，留待以後再說吧，盼我鄉親，時賜箋語，互敘鄉曲，臨穎神馳，未盡一一。耑此　并頌

春祺

鄉後學　曹尚斌　拜書

一九八一年（民國七十年）二月廿二日於新店

府上老幼福綏！順致不另。

附錄

〈夢鄉行〉〈遣懷詩各一首〉　歲次辛酉旅臺同鄉春祭團拜有感

一　夢鄉行（借〈石門行〉詩韻得句）

春節團拜籌備好，我邑同鄉拭目掃。
扶老攜幼齊赴會，意氣風發簇擁抱。
老少同堂吐眞情，娓娓鄉音聲縹緲。
今朝聯席共盤飧，舉杯互祝運不倒。
古今兒女性豪壯，各展長才復興島。
不爲名韁利鎖羈，歌杉舞榭視浮草。
同心一德抒大志，遙望鄉國不覺老。
相聚苦短將分袂，殷殷叮嚀陽關道。
卅載一會聚半日，繞樑餘音長思考。

民國七十年孟春新蔡曹尚斌　未是吟草

附記：拙稿並非就〈石門行〉辭義唱和，僅採其韻以擬句耳。惟喜王先生詩作甚佳，乃存其原詩並即興偶成〈夢鄉行〉一首，故不在詩之工整與否？既不受詩格拘限，亦不避用辭鄙俚！區區私衷諒邀明察！敢拋磚引玉，激起我鄉親宿儒方家之雅興，同賦佳詠，俾爲爾後團拜盛會聊獻珠璣贊詞，盼甚！幸甚。

曹尚斌

識於臺北新店

新蔡曹氏在臺宗譜序字

金生光輝正　木長偉才成
水潤寰宇澤　火揚天地清
土煦全人群　五倫攸敘明
行昭仁孝志　序典綱維通
譜尚經訓義　系文哲理中

民國辛酉（一九八一年）曹尚斌利堂敬草
（請參考採用無否？另行商酌）

《新蔡大事記》閱讀附識

縣之有志，亦如國之有史，歷史是人類活動的具體紀錄。這是古今中外全人類不分畛域地通識！對一個漂泊異鄉的遊子而言，內心深處的「歷史感」似乎比「原鄉人」的心情要強烈而敏銳些。猶記十年前新春正月，我旅居臺灣的新蔡鄉親，齊集臺北市延平南路實踐堂，舉行第一次「祭祖」的團拜活動。只見散居全境（含金門、澎湖等外島）的鄉親，扶老攜幼，歡聚一堂，大家傾訴衷腸之際，不期而然想到，若有一本譜志之類的資料，藉以覆按我們古今世代的家族關係，卻是十分迫切而重要的。於是我在團拜後寫給同鄉一封通函，提到重印縣志的構想，旋又提出要爲鄉親們編製一冊「世譜表」，不幸因故不能遂願（內情另敘），這是我個人內疚無已的一件憾事。

自開放探親後，我新蔡縣志編纂委員會的主編魏懋春先生，誠摯而懇切的來信提到縣治編修即將完成。這眞是莫大的喜訊！更早之前袁銳兄送我一本《新蔡縣志》的影印本（乾隆時版本）以及稍後萬良編著的《新蔡縣地理略志》，我都先睹爲快彌足珍貴。但，我還想能夠有一本來自家鄉的，並具全貌的「史志」，於是期待之心與日俱增。

客歲孟秋，我攜內子返鄉探親，行程迫促，未能專訪縣志編委會，心有戚戚焉！懋春兄深體我意，慨允惠贈一冊《新蔡縣大事記資料長編》，這是縣志底本，我欣然領受。九月六日收到這本史志秘笈，令人喜出望外，我立即放下中文研究所暑期班的作業，不顧目疾之苦，先翻閱這本內容豐富，以時序編列的編年體〈資料長編〉。所蒐錄資料廣徵博引，參稽一百七十二種古今典籍，有過於《資治通鑑》之廣泛，無遜於《史》、《漢》之筆意。至於譯述之平實公正，直若劉知幾所謂史之三長：才、學、識兼具。並涵容了章學識補充史德之一項。尤能符合現代「史觀」的要件。

新蔡縣重修「縣志」問世後，使我縣原本頗爲貧瘠的史志園地，驟然豐腴而肥沃了。我先賢干寶不再獨步史壇垂千餘年，亦將使我縣文風爲之丕振。面對這一眞實可喜的情景，不禁額首稱慶。爲了縣志的重修，〈大事記〉資料的蒐錄，主其事者及參與編務的，行政支援的各部門每一成員，他們的心力交瘁，尤其懋春兄竟積勞成疾！這種公而忘私的精神令人感佩，他們的辛勞與成功，將隨著縣志的傳布而永銘後世。

（新蔡遊氏）

曹尚斌　寫於臺北新店　一九九〇年九月八日

臺北曹姓宗親會民國八十年聯合高雄、彰化宗親舉行秋祭大典祭祖禱辭

溯我始祖　遠紹三皇　五帝顓頊　封地曹疆　威重後世　源遠流長
代出傑出　分錄史章　世系名流　宗支多方　我祖振鐸　封自文王
孔門弟子　曹䘏溫良　曹劌論戰　說理精當　曹沫報魯　威懾齊邦
曹參穩健　輔佐漢皇　大家續史　女箴稱揚　曹全碑帖　隸書首昂
中國文學　曹家盛彰　最有功勳　孟德魏王　建安祭酒　子健雄長
孝女曹娥　尋父投江　用名江水　千古泱泱　曹綱琵琶　餘音繞樑
曹霸畫馬　杜甫詩唱　大將曹彬　趙宋依匡　世傳國舅　臻化仙鄉
大明理學　曹瑞居長　都憲曹鳳　志稱忠良　尚書曹亨　鋤奸名揚
雪芹紅樓　國際譽賞　瑾公築圳　鳳山農莊　亞伯革命　大業共襄
民國肇建　各展所長　我輩後裔　師法榜樣　主業傳家　報國圖強

先前裕後　永世流芳　吾儕宗親　感念毋忘　四海歸來　同敘榮昌

敬念先祖　庇佑後郎　家族發達　户保安康　愼終追遠　共獻醴觴

嗟咨菲祭　來格來享

曹尚斌　恭譔　一九九一年十月

附註：依曹之冠宗兄原作六字句韻賦，改爲簡明之四言古風歌行體

高山仰止，景行行止——為孝公恩師七秩五華誕敍舊

近兩月來，每天上午九點半到十點半，是我收看《半生緣・一世情》電視劇連續無間的「日課」。電視畫面還未出現，我先緊張起來，看到劇情裡的情節人物，在烽火狼煙迷濛中掙扎求生，悲歡離合的劇情展現於螢光幕上，使人不禁勾起，這不正是往昔苦難中國人的悲慘生活之反射嗎？怎不令人一掬心酸之淚啊！

孝公吾師，也就是劇作大家湖北漢口市的王生善教授，今年正值七五高齡，我們班上同學正熱切期盼在老師壽誕前夕，民國八十六年元月五日爲他暖壽。目前老師還辛勤地執教鞭、講學於人文薈萃的華崗、中國文化大學戲劇系。四十年前我們這班政工幹校首創之影劇系科，是王老師胼手胝足在李主任曼瑰監督下創設的，正式列入三年制專科學資，經教育部正式立案核准的。這是孝公老師宏偉志事的新里程，也是我們學業之初奠基。人情練達、世事洞明都是學問。這一點應是專業學養之外，但也是必須具備的通識智慧。戲劇是表現人生之眞實的，如果以編、導、演戲爲職志的人，沒有知人任事的起碼智慧，那怎能寫出好戲的腳本呢？很不幸地，我個人就是這麼一個智商不足的笨傢伙！曾幾次被李老師曼瑰耳提面命之責問，何以至今

寫不出一個劇本？我無言以對。偏又幸運的擠進影劇系混讀，對所學的每一科目都只能算一知半解。有些，至今還是領悟不了。譬如王老師近年爲《中國人》一劇執行導演前，快速爲全體工作者講授「總體劇場」的精神理念，他說：「總體劇場是運用了藝術元素，但保留它的獨立性，在交會場所（劇場）裡交互影響、刺激地作用，而產生強烈的劇場效果。要達成這一目標，就要把歡愉的情感，參與理智底性格中，使其雙重性得以平衡調和。藉由戲劇情節之推展、發揮完整地藝術功效。」老師把華格納的藝術理念，闡發得淋漓盡致，其實這種理念也正是爲人處事之正確指針。倘能領會其涵義，並付諸行事，就是成功者，也等於在你人生的劇場上扮演好了你所能擔當的那個角色。

王教授是怎麼樣扮演他個人眞實人生的戲目呢？他是劇作家兼導演，且幾乎是人人皆知的主角。他早在弱冠之年，民國二十九年就寫了《後臺》這齣戲在抗戰聖地重慶演出，一時傳爲佳話。五年後他又和劉子清先生合編一部《雛鳳還巢》舞臺劇，初享盛名。國防部新聞局曾出版這兩個劇本。孝公來臺灣後，一段長時間從事政工教育文宣工作，而沉潛了很長時期，但也是他文學智慧蘊蓄成熟的過程。直到五十一年六月有若春雷驚蟄！他寫了《魔劫》一劇，爲正中書局出版，四年後寫《碧海青天》劇演出後納入「　國父百年誕辰紀念文藝創作集《豐年》專刊」中。一顆劇壇彗星就此綻放出它特亮的光輝。一齣接一齣的舞臺劇上演後。由於觀眾的熱烈地迴響，再改編爲電視連續劇重現在螢光幕上。近三十年間王教授的劇作上映，家喻戶曉，眞有橫掃千軍之勢。除了寫劇本，他的主要工作還是教書，早在五十二年經文化學院邀聘爲戲劇系專任教授兼系主任，並幾度應聘爲美國堪薩斯大學戲劇系副教授，再受聘法界大學專任教授。兩度赴菲律賓講學，曾被馬來西亞大學延攬爲客座教授。教學、研究、寫戲，他似乎有用不完的心思智力，在他的夢裡沒有「江郎才盡」這一回事，他有的是老而彌堅！青春永駐吧！現在看起來比我們同學還矍鑠、年輕！望之如五十許人。在他六十餘部（含歌仔戲兩種，戲劇理論一冊、國語大辭典一本）戲劇藝文著作，可概分爲五大單元：一、以舞臺劇形式演出的約二十一部；二、以電視劇播映的三十二部（含舞臺劇改編部分）；三、電影劇本四部；四、歌仔戲二部。五、廣播劇一部。每部劇作的長度由四、五十萬字到百餘萬字不等，總計約三千萬字以上，這樣巨大的戲劇文學著作，莎士比亞、易卜生都瞠乎其後。中國之關（漢卿）、馬（致遠）、鄭（光祖）、白（樸）也望塵莫及呢！當然由於現代書寫工具（電腦打字編排）之便利，是古人不能企及，相提並論的。

老師的「劇」作等身，是名副其實的，說他學富五車，自是當之無愧的。舉其大者則《馬家寨》、《飛天渡》、《長白山上》、《春暉普照》、《中國人》、《秀姑》、《兩代之間》堪稱舞臺劇的代表作。而電視劇則有《長白山上》、《母親》、《怒江春暖》、《一代暴君》、《親情》、《愛心》、《大地兒女》、《儂本多情》等爲代表。電影有《臺北•重慶•上海》等四部（含《美哉中華》紀錄片一部），老師編寫的劇本皆有案可查，但所導演的舞臺劇、歌劇等保守估計在一百五十餘部，可能老師自己也未留存完整紀錄檔案。他的戲劇理論著作《泛論戲劇》是「萬綠叢中一點紅」的瑰寶。由於王教授前半生之智慧精華都貢獻於華岡，而「華岡以他爲榮」是實至名歸的。因而文化大學創辦人張其昀博士除了要他執掌戲劇系篆符、特又聘爲中華學術院戲劇研究所所長，頒贈榮譽狀給他，以答謝他二十餘年對文化大學耕之耘之的教學辛勞。而文化戲劇系歷屆校友，也正在籌劃爲王教授辦一次紀念性的惜別晚會，這要在明年暑假，王老師退休前夕盛大舉行。

勤奮教學、思維深刻，眞可說是「舊學商景加邃密、新知涵養轉深沉」，淬鍊出孝公老師「質樸堅毅」的人格典範。民國四十五年就獲教育部頒給優良教師獎、五十三年獲中國文藝協會頒贈國家文藝獎章、五十五年教育部頒給他《天長地久》最佳導演金鼎獎。五十九年再獲頒《春暉普照》最佳編劇獎、六十一年《長白山上》電視連續劇獲中山文藝創作獎後，王老師像似得了獲獎「症候群」般，陸陸續續還有十來項，爲了縮短篇幅，不一一列述了。幾乎是「無劇不獎、無獎不贊」呀！一個接一個項目不同的「獎」狀、章、牌等拿到手中，不知道老師累不累呢？然而贈獎、受獎，不是強求而致的，也不能隨意換個替身呀！直到民國七十九年九月九日美華藝術協會在美國紐約藝術節中頒「九十年代最傑出編劇導演獎」後，才算踩住了贈獎「剎車」。美國偏巧於「九九」重陽節頒獎，還眞懂得「尊老敬賢」呀！人生七十才開始，王教授才「返老還童」也，下一回難不成要再從「傑出青年」獎章頒起啊？讓我們翹首以盼吧。

我個人幸爲王教授親炙弟子，師恩親誼另文撰述。（茲從略）

一九九六年十二月十五日夜

《湖北文獻》第一二四期，一九九七年七月十日出刊

追念　易老師太白誄辭

江西詩派後繼才子，前國大代表宜春易大德將軍，召我業師現任國立師範大學陳教授新雄之鄉誼，二公先後同設絳帳於華岡，爰爲鄞縣張曉峯先生特禮聘二公爲文化大學之客座教授，群英薈萃，相與論學，賓主盡東南之美，允稱文壇盛事。

曩昔予幸聞道於諸夫子，初受教授伯元師函丈，旋蒙吾師薦拔於易公太白文席之側，優游涵泳，歷有十載，窮以生資魯鈍，雖經二師輔耳提面命之薰祓，竟未得窺聲詢文字之奧竅；亦未習嫌鋪聞摛藻之巧思，故而詩文皆未得其鑰，豈眞若「師不能其棣」箴啓辭之驗正耶！

比年於空中大學授業之際，深體學之不足、藝之未練：乃「東施效顰」，以步韻擬句習作古近諸體詩萃，倩得太白師之裁正，受益殊多。客歲秋末應中國歷史文獻研究會之邀，參加樂平君開之「洪馬國際學術研討會」，曾書呈太白師願兼程去宜春探訪易老師故里，竟未獲覆示，頗稍遲疑吾師或又小恙調息乎？乃悵然於懷。詎於南昌機場候機途中，驟聞公已逝世噩耗，直若晴天霹靂，驚愕無措，宜春之行，於焉中止。

返臺後無日不以未奔太白師喪事而內疚，但亦遲遲未趨府上致歉仄之慰唁。日前復於《中華詩學》讀陳老師伯元挽易所長大德師，益增哀思。敢倩原詩韻字，試製誄句，藉表悼念之微忱。

歲次一九九七年（民國丁丑）夏於臺北新店

敬悼易老師太白周年忌日

詩社臨秋雨　文大號悲風　吾師休坫席　哀哉殞豪雄
憶昔承教樂　門人俱尊崇　詩壇稱名將　政學樹奇功
典型夙夕在　懷念於無窮　悲愴折良師　拊胸慟迷濛

（晚生）曹尚斌　泣草

錄自《中原文獻》第28卷

陳師伯元挽易故所長大德詩

草嶺多秋雨　華岡起急風　公方膺首席　我始識詞雄
共有弦歌樂　同濟絳帳崇　詩壇推大雅　寶島樹奇功
勁直型常在　哀思感不窮　拊胸吊鄉長　雙眼久濛濛

受業曹尚斌　鈔於丁丑春

清明思親

清明掃墓，藉示「愼終追遠」是早已深植人心的傳統習俗！而源自西方興起的「母親節」，近世亦爲吾人所接受！雖然，兩者形諸於外的儀式各異，但其所彰顯之旨趣，實乃通體一貫，要皆歸於「報本返始」的思親之一念。

長年以來，個人飄泊在外，每於清明節日，輒俸香花素果，遙祭祖先，藉一瓣馨香，弔祀先人之英靈！祈望魂兮歸來！聊慰私衷。

清明節後，時不過匝月，「母親節」又來臨，每欲在此日佩帶一朵白色康乃馨花！但卻屢試屢輟，總有種不自然的感覺，蓋以中西文化薰陶差異之所致耶。不過時至今日，全人類已緊縮於一「地球村」內！這種心理障礙，逐漸弭平，轉變調適，已無深拒固閉之拒斥心態。然而，「子欲養而親不在，樹欲靜而風不止」！終非一朵康乃馨能完全平衡的。這種失落與悵惘！除了能再見親人！實在沒有任何東西能遮得住內心之傷痛呀。

今年母親節，我破天荒的留意於徵文活動，從電視廣告辭中聽到可寫一篇五十個字給母親的信，寄到某信箱去。我隨興而爲，就寫了五十字的信箋：

母親：您去世那年，四位姊姊呵護我五年後，病逝三人，哥哥、父親扶持我十年，我心感激淌血！抱憾終生，謹懇母親指點，報恩之智慧！

從這簡短的敘事中，可以判知上述親人和我相聚時日最久的也只有十五、六年，父親是最後一個棄我而去的親人，至於姊姊三人中包括一位堂姊，她死時也不過二十三、四歲，她于歸陳店集之展家，身後蕭條！而我胞姊是大姊、二姊死時尚待字閨中，大姊二十一歲，二姊十九歲（虛算，實則爲二十、十八歲）。

大姊、二姊病況相同，所以同一天之兩頭時辰逝世，依我平日看到姊姊的症狀，像似嚴重之胃病。如在今天，尙不致送命！頭一天下午約三、四點鐘大姊死前說：想吃西瓜。其時已是秋末，哪裡買得到西瓜呢？眼看她斷氣，我雖哭喊，但留不住她的命呀！

第二天早上大姊要出殯了，喊二姊起身，久久不聞動靜，察看時二姊已斷氣多時，在當時我家發生這樣慘況，震驚左鄰右舍，住在南院的高太太到我家弔喪時哭著說：和您家鄰居八年，至今才知道您家有二個姑娘。（當時稱小姐爲姑娘）如今再回憶姊姊之死，除了病的因素之外，當時的社會風俗禮法之拘縛，身心苦悶，缺乏精神生活的調適！尤其醫療水準太低，輕易被神鬼迷信，江湖郎中誤診，以致姊姊冤死！

大姊、二姊相偕棄世，飲恨地下，固然是她二人之憾恨！但卻是我之大不幸，自訣別姊姊之後，我再也領受不到替代母親慈愛親情的溫恤了。我成了名副其實的棄兒！稚弱的身影失落在靜寂的宅院裡，倍增傷悲之氣氛。幸蒙寡居之姨母到家照顧我，使一形將凋零之家庭，重拾安穩。但相較於左鄰右舍幾代同堂，天倫美滿之幸福人家，而我和父親迭遭喪親之劇痛，上天曷其不公！我始稍知人事就承受長年爲愁苦悲悽所籠罩之氛圍下，看不到父親笑容，當然姨母也是肅穆而沉悶的表情！

父親辛勞於館菜生意之經營，他把一切希望寄盼於哥哥，先兄讀書時間長達十七、八年，他九歲入學，直到廿七歲去鄉下教書，父親遂拜託吾縣名師張鳳桐先生指導先兄撰寫學術文稿，其實我哥在學之後幾年，已儼然爲老師倚重之高材生，凡外界有求於老師撰寫應用文件，尤其過年前求門聯者紛至沓來，老師泰半交由我哥代筆，每年所見較著名之商家，如育寧堂中藥店，門聯皆出自先兄手筆。就在哥哥嶄露頭角於鄉里時，詎料，一場重感冒（當時通稱時疫病）竟奪走他的生命！哥哥以廿八歲之英年夭折，這對父親的打擊何其嚴重。

寄寓臺灣已歷五十年，每次清明節，都只能遙祭祖先，或藉我邑在臺鄉親每年團拜會上，舉行祭儀式，以追思先人。往年凡是到公墓園爲先人掃墓，大姊、二姊的形影會縈繞我的腦際，父親的身影更永遠清晰地記得，哥哥的斯文相並略有近視，經常低頭沉思的樣子，我記憶猶新，先兄是家人中唯一照過像的。他的相片直到一九四九年春我在家中之最後幾天，想從他的書櫃裡找出來，再看一次。可惜這一心願並未達成！因爲我正要秘密的隨董家夫婦（李華軒女婿女兒）潛往駐馬店，如果當年能帶來家兄相片，那該多好。

家人接踵而逝，我竟在長年愁苦窮困中成人！沒有讀幾年書，輟學就業，才體會出求學讀書之可貴！走筆至此，忽然想起，父親在彌留之際，對姨媽說：要金山（我之乳名）再讀幾年書，他才能自力謀生，姨母悲泣無語。由於先父遺囑之砥礪，是我退伍後，想再就學的動機之緣起。

與親人之生離死別，一時不知從何說起！先慈在世時，深受親鄰尊卑人等之稱善！這得從我家盛衰起伏的過程追敘！先嚴慈結褵後，先兄姊依次出生，不僅人丁興旺，先父經營之菜館生意興隆，遠近馳名！但自外婆、母親先後病逝，家道亦遽爾衰落。生意受戰亂（軍閥混戰）影響，每況愈下，先前購地自建之四合院落，竟爲惡霸侵奪，親鄰等眼見我家變故迭乘。乃訴諸星象災異之推衍，認爲興盛是由於先慈帶來之財運；衰落是因先慈死後，人氣運勢亦隨之下降，姑妄言之，姑妄聽之耳。

我稍懂人事，還屢屢聽到親鄰人等追敘先慈之母德懿範！長輩口中，母親雍容大度，心地寬厚！勤勞持家，言談謹實，與人爲善。人們對先慈性情傳頌所顯現之形貌，似乎從我大姊、二姊端莊優雅之風儀上，略可尋繹。兩位姊姊去世前一年，我五歲，每見他們二人翻閱哥哥高、初等小學堂修身課本，哥哥看到姊姊十分好學，就自然成爲姊姊的導師。姊姊再把學過且能記誦的課文，教我看圖唸字，如：「融四歲，能讓梨，香九齡，能溫蓆」這些字句，至今未忘。如今回想推斷姊姊天賦甚高，他們二人平日事親敬長，溫恭謙遜，爲人處事，識見卓越，然而天命不作，奈何？

父母之恩，天高地厚！而兄、姊手足之親情，更永生難忘！如今追敘點滴往事，只有深自慚愧！而沒有太多的悲傷了，即若蘇子所言：月有陰晴圓缺，人有悲歡離合，此事古難全。自己也快要走到人生盡頭，眞要提得起，放得下呀！庸碌半年，雖無所得，但比上不足，比下有餘。又何計其多寡？未能報父母之恩，答兄姊之情，誠愧於中，惟退而自省，生平未做不正當的事，不使先人九泉之下蒙羞，差堪告慰於親人。先哲有云：人生三樂。而我已得其二，亦當足矣。

一九九八年清明節臺北初稿

《中原文獻》第三十一卷第二期，一九九九年四月一日

即興擷要——母親節絮語

一

璀璨地母親節光環，暈不及我！母親勞苦病痛中生我，甫踰週歲，慈母見背。父、兄、諸姊兼代母職，十數年間，不旋踵棄世！我自少孤弱，至老困窘，天不假我以親情撫慰！我乃幻想諸親人能爲我待天道之公平。

未及孝親之子弟　尚斌　泣啓

西元一九九八年三月十七日於新店

附注：當年某報舉辦「母親節」徵文，限五十字、拙文逾八十字，未獲選，特公諸師友學誼指正！

二

予豫東布衣，流落楚漢，二十從軍來臺，四十棄武習文！師承陳、王之學，中歲濫竽教席，晚年衰歇！未竟心志。悵然懷憂！爰綴身世之始末云。

曹尚斌

自述於二〇〇一年春

遊走平民域　出入士夫群
冷眼觀時事　聚散我朵雲

右錄兩段短文、歌詩，亦如個人之微渺，留給家人親友一閱，我將墨爾而息矣。

二〇〇二年三月五日於臺北新店

追思劉乃和教授

一九九四年十月二十五日，由北京師範大學古籍所劉乃和教授主持之「中國歷史文獻研究會」在河南省駐馬店市召開之第十五屆年會，承我新蔡縣志編纂會之盛情，推介魏茂春副主任與我出席這一盛會，我由臺灣遠赴駐馬店，家人頗關注我旅途安全，於是我又向大會籌辦秘書處，介紹臺北與我比鄰而居之董耀先兄同時赴會，董先生欣然接受，並慨允為大會全程攝影。大會執行秘書頓嵩元教授也同意董先生全程攝影，算是為大會盡一份心力。

由於這一盛會之參與，對我原已陷於暗淡之後半生，有若「柳暗花明又一村」的轉折，開啓我人生另一新契機，掃除我內心的陰霾，藉此得一窺大陸學術之堂奧，使我在歷史文獻學的領域內，獲浸潤沾溉之啓迪，且豐富了個人生活經驗。每一次赴會，我依規定撰一篇論文，其實只不過是讀書心得報告，談不上學術論文的水準，但也濫竽充數，應景通過。

與會的另一個好處，是最眞實的人生歷練，而得以結識全國各地，望重士林的文、史學者。這要從劉老師乃和說起：從第一次見到劉先生至今她已謝世，只有五年的短暫時光，可是我和劉老師過從甚密，寫過二、三十封信，我在臺北搜購中研院出版的陳垣早年文集，還有陳垣書札彙編（上述兩種有一種是上下兩冊，我忘記是哪一種了），目前我還有一本精裝硬紙板封面的陳垣書札集，沒有寄給乃和先生，是因爲超過郵寄規定之尺碼，又不能折疊，我原定於今年九月赴太原開會之便，帶交周少川教授轉給劉先生，不料，如今已成絕響。

另外劉先生曾教我把臺北中央（現改稱國家）圖書館所藏貴州某一小縣之縣志影印一份給她，我如她所囑寄上。前兩三年都是劉先生親自寫給我信，囑我下次一定要再赴會。我覺得她年事已高，且勤於治學，不宜多費神於冗繁的書牘上，請她不必每次回信，除非有什麼特別事故，必須她做直接答覆者，一般通候，我以晚輩向她問安，她就不要再動筆回信了。而她也接受了我的意見。

劉先生謙沖履道、虛懷若谷，「不醜不若己者，上志而『不』下求。」以平常心衡諸人事，寬厚雍容，她的人格典範堪足法式。有其師必有其徒，所以劉先生的門下或後學，如周少川、鄧瑞全、王明澤、王酉梅諸君子，都是學養有素，爲人謙遜，端正有方，處事周詳，不激不隨，爲人師亦爲良友！另一位年事稍長的朱仲玉教授，我不確知他和劉先生的淵源關係，我在臺北一本《國文天地》雜誌上看到朱先生多篇文章，去年承他爲拙文斧正之機緣得與朱先生熟稔而爲知音！他們諸位，都是永銘我內中的好友！

我對追求時新雖然留意，然而對舊事物、舊朋友一經訂交之後，我終身懷念，可能由於我孤子一身漂泊在臺，因而對大陸親故之眷念，無時或釋。但、關山遙隔，不易相聚，而我只是一介寒士，有時以千里鵝毛自重，寄些臺灣土產給大陸親友，引起他們不快，這是我始料不及的事。不過，這一點我是不會反怪他們的。

回憶過去瑣碎小事，是我尋求快慰自足的途徑之一。這裡，我就上溯自一九九四年和劉先生初識情景，從十月廿五日晚宴席上說起：那是大會主辦之地主單位，對全體與會嘉賓及大會工作人員，及各出錢出力單位主管都共聚一堂，共享一次佳餚美酒之豐饌。走進大廳，一片歡聲笑語之熱烈氣氛籠罩全場，當劉老師被幾位年輕貌美的工作人員簇擁著緩緩地進入餐廳時，立即響起了如雷的掌聲，攝影機之聚光燈、各人自備照相機閃光燈，交相輝映，直如萬道閃電光芒耀眼，劉先生開心的笑著，不停地向周圍的人招呼著。當她上坐的主客、陪客扶她入座之際，她卻轉向鄰座席旁遞給我一張名片，再走向麥克風位置，向大會全體人士致詞。由於講詞內容溫馨體貼，使各不同身分的人都覺得是她關注到自己的問話，都感到窩心得體。這顯示了劉先生的深邃學養，卓越口才。她那京腔的標準國語，聽起來眞像大珠小珠落玉盤、多麼悅耳呀。至今還餘音裊裊呢！

劉先生是史學界重鎮，但也是政界最具名望的重心人物。有位學人私下和我閒談時說，劉先生在最高權力中心，意見可以上達天廳。江XX主席都對她相當敬重。我想這不是誇張之詞，她之所以受到全方位的尊敬，主要是她人格的完美，學問道德之卓越，西諺有云：知識即是權力！劉先生正應驗了這句話之顚撲不破！這也反映了一種可喜的現象，知識份子受人敬重的社會，才是文明發達的表徵，今天的大陸正趨向於理性而健康的價值觀念轉變，令人欣幸而企盼！

參加一個國家級學術研討之盛會，對我而言，它有多重不尋常的意義。第一，這是我在臺灣從未有過的肯定經驗，而駐馬店正是管轄我蔡家鄉之上級政府，新蔡縣志編纂會如此推許我，這顯示同胞之情的關愛，雖不是「一登龍門身價十倍」！然而史研會向劉先生報告我的來歷——名不見經傳，而學歷又偏低，相對的位階也低，以僅具空大兼課講師資格，而獲選爲史研會員，今我受寵若驚！我倒興起「生不願封萬戶侯，但願一識史研會」之摯情。第二，由於參加史研會，使我有緣結識史學界俊彥名賢。它是一個老、中、青三結合的學術團體，史研會員群中，有老成持重的前輩，但卻有更多的中堅菁英。然而聞道有先後，術業有專攻，有些人看是年少翩翩、但其學養深邃，常令人刮目相看。第三，五年來和劉先生見面有十數次（每年大會上下總有幾次交談）通書問候約二十幾次，我給劉先生寫信次數較多。每次接到劉老師回信，我看她那麼認眞給我回信，想到她身體狀況，及日常四面八方紛至沓來的會務，我不忍心再要她分出勞累給我回信，我懇請她看到我的信就好了，不必每次都給我回信。她終於順應了我的請求，這句話我已寫出兩次，但對劉先生說過更多次。

去年蘇州會議之後，我與董先生和他幾位友人兼程去長白山、瀋陽、長春、松花江、哈爾濱旅遊，回程在北京北師大賓館盤桓二日，我抽空去劉先生宿舍探候她，當時就聽她說：蘇州回來因服藥而有過敏反應，並入院檢查兩天，漸復正常，返回宿舍，但注意飲食調養。我當時就有種異狀似的，我甚至覺得是不祥之兆，但從未對任何人說過。

記得這是中秋節的前一天！劉老師心情甚佳，我從哈爾濱帶給她一個大的紅石榴，還有從臺灣帶來的糖果，另有一件小電器，類似警報器，她可以用來做呼叫，而不再擔心呼叫的人聽不到聲音，所以她特別喜愛那個警報器。談話題材由她的藏書談到她早年師事陳垣先生，於是她和我一齊翻閱一本生活實錄的紀念冊，看看她昔日文雅動人的風采。尤其掛在牆上她早年與陳老師的合照，顯露著她年輕時智慧光芒、美的笑靨，然而更值得後人景仰的，是她執弟子禮於陳先生，爲了仰慕陳先生的學養道範，而終身誓志爲「陳垣研究室」的主持人。她是多麼重情義啊！陳先生若地下有知，當含笑於九泉。

我突然想到臺灣也有一則士林佳語，那就是錢穆先生與胡美琦女士，紅顏白髮，鶼鰈情深地愛情故事。胡女士原本是錢賓四先生的學生，因爲仰慕錢先生的文章道德高於世，而不管年齡差距是多懸殊，胡女士心甘情願委身爲錢夫人，海枯石爛，此情不渝。胡美琦教授在文化大學開中國教育史一課，我選修過，所以胡教授是我的授業老師，而錢先生爲師丈！我冒昧地揭她隱私，歉甚、罪甚！

我不知道劉乃和教授和陳垣教授是否雷同錢、胡二先生之情景？如有不當之臆測，我願向劉先生之親友門人表示歉忱！最後向劉老師致默念之哀思：親友故舊門人淚水盈眶地送走了您，大家在悲傷之餘，化悲慟爲力量，把眼淚轉化成調適身心的滋養劑，大家齊心協力把史研會的功能更發揚光大！以慰老師在天之靈！

敬愛的乃和先生、您安息吧！

一九九八年七月二十日凌晨於臺北新店

本文已由《中原文獻》刊布並收入劉先生紀念文集

詠傅氏梅教授

傅氏名梅出眾相，國家大學教英才。
最佳傳譯稱斯人，譯文信達雅無別；
美貌脫俗猶艷姝，傾國傾城好顏色。
人皆讚伊似梅仙，以妒亦美美嬌蝶；
九闕仙子臨人間，雲裳羽衣若白雪。
月裡嫦娥憾未識，風情萬種向誰說。

予偶然機緣初識越南國家大學之師範大學傅氏梅教授於臺北士林區公所中越文化交流座談會中，傅博士以流暢典雅之中文傳譯越文講詞，表情眞摯，語意懇切，顯示其中文修養，深沉渾厚，非我中國一般淺薄之士所能望其項背，欽佩仰企，感紉於五內，乃記其緣由，草此歌行一首。

隨口吟哦，信筆所之，未細推韻律，只圖表意，貽笑方家，尚祈指正！

二○○二年七月二十九日於臺北新店

予興到神來，率為事先，以急就章詩詠十首，以俟越南講學後，耑政諸師友，藉充臨別贈言。

附詩有序

一

以杜甫〈江南逢李龜年〉詩韻擬句贈　傅氏梅教授

士林公所初相見　大學堂上幾度聞
別時河內好風景　落花惜春又盼君

二

步杜牧〈登樂遊原〉擬句以贈

平時不爲緣無能　閑坐雲天靜慕僧
欲把熱情揮灑去　遠遊河內望金陵

三　步高適〈別董大〉詩韻擬句以贈阮文仁主任

千里雲煙又日薰　北國春雨仍紛紛
與君別後少知己　天日百轉常縈君

四　步王昌齡〈從軍行〉詩韻得句贈阮文盛教授

長風海浪白雲山　登高遙望河内關
黄沙滾滾似金甲　絳帳論學盼再還

五　以于謙〈詠石灰〉詩韻制句以贈

千錘百鍊隱深山　世俗目我若等閑
青春蝕去渾不怕　終得識者佐助間

六

千里鶯啼襯霓紅　水村山郭酒廊風

河內百數佛院寺　唯見明光入神中

以杜牧〈江南春〉詩韻擬句贈明光法師

七

前時明月近時關　萬里遊學人未還

時下飛航尋常事　不虞重逢越關山

步王昌齡〈從軍行〉詩韻擬句以贈

八

以驚亦喜上壇臺　幾度開講放不開

剛經迻繹傳達去　欲盼明日重新來

步蘇軾〈花影〉詩韻擬句贈

予興到神來，率爲事先，以急就章詩詠十首，以俟越南講學後，尚政諸師友，藉充臨別贈言。

九　以錢謙益〈題王孟端雙松圖〉詩韻擬句贈

深厚文化眞儼然　攀雲臥壑幾千年
叢枝繁節何須問　惟虞柔藤蔓草纏

十　以查有誠〈論詩絕句〉韻擬句贈

好事雖由機緣來　著書爲文自淹該
開課選師猶織錦　仰仗大力惠我裁

茲十數首吟哦詩草，乃一時興起，百餘分鐘脫稿，似詩而不及情景，俗辭俚句，不拘格律。必見識於方家拙作爰不在詩體之精當否，只騁其心意年。猶盼知我教我，一笑可也。

曹尚斌　識

二〇〇二年九月十八日

春殘夢未斷——追憶王生善老師二三事

二〇〇三年二月五日（癸未正月初五）人們都還浸潤在濃郁的新年春節氛圍裡，一早傳來劉倫正同學的電話：沒有笑意、聲音低沉、一股嚴肅之氣逼人，他開口就問我看到今天的報紙嗎？我說：家裡沒訂報。於是他指稱聯合報第四版刊出了王生善教授病逝醫院的不幸訊息。

我頓時驚愕，一下子不能接受這突發的噩耗！倫正再對我說：報紙寫得很詳細，我像是責問的口氣，這怎麼會如此劇變？王老師先前兩次中風，他都擋得住，而且完全復元了，身體仍如既往之健壯，雖然有點微胖，但看不出任何病態！不過，我們都清楚他有糖尿病、高血壓！所以我平時（兩年春、夏之間都在編劇班及表、導演人才培訓營度過）和老師一起進餐後，都只吃一些低糖水果，番茄、蓮霧，偶爾託使人帶些火龍、柳橙送到宿舍，老師不能吃的，張秘書可以吃呀。

前年在新店我兩次分別請老師和袁齊賢兄嫂接風洗塵，特去乾隆坊餐館備正式酒席，曾囑咐珠美（陳豫舜夫人）、新生（秋圃夫人）小心照顧老師吃的菜式，不要讓老師喝酒，看起來他健康良好。

去年老師由美返國後，有一陣子身體不適，表、導演班賴秋華同學、王昱翔同學等和我聯繫，她費神再聯絡十多位男女同學，我們約定一齊到老師的宿舍——華岡路十九號，擠滿了整屋的人，大家久別重逢，老師的興致很高。賴秋華同學還表現了她學會腳底按摩的「醫術」，當場爲老師按摩腳底，老師日後表示確見療效！但，他不肯再煩勞賴秋華，顧慮她擔任出版社主編的工作太忙！不能影響她的工作。

今年度，只有元月間和老師通了幾次電話，覺得老師的身體大不如前，張小姐告訴我，每週兩次定期到榮民總醫院複檢，初未發現有什麼病變，我偶然去華岡貼招租房舍房客之告示，還特用一塊約兩尺長方的甘蔗板，寫上招租字樣，放置老師房屋附近，老師主動幫我放置那塊牌示，有時晚間才下山，經過老師門前悄悄佇足片刻，但不驚動老師，怕擾他安寧。

有天我打電話告訴老師：我可能去越南河內訪問他們國家大學，並將作短期專題演講，而非校際交流。老師驚喜之餘，再問我內情，我坦誠以告：自從前年演完表、導演班的戲，空大的面授課，也隨之停兼，可能因已逾七旬高齡，不得再延續下去了。既不兼空大的課，我就無歸屬單位了。而越南國家大學之社會科學與人文大學國際交流處來函要我說明現職何處，且須具函提出我去講學之申請文件。我曾三思，可否向空中大學試請爲我背書，並以校際交流事由發公函？終覺不妥，故來向黃校長冒然請求，雖然黃校長是一位重情義的性情中人。不過茲事體大，牽動多層面的作業，最後可能還須向教育部報備申請，而空大又有不大不小的問題困擾校長，我豈能再爲學校添一項不急之務的麻煩？再者我若轉而向前校長陳義揚博士提出此一難題，而他現任之明新學院，我從未任教過，又怎能要陳校長替我解此難題？雖然，我相信陳校長也會在法理許可之範圍，盡情盡心助我！可是左思右想，更覺不妥！我又轉念到前實踐大學謝孟雄、林澄枝兩位賢伉儷校長，往年對我特有關照，去年還接到他們二位聯名給我回信。我甚至於想請方智怡委員就便爲我轉信給林副主席澄枝，但時間迫促，快到年底突然接到方委員電話，知道她剛返回國門，詢問我是否把信交給了林副主席？我考慮後，決定不要麻煩她和林副主席了。

終於解鈴還得繫鈴人，由明光法師（在文大讀博士班）和河內人文大學中國學系主任阮文江教授合力助我想出以私人遊訪自由講學方式，到彼校短期專題講演（課）一個月。這可說：正中下懷呀！我就朝此目標邁進！以至於順利圓滿完成使命。

預計在河內一個月，二月六日搭機上午十一時前抵河內，前兩三天遊覽勝景古蹟，十日學校開學，次日我先到哲學系講課，以後連續三週授課四個系組，兼去中國學中心、外語大學、佛學院座談，這裡不一一列敘。原定要把遊學歸來實況，跟老師細說從頭！哪裡料到，我還沒走出門，老師就先走了。大約元月二十日明光師父回越南前夕告訴我他當時才又接到河內人文大學范春恆校長電話，要我趕緊寫好授課大綱寄去給翻譯人員阮壽德先生、陶心慶小姐二人，預作複習。我立即編一課表，並寫二張授課資料目錄，又多次到圖書館蒐輯，補充資料，直到出門之前夜，我還在整理行裝囊篋，實在抽不出空閒時間上山看老師遺容之最後一眼，惟不可能改變去河內的日程，因爲打不通電話，必須照預定行程飛抵河內，而歡迎我夫婦的幾位教授阮金山博士等，提早一小時前就備妥車輛、鮮花等候我們。

老師的戲夢人生落幕，而我的遊學之路才上道！姑且引錄四年前爲我幹校六期同學畢業四十年紀念文集描敘全班同學之概況，一開始寫的第一句話：「人生如戲，戲即人生」！對照一下和老師的生離死別情景，不正式確切的表白嗎！

二〇〇三年四月十七日凌晨初稿

寄不到的隔世殘箋

孝公吾師靈右：雖然您離開我們已近兩個月了，我覺得您還在醫院的病床上！本來有很多話要和您說，怕已等不及見面一敘私衷，不過，我似乎永遠都感覺您還在世呀！您編寫的人情世故之多樣表現的長篇劇本，日後還將陸續的搬上舞臺或螢光幕上。我已經和楊金榜校友說過：凡是　老師的劇作上演都要知會我！重溫當年未得一償宿願之舊夢。

該是民國四十六年，我們六期影劇科同學回到復興崗後，有一天在課間休息，您單獨和我閒話上課之感覺，我魯莽的表示，希望多請普通學校的名教授兼課，（語意隱含輕視本校軍職教官）您並未糾正我的偏見，但、您在回答我的話（內容已不記得）自然的出示：國立藝專聘您爲副教授之聘書，我心情爲之一振，仰首看　老師一眼，感覺有了轉變。再聽徐天榮老師講編劇課，材料很豐富和學主任曼瑰老師講課同樣精彩！而您專授導演課分組以後，我在編劇組，就聽不到您的課了。李老師中途赴美遊學，她的課由徐天榮老師替代了。後來跟李老師工作，我寫不出劇本，她很生氣。

我在當教授班長時，老師有一天問我班上同學狀態時，特別提出王靖，我當時覺得王靖較受女同學注意，也是有點吃醋，我藉機向老師說他就幾句閒話，可能是指他一有空就接近張培眞像竊竊私語，有一天張培眞要我陪伴和王靖見面，我恍然明白他二人並非相戀，內中自慚，先前不該向老師說長道短！現在想來，更覺當時幼稚的可笑。至今我一事無成！笑不出聲了。

民國五十九年老師掌文大戲劇系影劇組主任，要我立即來學校一談，當時有位于先生亟欲謀得那一行政工作，我向老師主動退讓！張培眞提醒我不能輕率地離去李之師曼瑰身邊工作，以避免他人詬病。

在文化中文系讀三年級時，寫一篇老師的劇評〈觀馬家寨話劇有感〉。老師把那篇文稿送到《華夏導報》發表！以後我不斷給《導報》寫文稿俱獲刊布。託老師的福，近年爲老師抄寫文稿，老師時予嘉勉！和六期同學略敘時竟以「才子」一詞謬許我與王靖，恐言過其實矣。

民國九十年文建會委託王教授開辦「編劇班」，我被召喚爲執行秘書兼爲學員，老師初次見我演戲，在監督排演時，覺得第五場對話須加修改。老師連夜親自執筆改寫那場對話，令我有出色之表演，獲全班三組之首獎。激越我之信心，使我有枯木又逢春之振奮。

老師在華岡三十餘年培養戲劇人才，菁英備出，不少人成爲當代傑出的戲劇學者，如顧酒春、朱俐等，更有名編劇家、名導演，不勝枚舉。他們對老師之授業彼輩有成，有比我更深刻之領會。

我此刻寫〈春殘夢未斷〉之拙文，意內言外，既未鋪敘和老師之與我耳提面命、謦欬隨形的諸端瑣細之事，尤其未涉入老師前半生所編寫之不朽的劇作，這有待賢者之指述！毋庸我之浮聲切響，徒贅蕪辭。

附上僅爲補敘未能親向老師稟告的切己之近事，實不足爲外人道，然而老師聽不到我的嘮叨絮語了，這封信自也無從投遞，盼老師及我之親友寅誼，知我諒我，並祝

老師安息天上

您的學生曹尚斌　再拜

二〇〇三年四月十八日

為王化公原景輝二將軍九秩嵩壽同慶話舊

溯至民國四十四年我以考取候補軍官政工科，而經服役單位裝一師遴選爲三指部本部連政治幹事，初以士代官，繼而普升准尉）工作漸入佳境，幹的十分起勁，次年春進政工幹部學校候補軍官班第二期（因黨證尚未領下，無法排在第一期）受訓。到復興崗雖是遲來的機運，但卻是一條平坦的道路，奠定我後來穩定生活之基礎。

是年七月我參加軍事院校第一次合併之大專聯考未上榜，由於颱風阻礙了幹校錄取新生之報到人數不足額，而幹校又單獨招生，我再報考影劇科，幸獲以第四名錄取。此時距離我們候補班結業還有半個多月。只得按時轉來正則班第六期新生入學訓練。

記得我和王清、朱萍等幾位同學，離開候補班前，隊上舉行會餐，藉使爲我們餞行。我到隊職官餐席敬酒時，隊長，政工官讚許我應讀新聞科。這可能因爲我曾在榮譽座談會發言，受到隊職官注意的緣故。入學訓練的課程主要是由教育長梁孝煌將軍率學校一級主管，教育處（蕭政之）處長，訓導處（楊銳）處長，總務處（姓名忘記）處長等報告學校組織概況及各單位工作性質。入學訓練結束，候補班也結業了。學校特予我們幾個考入正則班的同學優惠准許畢業於候補班第二期。發給畢業證書。接著有大約一星期的放假，這是往日在部隊上，未曾有的長時期假日。我得以走訪在各地之同鄉親友，我最要拜訪的是住在鳳山的三姊秦梅，三姐夫（平常稱表兄）原景輝，他是我入學的保證人之一，當時他是預備師的政戰部主任，另一保人爲增益宗兄，他是聯勤某單位的中校參謀官。他們兩家是我在臺灣最親近的人，還有當時住在嘉義空軍眷舍的增統六哥嫂。我在軍中每逢假日，都會往這幾家親人家走動，他們各家家庭狀況，我另敘述。

收假以後，我整理行裝準備去鳳山陸軍官校，代訓軍事五院校入伍生教育之軍官訓練中心，接受軍官基礎及養成教育八個月。這是只有我們幹校六期才有的實驗性的綜合訓練，因爲我們可以和官校正科班出生的全隊職輪任營、連長，這科訓練僅及六、七期同學，以後似又回復到較早時單純受六個月以內的入伍基本訓練。

鳳山受訓結訓後回到復興崗，我感覺像遊子回家一般，因爲我當時也只有以軍營爲最切實的歸宿呀！返校後共編成三個中隊，受一個大隊之建制，我們是第三中隊，由音樂、美術、戲劇、體育四個專業班合成的一個生活管理單位，隊長吳周緒少校（已故）廣東人，陸軍官校正科出生，精明幹練，帶人親合，處事有方，訓導員陳璧上尉，本校三期畢業，學養有素，溫文儒雅，智慧過人，才能優越，他適足以彌補吳隊長之不足，牡丹綠葉相得益彰。

歸隊後第一件事，是每人都寫一份鳳山受訓及返校後之觀感與抱負志向的綜合報告。訓導員留意審閱了我的報告，就昇予我黨務宣訓工作。以後又授意同學選我爲影劇科教授班長。同學對我相當支持，我個人處事才能不是，天性容易衝動，把自己從光明坦途推擠到狹徑曲巷裡，以後的路雖不算坎坷，但卻泥濘不堪！如要自我調侃一番，我也借用孟子的話：「天將降……於斯人也，必先苦其心志……行拂亂其所爲，所以動心忍性，曾益其所不能。」對本班同學，我至今仍懷歉疚，但不知何以圖報？所幸同學對我早已諒解，且優遊寬容以待我，故而我也不會自我放逐同儕之行列。但有少數同學畢業後就和大夥失去聯繫，殊令人大惑不解。

在復興崗連續三個年頭的教育薰陶：是我人生重要階段，可以說是成長的根基所在。有幾位師長的片言隻字予我之啓示，終身難忘！茲述其始末。先自入學訓練始，記得蕭政三處長說：你們走進本校之後就可能是你往後幾十年、二十年奮鬥的目標之選定。我立即像是受到一記心裡重擊，並暗自忖度人生能有幾個十年、二十年呀！這眞是一句勵志警語！

有一次我突發異想，給校長寫封信請求准許我轉到政治科就讀！化公校長約我面談！走進校長室看到化公正在寫一張宣紙條幅，桌上並散置幾張信紙樣小幅毛筆字，（未看清內容）校長立即站起走近我一步，親切問我有無困難問題，我說沒有，他又問我未來志向，我回答說：喜歡文學。化公立即笑著應我：戲劇就是文學呀！並要我安心讀下去，會吸收到中西文學之精華。我當時實在沒有一點深入的領會戲劇文學之堂奧，只覺得校長在鼓勵我，而不同意我轉科罷了。

當天我們在教室晚自習時，不料化公悄悄一個人走到教室門口，我要喊起立敬禮時，他以手勢止住我，且停止在門口和我們閒聊似的講到戲劇是西方文學的主流，也略及我國之元曲的文學評價……校長這番漫談正補充了他對我的啓迪勉勵，好好讀完戲劇課程。兩年的戲劇專業訓練，尤其在表演實習上，我該都不及格。可是李曼瑰主任，王生善老師，都不以我之愚昧而見棄！畢業後我未能混進影劇圈發展，但我一直堅信戲劇之深令藝術與文學是相沫以濡，相生共成。退伍後李老師曼瑰破格要我到她主持的戲劇藝術中心工作，王老師（生善）也曾有意要我到文大戲劇系做行政工作（王老師當時爲系主任）由於我志在入中文系就讀！而辭去李老師的工作，亦未轉來文大戲劇系追隨王老師工作！但文大畢業後，派到城區部辦理推廣教育。後來順理成章的擔任幾所院校及空中大學之國文教師。這算是失之東偶，收之桑榆的成果吧！

化公校長與慧英師母，伉儷情深，平居寄情於詩文書藝之力作。哦有私懷，每坦忑不安者，乃爲化公乃親撰信稿，以毛筆楷書給我回信，此點正如原景輝將軍之於我亦師亦友的親親摯誼，有雷同之處！今適逢彼二人，共渡九秩嵩壽之大廈！而我乃以小恙住院，不克分赴北高兩地，趙庭致賀，特以行文之便，藉引華封人之頌讚曰：多福多壽，如東海之深，泰山之高。

原景輝與我之淵源有自，簡敘我等事應如次：

我到臺灣最早走訪的親人，就是一直住在鳳山街上的原景輝和他全家人。第一次到一位英俊挺拔的年輕上校的家中，我還眞有些拘謹，不敢開口先說話。倒是三姊一見到我，就以親切口吻叫我兄弟，她並很自然的把我的視線引到上校身上，她慢條斯理的說：這是你表兄！之後我就敬個禮，隨口喊表兄，曉初（原景輝）在家裡，絕對不會顯示他是上校，他和三姐伉儷情深，他倆是天作之合，性情都是那麼自然親切，溫和淳厚，我來臺灣幸遇這般親人，也是天賜福緣！

曉初對國家極盡忠忱！對長官同仁部下，都是一樣的坦誠厚實，尤其難能可貴者，他滿腹經綸，卻虛懷若谷！凡事都以謙遜退讓自處，攘利不前，赴義恐後，就因爲這種正大光明行事，基於個人切身利益，不肯當仁不讓，終致其普升特軍職位遲於不當遲之時機，普階之後，個人之守持節操一絲不苟。例如：某次因其女國英，急於趕公借用他父親座車，趕短短一段路，曉初竟以家屬不得隨意借用公務車爲藉口。回家後，晚上向三姊抱怨國英太莽撞，三姊輕口的回應他說：「你女兒用一次你的車，也不行？」表兄又嘟囔一些理由，三姊問他：「女兒犯法你就辦吧！」曉初轉移話題，他說：你叫振維（二甥）說說看，振維一下子湊不上話，表兄又說：叫尚斌說，這件事對不對？那天晚上，我巧的留宿他們家，突然遇到這件事，我也不知道該怎麼說。（我是以鄉愿心情，不想不想偏向任何一方。）

我日後想到這件事，如果被當時總政戰部主任王昇聞知有這麼一位清白人格的部下，應當會予以優越之考核，酌情普用。如今這是一段笑談？還是一段佳話呢？敢情化公與曉初二將軍一晌耳。

碌：半身，一無所成！然，仍欲一言遮自慚，易右諺之字句曰「我無以爲寶，唯師長之訓勉箴言以爲寶」。前隨筆拾掇諸師長之箴啓舊話，我記憶猶新。

二〇〇四年一月二十七於臺北新店

懷恩感舊，祝師親嵩壽

民國四十四年，我考取候補軍官政工科，而經服役單位裝一師遴選為三指部本部連政治幹事，以士代官，繼而晉升准尉，幹得十分起勁，次年春進政工幹部學校候補軍官班第二期受訓，奠定我後來穩定生活之基礎。

是年七月，我參加軍事院校第一次合併之大專聯考，未能上榜，由於颱風阻礙，幹校錄取新生報到人數不足額，幹校又單獨招生，我再報考影劇科，幸以第四名錄取。此時距離候補軍官班結業還有半個多月。我只得按時轉正則班第六期新生入學。

記得我和王靖、朱萍等幾位同學離開候補班前隊上舉行餐會，藉便為我們餞行，我到隊職官餐席敬酒時，隊長、政工官讚許我應讀新聞科，這可能因為我曾在榮譽座談會發言，受到隊職官注意的緣故。入學訓練的課程主要是由教育長梁孝煌將軍率領學校一級主管、教育處（蕭政之）處長、訓導處（楊銳）處長、總務處（姓名忘記）處長等報告學校組織概況及各單位工作性質。入學訓練結束，候補班也結業了。學校特許我們幾個考入正則班的同學優惠准許畢業於候補班第二期。發給畢業證書，接著有一週的假期，我得以往訪在各地之同鄉親友，最要拜訪的住在鳳山的三姊素梅，三姐夫（平常稱表兄）原景輝，他是我入學的保證人之一，當時他是預備師的政戰部主任，另一保人為增益宗兄，他是聯勤某單位的中校參謀。他們兩家是我在臺灣最親近的人。還有當時住在嘉義空軍眷舍的增統六哥嫂，我在軍中每逢假日，都會往這幾家走動。

收假以後，我整理行裝準備去鳳山陸軍官校，接受軍官基礎及養成教育八個月（代訓）。這是只有我們幹校六期才有的實驗性的綜合訓練，以後可以和官校政科班出身的主隊職，輪任營、連長。這種訓練僅及六、七期同學，以後似乎又回復到較早時受六個月以內的入伍基本訓練。

鳳山受訓培訓後回到復興崗，我感覺像遊子回家一般，因為我當時也只有以軍營為歸宿呀！返校後共編成三個中隊、一個大隊，我們第三中隊是由音樂、美術、戲劇、體育四個專業班合成的一個生活管理單位，隊長吳周緒少校（已故）廣東人，陸軍官校正科出身，精明幹練，待人親和，處事有方；訓導員陳壁上尉，本校三期畢業，學養有素，溫文儒雅，智慧過人，才能優越，他與吳隊長如牡丹綠葉相得益彰。

歸隊後第一件事，是寫一份鳳山受訓返校後之觀感與抱負志向的綜合報告，訓導員留意審閱了我的報告，就畀予我黨務宣訓工作。以後又授意同學選我為影劇科教授班長，同學對我相當支持，而我個人處事才能不足、天性容易衝動，常把自己從光明坦途推擠到狹徑曲巷裡，以後的路雖不算坎坷，但卻泥濘不堪！如要自我調侃一番，我也借用孟子的話：「天將降大任於斯人也，必先苦其心志，……，行拂亂其所爲，所以動心忍性，曾益其所不能。」對本班同學，我至今仍懷歉疚，不知何以圖報？所幸同學對我早已諒解，且優容以待我，故而我也未曾放逐同儕之列。但有少數同學畢業後就和大夥失去聯繫，殊令人大惑不解。

復興崗連續三個年頭教育薰陶：是我一生的重要階段，也是成長的根基所在。幾位師長片言隻字之啓示，使我終生難忘！茲述其始末。記得蕭政之處長說：你們走進本校後就可能是你往後十年、二十年奮鬥目標之選定，我立即像是受到一記心理重擊，並暗自忖度人生能有幾個十年、二十年呀！這眞是一句勵志警語！

王化公勉我持志不懈

有一次我突發異想，給校長（王昇，字化行）寫信請求准許我轉到政治科就讀！化公校長約我面談！走進校長室看到化公正在寫一張宣紙條幅，桌上並放置幾張信紙樣小幅毛筆字，校長立即站起走近我一步，親切問我有無困難問題，我說沒有，他又問我未來志向，我回答說：喜歡文學，化公立即笑著應我：戲劇就是文學呀！並要我安心讀下去，會吸收到中西文學之精華，我當時實在沒有一點深入的領會戲劇文學之堂奧，只覺得校長在鼓勵我，而不同意我轉科

罷了。

當天晚自習時，不料化公悄悄一個人走到教室門口，我要喊起立敬禮時，他以手勢止住我，且停止在門口和我們閒聊似的講到戲劇是西方文學的主流，也略及我國之元曲的文學評價……校長這番漫談正補充了他對我的啓迪勉勵，好好讀完戲劇課程。兩年的戲劇專業訓練，尤其在表演實習上，我該都不及格，可是李曼瑰主任、王生善老師，都不以我之愚昧而見棄！畢業後我未能混進影劇圈發展，但我一直堅信戲劇之綜合藝術與文學是相沫以濡、相生共成，退伍後李老師曼瑰破格要我到她主持的戲劇藝術中心工作，王老師生善也曾有意要我到文大戲劇系做行政工作，（王老師當時爲系主任）由於我志在入中文系就讀；而辭去李老師的工作，亦未轉來文大戲劇系追隨王老師！但文大畢業後，派到城區部辦理推廣教育，後來順理成章的擔任幾所院校及空中大學之國文教師，這算是失之東隅、收之桑榆的成果吧！

化公校長與慧英師母，伉儷情深，平居寄情於詩文、書藝之力作。竊有私懷，每忐忑不安者，乃化公親撰信稿，以毛筆楷書給我回信，此點正如原景輝將軍之與我亦師亦友的親情摯誼，有雷同之處！今適逢二公同渡九秩嵩壽之慶！而我乃以小恙住院，不克分赴北、高兩地，趨庭祝賀，特以行文之便，引華封人之頌贊曰：多福多壽、如東海之深、泰山之高。

原景輝與我

我到臺灣最早走訪的親人，就是一直住在鳳山的原景輝和他全家人。第一次到一位英俊挺拔年輕上校的家中，我還眞有些拘謹，不敢開口先說話，倒是三姊一見到我，就以親切口吻叫我兄弟，很自然的把我的視線引到上校身上，她慢條斯理的說：這是你表兄！之後我就敬個禮，隨口喊表兄。曉初（景輝字）在家裡，絕對不會顯示他是上校，他和三姊伉儷情深，他倆是天作之合，性情都是那麼自然親切、溫和敦厚，我來臺灣幸遇這般親人，也是天賜福緣！

曉初對國家極盡忠忱！對長官、同儕部下，都是一樣的坦誠厚實，尤其難能可貴者，他滿腹經綸，卻虛懷若谷！凡事都以謙遜退讓自處，攘利不前，赴義恐後，就因爲這種正大光明行事，其於個人切身利益，不肯爭逐，終致晉升將軍職位較遲，進階之後之守持節操一絲不苟，例如：某次因其女國英，急於趕公借用他父親座車趕短短一段路，曉初竟以家屬不得隨意借用公務車爲藉口，回家後，晚上向三姊抱怨國英太莽撞，三姊輕輕地回應他說：「你女兒用一次你的車，也不不行呀？」表兄又嘟囔一些理由，三姊問他，「女兒犯法你就辦吧！」曉初乃轉移話題說：你叫振維（二甥）說說看，振維一下子湊不上話，表兄又說：叫尙斌說，這事對不對？那天晚上，我恰巧留宿他們家，突然遇到這件事，又不知道怎麼說。（我以鄉愿心情，不想偏向任何一方）。

日後想到這件事，如果被當時總政戰部主任王昇聞知有這麼一位人格清白的部下，當會予以優越之考評，酌情晉用。如今這是一段笑談？還是一段佳話呢？敢請化公與曉初二將軍一哂耳。

碌碌半生，一無所成！然，仍欲一言掩自醜，易古諺之字句曰「我無以爲寶，惟師長之訓勉箴言以爲寶。」隨筆捨掇諸師長之箴啓舊話，作爲王化公及原景輝二位將軍九秩壽頌。

《中原文獻》季刊第三十六卷第二期
二〇〇四年四月一日臺北印行

心想事成之體現

溯至兩世代（七十年）前，我兩位胞姊兩天之內病逝的悲愴情景，至今仍是我所承受最刻骨刺心的最大痛楚。姊姊相隨棄世不過五年，胞兄尚文也病逝；又五年，父親也棄我而去。這接二連三的不幸，注定我孤淒悲哀的運勢。

由孩童至青年，我對人事不過一知半解，對神鬼之事，將信將疑，對已逝之先人，偶爾產生夢幻般綺思，尤其對生前最靠近我的二位胞姊，想著有一天會看到仙子化身的姊姊降臨人間！時光一天、一月、一年賡續不斷地渡過了兩萬餘的日子！而我已從幼稚演化到髮蒼蒼視茫茫的老人，昔日的夢想終於顯見契機！這該從上三年倒敘！《中原文獻》第三十四卷第二期（二〇〇二年四月一日出刊）刊布一篇由管繼英、繼寧、萬靜嫻等三人聯名撰述的文章，追念民前革命同盟會元老劉積勛的感人故事，我向臺北諸鄉誼探詢管繼英之先世，欣悉她是新蔡舊時代城廂鎮長管明初的掌上明珠，據韓穎韻說：早年赴開封求學，承管繼英照顧帶到開封新蔡同鄉會，其實繼英只比穎韻年長一歲，可是她卻以大姊照顧小妹般，一路上細心呵護，無微不至！她年齡雖輕，竟已發揮母愛般天性。韓穎韻敘述了管繼英樂於助人的故事，萬良教授補充說：民國二十幾年他去過繼英家（因走訪管道純同學），見到繼英還是七、八歲女童（道純是她叔叔），聽到多人提及管繼英身世，我也論敘一些民國三十六年前後見到過管明初鎮長到縣府洽公及其夫人劉孟章爲民眾教育館長，賢伉儷逸聞趣事。近日又得與曉初（原景輝字）直卿（萬良字）王鳳鳴會長增毅族弟乃先族叔英熙（字鏡軒）族嬸單充霞之哲嗣，同席餐敘，而回顧早年逸聞往事；鏡軒叔爲新蔡縣立中學首任校長。光霞嬸則爲縣立教育館首任館長。很不幸的是國民黨清黨時期，指責新蔡縣立中學潛伏了共產黨員，要鏡軒校長承擔後果處分。他因不堪驚擾，以致精神分裂，黯然卸職，光霞館長爲親身照顧其夫婿，而辭教育館長職。這段曹家悲劇舊事，不堪回首。

和繼英姊妹通信有年，誠如繼英說：以文會友！我且敝帚自珍，寄了歷年撰寫之膚淺文稿、詩篇，每承繼英不厭其煩披閱指教，因爲她是按部就班由小學、中學、大學系統完整地教育，學養有素，她每封信的中肯敘事，我得到啓發、鼓舞，而省思個人之跳躍式由軍校（政工幹校）到文化大學、政大中文所（學分班），雖也有十數年之學程，但基礎太淺，而未習得眞實學力，猶憶文大中文系畢業留校工作時本師伯元陳新雄（師大研究所教授、兼文大中文系主任）教授，面囑我考研究所，而我當時留校工作，承陳老師薦我爲推廣教育中心執行秘書，因工作繁重，無餘暇兼顧再進修而有負吾師拔擢之至意。歲月蹉跎，至今一事無成！未後十年一方面修研究所學分，同時兼任空大面授教師，我亦未作進一步之升等。近日曾又蒙伯元師來信，垂詢有關《利堂文紀》最後訂名之取決。我以自慚而卑怯，不敢（願）再面謁吾師，又延宕下去。

近日則心繫於繼英姊和我讀小學時的張慧貞（字敏君）老師之會晤，惟恐張老師想不起六十年前，她教五年級算術課的往事，我先撰一篇短文〈落日三人行〉稍敘一九四七年我一度是張縣長聯黃之末屬，並見過他一面。繼英爲我轉寄給敏君老師，藉以追憶其先大人利群（字聯黃）生平行誼之片段，我直接和張老師通信，約定今年九月中我出席「中國歷史文獻研究二十五年屆年會」之便，兼程去上海、南京兩地，與繼英、敏君見面，一敘往事。

今歲九月三日先隨同德卿退休前的何良泉校長、李懿道校長、孫朝楹主任及教師同仁等十數人組成之旅行團，往北京、承德、秦皇島各處遊覽勝景，十一日我夫婦相偕轉往上海，拜唔管大姊，這一天繼英姊在上海師範大學之教師新村及校園周邊，來回走動，留意每一、二人或許就遇見我和拙荊之出現！她年近八旬卻不畏勞累，中止午間休息，不斷走下樓來，駐足門前，並看近處，焦急地盼望我夫婦到來，一直等到四餘時，終於和我們會面，她欣慰之情，難以言狀。多日之前，我先以電話聯絡大姊，她以迎接遊子歸家的心情佇候我的現身。她並先爲我們預訂了下榻之賓館，正巧她的公子呂軍、媳婦曉波、孫女安妮，全家由美返國，得以會聚言歡！其樂融融，繼英的長女呂青就在近處一所中學任教師，因爲教的是升學班，壓力大，又加倍指導學生作業，日夜都忙，但她仍抽空到媽媽家和我夫婦會面略敘。繼英的孫女安妮，是全家親人的最愛，我們也分享了她全家的天倫團聚之樂趣，我們送一個自越南河內買回的小布包給安妮，竟然是她的最愛！立即背掛在肩，整天都不願離開手。但，次日她們全家到餐館吃飯，安妮和她表姊玩興甚濃，就把小包放另一張椅子上，回家後想起忘記帶小包了。不料她情急大哭！這使她奶奶驚慌失措偏偏全家連夜忙著打行李包，翌晨早班飛機呂軍伉儷偕其女安妮都要返回美國，她一家三人離家後，繼英爲要找回小包，弄得她心神不寧，一早飯館還未營業，她走進飯館，員工就看出她焦慮表情，首先告訴她，小包並爲失落！繼英轉憂爲喜拿回小包，向我夫婦敘說這一件事。顯現其對孫女的關愛與純眞之情，令人動容。

九月十六日我夫婦也是搭早班由上海飛往合肥的航機，十五得以和大姊暢敘心事，有感於大姊多日來之關照，她當晚再度請我們進餐，並特意找得兩張師大校慶晚會的入場券。前四排的特座。而她自己則與其隨扈人員坐在靠一側的普通位子上。晚會後回到她家，呂軍一家返美之當晚，大姊就要我夫婦回她房內（兼爲書房）住，她自己暫宿於客廳兼臥室中休息。我夫婦形同喧賓奪主，頗爲不安，我就想回贈大姊一點紀念禮物之代替品：幾張零星的美、歐、港、臺之小額貨幣，不料繼英立即正色拒絕我的主意，她說：這樣就不是姊、弟對待之情，我們自覺失禮，就打消這一方式，而改以兒童玩具回贈，大姊欣然同意。這比起她送我女兒之絲綢衣服，及五、六種文具袖珍鏡框，而特給我一隻十八K金筆尖、鍍二十二K金外套之名貴鋼筆，又附上自美帶回之維他命（善存片）卵磷脂、月餅、豆奶包等數十種禮物，價值萬餘元，我不知要怎麼說？繼英所表達之更可貴的，是其心意，是不能以有限之物質衡量的。她施之於我的是推心置腹之關懷，每次無論是書信或電話，她首先就問我的健康狀況！叮嚀我要減輕工作量（指寫作），注重飲食起居。九月十六日她堅持送我夫婦到虹橋機場，但仍依依不捨。

合肥會議後，九月二十二日我們轉往南京下榻紅山會議中心，前三天我們與張家璠、胡顯經二位教授，結伴同遊南京中山陵等多處名勝，到太平天國歷史文物紀念館參觀，又承服務於該館的王昌權小姐（王靖之胞妹）熱情接待，並特約一位導覽員陪同解說，令人欣慰。

二十四日下午慧貞老師由其女陳怡隨扈，到紅山會議中心來訪，我們長話短說，因爲我和慧貞老師是久別重逢，六十多年前敏君（慧貞字）之綺年玉貌，純美的丰儀，每個見過她的人，都留下深刻完美之印象。例如近日和萬良教授，曉初表兄敘及慧貞時，他們也異口同聲稱讚敏君昔日優雅風彩，即使她現今已八十餘高齡，仍依稀可見其當年神韻之飄逸。

慧貞老師憶述其先大人聯黃之行誼，百感交集，尤其張公最後離開他長子大貞家一去無回，最是她全家人莫大之傷痛，孰料數十年後在王盡忠好心爲張公立傳之人物志中透露聯黃先生當年經有關單位處決，而慧貞心痛欲絕！她孝思不匱，盼望繼英和我聯名上書有關史志單位，予以平反紀錄，我們深知這項事實，絕非王盡忠先生，或縣志編纂會任何人隨意紀錄，如求其平反紀載，也是不易做到。不過，我和繼英還是懇切盼望盡忠及史志會同仁克盡可行之心力代爲申復正面肯定張公之完美品格。除了慧貞撰寫「我所了解的父親」一文簡要記敘其親眼目睹父親受人愛戴的動人情節，及其返回故里勸募賑災之仁義行事，而追隨聯黃先生爲秘書之魏耀亭先生寫給張大貞的信，更有詳確之記述。如果縣志辦公室須參閱魏先生手寫之信的影本，可逕向張慧貞索取，假使有不便連絡之禁忌，我可影印一份給王盡忠先生轉呈史志辦存參。

由於管、張二位老師兼爲大姊，她們正是我終生夢想的親胞姊之替身，也是我想望地天使化爲凡身。她二人令我心想成眞，也是我最後的親人長者，她們的禍福休咎，我感同身受！她二人令我最欽敬之德行，是其人道主義的襟懷！她二人年輕時就勇於挺身報國，繼英在近年撰寫其母百歲冥誕追思文：深切懷念母親劉巽章，爲臺北《中原文獻》第三十五卷第四期（二〇〇三年十月一日刊）發布，顯見其尊親思想。令人倍增仰敬之情。

二〇〇四年十一月八日臺北初稿

《中原文獻》第三十七卷第一期，二〇〇五年一月一日刊行

追念吾姐與吾姪

二〇〇四年十二月初某晚，突然接到外曾孫女春艷電話，我以爲這是她的平常致候，哪裡料到，是一噩耗！她傳來奶奶（吾姪月明）於日前（十一月末）病逝的喪訊。我一下子驚駭錯愕不能接受，我問這一事件之經過詳情，她說：奶奶不久前還去醫院看病，醫生說她心臟病沒有變化，只須定時服藥就沒事。不料前天突然猝逝！但，這不能盡釋我之疑慮。隔了三天，又接到庭民外孫電話，補充敘述他娘死於喝下農藥。乍聽之下，我以爲是吃錯藥？不過他說是他娘長期受病困，想不開，以致走絕路。這種推理，我也認同，且太半可信。我想還有其他原因？庭民又告訴我艷梅已寫信給我。果然又三天後接到艷梅的信，大意說是奶奶除了受病的折磨，近日她又被外孫女（艷梅表妹）吵鬧，她是剛上學的幼童，想必只是頑皮，而沒有重大過錯，主要還是月明內心苦惱，她除操心自己家事，平常替媳婦協理家務、照顧孫兒女、外孫女。不過這也苦中有樂，含飴弄孫的天倫和樂，最是難得，實爲日常正當的樂趣！我很欣幸她晚年享兒孫孝親之福，決於一兩年內或等艷梅高中畢業，考上大學，我帶她祖孫多人一齊出來旅遊一趟，也好好的一敘家常，並爲艷梅完婚。能代其外曾祖父，即我兄尚文傳後。而我自會盡力支助艷梅建立安定的家室，算是爲我先兄盡少許心力。由於艷梅之懂事，克盡尊親事長之孝行！由小學開始就給我寫信，匆匆間已有三四年，她每封信都流露出純眞親情，我可以推想到月明和庭民、外孫媳婦都或多或少提醒她把我看成她外曾祖父，德卿爲其外曾祖母。她表示想和李儒姑奶奶通信，但因李儒忙於課業，以致她至今皆未和遠在新蔡及散居各地任何親人，包括在臺的所有親人也都聯繫不上她。而我給李儒不斷寫信，都沒有回音！沒任何緣故，只是她個性使然。我相信親人們都能見諒。過幾年，她自立工作，以至成家立業後，應知自我調適。但，一切爲人處事之道，必將因時、因事、因人而制宜，不待他人督促，惟賴自我啓發。

月明之輕生是失當的，她現在的家境，及其以下之兩代親人都相當優秀，尤其第三代兒孫輩，日後都能改善他們的生活。而她尤其要想到她唯一的親人長輩，我還在世。而我的家庭十分孤獨！我很重視親晚輩之成長。這以後，應加強我和這些晚輩的親情聯繫，希望他們多與我交流。不論我能否每次不給你們回信，而你們都要定時給我寫信，敘述你們生活狀況。你們要時常想到一位親長老人還流浪外地！不要令我感覺，沒給你們什麼東西，親情就淡薄了。

臺灣開放探親，對我而言是一大德政！隔離數十年的兩岸親人終於能通聯上了。三姊是我最掛懷的親人，我上面有兩哥、三位姊姊，最後活到七十歲以上的就只有三姊與我二人！她始出生就得不到父母全心的愛護！這其中主要因素，有其自身宿命影響父親對她的偏見，另外是其他多重的外在環境，鄰居的中傷，而這些外來打擊，乃爰於無知！我於另一篇託事文稿，詳述原委，這裡且略。

同胞姊姊、親姪女竟都先我而逝去，是我本孤獨的命運，再一次創傷！乃欲哭無淚。上天對我不公平，我改變不了自身之宿命呀。自我婚後，僅在臺灣遠近之親人長輩有五人、平輩有三或四人、晚輩有二人都先後棄世。有時一個人走在路上，或是睡夢中，會突然想到某一逝去的親人，乍醒後發覺淚濕枕巾。孤獨中也想到自己哪一天已經活到盡頭，回陰間和親人團聚，一切苦惱就自然解脫了。

二〇〇四年十二月十二日

以此陰陽會契之書箋弔唁素梅三姊

素梅三姊冥鑒：昨天晚間，郭敬祖電話告知：您已於昨天稍早時刻，安息於天上！一般情形是應表示哀痛、驚殤！但，我的感應早於三天前，您弟媳德卿七月七日晚搭機，隨同「藍燈合唱團」一行赴奧地利之維也那城市作演唱活動。在送她到臺北之中途，我突然想到您近況是否如旬日前，表兄電話告知：三姊已清醒過來。本來我應立即再趕往醫院探視您。惟以諸多瑣事，如：先後接到：一、中國歷史文獻年會，二十六屆在大連市召開。二、錢穆學術研究會，由無錫之江南大學文學院主辦，這兩項活動，事先聯繫頻繁。並須著手論文資料之蒐集。

德卿弟媳出國前，有不少瑣事，應即協洽，加緊練習，因而她經常外出，而我更每日外出，去圖書館，書店等處走動，以致未能多些時去探望您的病況：三姊，在臺灣您是我最親近的人。早年我尚於役軍中，除了年節假日，我一定回到您家，分享您闔家團聚的天倫之樂。平時於週末，星期例假，雖祇一兩天，我也會去探望您和表兄，略抒私衷，而諸甥對我之親情，無絲毫之疏離，執甥舅之禮甚恭，振倫、振維來臺續讀中小學，國英還是幼童，振緒出生時，我去鳳山醫院探候您，我沒有給您帶一點點禮物，水果或奶粉，我站在您床前，只叫一聲三姊，您很開心的看著我，回應一句：兄弟！那可是我第一次見到一位姊：產後調養，而姊夫又在您身旁照料。回想距當時已十幾乃至二十年前後，在家鄉身歷母、姊病逝喪親之慘痛。孰料於來臺後得見三姊爲人母，而相夫育子的溫馨情景。這眞是上天俾我之福緣呀！親愛的三姊，由於您健康幸福的扶持一個充滿倫理親情的興旺大家族。而惠及原本孤獨如我的枯悶心境，然而獲得您全福深厚之滋潤，使爲弟者獲雨露均霑之廣被，乃一掃內心深處之淒涼。您一家自少自長，尤其姊夫曉初給我的親切關愛之情誼，數十年如一日，集三、五代之同堂，除了三姊得享期頤之嵩壽，而表兄且因這一幸福家園之葉榮枝盛，他自然成爲一株千年不朽之神木。這雖稱原氏世家之榮耀，但也是曹門之光彩。三姊，我此刻思緒紛繁，有千言萬語，一洩不止，可是忽然間又接一通意外的電話，而且必須立即物色一個外人參與其事，我事後會和曉初表兄敘其原委。然而這封信，又成了斷篇殘箋！我頗難過。

至少有十數年未得和您長敘家常，本想多寫一點埋藏內心的話，由家人過目後，在您靈堂前焚燒，一縷清煙，把我心意傳到您耳際！前兩天我有預感，您將回往天庭。三姊您安息吧！

您留臺之兄弟尚斌敬叩首

二〇〇五年七月十一日

對三姊的永世歉忱

溯自十年前，在悲傷苦悶情境下，走筆疾書、語無倫次寫此草稿聊表對已走盡人生坎坷路途的三姊——我唯一健在人世的同胞手足之追思。十年後翻閱此一粗淺的追念親人的悲痛文字，仍舊難以平復苦悶的心境。再一遍默讀原文，藉抒內中無止盡的愁緒，我無聲的獨白：

（摘錄以下原稿……）

回想您生活在陽世約七十年歲月中，雖然不是富貴人家。可是比起早年夭折的大姊、二姊及大哥，還有仍在世的我，您可算福分最多呢！不過與尚清弟相較，咱倆都不如他福壽雙全，兒女都教養有成。他年未六十，早已享兒孫繞膝之至樂。我們兄弟姊妹中，大姊、二姊最不幸，她二人二十歲左右的青年既未正常就學，更未適齡而嫁，都以心情鬱悶而生病，由於舊社會對女孩子不合理束縛太多而且嚴苛，她們整日整年關在家庭後院堂屋，只有吃睡做手紅，此外沒有一點運動，粗識文字，但看不懂書文。尤其沒有社交，說起來該是咱父親拘泥吃人的舊禮教之害。然而可惜的是，父親未曾受過學塾教育，只有些微社會薰陶、風俗人情之啓悟。他不知道該如何教誨子女、順應時代潮流求學。父親執著一直要我唸私塾、讀「四書」，而不讓我進學堂、習算學、物理、外文，至今我還是不懂數理化、外文。我雖也讀了大學，並修研究所學分結業，但未獲授學士學位。所以教書，就止於講師職位。可悲的是我自已安於現況，不求進取！

記得父親垂死之際，還囑咐姨母設法讓我再讀書，但由於現實生活之煎迫，我不能眼見姨母終日陷於困頓愁苦之中，我只得就業。以十五歲之少年到縣府充練習生再補上書記。喬新民學長受先師張公向陽之託，而盡力引薦之功，我終生難忘。

三姊，因爲您年少時不太聽從父親的管教，母親是在生下我後身體失調、勞累致病，母親在我兩歲時竟與世長辭，多虧大姊、二姊還有伯父的女兒，我們堂姊。也到家輪流照顧我，終能成人，當時您還小，玩性重，有一次您從西後街天主堂帶一群女孩來家，鄰人譁然！父親受不了愚昧之閑言譏誚，或曾嚴詞斥責，竟然把您逐出家門！當時，我和姨母都無力扭轉父親的不當決定，這是咱姊弟二人最大之不幸，每一念及此，仍泫然欲泣！看到您幼弱孤單的身影倉促離去，不敢想像您曾歷經多少困苦難成長到少艾之年，就嫁爲趙家塡房婦。

我們姊弟二人分別在兩個家庭，都同樣過著窮苦磨難生活，父親已年邁、且重病，但他仍須操勞經營菜館，終於一病不起，在他幾度昏厥醒來，看到您和夫婿到他身旁，父親欣喜落淚，他也表露歉咎之悲戚！只可惜，一切都覺得太晚了。至今，您去世已十年，而我雖已年居八旬，所幸尚可執筆，溯憶不堪回味之往事。略記梗概，以誌永懷！親愛的三姊，您安息吧！也許不久的時日，我姊弟及早我們二人數十年辭世的親人、父、母、兄、姊，還有堂兄姊、一大家族的親人，都又團圓於九泉之下。親情和樂依舊。

二〇一一年六月十三日於臺北新店

新蔡原景輝將軍百秩嵩壽頌辭

胥聞《中庸》有言：「大德必得其位，必得其祿，必得其名，必得其壽」。乃以介吾鄉名賢原景輝曉初將軍，期頤百歲大德上壽之景福曰：「天保九如，以得爲重，箕疇五福，壽遷居先。」良以福祿常自天申，高年必其仁德。吾竊欣倖，得於曉初吾兄期頤百秩大壽之吉日良辰，敬獻祥瑞之頌詞：吾兄松鶴延齡，榮登上壽，厥誕膺天錫也！適其時猶承馬總統英九鈞座賜頒「動壽並懋」。暨行政院長江宜樺閣下惠頒「華祝百齡」，同日兩幅祝壽獻禮立軸到家，闔第長幼家人額首歡慶！百福並臻，彌足珍貴。弟每憶昔日三姊在世時，吾兄姊伉儷情深，兒孫滿堂，其樂也融融，弟輒沾被兄姊闔家團敘之溫馨，不待家人言諭，我留宿家中，與諸甥輩暢抒家常，閒談世故，長甥振倫不多言詞，仲甥振維，言談時顯露學識有過人之深廣卓見！弟欣佩五內，甥女國英視我若至親舅長輩，國瑞、振圖、振亞年事尙輕，對我尊敬，亦若骨肉之親。夫歲月不居！如今各親人儕輩皆屆中歲之年紀！弟與兄竟不知老之將至！蓋以我兄養生有道，天性聰睿，貞靜自持，眼明身健，望之若六十許人！其所以天生異秉，其來有自焉。乃我兄與人相處，坦蕩光明，自然予人以忠厚長者之大度，慈祥愷悌，藹然仁者之襟懷！熱忱摯誼，溫、良、恭、儉、讓！無論於戎行或閭里近鄰，其敦親睦誼，口碑嘉譽，咸以吾兄乃爲眞君子風範也。欣承「福祿壽」三星共照之天惠，顯以智、仁、勇三達德之蓄積也，是天祥國瑞之錫福也。豈僅行歌三樂，載慶生輝而已哉？然日麗海天，星耀南極，歌周雅之章，百福駢臻，且見希巢、許之風，養松喬之壽，顧我兄乃世所共推之大賢，其德行足式，何多讓於前賢哲乎？天佑曉初長生不老，光風霽月，猗歟，盛哉！淺薄如我者，雀躍三百，特引詩贊曰：「樂只君子，維清緝興，穆穆厥聲，既龢且平，先人壽考，其德克明。」華封三頌之聲，縈繞耳也。

走筆至此，興猶未已！文雖淺薄，心思至誠懇直，高山仰止，聊抒仰慕之一斑云。

華封入三頌：

多福多壽多男子，

吾兄福已滿堂，

吾三姐亦必含笑九泉也。

寄尚清弟伉儷抒會面之懷

一

尚清吾弟
玉蘭吾妹：

二〇一八年六月三十日，是我最高興，心情快慰，盼望多年。終於「美夢成眞」的一天。正如吾弟尚清所說：這一次我們手足親人團員，距離上一次在大陸老家，全家團圓時光匆匆二十八年之久了。現在該說六家親人齊聚一堂。這是很不易得的，尤其是跨足臺海兩岸之團聚！

我心之歡悅，幾欲落淚！看到諸姪、兒女都已長大！且各已成家立業，令我欣喜，當然，尚清及弟妹也已髮蒼蒼視茫茫！回顧我自己衰邁老態，多病，並經一位摸手相之相士生前在我已八旬之年提示說我可以活到九十歲。（明年末日）對此，我並不介意！我現在最欣慰的事，就是得與諸親長幼四代同堂，乃我近三十餘年耿耿於懷的心願得償。也就是我最後年壽將終之際，能和親人，同餐共飲傾敘心語。夫復何求？可是天不從人願，你們不能脫隊，連共餐敘舊都不敢，僅是在一〇一大樓及你們休憩之飯店會面送些水果小禮物照照相而已……。歎何時再見面？！

您攜諸姪來臺北觀光，使我夫婦及姪女季儒女婿等全家都像做了美夢似的，由於您不能脫離旅行社而自由行，以致未得到我家看看或吃頓便餐，這令我至今仍未釋懷！

您在回家前，寫一篇長篇書牘，歷敘數十年（已逾一甲子之大半人生）我在家時前半生，受盡磨難，我離家來臺，而您由少至老的生命時段，漸漸轉好，不曾再受惡鄰宋某之欺侮，往年父親做酒館（菜肉酒館），投資買了南院空地，再加改建爲四合院，竟被宋某侵奪（自始至今，我都不記得他們名字），雖然我幼年時，父親要我看過當年買那片空地之合約書，但看不懂內容文句。家鄉解放後，那家宋惡霸，可能不好再混蛋逞霸，他們可能也逃跑到別處去了。你率全家六人來臺，眞令我有如做一場美夢！

在你們來臺之某一天，我在廚房絆倒摔跤，右腿受傷髖骨錯位。初劇疼寸步難行，再住院手術——原先左膝重傷，現右腿又必須開刀（醫生說髖骨必得開刀），只好住進醫院開刀，所幸一切吉祥，尚能走路，而您也因摔倒撞傷，我覺得自己兄、弟同時兩地受同樣病痛折磨，所幸尚無大礙，逐漸痊好，你比我年輕，應會快速好起來的，請寬心靜養。

兄嫂仝致書問候　尚斌　代筆

二〇一九年十月二日

二

尚清吾弟
玉蘭弟妹儷鑒：

一、先後兩次接到姪女莉莉電話：據德卿告訴我說：尚清時下，因口腔病暫不宜進食，我至驚訝！甚難過！請好好配合醫治，你會沒事的。近年來，我也是內（科）外（科）大小病痛接續病困身心！靠拐杖支持，才可出行！仍怕萬一再跌倒於半路上，自己就起不來。

二、由於全身骨關節都疼，入夜就寢，不斷翻身、睡不著，一小時就疼醒！自行換翻左右輾轉翻動換姿態，要動十多分鐘之柔軟，伸縮手、肩、腿、腰活動，在疼痛中漸入睡，睡眠品質極差！

三、我無能自己行動出門，去醫院也不可叫救護車多次？這些幸得汝嫂德卿身體康健，勉力扶助我！再想到吾弟病中多煩勞，弟妹辛苦，幸各姪、孫輩，抽暇幫忙協助，忍受勞累、操心！我寄寓海外！不克隨時返鄉照料扶助！心甚焦慮！我也幸獲天眷憐賜福！長壽九十一歲之高齡。我眞心感謝上蒼佛菩薩祐我，也盼求賜我無疾而終！

四、我和德卿每天撥出時間，唸佛經及佛號，祈求佛菩薩保佑吾弟早日康復。請吾弟亦心唸

「南無大悲觀世音菩薩」，攝護我兄弟全家族闔家平安，你比我年輕，必能早日康復。

順頌　福安

兄尚斌
嫂德卿　仝敬啓
二〇一九年八月十八日

戲夢人生話同儕

人生如戲，戲即人生，這句話似眞似幻的口頭禪，誤我半生；回憶當年矢志投考政工幹校影劇科，原曾憧憬於舞臺生涯，以本科系創立伊始，邀得影劇界一時之選的優越師資陣容，俊彥名賢，美不勝收！如李曼瑰教授，王生善教授、徐天榮教授、鄧綏寧教授、吳青萍教授，此外尚有虞君質、黃瓊玖、陳紀瀅等藝文大家，王壽康（語言學權威）皆受聘爲本科客座教授，每以專題演講，爲我等授業解惑，春風化雨，薰陶澤被，啓我輩之愚頑，惠施良多，雖然，每一師長皆本有教無類之眞心，傾其慧智，博施深耘，但，我等學子性秉有異，故日後成就，頗有參差。

姑以走馬觀花之速寫，略述同學數十年來工作成果，生活點滴，且先由女同學著筆：

吳秀生、張培眞、張培華三妹並茂，綿連九畹！秀生爲三美年次居首者，人如其名，如伊巧扮梁山伯上戲，其俊俏文雅，有過於當年因飾演「梁祝姻緣」影片而聲名大噪之凌波。然而，秀生選擇了教書舞臺，頗有成就！可謂「巾幗詩文潤五洲」，捨秀生而誰當之。

張培眞學潤屋、美潤身，畢業後留校爲女生隊輔導官，後轉業爲公務員，任職司法院中級主管，其所以婚姻事業皆有所成！乃其天賦資質，殊稱優越，任事嚴正隨和，對人親切厚道，工作之餘好學不倦，年來英文造詣，甚具根基。

張培華，培眞之胞妹也，當年彼姊妹同時考入政工幹校，同班研讀影劇，乃傳爲復興崗佳話，培華天性活潑爽朗，男同學多願親近之，伊應對得體，進退有據！以故欲親芳澤者，可望而不可及也，獨占鰲頭之男士，乃英挺俊秀之段上校也。

庭園松竹鄉三徑，花落外人家，我十八位男同學，不此忐忑於懷乎？撫今思昔，感慨良多。

男同學離開校園，乘時得志較著先鞭者，非許武獻莫屬焉！彼於藝工總隊初露行政管理才華，爲總統府所延攬，迅即贏得南菲之芳心，婚姻事業皆順心，客歲于總統府第三局總務科長職內退休，居家含飴弄孫，安享天倫之樂。

王靖畢業後，初歷裝甲兵第二師之迅雷康樂隊長職，後調裝甲兵司令部，再進中國電影製片廠，上校屆齡轉業得許武獻之引介進總統府，由專員升任人事科長，彼於影劇專業，行政參謀表現全能之長才，曾膺選女青年大隊長，領導眾英雄，甚得眾人芳心。

陳豫舜畢業後分至裝一師，彼與我同在政工隊，惟彼才華內蘊，終得任捷豹康樂隊長，而我則調爲政治教官，豫舜之任隊長時，我調至裝甲兵司令部政二科。

豫舜經歷火牛藝工隊之創立，中國電影製片廠之革新，可說受命於艱困之際！國防部隊其矚望至深！彼亦不負上司所重託，每履新職，輒獻新猷！

王鳳遇、劉建業，惟影劇科男同學中佼佼者，彼二人皆才貌出眾，基礎學力紮實，爲人隨和謙遜，故相較於來自軍中同學，年事稍輕，彼二人有若鶴立雞群，但絕非彼故作高貴狀！乃以其優越氣質使然也。

鳳遇初分發至國防部藝工總隊，其後體力爲病所困，影響其事業發展，近聞彼健康漸好轉，令人欣慰。

建業分發中華電視臺，初爲現場監督，繼任導播，但其美妻嬌子依偎良深，爲顧全家人團聚，乃辭去華視工作，赴美定居，近況鮮有音訊！

樂景春、吳秋圃事業相連繫！同在干城義工大隊一展長才，景春先任藝工隊長，表現優越，或上司器重連任二次。秋圃續任，「蕭規曹隨」，其貢獻與景春伯仲之間。彼二人在職期間，我每去隊上或秋圃家吃喝自如，打破「天下沒有白吃午餐」之定律矣。

張有孝爲干城平劇隊長，平劇隊成員不同於藝工隊，年齡較長，有孝可謂平劇隊最年輕之領導者。由於彼專精文武場司鼓、披掛上陣，常以其精準之司鼓，引領演員有較佳之表現，故甚孚眾望！且贏得徐小姐之芳心，下嫁爲隊長夫人！眞可謂夫唱婦隨矣。

陳仲洲可以比美張有孝，因緣際會當上歌仔劇隊長，其夫妻搭檔，情況則與有孝相反，乃「婦唱夫隨」矣，但其領導才華不容置疑。仲洲同樣贏得美人心，俘獲色藝俱佳之隊花，甘作陳家婦，實爲仲洲另一類才能之展現。

師文彬、尹建華彼二人前段經歷不盡相同，後來成就各有所發揮之舞臺。師文彬結婚時，我在東勢八一四醫院爲療養員（待退病患）未去赴喜筵，但，後來到他家吃便飯！承彼賢伉儷熱誠款待！文彬中年後事業順利，任白雪藝工大隊長，展露其專業領導之長才，再轉業至行政院新聞局電檢科，客歲始屆齡退休，安享清福。

尹建華，畢業後分發國防部直屬之福利總處任參謀官，雖爲一般參謀職，但公餘之暇撰教育廣播，電視劇本等，深爲長官器重！且爲單家英慧眼識英雄，芳心屬建華，家英賢慧持家，彼住晉江街時，我去作客，家英主廚烹調佳餚，使我大快朵頤，我且想起建華結婚時，獨獲李主任曼瑰之關懷，曾口頭告知我爲建華結婚吉日送致賀之喜幛。彼賢伉儷又獲天眷，賜以雙胞胎麟兒，欣弄璋之至樂，羨煞普天下愛兒心切之夫婦。

胡英、張伯玉爲本班較出色之英才，精明幹練，專業學養嫻熟。張伯玉獨獲臺灣省電影製片廠編導職司，三十年如一日，前曾撰〈臺灣省退休人員經驗傳承懇談會〉專文，印發退休公務人士研讀。

胡英，倜儻俊挺之身材，禮貌謙遜之言談，予人以學養有素之印象，特選爲空軍大鵬藝工大隊隊長，於工作崗位表現沉穩，績效顯著，經長官識拔，調任中華電視臺編審，於節目製作導播俱見才華，但以人事傾軋，憤而去職，殊令人惋惜。

朱萍、蕭雲昌，爲兩個性格迥異之才士。朱萍熱忱同學交流活動，每事必問，貢獻心力，絕不後人。蕭雲昌個性內斂，大智若愚，畢業後直令同學莫測高深，若隱俠奇士，退伍後任中壢某國中教師，並兼某高中職校課，深獲好評。

朱萍除領導海軍藝工隊，使其聲譽日隆，績效優越，旋調總部政戰參謀官，退役後經營餐館業，應酬甚多，成本虧蝕，歇業後再供職國防部人事局，客歲以肝病猝逝！同學等頗爲傷痛。

周其雁、羅建軍，彼二人俱爲潔身自愛，勤奮好學之典型，行事端莊，對人謙遜！其雁畢業分發於海軍藝工大隊，其參謀作業之長才，爲長官激賞，旋調爲總部政戰參謀，三十年如一日，退役後轉業至臺灣省政府新聞處，屆齡休職，居家享福。

羅建軍，個性純樸耿直，誠懇對人，忠心任事，但不諂攀附，影響職務升遷之遲緩，退役後轉業於森林開發處，其負責盡職，學養踏實，深爲長官激賞，事業漸入佳境，直若倒吃甘蔗，愈後愈甜。平日曾爲各大日報寫專欄文章，文藝創作尤爲出色！〈烽火戀情十年間〉連載多日，傳誦蘭陽地區，大有滿街稱說「蔡中郎」之盛況。

張威、徐行，大丈夫能屈能伸，以況張威同學，應屬洽切，彼在學時不恥下問，敢於闖江湖，不斤斤於虛名，篤實好學，曾嘗試多樣工作之歷練，走出校門，躋身中影基本演員之甄選，一舉得名，但彼不耐尸位素餐，無所事事，乃再轉業爲「中國時報」記者。彼心已胸開朗。爲朋友抱不平，只計個人得失，因而獲美人惜英雄之賢妻。余有幸，婚後獲彼夫婦深夜赴陽明山舍下致賀！「寒夜客來茶當酒」，予竊效古人方式，款待嘉賓，爲生平快事之一。

徐行、伍志強，我於進幹校之前與徐行同服役裝甲兵第一師，我調爲情報客（參二）情報士，徐行在工兵營，雖係舊日同事，昔日不曾往還，幹校畢業後，彼獨來獨往，故不常參與同學會活動。「千山我獨行，千水一夫涉」！堪爲徐行之寫照也。伍志強，爲本班最具電影英俊小生相者。如果彼晚生於今日，其演戲成就應不下於時下走紅之林瑞陽，志強之扮相、學養、演技皆堪稱上選！其所以贏得倪佩筠之芳心，決非浪得虛名，其來有自也。

走筆至此，仍覺有千言萬語，不欲釋手停筆，惟有鑒於天下無不散筵席，況「吾人生也有涯，而求知也無涯，以有涯隨無涯，殆矣」，莊生之言，吾其免旃！

未盡之意，有待同學指教！拙文止於此耳。

曹尚斌執筆

一九九八年九月十二日夜匆草

曹氏家譜創始緣起

新蔡曹氏遠祖曹聰曰：先世顯官十七人，元末兵亂，子孫避亂，散徙四方。某史氏因塋地，竟仆碑、滅路，以碑石爲門橋。有江西遊學者，閱刻碑諗于史曰：「爾烏得以小利，而毀名家墓石耶！且曹族將興，渠聞之，肯。」但已耶，史懼，即以斷碑投之河。明，正統末年，荒圻十三隴，櫟樹五十七株。聰，幼時猶及見之，今則芟夷矣！不知其處矣。傷哉，傷哉！聞之《曹氏家譜》曹亨譔「大傳」，略以：

文始公：吾曹蓋以五祖云，元末一仕爲山東副使；一爲山東教官。一流寓洧川（河南省轄小縣）；一流寓西華縣小堯鎮（二縣屬開封府），遂各占籍弗遷。惟我始祖光裕公有譜牒，遭李七星子名福者燬之，因光裕公之外四位祖考名諱不傳云。

寓新蔡　光裕公，諱世隆，有二子長成，次恭，曾孫西野鳳，其父端爲康德公仲子，季子諱俊，字士成。

按曹氏家譜及我新蔡縣志所載紀實，五世祖曹鳳，字鳴歧，昆季四人，依其長幼序乃爲：鳳、凰、嵐、珮四門。考諸史志素材，鳳歷任南京督察院右都御史，巡撫延綏，任內爲閹宦劉瑾誣以莫須有之罪責，公憤而致仕。次病逝，時爲明武帝正德四年，鳳乃五十四歲之中年。韓邦奇撰墓誌銘、太傅、大學士，明實錄總纂趙公　撰墓表。夫人劉氏墓表爲張學士撰。

鳳孫曹亨於隆慶三年任南京工部尚書，其繼子守勳，歷任僉都御史，知袞州府事，祖孫三人皆因與閹人搏而受創，有明之世，閹人禍國，史不勝書。（餘不一一）

前數年承本刊發布〈新蔡曹鳳祖孫三人力抗權閹〉拙文，容他日再傳族譜重要情事公布，俾大雅方家惠予指正！

茲附曹氏歷代族人歌行辭略於次：

溯我始祖　遠紹三皇　五帝顓頊　封地曹邦　威重後世　源遠流長　代有傑出　分錄史章
大家名流　系出多方　我祖振鐸　封自文王　曹劌論戰　精確稱良　曹沫報魯　威懾齊王
曹參穩健　輔佐漢皇　大家續史　女箴稱揚　曹全碑帖　隸書首昂　中國文學　曹家盛彰
最有功勳　孟德魏王　建安祭酒　子建雄長　孝女曹娥　尋父投江　用名江水　千古泱泱
曹綱琵琶　餘音繞樑　曹霸畫馬　杜甫詩唱　大將曹彬　趙宋倚匡　世傳國舅　臻化仙鄉
大明理學　曹端居長　雪芹紅樓　名揚八方　謹公築圳　鳳山農莊　亞伯革命　大業共襄
民國肇建　各展所長　我輩後裔　師法榜樣　立業致富　報國圖強　光前裕後　永世流芳

三　時事名流

臺灣時下流行話題之一六年國建特拈七絶句以讚嘆之

國建大權誰掌舵
通航互惠窮攪和
強梁帝霸奪標的
血汗民脂損幾何

壬申（一九九二）仲秋

睽別　建中將軍　匆匆十餘稔欣聞比年事功榮顯賦贈

縈懷詩一首：

復興崗上憶別時　我失雁行悲孤飛
惜自解甲榮歸後　憂戚仍披舊征衣
馳騁疆場心健在　袍服依然鬢衰稀
攻伐還望三十載　企覦老將彪炳

曹尚斌　壬申（一九九二）八月草

在步宋・嚴羽「將主潯陽途中寄諸昆弟」韻並擬句以呈

郢政

註：「企覦」亦「期許」之諧，乃雙關語也

附註：未細按韻格製式，只以辭達心意而已。

母親節禮讚——恭述蔣夫人二三事

每次聽到母親節即將來臨之佳音，我的心緒漸覺紛亂起伏！一眨眼看到別人手捧著一束康乃馨，神情愉悅地趕緊回家，把這份象徵母親歡愉的鮮花呈給母親！那眞是人間天倫至樂之情的顯現，想到這一情境，我欣羨盼望自己也能擁有這份親情交流——實際是可望而不可及！

因爲得不到這種孝親之福分，前幾年我把這種心思發洩於紙筆之字裡行間，撰寫了〈思親懷恩〉與〈清明思親〉兩篇短文，藉《中原文獻》季刊手以刊布。今年，也許異想天開，我直截以「母親」二字命題爲「節」之禮讚，並假託我心儀之國母蔣夫人美齡爲我「心理投射」幻想成自己母親，以閒話家常之筆意，插敘一些她老人家足以稱當全國人（限與我年齡相當這一時段的人）之母親或謂「中華民國之保母」。美齡太夫人（今日之適切稱謂）爲我國家民族盡大孝、立大功之豐碩偉業，載在典冊，在此短文不再贅引。惟僅抽敘國人津津樂道夫人於民國卅一年二月下旬赴美就醫兼作外交訪問、巡迴演講的一麟半爪。這段長達四個月的國際互動，獲得空前未有之福國利民的成果。卅一年二月夫人與同在重慶聚居的姊妹分袂，先去美國哥倫比亞長老會醫療中心，作健康檢查，旋即到她的母校「衛斯理學院」訪問演說：「在人生的道路上，總不免遭遇困難，失望，甚至於挫折，千萬要鼓起勇氣來掙扎，因爲，任何挫折並非一定是最後的失敗，它可能祇是一個向我們每個人內在潛力的挑戰。只要我們有意發掘內在的潛能，人的精神是取之不盡，用之不竭的。」從這段話中，我們體認了夫人的堅強自信意志，足以振奮人心！她在另一次演說中，激勵她的晚輩校友，更是鏗鏘有力的說：「無發展之精神，怨天尤人之態度皆不能使吾人在生命過程中具有戰鬥之工具。」她有鑒於時下每況愈下的道德觀之萎靡而憤慨陳辭：「吾人每因道德之墮落，而疾首蹙額，但智力與心力之浪費，亦足令人鄙夷，虛僞與頹唐之人，對於今日罪惡之養成，亦負其大部分之責任也。」

三月一日夫人接受紐約市贈予榮譽市民的典儀，次日就赴麥迪遜廣場演講，群情歡騰，夫人以雍容高雅風采，對情緒憤激的聽眾說：「憎恨與報復均非吾人之出路」。她提醒懷持正義大鐸的美國友人：「應使用吾人之精力於另一較佳之目的，俾每一國家均能應用其本有之智慧與能力，建設永遠進步之世界。」希望夫人早先說的這些話，或亦激越現時的人之重視。

爲了使美全國人民都能一享蔣夫人振奮人心的智慧啓發之聲音，紐約市政府特再邀請夫人作廣播演講，擷錄片段講詞，夫人說：「一個國家採取一個正義行動的時候，就和一個人行善一樣，必須是出於他的良知，而不是出諸他人的請求或要求。行動有出於仁慈，有出於憐恤，有出於正義，而正義是善，因爲它本身是善。」夫人且以嚴肅語氣說：「大凡在道義上是邪惡的，就永遠不會在政治上是有公理的。」這句話振聾發瞶，廉頑立懦！卒使美國朝野堅定對日宣戰之決心。

羅斯福總統受蔣夫人演講之鼓舞，決定請她爲美參眾兩院舉行聽證演講。夫人三度進出華府。她先對眾院議員們提示發人深省的偈語：「吾人生於今世，有爲吾人自身以及子子孫孫建立一較美滿世界之光榮機會。」而對參院議員們率直誥語：「吾人不但應有理想，並應宣布此一理想，而且應以行動實現此種理想。」對參眾兩院演講現場，獲全體議員及旁聽群眾熱烈讚揚，除有現場拍攝紀錄片，永存檔案，次日並獲衛斯理揚大學頒贈榮譽博士學位。

且回溯到三月三日，夫人四十六歲誕辰前夕，我駐紐約僑胞假卡尼其大會堂舉行盛大歡迎會，席間爲夫人暖壽！僑胞們扶老攜幼，把會場擠得摩肩接踵，場面溫馨感人。三月七日到衛斯理大學校友會，發表演說，她譬喻：「在一艘驚濤駭浪中的船上，需要每一個水手站在甲板上，齊心戒備，通力合作。」這幾句簡潔有趣的警語，僑胞們愛國心志受到激越鼓舞，支援抗戰救國的行動，掀起高潮。三月廿七日，夫人應邀到芝加哥體育廣場演講，竟湧進二萬七千多人，超過容納人數之飽和！可眞是未演先轟動啊。夫人面對如此眾多聽演講者，出之以平易眞摯言辭，決不譁眾取寵，她說：「欲博得一般之讚許，比較容易。欲一言一行，悉本良心，則必較困難。」因爲這一剴切陳辭，有如慈母叮嚀身旁子女，檢點自己正當做人行事，群眾們爲之鼓掌歡聲雷動，她進一步啓發大家：「檢討自己，必以忠實。第一，自視如何？第二，他人視我如何？第三，具有想像力，將自己居於他人之地位，以檢討自己。第一、第二，均屬主觀，猶有所缺；第三為客觀，所以補主觀之不足。」這一演繹推理，顯現夫人哲思縝密。

三月卅一日，夫人應邀到洛杉磯市政廳演講，這次的講題，顯得嚴肅而沉重，夫人本諸宗教情懷，開導人心，她說：「死亡乃生命過程中，無可避免之最後歸宿，為眞理奮鬥者，在最後之喘息，終於職守之上，及在臨終清醒之一剎那間，得天祐使知彼等，乃為維護較生命更有意義之理想而死。此種光榮實非人人能有機會共享之。」夫人這些話乃有感而發，此時距日寇偷襲珍珠港，造成美國海空軍之重創。不過三個月之短促。美軍死亡將士之家屬，正陷於憂傷憤慨之中，然而美國政府似尚猶豫觀望中日對壘，他們——仍陶醉在第一次世界大戰時，美國不參戰，但因輸出武器給交戰國，大發出售軍火之橫財的美夢。夫人自始至終在美、加兩國朝野演講，絕不煽動他們反日情緒，所出言詞，語多謹愼平正，最多只對事實稍作敘述，即使提到日軍對華暴行，也不以惡言相向，除了前引在洛杉磯講話指出死亡是人所難免，何況為國戰死，是有崇高意義和價值的。如：「生命如欲具有價值，必須無時不以榮譽為伴侶。」夫人提出「榮譽」一辭，這正是美國軍人三大信念之一。

四、五月間，夫人參加全美各地教會活動頻繁，這裡不一一插敘了。

六月十四日應加拿大的邀請，夫人當即赴加國首都渥太華訪問兩天，十六日出席加國國會演講，她以激勵語期勉他們：「吾人衹須努力，志在必成，則昨日以為不可能者，今日卒成事實。」又說：「一國而縱容各種危害民主理想之活動，即係自行否認其自衛權，若謂擾攘紛亂能使民主政體更嫵媚可愛，即係否認民主政體之自保權。」夫人這番砥志勵節之言詞，極具鼓舞人心之功效。加國政府亦覺意猶未足，於是敦請夫人再對加拿大全國作廣播演說，她告訴加國上下人們：「有保衛祖先遺產的義務，希望正義終有重申的一日。」夫人接著說：「我們相信邪惡的戰爭加於中國的可怕暴行，終有被矯正的一天，所以我們堅持奮鬥下去。」在加稍作停留，即再回美國。

六月廿四日三度到華府演說。（前已提及）廿五日接受威斯理揚大學授贈榮譽學位。六月廿九日整裝回國，七月四日下午五時安抵重慶，受到全國上下之熱情接機，夫人甚為感動。由於美國參戰，民國卅四年八月打敗日寇，日本宣布無條件投降。夫人為我中華民族盡大忠，她的光榮功績，不僅在中國史上留下曠古未有之光輝，即在世界人類史上，也鐫刻了永久典範。

自古流傳於中國的人生三不朽之銘言謂：太上有立德，其次有立功，再重而立言，自叔孫豹說此話，幾歷二千餘年至今，唯美齡太夫人方得允稱完備，樹立典型。夫人說：「觀察任何一國的歷史，我們會發現保持國家元氣，大半是婦女的工作，挽救國家道德方面與精神方面的墮落，我們婦女也有重要的責任。」謹將這幾句箴言獻給我國的母親們，共相期勉。

諗以任俠與朋黨正誼而利國說

宋・臨安太守蘇子東坡，嘗於〈戰國任俠論〉有言：「考之世變，知六國之所以久存，而秦之所以速亡者，其故安在哉」？蓋蘇子之言，其來有自焉。

夫世代之興替盛衰，自有其不同之社會背景所使然也。自春秋戰國以至於民國今世，豪門世族仍沿襲一似有還無之風尚，形質經嬗變，系脈未絕嚮。此即「養士」之故實也。歷代有士卿相之人君。以至民國之總統、主席，莫不深契賓客廝養，足以扶持其基業，使其既得之權勢，利益輸送，人莫能奪之玄機。乃分利權、名器予智、勇、辯、力四類人傑共享之。若捨彼朋黨之佐助，以孤身奮起而卒成開國基業者鮮點。

緣察智、勇、辯、力厥誕膺天哀秀傑之民也。彼類不能惡衣惡食養於人，乃役人以自養者。曩時，養士風習，遠古已存，戰國四公子擁士以自重。雖雞鳴狗盜之徒，亦馭用得力，呂不韋食客三千，而卒成傳世之《呂覽》至齊之稷下先生遊走門下是等而下之者。惟士之受籠絡之方，歷代不盡相同。有錦衣玉食以館於上，有封官、錫爵以羈縻之，各因俗設法，使出於一。「三代以上出於學；戰國至秦出於客；漢以後出於郡縣吏；魏晉之際，出於九品中正；隋唐至清出於科舉」；民國以降，釁於會黨。且夫以黨領政，掌權者，每竭力扶植其親信，以鞏固其既得之權柄，近侍之臣，則頌義於無窮。其皆養士任俠，朋比爲黨之餘緒焉。

朋黨之興，自古已然，於今爲烈乎；歐陽永叔曰：「朋黨之說，自古有之，惟幸人君辨其君子小人而已。」歐氏且謂小人無朋，惟君子則有之，何以故？曰：小人以利祿財貨相引聚，及其見利而爭先，或利盡而交疏……其暫爲朋者，僞也。反之，以道義相信守，以忠義名節相砥礪，以之修身，則同道相益，以之事國，則同心共濟。始終如一，此君子之朋也。歐公謂；以諍鳴；企望爲人君者，當退小人之僞朋。用君子之眞朋，則國家治矣。

溯自唐堯之世，「小人共、工、驩、兜」爲朋黨，朝野以四凶目之，且疾患之。舜佐堯，退四凶小人之朋，而進君子元愷之朋，堯反剝而復，天下大治。此遠古之世，朋黨干政，得失俱見之例。後之人其有儆之乎？且舉「後漢獻帝時，盡取天下名士囚禁之，目爲黨人，及黃巾賊起，漢室大亂，帝方悔悟，盡解黨人而釋之，然已無救矣。」此爲執政者，誤貽朋黨之禍因，惜未能乘勢利導，卒致黃鐘毀棄。是漢末戚、閹黨爭所肇，歷史愴痛之殷鑑！昭昭在目。

東漢末季獻帝劉辯未能懲秦逐客之悲慘教訓，其曷不幸，亦踐亡國之覆轍！徒令人讀史而興悲。倘彼稍請權謀、知人善任、羅致俠義、學士之朋黨，或不致如是之速亡也。於此可見性秉慧識之侷限。是事之成敗之所繫哉？

迨自民國以降，善用黨人之力，握黨政軍權於不替者，蔣氏介石、經國喬梓，堪稱翹楚矣，其權謀手段，無人能出其右，然而事之相成，適亦相反，其彼盛於權謀，亦衰於權謀，是天理循環，人算難勝天算，歷歷不爽之定數也。

蔣氏崩逝之後，繼起者李氏登輝，其接篆過程，幾乎風雲變色，氣氛詭譎之際，有宋楚瑜者乘千鈞一髮之力挽狂瀾於既倒，扭轉大局，使李氏驚險過關。

以「一言定邦」贊宋楚瑜，當不爲過！蓋非常之時會必有非常之人才！比年臺灣崛起政壇之俊彥！不勝枚舉，姑且以宋（楚瑜）、施（明德）、陳（水扁）、朱（高正）四英才，其各乘時而起，成就功業之大略，撮其要聞曰：

宋楚瑜者，湘籍之俊彥也，出身於軍人世家，其先大人宋達將軍，爲傑出之儒將。筆者早年有幸爲宋氏下屬單位之胥吏，後復於文化學院從遊於將軍，受益良多。但個人無意藉宋故將軍以自重。亦不願諱於師長以趨炎附勢，今放言宋楚瑜者，自不致阿諛奉承。楚瑜宋君天賦厚實，學養有素，其於權勢之衡酌，判斷得中。然而其非秘書長任內，何以未能佐李主席選得更適宜之閣揆？以致後來波瀾迭起！或因另一權謀重臣獻策失當之所致，亦未可知！否則，此乃宋氏不幸之敗筆，但其仍不失智者之中，上選士也。

後蔣經國時期之臺灣，美國橫力介入在野黨之擴張，卒使民進黨得以正名合法。有施明德者以初級軍官之才智，奮身於反對黨活動而卒成大業，雖鋃鐺入獄，但柔而不屈，寧死不懼，竟反身而被推爲黨主席。近聞施氏倡族群和解之主張，受短見者之詆訾，其勇往直前，言人之不敢言，眞令人刮目相看，値得喝采。尤孚眾望。

陳水扁者，權變之俊才也，面對才學俱優之黃大洲，陳竟逆勢而勝選！毋乃式賦亡絕？以贊之：「吳郡易長選舉忙，淑世情懷最當行，珍重金言決勝算，水上扁舟已輕飏。」陳氏寄跡於臺北市議會議席，辯才無礙，得晉身於立法院，每抗言以辯，尖刻陰狠，受國外新聞媒介之浮誇，彼且熟諗「金光黨」伎倆，騙詐屢逞，欺世有方，以機智擅辯喻陳氏，猶爲不足。其不稱於任俠正誼，寔狃於群丑競貪之陷溺。

逼「老賊」退休，是朱高正之標誌。朱氏留學德國獲法政博士，然竟受拒於教席之列，乃憤而從政，歷次皆以高票當選立法委員。不扭於書生之舊習，敢以暴制暴，但其人品亦突破常格，爲所當爲，且敢爲。「惟大英雄能本色，是眞名士自風流！」以喻朱氏，庶幾無愧焉。且夫智勇兼擅者，朱高正也。

上四子者，領一代之風騷，然放眼臺灣，龍吟雲萃，後繼者方起陸之漸，明日之臺灣，禍福休咎，繫於人心之隆污焉。

一九九六年一月二十日於臺北新店初稿

詠駐馬店盛會（有序）

一九九四年中原文化與傳統文化，國際學術研討會暨中國歷史學會第十五屆年會，於十月二十六日在河南省駐馬店市召開六天。來自海內外各大學院及文化出版事業單位，部分地區文史博物館等學有專精之學者約八十人並攜來各自鑽研之論文，琳瑯滿目，珠璣畢陳，令人嘆爲觀止，欣幸之餘，特以俚辭詩句詠贊之。

群英薈萃駐馬店
寰宇蒐錄文史闡
俊彥名賢齊商榷
金聲玉振向中原

曹尚斌甲戌仲冬
一九九四年年十二月十二日於臺北新店

稽古游俠志士與今之會黨人物比擬趣談

予每讀〈游俠列傳〉，輒思緒沸然！顧士之卓犖倜儻者，非徒騁其文辭也。昔人有謂「先器識而後文藝」，夫膺此嘉贊之言者，竊以爲漢太史司馬遷當之無愧也。

論事有獨得之見，臧否人物，則繩準的當，蓋有非常之襟抱，乃具非常之人心，而不以孤高鳴世！此所以太史公能超脫學士大夫之拘宥，騁落拓不羈之文思，毅然爲游俠立傳。乃摒前人不樂爲之俗忌，公竟快意而力爲之，眞可謂慧眼獨具矣。

先秦韓非曰：「儒以文亂法，而俠以武犯禁！」司馬氏以韓子語曰：二者皆譏，而學士獨稱於世云。是故有砥操礪節之士，如季次、原憲之倫，雖居蓬門閭巷，褐衣疏食不厭，終身不移其志焉！死已千百年，後人仍志之不倦，此士之典型，夙夕猶存焉。

夫閭巷之俠，其行檢又若何哉？太史自序曰：「救人於厄、振人不贍、仁者有乎？不既信、不背言，義者有取焉。」此游俠之所以興也。其行雖不軌於正途！然而，言必信、行必果，已諾必誠！甚至赴人之困，不顧身家性命之安危！其修行砥名，有足多者焉。董仲舒嘗言：「正其誼，不謀其利，明其道，不計其功」！此古志士游俠之節概也。而今之會黨人物，其性行則日趨汲黯矣。

洎乎今世，游俠之名，綠林豪強，仍爲人津津樂道，其不同於古昔者，今之豪傑俠士，品類益複雜！且非呼嘯於叢林蓁莽，出沒無常。而是溷跡於煩囂市井之內、朋比於會黨之所！如早年上海之青、紅幫，僑設海外之洪門會館，至如今臺灣之ＸＸ幫派。然亦聲施於天下，直與歐美社會之黑手黨、三Ｋ黨等並聞於世！此乃西風東漸之又例焉。故於俠士性質之嬗變，自有一定之影響。

論游俠，則太史公語重心長，借古人之酒杯，澆胸中之塊壘，吾人不難察覺其切身感受不平之痛苦也。彼且質直而言：天道何存？「伯夷丑周，餓死首陽山，而文武不以其故貶王；跖蹻暴戾，其徒誦義無窮！」由是以觀，公理未必昭彰也。故而，彼又三致感喟之嘆息！曰：「竊鉤者誅，竊國者侯，侯之門，仁義存。」信斯言之不謬矣，司馬氏之傷悲，良有以也。

世事之不公平，非僅見於普通人群之際遇，太史公喋喋不休歷敘古之聖君賢相、高士、才智之流，每多遭此罹劫！自三代以下，虞舜、伊尹、傅說、呂尚、管仲、百里奚、孔子等，皆學士有道之仁人，猶然遭此菑，況以中材而涉亂世之末流乎，其遇菑難何可勝道哉！故借口鄙人之言曰：「何知仁義？已饗其利者爲有德。」是耶？非耶！悉憑各人之判別。

縱觀今世崛起於會黨幫派人物，足以著墨點染者，首推奉化蔣介石、湘陵毛澤東、渝人鄧小平，此三子者，各循不同之途徑，「比權量力，效功於當世」，互有短長，蓋非同日而語矣。

以言蔣氏介石，早歲遊走於黃金榮、虞洽卿之門，結交於杜月笙、王曉籟之同席，習致富之業，未竟，受知於中山先生患難相扶持，卒獲擅兵權而攬黨魁，領一代之風騷。大有睥睨無人之氣勢。然不旋踵繼蔣氏而起者，湘陵毛澤東，初折衝於蔣、汪之爭，繼而有西安事變，抗日戰起，毛氏坐大，從容進出於重慶「鴻門之宴」凌空填詞曰：「秦皇漢武，略輸文采，唐宗宋祖，稍遜風騷……數風流人物，還看今朝。」得意之色，有過橫槊賦詩之勝慨矣！其或言過其實乎？似尚未定評也。

渝人鄧小平者，大起大落之奇人也。身不滿七尺之軀，手無馭馬之力，卒以布衣而駕卿相，其改革開放主張，獲十餘億人之頌揚，經濟政策，致中國大陸於富強之疆域。籠絡人心之權變，超越蔣、毛二人之上。倘以布衣之俠藉況鄧氏之人品，然其個人之成就，眞可謂空前絕後矣。

與蔣、毛、鄧三人同爲不可一世之風雲人物：汪精衛、張學良、孫立人等三人亦皆聲名煊赫威風凜凜，傲視群倫。惜彼俱宿命於悲劇英雄之範疇！汪兆銘敗於蔣氏之黨爭，甘屈下流，中年喪節，終成爲猝病而死之冤魂。張學良羈縻於蔣氏兩代之囚禁，孫立人功高震主！以其家學淵源，拘於人倫之義，不甘受美方之唆使，取蔣氏而代之，結果，反爲蔣氏所執，歷三十年之拘囚，鬱鬱而卒。誠令人扼腕嘆息！由是以觀、汪、張、孫三子者，其學或有過於蔣氏父子焉？然其蔽也拘，彼三人俱仰承蔣氏鼻息，周澤未渥而語極知！乃其權謀鬥爭之才智，遜於蔣氏父子焉？抑其天性純厚？生一念之恕忍，招致無可挽救之禍害，未可知也矣。

或有人假史遷之言，譏我拘於冬烘之見，抱咫尺之義，語人事之推衍，逞一時之快意。「聽評書落淚，替古人擔憂！」坐井觀天，所見狹隘！予莞爾焉。惟盼有發我之不逮！啓我所敘之不足，實望風跂竦焉。

一九九五年三月二十日凌晨於臺北新店

鞏義之行永銘在懷

殷盼良久的中原文化重鎮之旅，終於在《現代時事雜誌社》謝紹愈社長暨本社藝術委員會主席李可梅及臺北居仁畫會創辦人鄭翼翔教授，並經靳榮生、姚民生諸委員、鍾德卿秘書等協力洽商河南省鞏義市對臺辦公室、河南鑫旺集團、鞏義回郭鎮人民政府、河洛書畫社、鞏義市博物館等共同舉辦之「海峽兩岸名家書畫展」邀請留臺各地書畫名家，先徵集百數十幅珍藏作品，計有李（可梅）、姚（民生）、靳（榮生）、鄭（翼翔）、鍾（德卿）（概依筆劃序次，餘數十作品略）一併郵寄到鞏義博物館，以便預作妥善布置。

四月二十二日臺灣預定親往鞏義市參加開幕儀式者約十餘人，當天下午兩點多飛抵鄭州，晚間抵鞏義，下榻貝克大飯店，翌日在鼓樂悠揚聲中典禮開始，有關單位長官分別致歡迎詞，謝紹愈社長代表臺灣致答謝詞，應邀貴賓穿梭數百參觀人群中，會場氣氛熱烈和諧，秩序井然！展覽場掛滿了臺海兩地書畫名作，令人目不暇給，以琳瑯滿目、美不勝收一詞，形容其盛況，倒覺貼切。

博物館進門大庭正中央地面，有一石鐫太極圖案，正是洛書河圖之正解，（敘略）個人有幸陪拙荊鍾德卿赴會，大開眼界，理當說幾句感謝的話，然而，一時詞窮，乃借花獻佛，引幾句外國名人的話，供人玩味，或能發人深思！

我國已故文學家林語堂讚譽的英國戲劇文學家幽默大師蕭伯納，他把文化人分三等，但他認爲最高標準的文化人定爲「做到優良傳統的中國文化人。」愚以爲這次鞏義之行，所見所聞，足以作蕭伯納氏話的註解。又如：中外皆耳熟能詳的西班牙藝術大師畢卡索，他生前喜以毛筆作中國畫，他說：他最不懂的是「中國人何以要跑到巴黎來學畫？」他說：「這個世界談到藝術，只有中國有，其次是日本，再其次是非洲黑人，白種人根本沒有藝術。」他（畢卡索）也許有感於不少人——不限於中國人，一味崇洋媚外，而乏眞知灼見！自己原本擁有瑰寶而不自知！這令他痛心，而出以激刺反諷之詞。

鞏義市，乍聞之下，似覺陌生，但，一尋繹索引，它原本是「鞏縣」改制後之新名稱。我留臺河南同鄉莫不知有鞏縣者，前河南省主席劉茂恩、劉鎮華昆仲皆民國早期之顯赫人物，我除了認識其後人如劉樂傑學弟，劉瀛捷、娥婕姊弟皆有一面之緣，另一人劉光華（《中原文獻》主編）兄，則可謂知友！

以言鞏義之地理形勢，它位於鄭州、洛陽之間，南倚嵩山、北臨黃河，自古爲兵戰必爭之地，而其「鞏」之名即緣於鞏固其地位險要之謂。鞏縣已歷五千年文化文明之洗禮，近世則益彰顯之因由，九十年代已經中共中央評定爲百強縣（市）之首。它是鄉村城市化試點縣，而爲全國科技進步區。當然，它更是歷史文化名城，「河圖洛書」、「周易八卦」的發源地！在好山好水孕育下，它有「黃帝修壇沈璧」、堯、舜、禹舉行禪讓典儀……商湯桑林祈雨等歷史故事。下焉者有蘇秦（縱橫家）、杜甫（詩聖）等都籍隸鞏義。近年揚名國際的企業家張春旺先生，出身農家，他生長過程，早年歷盡艱苦，但，他天縱智慧，自我開發其超人潛能，不數年間創建了鑫旺集團，屬下十數企業公司，誠如當地流行之諺語：「追求無限鑫旺人，共同富裕里河村。」我引申鑫旺之名而綴其句曰：「鑫鑛源自磨礪出，旺憑雙手勤墾成」。張春旺先生最令人欽敬之氣質，是絕無絲毫暴發戶行徑，生活一本自然樸素，出手大方，沒有矯矜之習尚。

企業家撥出大片土地，化費巨額資金，開創碑林，又承辦全省性之曲藝節活動，辦一場鑫旺大鼓擂臺賽，成立說唱戲班，且開班授課，所費不貲，除了張春旺之外，還不曾聞見有第二位企業家作這樣的投資。他對文化藝術之深刻體認與評價，眞不同凡響！「蓋有非常之人，乃能創建非常之功業。」張春旺先生有幾句動人心弦的話：「自己富裕不算有本事……教會群眾（農民）發家致富的本領才算是眞本事。」又說：「只有物質富裕，還不能算大功告成！因爲農村經濟發展之後，人們對精神文化生活的追求，空前高漲，這就需用先進的文化感染，引導群眾（農民）使他們精神上也富裕起來。」

春旺先生的眞知灼見是：「一個企業如果沒有文化的支撐，終究是小打小鬧，成不了大氣候。」於斯可見其成為一代人傑，絕非偶然，蓋其來有自也。「春祚大地小里河人紛呈綺彩」，「旺盛鞏義鑫鋁企業譽滿全國。」特已此聯句，聊表微忱！一笑置之可也。

除了小里河之鑫旺集團外，在回郭鎮也有相等地另一企業，是電線電纜的龐大生產，還有一家成衣工廠，其貿易額也是執同業之牛耳，限於篇幅，不再引敘。

主辦單位推舉兩位先生，他們是郜五喜部長、馬學亮主任，不辭辛勞日夜隨扈照顧，我們不但有賓至如歸的溫馨感！在飲食上使我們嚐遍了家鄉傳統風味的大餐小吃，一應俱全，十多年前，我回老家新蔡，找不到小時在家習慣吃的食物，我信筆寫一首俚俗詩有「洪河鯉魚高粱酒、鍋奎鹵肉熱油茶、鏾子菜湯綠豆粥，夢裡垂涎在天涯」。不料十數年後，回到我豫鞏義竟每樣夢寐縈懷的食物都吃到了，這不能不令我對郜五喜、馬學亮二鄉親刮目相看，永銘五中。

鞏義各隨扈之長官友儕，莫不竭盡赤誠，掬忱關照臺灣諸同胞！尤其李（可梅）、鄭（翼翔）、姚（民生）、靳（榮生）諸大師，每天承受慕名而來索求揮毫書畫友儕之包圍！拙荊鍾德卿無藉藉名，但以諸大師光寰澤被！亦蒙推重。向其索字求畫者，終日不絕如縷！雖受壓力，同感欣喜！故而念及平日受老師之嚴格規範教導、功不唐捐。「一分耕耘，一分收穫」，自有啓迪。先生之風，山高水長，受益良多，借銘於斯文。

二〇〇二年六月十六日於臺北新店初稿

國王父女各說福報因果之聯想

今年春正月初二日，我夫婦參加新竹鳳山寺園遊會，傾聽住持高僧講述古代一佛教國王與其女兒公主說福報之不同理念，頗予人參悟之深思。故事始於某國王在一次朝會中嘉許朝臣及國人，常稱讚公主之嘉言懿行。國王表示欣慰之忱！在國王身旁的公主說自己有前世之因，而得到今世之善果。國王則不以爲然，說女兒命好，其福報緣自於父王所賜！公主略有異議。且堅持其理念，以前世、今世、未來世之三世善行因果輪迴之說回答父王。國王乃顯不悅又對愛女垂示：如果我現今把妳嫁一乞丐爲妻，而妳能享什麼福？公主仍自信會有另一福報。

令人難以置信的是國王果眞把愛女賜婚一乞丐，而公主亦不違逆父命，並甘爲乞兒婦，婚後，公主由皇宮轉入丐夫所棲息之廢墟頹室，按一般常情推測，公主必不能適應此種劇變，然而公主泰然自若。一段艱苦歲月之貧困賤民生活，公主堅忍從容渡過。某一天公主夫婦，忽然發現在瓦礫堆下埋藏大量黃金寶物！彼夫婦以之建構房舍，且循宮庭規格興建。這是爰於其丐夫原本也是某一國之王儲（太子）。因爲他的父王似受天譴，突然一場大火燒毀整個王宮，國王且以身殉！朝臣散去，王子淪爲平民，生活每況愈下，終致以乞討維生。

由此一禍福無常故事以觀，似乎若一句諺語所說：「三十年河東，三十年河西。」人世間禍福！不是永恆定律，這使吾人可以臺灣社會所見之現世報應實例以證：「善惡到頭終有報，只是來早與來遲。」茲就目前正在審理之貪腐案一看，事情即將有結果，雖然，尚難判斷司法機關將作何種判決，其判決又將發生何種效應？這都是一次公義、人道，與偏頗、邪惡之爭持，除了執法者之良知或愚昧之顯現，也是臺灣全民素質優劣之表現，人各有定見，各有抉擇，且拭目以待。

從現實百般人事變化無常，而舊的道德、法律似乎都將崩潰，而科技發達日新月異，新舊更迭與時增進。尤其人口成長，生存空間，不敷所需，因之，人類生活及動、植物生長開發，都逐日頻傳！未來地球資源，必得按人口生存作合乎公道之適當移動，他日，天災人禍之發生，全球人類將共同感受，休戚相關，即如當前經濟、金融風暴，不就是實例嗎？所以新的人類生存之新秩序、新人道、人文、法律、政治型態，都須重建。西方有所謂「趨勢大師」每對未來社會作推測！臺灣也有類似之人與事的討論，這都是預見之徵兆！吾人當重視其發展。

敬請

指正

二〇〇九年三月二十二日草稿

緯國將軍未帶走我永遠的歉忱

民國四十九年我由裝甲兵第一師政治教官組，（這是編組單位，實際我的職缺在政治工作隊康樂官）奉調到裝甲兵司令部，仍是政治工作隊康樂官，但卻派在政工科佐理政工參謀工作算是低階高用，不久又轉到政四科，協助陳少校保防官辦人事安資料之蒐錄，我不習慣這項工作，第二年底我突然藉故住進東勢陸軍八一四醫院去了。

在裝甲兵司令部總共待了不足二年時間，有幾次因工作關係和司令蔣緯國將軍有短暫的互動接近。就事情的表面看來，只不過有點平常趣味，但在平淡的趣事中卻隱含著某種理念，發人深省。這裡試列舉一、二事例：

裝甲兵司令部政工參謀群中有一體育官編制，當時徐光上尉占上這一少校職缺，他似乎就在當年（民國五十年）就可以晉升少校，不過按規定，他應先完成初級班受訓的資歷，他也獲得即將到政工幹校受訓機會，徐上尉徵求主任允許他的職務由我暫代。就在他入學不久，司令部每週（或是每月，記不清了）一次主官會報，由司令親自主持，某一次會報進行各單位主管輪值發言前，不料緯國將軍竟先提示工作檢討，指出司令部本部體育活動太少，他要人事（第一）處俞處長把體育官記一過，以示儆懲。當時簽辦參謀質疑是要記徐上尉的過？還是記代理人的過？司令明白告知俞處長應記徐體育官的過。緯國將軍說：「我聽說體育官外務甚多。他整天忙於和地方體育團體交互各項活動，而忘記他是司令部體育參謀，首當辦好本部年度體育活動之推展方案，他棄置本部職事於不顧。只去參與外面各種體育之育樂性活動。應該導正他認知本身職責誰屬。

某一天上午我接到通知：立即等候司令召見，我覺得意外，但不知事故，我換上冬季常禮服，來到司令辦公室門前，看到趙副司令國昌將軍、政戰主任陳茂銓少將（尚備升）第一處（人事）長俞上校，早已齊聚司令室外，只等我到了。張育謙上尉向司令報告說我來了，緯國將軍走出來，第一句話竟然是問我怎麼戴白手套？所有人也都看著我，但我一時答不出話來，司令替我解「圍」。他說：除了在某種典禮上規定戴白手套外，平時只要戴深色原皮手套。說完這一插曲後。司令又數落一番部本部體育活動不足，重申記徐上尉一過。並說：甩給少尉（指我）看。他當時的神情，手裡夾著雪茄菸面帶微笑指著我的面說：這次我不找你，下次可就找你了。我笑而不答。接著他又對副司令但目光捎過陳主任說：早點把體育活動帶起來。趙副司令當即口諭要我趕緊寫一體育活動辦法呈閱。當天下午我就簽擬一活動方案稿送上。次月奉趙副司令批示再改正某些項目具體施行辦法，改正後再呈閱。副司令有欣慰表情。過幾天就依原辦法列舉步驟，展開定時定位分頭並進各項活動。司令也遇上一兩次，並參加活動片刻，短暫的交誼，卻帶進不少歡聲笑語。

徐上尉受訓半年結業返部。我把代理職務交還他，在他受訓期間，據說：他曾寫一陳情書寄回政戰部。大概是說他已受訓，既有人代理他，就該替他受過，但不獲人事處所接受，他這一動作又爲自己招來一過。司令在主管會報中問體育官回來沒有？當他說徐上尉已回工作崗位，便再質疑說：他受訓期間，部本部有體育活動。他回來了，體育活動又中斷了，要俞處長再記他一過。徐上尉自覺情勢已不可爲。乃主動寫報告請調外部，之後他奉調到駐在臺中之預備司令部去了。他在別單位可能會快樂些。祝福他稱心如意。多年未獲徐兄音訊。頗有惦念之情。

徐光上尉當時算是命運最背的一人！和徐上尉同爲政工之一員的程潘璋上尉，則是司令面前的紅人。程上尉職掌對外發布新聞工作，有點兼帶文宣、公關性質。緯國將軍對頭腦靈活，行事機敏有彈性的年輕人，愛護良多。程潘璋是我學長，爲人隨和。文筆通暢，深契緯國將軍之行誼。四十九年他與曹姓小姐結婚，特邀我爲其婚禮司儀。因爲緯國將軍答應爲他們福證。我原定同一天午間要趕往臺南市參加同鄉好友李建中的婚禮。然而就因爲程潘璋學長的懇切囑咐，必得擔任他們的司儀。解除他們這一難題——沒有人肯接受他們這項頗有體面的差使，因爲是緯國將軍福證的緣故。對於凡是涉及人際關係的禮儀表達、典章制式做得合適與否？有緯國將軍參與者覺得哪些地方做得不恰當，或有悖體制規範者，他都會不假辭色，當場予司儀以正確示範糾正。一般人往往受到鄉愿習氣掩蔽，即使看到別人錯誤離譜的舉動，也不願當面告訴哪些地方錯了，及時糾正過來。只是背後予以嘲笑、批評，甚至誇大其詞。不留口德，揭人陰私。這與緯國將軍純正用心、坦率任事風格大相逕庭。對於當時正犯錯誤的人來說，很少人能有當眾受責，坦然接受的雅量。所以有些人對緯國將軍那種「好爲人師」的方式，不以爲然吧！

說完喜事背後的「寓意」啓發，我也兼提一樁喪事的改革故實，一般所見悼祭死者之祭文仍沿襲自古以來通行之四六文駢行文言撰寫死者莫須有之豐功偉績，堆砌些言過其實的誇大或扭曲之事歷。民國五十年裝甲兵司令部政三科一位馮中校監祭官因病猝逝！他過世前不久，某天他遠親到政四科來巡與我面商某一案件，時不逾半月竟聞此噩耗，眞是人生無常呀！在爲馮政中校治喪會中，司令指示把祭文以平淡敘事之散文白話撰寫，並提示可由我去讀祭文。（由於我曾爲程曹婚禮司儀，司令還記得）祭文撰成後，政治部張副主任還要我先去他辦公室試讀一次。公祭當天臺中殯儀館某廳擠進一兩百人，趙志華副司令主祭，除了司令部官兵之外，裝一工師師長以下到營連官兵代表聚於一堂氣氛哀傷，當我讀祭文時，看到馮太太仍悲泣不止，我又回想十幾天前還與馮中校洽談公務。如今已成隔世！一股悲戚之情都在讀祭文中自然發洩，與祭者感到聲淚俱下，大家都以淚洗面。祭文讀完，全場人都在擦眼淚！中午回到司令部餐廳來，首先一位軍法中校（是否爲組長？記不清了）向我致稱贊語，他說我應當再獲一讀祭文專長號碼。接著二三同仁對我作相似之推贊。

說來不禁令人莞爾，讀馮故中校祭文之先，裝一師早已指派過我和張X濤（三期學長）同爲臺北某長官追祭代表，並由我讀祭文，同樣受到稱讚，但沒有像這次感動那麼多人掉眼淚，是由於祭文體式內容之不同，第一次讀的文體是四六駢體之文言。雖然聽了恐不能瞭解全文內涵，就難以引發感傷之情，說到這裡，就能聯想到緯國將軍不僅是一位卓越的軍事戰略家，他也是一位有深識的文學評論家。我要再插敘一位故同學的往事：文大同學顏廷璽君進修中文博士班時。提到他將以〈領袖思想研究〉爲題撰爲畢業論文，我問他指導教授請哪幾位，他說以臺大哲學系所教授爲主幹。我問他是否也可以找一二軍事院校的教授？廷璽兄問我與蔣緯國認識否？我說：當然認識。但恐不便聯繫。日後顏兄終於獲得緯國將軍爲其指導博士論文面試委員，臺大郭昆如教授似亦爲面試教授。

顏廷璽博士班畢業後，由臺中商專調爲空軍官校政治系主任，我自中文系畢業後，留校六、七年都沒有考研究所，最後被學校告知，立即提升等論文，否則不予續聘爲助教。我情急之餘，曾欲向緯國將軍索贈他的論著〈弘中道〉一書爲張本撰一篇論文送審，但再一思索。恐怕難以徵得緯國將軍之府允。我就放棄這一念頭。不過〈弘中道〉論文確實給我最服膺之啓示，至今我尚未讀過原書，因之我日後撰寫〈先秦儒學人本思想津梁〉之論文，其中散見各篇略及「中道」衍記。但未引錄〈弘中道〉一書之素材。因爲一時還找不到那本書。後來直到民國七十年前後緯國將軍已經兩度到文大演講。我興之所至，把拙文寄他一冊，可是並未接到緯國將軍回音。早先（民國六十四年）韓國前外交部長在軍官學校校長崔德新將軍應文大之聘，以華岡教授名義來華岡講學，我被學校指派專責爲崔將軍協調到各系所演講一次，其間我給緯國將軍（時爲三軍大學校長兼戰爭學院院長）寫封信。請他抽空和崔將軍會晤一敘，校長竟以老戰友自稱給我回信。（見頁一三五～一三六）這是老長官蔣上將寫給我唯一也是最後的一封信，也成爲我一生最珍貴的收藏品了。

緯國將軍到文大演講最早一次，我還未畢業於中文系。七十一年到文大接受名譽哲士（國際通稱文學博士）學位證書，應該是第三次到文大講演。其中一鱗半爪之趣聞，這裡不再插敘。

我調到裝甲兵司令部之前，約爲四十八、九年間（記不清了），在湖口第一營區，意外地走在路上和緯國將軍迎面相遇。我向他敬禮問好後各自往前走。我回頭看他一下，碰巧他也回頭看我一下，會心一笑。隔日還是當天突然接到他侍從人員（年輕之中尉，不詳其名氏）電話，責備我什麼事不妥，也忘記了，我以嚴峻回話駁斥他。也並未惹禍上身。這證明緯國將軍不縱容他身邊的人作威作福。

李登輝當臺北市長時，那一年舉辦之藝術季，由演員工會主辦一次話劇《公陽春十月》的公演。我被派爲劇務之一員。某天晚上在排練之前，當時葛香亭理事長和一位范小姐（丹鳳？）我們三人先到，突然緯國將軍著便服悄然而來。葛大哥立即親切地以二哥稱呼蔣上將。（記得他當時似爲聯勤總司令）緯國將軍看我一眼，我默不作聲，微笑示意，他略有悵惘之色；如今想來，我犯了最失禮之錯誤，如果我當時稱呼他爲總司令或是「司令」（意含爲前裝甲兵司令），我想緯國將軍一定有回應，並藉以敘舊，絕不致在他躺臥病床兩年，我都沒去探候他一次，最後且在我去長白山、哈爾濱、瀋陽、長春旅遊途中。他過世多日，我才回臺。（在大陸未見他病逝之新聞報導）歲月奄忽。我去年兩度給孝剛（緯國將軍哲嗣）先生寫信，第二封信被退回，是郵局蓋章第四項說：地址欠詳。這封信至今未再寄出。

以岑參〈白雪歌送武判官歸京〉原韻贊誄

陳故立夫先生三十五句

甲午一戰清軍折，祖燕矢志國恥雪。
獻身革命大將來，一門三傑承天開。
淞滬起義揭序幕，那管市利厚抑薄。
披掛上陣無拘控，督帥大軍費得箸。
投志軍校帷幕客，運籌軍機奏凱笛。
輿情沸騰湧轅門，風聞令譽傾天翻。
植黨力餘掌鐸去，貸金方案勵學路。
抗戰兵源有出處，班師奏捷再惠君。
君不見復員釁門，萬千學子樂上天。
日寇投降民怨吼，群黨怒氣沖牛斗。

腥風遍野石亂走。攘利難免見瘦肥，
樹斷枝折鳥紛飛，祖燕鎩羽西出師。
蓄雉盈泉窮困脫，著書貫道義例撥，
科學人本不分割。文韜武略汗氣蒸，
五馬金裘禦寒冰，大德期頤圓寂凝。
弘道護法群小懾，救世使命待天接，
萬民仰企讚君捷。

贈八千里路雲和月製作人凌峰一首

唱出悲歌慷慨聲　凌峰博得藝壇榮
八千里路雲和月　未覺前賢畏後生

借（唐）劉禹錫〈與歌者米嘉榮〉七絕韻。

聞騰格爾來臺演唱賦贈七絶句一首

曾隨雲月渡天河　稱得人間第一歌
來唱草原蒼涼曲　萬人空巷聽者多

借（唐）劉禹錫〈聽舊宮人穆氏〉七絕韻。

四　漢學天地

試以「步韻擬句」習作古近諸體詩藉發詩心初探

一　說詩綴引

詩者承也，志也，持也。這是孔穎達在《毛詩正義》中的疏釋辭。他說：承者是承君政之善惡，志者是述己志而作詩，所以持人之行使不失墜。孔氏這些疏辭亦如《詩》大序所言：「詩者，志之所之也……先王以是經夫婦，成孝敬，厚人倫，美教化，移風俗。」整篇大義之約旨。

詩大序，乍一讀之，可能使人昏昏然不甚了了，以爲是嚴肅的說教！但若沉靜以思，先賢垂教的文辭，確有千古不磨的啓迪之功，自先秦歷漢唐而宋垂千餘年，詩之演變到近體詩創興以來，唐以後近體之法式漸成定型，迄今仍未脫離這一窠臼，其所以然，自必有其永久不易的價值基因。

漢朝董仲舒《春秋繁露》謂：「詩道志，故長於質」。近人蘇輿義爲「質」之作證言說：「詩言志，志不可僞，故曰質。」此是就志之表現言，非直指志之要素。而聞一多另指出志的三個含義：一記憶，二記錄，三懷抱。聞氏不過是說「志」之本義。惟第三點仍具有詩之申展意味。先賢時彥，各有見地，然落英紛披，莫衷一是矣！反覆玩索仍以《論語》〈陽貨篇〉，孔子的那幾句話，直透詩之底蘊：

小子何莫學夫詩！詩可以興、可以觀、可以群、可以怨、邇之事父、遠之事君。

孔子時只有詩經當道，詩經楚辭以後的詩，無論樂府、古風、近體都在體制上發生變化。但其內涵仍不能盡脫興、觀、群、怨之激素，不論抒情、敘事、寫景、唱酬等雖說體式拘於一格，如律、絕、歌行而其內蘊之材質意趣都在表達興、觀、群、怨之情境。

宋代楊時曰：「學者不知風雅之意，不可以作詩，詩尚譎諫，唯言之者無罪，聞之者足以戒，乃爲有補……」。

唐代劉禹錫曰：「片言可以明百意，坐馳可以役萬景，工於詩者能之，風雅體變而興同，古今調殊而理一。達於詩者能之。」（註一）

楊、劉二氏皆對《詩》大序作疏通，當有其可資鑑之者。

二　詩識拈粹

研求詩學與詩識，竊以愚昧，敢不文而率引嚴羽《滄浪詩話》之言藉作研味自習，啓我鄙陋！

學詩者以識爲主，入門須正，立志須高，以漢魏晉盛唐爲師，不作開元天寶以下人物，若自退屈……愈騖愈遠，由入門之不高也。故曰：學其上僅得其中，學其中斯爲下矣。又曰：見過於師，僅堪傳授，見與師齊，減師半德也。工夫須從上做下，先須熟讀《楚辭》，朝夕諷詠以爲之本，及讀《古詩十九首》、樂府四篇、李陵、蘇武、漢魏五言，皆須熟讀，即以李杜二集枕藉觀之，如今人之活經，然後博取盛唐名家，醖釀胸中，久之自然悟入。雖學之不至，亦不失正路，……謂之直截根源，謂之頓門，謂之單刀直入也。

這段話開門見山，鞭辟入裡，勿庸費辭也。不過在默讀這些肯切明白之誡詞，眞愧汗淋漓，由大學、研究所正修此詩學研究之學分，至今尙未將嚴羽所列述必讀之詩目，閱讀一遍。但竟學不由本、率爾以步古人韻腳，擬其句式，並以急就章之倉促，摹寫數十首詩，（另附）其所以然者，蓋情非得已也，並綴之於引言如上。

有作詩之心而無詩才；有摩擬之好而無詩學；有求進之志而無詩識。這正是個人淺薄之寫照，且不免於李本寧所譏誚之言：好大者自諱其短，強其所未至，而務求各家之長，撮諸體之勝，攬結多而精華少，摹擬勤而本眞漓，非善取法者也。」（註二）

雖然，仍不因比而喪志，蓋黃季剛先生有云：妙得觀摩變化之訣，自成化腐成新之功，天下事相反者適亦相成，摹擬因襲不足病，病者由是入亦由是出，如袁子才云：「竟是古人，何處著我」？是不必刻意似他人，當自求新貌也。

緣此上溯至陸機《文賦》中有兩句話：「或襲故而彌新，或沿濁而更清」。這說明若具有奪胎換骨，推陳出新之用功，摹擬是未必不可行。

無論創作或摹擬都得以「詩法」（《滄浪詩話》列述者）表現出：體製合式，格力深厚，氣象雄渾，興趣盎然，音節鏗鏘。夫如是，或如嚴氏所謂：「優游不迫，沉著痛快，」之大概也。當然，若更上層樓，即「入神」矣！到此境界就是他擲筆三嘆之詞：「至矣，盡矣，蔑以加矣。」

三　詩法拾穗

各種章法格局雖盡通，惟仍須具有基本素養，那就是「鍊字」靈譬，大明皇甫汸曰：

語欲妥貼，故字必推敲，蓋一字之瑕，足以爲玷，片語之累，並棄其餘，此則劉勰所謂，改章難於造篇，易字難於代句者也。

鍊字工力及其造詣之境，當如顧震所云：

杜東亭詩，得力全在詩腰數虛字，著一欹字，如見巉嚴參錯，著一曳字，宛然藻荇交橫，曰衝岸則跳突，排湧惟恐墮岸；曰護巢則疾飛，急飛則恐失巢，并鳥魚精神俱爲寫出，此詩家鍊字法也。（註三）

依違兩可之詞，表達猶豫傍徨之情，眞入木三分矣。鍊字必自多讀，多鍊入手！因之宋代唐庚說：

凡作詩，平居須收拾詩材以備用，詩疏不可不閱，詩材最多，其載諺語如：絡緯鳴，懶婦驚之類，尤宜入詩用。

他（唐庚）又說：

詩在與人商論，深求其疵而去之，等閒一字放過，則不可殆近，法家故謂之詩律。（註四）

有關論詩之著述不曰汗牛充棟，然以琳瑯滿目說之應不爲過。歷代詩話不勝枚舉，論詩專著何止千百萬言。全唐詩四萬餘首，馴至清高宗（乾隆）一人之詩作亦三萬首之夥！摘錄箴言佳句，亦足以「卷帙浩繁」稱，師此故技，想必冠冕堂皇？但，其於詩之才、學、識、藝之錘鍊，有其局限，「坐而言不如起而行。」是予之甘冒剽竊之不韙，即使尚不熟悉詩之韻格，我仍貿然擬作，爲避「韻格」推敲費時誤事，故每一習作皆取「步韻」之濫觴。不顧其錯誤百出，只圖洩胸中之悶耳。

最後再引嚴羽《滄浪詩話》之言意，以爲結語：

夫詩有別才，非關書也，詩有別趣，非關理也，然非多讀書，多窮理，則不能極其至。

並兼取元稹說詩之言以自惕！他說：

詩無姿態則陷流俗，欲得思深語近，韻律調新，屬對無差，而風情自遠，然而病未能也。

最末一句，吾人當三復玩索，若元氏尚且不達「思深語近。屬對無差」之工力，淺薄如我輩學步作詩者，欲得「風情自遠而不泥於俗流者」，相距何止千百尺焉。

四 贊結序旨

謹贊按徐禎卿之言爲贊序曰：詩當因情以發氣，因氣以成聲，因聲而繪詞，因詞而定韻，此詩之源也。然情實眑眇，必因思以窮其奧，氣有麤弱，必因力以奪其偏，詞難妥帖，必因才以致其極，才易飄揚，必因質以禦其侈，此詩之流也。

若夫妙聘心機，隨方合節，或約旨以植義，或宏文以敘心，或緩發如朱絃，或急張如躍括，或始迅以中留，或既優而後促，或慷慨以任壯，或悲悽以引泣，或因拙以得工，或發奇而似易，此輪扁之超悟，不可得而詳也。（註五）

徐君之言，匪特論詩之精旨，亦修身治事之藝術。運用之妙存乎一心矣！爰以識之篇末。

一九九二年八月三十日臺北初稿

五　附錄習作

本文稿論詩言辭承羅老師宗濤教授指導；習作詩，承易老師大德教授改正！謹並致謝忱。習作諸體詩，十餘首自壬申至癸酉，率皆模擬五七言古近體詩，多採步韻方式，自定韻律者鮮少。至律體詩乃未敢輕試，蓋以功力之不逮也。尚須請教老師，啓我茅塞！

（一）壬申上元致諸親友遣懷一首

好友相聚話老家　爲敘鄉情樂事賖　菊黃猶傲松柏缺　櫻紅難襯寒梅花

洪河鯉魚高粱酒　鍋奎鹵肉熱油茶　馓子菜湯綠豆粥　今日垂涎在天涯

元宵夜攜妻女觀賞放天燈。憶及前次所見是在家鄉之正月十五夜歲月悠忽，距今已垂四十五載矣！撫今思昔鄉園舊事早已雲消煙渺，能不感慨繫之？偶讀方拱乾詩，乃步其韻腳草此遣懷，並就教於師友戚誼，匡我不逮。

（二）戊辰即興贈諸親人

念我鄉土親人，四十餘年魂縈夢牽，然層冰千里固陰互寒，驟聞開放探親，陽和既回欣悅喜幸，望風跂踈，萬般心緒不知何所措辭，特以不成熟詩句，抒我塊壘並爲之序。

甲　贈尚清弟及家人

四十年前辭故里　飄零海表望中州　只今白首成何事　遠念家人動客愁

乙　贈我三姊及家人

兒時獨受嚴親責　長大客途倍淒涼　于歸雖說難如意　差幸兒孫克滿堂

丙　贈我侄女月明及家人

汝父辭塵隨母出　髫齡黃口依爺叔　親人見不動于衷　悲劇寧我獨如斯

緣此七絕句三首寫於戊辰（一九八八）春，時渴望返鄉而不得，聊以書札訴衷腸。歲次己巳（一九八九）八月五日攜妻德卿遄返鄉里，親人見面無言相對，驟如黃粱夢醒。人世悲劇獨吾身試，痛傷欣忭不一而足，默讀昔日詩句心事激越。壬申（一九九二）十月之朔爰又識跋於篇末。

（三）壬申仲秋遣興

三年前返鄉探親睹物傷情久久不能自已擬七絕句一首以自遣懷

鄉里故人能幾在　魂縈舊城寂寞回　洪汝河邊前時月　夜聽風聲悲自來

（四）追輓先師張公向陽夫子一百二十歲冥誕　壬申仲秋

吾師生清世　窮達幾經年　科第超同輩　清華邁昔賢
育才憑實學　淑世有遺篇　形體雖已矣　音容尚宛然

一九四九（戊子）年春，余隨喬新民兄羈旅武漢，棲遲黃鶴樓頭，江水滔滔一逝不返，每魂縈夢繫，亟思重遊舊地，聊以抒懷。迺於一九八九（己巳）年「仲夏之夢」果又實現，然而江山依舊，人物全非，「滾滾長江東逝水，浪花淘盡英雄」信斯言也，爰賦七絕句一首以贈新民學長郢政。

凌空乍見古神州　四十年前登此樓　城是人非宜下淚　傷心豈只爲悲秋

右擬「李益上汝洲郡樓」次韻詩式

（五）縈懷詩二首　壬申八月

睽別同宗學長曹建中將軍匆匆十餘稔欣聞比年事功榮顯賦贈。

甲

復興崗上憶別時　我失雁行久孤飛
惜自解甲榮歸後　憂戚仍披舊時衣

乙

疆場馳騁心猶健　袍服依然鬢已稀

攻伐還望三十載　寶刀未老待重揮

承　易老師太白教授改正詩句析爲二首。（原稿爲七律式）

（六）偶感　壬申季秋

甲

念故園鄉莊，親人景物別來無恙乎，時而夢斷老屋，竟夕翹首北望百感交集！怎能訴盡衷腸？乃草成七絕句以排遣鬱悶，固不在詩之巧拙，聊以寄意耳。

客中久欲早還鄉　親友重逢話麻桑　可奈途窮歸不得　思親惟有淚千行

乙

臺灣流行話題之一六年國建特拈七絕句以讚嘆之

國建六年誰掌舵　通航互惠窮攬和　獨梁帝霸奪標的　血汗民脂損幾何

丙

讀蘇東坡〈和子由澠池懷舊〉首、頷兩聯辭意截句並次韻抒感

半生飄泊空無似　徒況飛鴻踏雪泥　燕雀難留鴻趾爪　生逐那曾計東西

（七）詠懷　壬申孟秋

少年氣慷慨　矢志遊八荒　徒步遠行役

菲薄不自妄　搦管代槍號　裝備稱精光

報國不顧生　裹屍猶奮揚　忠孝世爲榮

仁義令名揚　垂聲重當世　氣節自有常

（八）偶成　壬申十二月

予喜遊臺北、基隆等夜市，目睹形形色色感觸良多，驀然警省，四十餘年青壯歲月，消磨於斯，撫今追昔，悵懷曷已！爰成五絕句，以貽戚友。

遨遊基北市　出入士夫群　冷眼觀時事　眞如多變雲

賀連院長爲閣揆欣聞連戰主席受命組閣式符全民之寄望賦七絕詩句以贊之

連公之筆大如椽　戰志昂揚寫史篇　執兩用中行政事　定知績效遠超前

附註：桂冠詩人易教授太白教正詩句謹致謝忱

（九）

辜汪會談預備會議，兩岸先遣人員各持既定立場，其不能達成預期結果，毋寧是意料中事，戲拈七絕句二首

一　預備會談　壬申季秋

預備會談弔詭情　政經話題撇不清　彼此相覷誰爲大　袖裡乾坤看神靈

二　正式會談

辜汪會談登上場　大將出馬見眞章　萬人觀賞戲中戲　霧裡看花説雌黃

（十）癸酉仲春即事抒感　戲草

辜汪會談者　姑妄試彈耶　披掛上陣哉　奮勇直前也

辜汪會談爲兩岸最關注問題，民間亦有殷切期盼，與會者心情之沉重，局外人殊難想像，

迺以此俗語俚辭聊博一粲。

（十一）

重光代表壬申（註）大壽偶感　綴成七截句：

豪情盛意本眞純　一語天然最時新　重見晚年成大器　光明磊落果人神

夫溷濁斯世，能得一性情中人，尤以耄耋之年仍保赤子之心者，誠難得也，當世聞人陳重

光先生，其性行有特立獨出者。吾與陳公素昧平生，然於其行俠仗義之人品，素所欽仰，故樂以贊之譽之，蓋無他志也。

註：「壬申」諧「人神」音，取其雙關義以標詩題。藉譽陳君爲人中之神品也。（承易老師太白教授斧正詩句謹致謝忱）曹尚斌詩並序壬申孟冬於新店

（十二）

贈「八千里路雲和月」製作人凌峰一首：

唱出悲歌慷慨聲　凌峰博得藝壇榮　八千里路雲和月　未覺前賢畏後生

借唐代劉禹錫「與歌者米嘉榮」七絕韻

（十三）聞騰格爾來臺演唱賦贈七絕句一首（知其為凌峰好友故）

曾隨雲月渡天河　稱得人間第一歌　來唱草原蒼涼曲　萬人空巷聽者多

借唐代劉禹錫「聽舊宮人穆氏」七絕韻

易老師曾問：凌峰何許人？斌敬茲奉告太白師：凌峰姓王（名忘記）爲時下電視名節目製作人，斌數年前與王君有一面之緣，信彼乃性情中人也。餘未詳。

（十四）次劉禹錫「偶書」詩韻並擬句　壬申仲秋

世事紛沓，每見不平輒生無名之怒火，藉筆墨以快意耳。

男俠女雄喜比高　人間瑣事似牛毛　路人恨見不平處　磨礪以須欲拔刀

（十五）賀孫景瑎燕爾新婚　壬申仲秋

壬申仲秋八月二十二日躬逢景瑎兄、小鷹嫂合　喜筵，見演藝界少俊名媛共襄盛會，華堂酬觴，滿室生輝。欣擬古詩句以貽一笑

世上有小鷹　景瑎樂得之　甜蜜何融永　將以遺所思
馨香盈懷袖　懷愛穠浸肌　君心知所貴　天長地久時

（十六）偶感　壬申季秋

臺灣朝野上下合力協辦選舉、內閣改組、兩岸會談、GATT、文經交流等連串好戲輪番登場，令人眼光撩亂，目不暇給，戲拈七絕句。

教父笑談謦欬間　連朝好戲群丑演　旦生淨末齊上場　押賭郎中三花臉

斯篇戲作並列入予修研究所學分讀書報告「詩學研究」之附件。承　桂冠詩人易老師太白教正！特致謝忱，並識於一九九二、十一、七。

（十七）偶感　壬申孟冬

十二月十三（星期日）上午參加觀音山登山活動：下午趕往臺北市新公園李慶華政見演講會，聽高信譚等名嘴助講，信譚兄唸一首自我調侃詩；慶華先生唸一首政治人物諷嘲詩，洵屬佳作，引發唱和之興，口占七絕聊得一笑。

名嘴登壇各擅長　亦莊亦諧最當行　但求聽眾能同意　選後諾行再考量

承　易老師太白斧正詩辭謹致謝忱

（十八）無題　癸酉孟春于洛杉磯旅次　元月廿五日

禍亂源于惡霸蠢　矯情弄權妄發身　爲虎作倀萬人唾　違抗民意絕群倫

癸酉開春，政事紛紜，令人痛心，但草野之民徒望洋興嘆！愚陋如我者，竟嘵舌以干權貴，不知會因此而肇禍否？

（十九）贈宋主席楚瑜　癸酉三月十七日

自行政院長任命創下範例，而臺灣省主席之任命亦參照辦理，獲得全民共識，並爲民主法治奠定根基，洵屬可嘉，賦此以讚之。

楚材晉用美言傳　瑜亮情懷獲釋然　詢謀僉同嚴法度　壘前裁判更周延

（二十）贈趙少康、陳水扁二先生

聞陽光法案於立法院會通關，戲草七絕句以詠之曹尙斌癸酉仲夏

民主連線同步跑　陽光法案通過了　財產公開果爲何　光明總比黑暗好

原序文太長，承　易老師太白教授批示：此詩不宜送趙、陳二人一笑。斌先已冒然寄贈上二人，趙少康委員並函覆致意。

（二十一）春暖還寒偶興　癸酉初春

閒情偶寄詩簡中　展紙揮毫意興濃　雲氣陰霾迷望眼　塵寰沸鬧耳爲聾

附記：草成初稿後曾請桂冠詩人易老師太白教授改正，吾師以此作既失韻律又不明題意，乃再斟酌呈上，易老師又批句：「詩未切題」。蓋以序詞與詩意之未合故也。第承吾師改正詩句。乃去其序言，敢以敝帚自珍，私意予以披露。

（二十二）　壬申秋季

每翻閱鄉先賢董故教授作賓甲骨文集字詩遺墨，輒肅然仰止，竟不揣譾陋步其韻字草成七絕兩首以貽諸鄉戚誼一笑

甲

古井深處有情天　性耽典籍迄高年　魯魚亥豕經勘正　鳥跡獸蹄究史前

乙

瓦當漢磚前賢得　甲骨書契賴君傳　字學式微傷此日　崇新維舊盼時賢

承　易老師太白教授改正由七律析爲絕句，謹致謝忱！

（二十三）　癸酉季秋

今夏陽明山書舍修葺一新，欣逢文大新生以毗鄰學校之便，樂於下塌。彼五位淑女相聚而居，一見如故，誠不易得，特賦七絕句以贈

華岡五友住同樓　義重情深孰此侔
日夕晤敍皆緣分　水秀山青好共遊

習作詩鈔錄既竟，洒意猶未盡，拾掇舊篋，得數年前爲曹姓宗親會年刊，撰述〈對新詩的韻格芻蕘淺談〉粗略漫話之草稿。擬並附於本文之末，此不過絮叨之贅辭，非論詩之正文，自不足爲訓。疏失自所不免，然竊願藉此拋磚引玉！能得通詩達韻之方家，惠賜新思見，俾利我傳統詩粹，啓迪新運，再復宏揚於後世！登詩學於世界文壇之衽席，是以著斯作之鵠的焉。

曹尚斌撰述

一九九二年八月一日於新店

註釋

一　見（明）徐師曾（伯魯）著：《文體明辨》文章綱領「總論」頁九上段。日本京都書林嘉永再刻本。

二　見顧亭鑑纂、葉葆王註：《學詩指南》，頁四十五，「取法因近」條。臺北市：廣文書局印行。

三　仝上註，頁四十九「鍊字靈警」條。

四　見徐師曾：《文體明辨》頁十下段唐庚語。

五　仝上註右，頁九，上下段徐禎卿語。

參詳書目

一　中國詩歌研究　羅宗濤等著　中華文化復興推行委員會主編　中央文物供應社發行
二　文體明辨　徐師曾纂　日本　京都書林刊行
三　中國詩論　葛連祥著　臺北市　葛連祥發行
四　滄浪詩話　嚴羽著　臺北市　正生書局印行
五　學詩指南　顧亭鑑纂輯　臺北市　廣文書局印行
六　倫理詩選錄（講義）　羅宗濤彙輯
七　唐人題壁詩初探　羅宗濤著　上海市　上海古籍出版印行　見《中華文史論叢》第四十七輯
八　黃侃論學（摘記筆記資料）
九　陸機文賦（摘記筆記資料）

談詩之「新古」與「新體」連枝結果，更生壯實說略

一　弁言

前數年間，予修詩學研究課，溯及較早時爲曹姓宗親會年刊，撰寫一篇粗略淺談詩韻問題之短文，未曾刊布，乃將殘稿棄置囊篋。今歲（甲戌）夏末打印之讀書報告：「以步韻擬句習作古、近諸體詩藉發詩心」一文所附五七言絕句詩三數十首。惟以詩韻之隔閡，恐貽笑方家，特懇請桂冠詩人易老師太白教授，逐篇刪正，初欲使拙草勉強入格（韻），然而平仄合矣，則詩心失焉！每以此而納悶。方困惑於詩韻改革問題，頃悉范光陵博士於本年詩人節大會發起「新古詩」運動！令人振奮，爲表響應之微忱！撰此短文以鳴心志。

二　「新古」一詞啓人深思

民國八年五月四日北京大學教授胡適之、陳獨秀等多人發起的「文學改良運動」。可說是水到渠成一舉成功。當時歐風東漸，大量翻譯西方人文、科學、小說等典籍，若仍以文言爲譯

述之張本，除了語意之媒介不足，而在文體辭句之構造上，須搜索枯腸，尋繹思索，倘仍拘於「八股」文形式，如何肆應如排山倒海之勢的歐風習尙，因之白話文之興起，乃時代潮流所趨，無法以文言文之舊藩籬，阻擋此一勢不可遏的浪潮。

「五四」以後，白話文之應用，蔚然成風，尤其後起之秀的作家輩出，新舊文學論戰，消長之勢立見，守舊派的國學健將章炳麟、林紓等詎稱白話文爲：引車賣漿者之流言。話雖刻厲，不過是強弩之末，當時中西文皆稱博洽通達的嚴復、辜鴻銘，雖然都能以文言譯述西文之小說、基礎科學理論之著作，林琴南（紓）更是翻譯之奇才。林氏只憑他人口述西文大意，而翻出信、達、雅之譯文，個人於一九四九年在武昌羈旅行伍中，偶得翻閱林氏以文言譯述之《天方夜譚》，出神入化之文筆，引人入勝，讀小說兼欣賞文章之佳構，賞心悅目！唯如是者。

新文學運動的八不主張，對舊詩、詞改革，未作明確界定，以此之故，由胡適之帶頭寫作的《嘗試集》新詩，只是嘗試模仿西洋詩式，卻未能創立本土「古詩新作」的典範，當時雖有所謂新月派詩人徐志摩、戴望舒等新詩尙稱可讀，但延宕至今似乎亦未激起風雲景從之浪潮，不過新詩卻已潛滋暗長的蛻化爲另一新體。它假托於流行歌曲，或影、視戲劇之主題曲，而逐漸形成一種詩、詞、曲綜合的新樂府。而在中國大陸近年來興起之通俗綜藝體的民間詩、詞「順口溜」，似乎與舊詩、詞的臍帶相連續，但在韻律上得以解放，不受舊格律之束縛，若談改革詩詞這似乎是一條可以試探的新路徑！

三　闡揚後「五四」時代「新體詩」發展芻議

據聞由中華文化基金會范光陵博士發起「新古詩」運動，以維護文化傳統，發揚國粹的觀點言，可說用心良苦。筆者從《翡翠》雜誌三四二期雙周刊內，閱讀一篇「紀念屈原發揚新古詩」的報導文字，欣然讀到范先生的「新古詩」的示範之作：

晚來眼力差，
見樹不見花，
未知明日事，
且飲今天茶。

這首詩取材質直，氣韻古樸，遣詞用字發自性靈。此外，林雲大師、蔣緯國等也作了一首「新古詩」，都是示範性大於詩之情趣。向大會致詞的有：陳香梅、陳立夫及海地駐華大使等人。讀陳香梅女士讚揚新古詩運動之感言，也令人激賞，其實陳女士早已是新古詩寫作的篤行者，請翻閱她《一千個春天》的著作裡，每一章節都以新古詩為引辭，而且每首詩都是雅俗共賞的佳作。所以她在紀念屈原的大會上鼓掌支持這一運動，並說：「新古詩是一項中華文化的大突破，使詩詞大眾化、普遍化，讓人人愛詩，人人可以寫詩。」眞是發人深省的呼籲。而陳立夫先生說：「新、古兩種東西對峙時，必有中道者出，採二者之長，勢所必然。」這是持平之論，當可視為運動之張本。最難能可貴的是一位外國友人的中肯致詞，他說：「新古詩可以結合詩與歌舞，溝通全世界人民的心靈。」這是海地大使，新力塞拉凡，以世界觀，綜藝體結構著眼論詩，言簡意賅的獨到之見。

四　新古詩餘波蕩漾之蒙求

（一）名義的聯想「新古詩」一辭的含意當係概括辭。它含攝詞、曲，乃至其他講唱文學，敦煌變文等一切舊的有韻文學作品，但都要舊詩新作。名義上似亦可謂之「新格詩」（詞）、（曲）、（變文）等……。

（二）試擬「藝文新制」一詞。其含義乃指一種綜合詩、文為一體的實驗性之暫名。或稱「綜藝文體」，或改稱「文學新制」之名，它是指一種文白夾雜、駢散兼行，詩、文合體之多樣性變體創作。

（三）試擬新古詩「八不準則」草稿，由於個人未曾接觸到范博士有關新古詩運動的任何文獻，而我乃緣於讚賞者立場以旁觀者之平常反應的心態，補充發言，決非驚世駭俗或妄圖語驚四座！也不是有樣學樣，重蹈「五四」運動之舊軌轍，而是針對「新古詩」運動所作的具體支持之反響，目的不是想要獲取運動之外的什麼？只希望這一運動能發生一些社會效應，引起世人注意它的正當性！使其發生一定之功用。

胡適之《文學改良芻議》其八不主張之一：「須言之有物」。如云：「近世文人沾沾於聲調字句之間，既無高遠之思想，又無眞摯之情感，文學之衰微，此其大因已。」筆者愚鈍，仍襲用「八不」之目標，惟縮小範圍專指於詩之改良芻識之。

這八點不成熟地草率條目是：

(1)不拘舊格律。

(2)不失天籟韻諧。

(3)不拘泥舊詩、詞、曲牌。

(4)不脫棄新樂譜。

(5)不限制舊詩、詞、曲套式。

(6)不拒優質文學之融合。

(7)不鄙棄傳統經典。

⑻不爲功利污染眞理。

拙文非要時譽媚俗之作，其膚淺管窺之見，亦不足爲訓，然究其動機乃爲：「事難顯陳，理難言罄，每托物類以形之，鬱情欲舒，天機隨觸，每借物引懷以抒之，比興互陳，反覆唱嘆，而中藏之歡愉慘戚，隱躍欲傳，其主淺，其情深矣，質直敷陳，絕無蘊蓄。」敢以清代沈德潛《說詩晬語》之銘言，藉伸胸臆，又莊子嘗言：「樸素，天下莫能爭」。這句話，直揭本文之底蘊，雖然，仍恐「以無情之語，而欲動人之情難矣！」願知我教我，不知我笑我！曷幸盼焉！

一九九四年九月九日於臺北新店

讀〈情采〉、〈文言說〉指略

聖賢書辭，總稱文章。然，古人無筆墨紙硯之便，乃鑄金刻石，以使文章傳之久遠，洎中古之世，簡策以興，惟須添書刀削之勞，相較於筆墨書寫之便，實不能同日而語。若更以近世電腦軟體之便捷，其於著書立說功能之神速！直不可以道里計矣。

諗之古人以簡策治事者少，以口舌傳事者多；以目見治事者少，以耳聞傳事者多。故同爲一言，轉向告語，必有愆誤！是必寡其言，協其音矣。而以文表其言、則使人易於記誦、無方言俗語雜於其間，乃肯切單純之達意，自是行之久遠之緣故也。

夫文采所以飾言、而辯麗本於情性。故情者文之經，辭者理之緯，經正而緯成，理定而辭暢，此立文之本源。而擘經室主阮元有慨於彥和之言，特例敘孔子著乾卦文言之章、爾雅釋訓之韻律，率皆對偶之體製，眞所謂：綺麗以豔說、藻飾以辯雕。以是，則知文質附乎性情，華實過乎淫侈矣。阮氏稱述文言之章乃千古文章之祖！彼訓至云：「凡爲文章者，若不務協音以成韻、修辭以達遠……徒以單行之語，縱橫恣肆，動輒千言萬字」。不知文之繁贅無偶，難以記誦，勢必減低其功用。況「直言之言，論難之語，非言之有文者也，非孔子所謂文也。」

竊以爲阮氏文言說，無乃重申劉彥和以「情采」縹致爲文之大略，劉氏以爲文之道有三：「一曰，形文，五色是也；二曰，聲文，五音是也；三曰，情文，五性是也。五色雜而成黼黻，五音比而成韶夏，五性發而成辭章，皆神理之數也。」所謂神理，只能意會，而不可言傳。更非科學公式所能定其準則。

阮氏又曰：「詞之飾者，乃得謂『文』，不得以『詞』即『文』也。要使遠近易誦，古今易傳，公卿學士皆能記誦，以通天地之性、以類萬物之情。不但多用韻，抑且多用偶。」如乾卦文言曰：「樂行憂違，長人合禮、和義幹事、庸言庸行，皆偶也……凡偶皆文也。於物兩色相偶而交錯之，乃得名曰「文」。

劉氏以情采，阮氏倡韻偶，要皆旨歸於「言以文遠，文以言傳」以邀世之同趣焉。吾姑信之，且以筆試之，並就正於師友。

一九九年一月二十四日於臺北新店

上述書寫之短文，是暫時提供給學生作示範參閱之用，曾要求各班學生仿歐陽修「醉翁亭記」之筆意，寫一類似之作文，諸生苦其難，個人偶然悟識以身示範之效用，草草寫此三篇粗淺摩擬之文言體例的短文。或稍有啓迪激勵之功用。

空大修讀之國文（甲）（應用文）、（乙）（歷代文選）按規定作業之外，有讀書心得報告、課間作業、而作文則未列入。爲測試諸生之思維與組織文辭有無熟稔之練習、經向教務單位請示，可作彈性更易一次作文，充爲作業。初試之，作文表達並未如預期之佳，乃決定以示範誘導方式，或稍有效用，未可知也。

曹尚斌附識

一九九五年一月二十四日雨夜

以綴句集錦說學與文

試顧現代科技文明之急速推進，人類對自身之關注，日益迫切！而執教者自能意識到受教者，於知識渴求之外，似乎對其本身適應諸多不甚瞭解之危機壓力，亟須教師予以開門見山之誘導與啓迪！職是之故！個人執授之科目，切身體察，可能作業過程，或因鈔書而有枯燥之感？但如將向學心思妥爲導正，舉一反三，汲取教材以外之相關資料，稍加潤飾之瓷彩，即使仍有「優孟衣冠」之議，亦得管窺古人淬勵文思之一豹，乃選古人專論治學爲文義法之箴言，足以爲訓鑑之字辭，予以聯辭結綵，淺疏近喻，易取諸焉！（參一）

文以意志為主說

先儒荀子〈勸學〉嘗言：「君子善假於物、起予後生」。予默誦之，稍領略「文章，士之末也，然立言存乎其中，即末而操其本，可十之八九，未易忽也。」此柳宗元論文以神志爲主之箴啓詞。氏曰：

「讀百家之書，上下馳騁，乃少得知文章利病……凡爲文，當以神志爲主。」（見《柳河東》〈與楊京兆憑書〉）。

與柳氏略相似之思見，乃杜牧之文以意志爲主說。杜氏答莊允書曰：「凡爲文以意爲主，氣相輔，以辭采章句爲之兵衛。未有主強盛而輔不飄逸者，兵衛不華赫，而辭采益整者，苟意不先立，止以辭句文采繞前捧後，是言愈多而理愈亂，紛紛然，莫其所喻，暮鼓而已。是以意全勝者，而辭愈樸，而文愈高，意不勝者，辭愈華，而文愈鄙。故意能遣辭，辭不能成意，大抵爲文之旨如此。」

杜氏淋漓酣暢之論斷，寧非姚姬傳所謂得陽剛之美文章耶！而陽剛之表徵，究若何？姚氏曰：

其文如霆，如電，如長風之出谷，如崇山峻崖，如決大川，如奔騏驥……其於人也，如憑高視遠，如君而朝萬眾，如鼓萬勇士而戰之。

姚氏之言，不啻杜氏縱橫高談之餘續矣。牧之曰：

「步驟隨之所指，如鳥隨風，魚隨龍，師衆隨湯、武騰天泉，橫裂天下，無不如意。」奇焉哉！橫裂天下，無不如意之快人快語，牧之，果性情中人也。（參二）

文有陰陽剛柔之氣性

王國維《人間詞話》有云：

大家之作，其言情也，必沁人心脾，其寫景也，必豁人耳目。其辭脫口而出，無矯揉收束之態，以其所見者眞，所知者深也。

諗觀堂析至情之文之率眞，說爲牧之詩文之寫照，不亦當乎？是先生爲有心人也。以剛柔論文章之始作甬者，當上自劉勰《文心雕龍》〈鎔裁篇〉發其端。而姚惜抱大暢其旨曰：

鼏聞天地之道，陰陽剛柔而已，文者，天地之精英，而陰陽剛柔之發也，惟聖人之言統二氣之會而弗偏。易、詩、書、論語所載，亦間有可以剛柔分矣。

繼桐城姚氏稍後，湘鄉曾國藩更舉實例以證文章陰陽剛柔之氣稟：

西漢文章，如子雲、相如之雄偉，此天遒地勁之氣，得於陽與剛之美者也，此天地之義氣也。劉向，匡衡之淵懿，此天地溫厚之氣，得於陰柔之美者也，此天地之仁氣也。

（聖哲畫像記）

滌生之應和姚氏，聲氣相通焉！曾氏且謙稱：其所以粗解文章義法，因得姚先主持論宏通之文章所啓迪者，彼尤揭姚氏暢治學之方有三：「曰義理、曰考據、曰詞章。」此一理念至今仍懸爲治學之圭臬。可見其影響之深遠。竊以爲姚之治學三律，或喻之曰「體」。而唐代劉知幾標舉才、學、識爲史學三長，可發爲「用」。二者交互運行，體用兼備，乃綱舉目張之畢具。

（參三）

為文識見須高！有師法而不泥古

前明代王鏊曰：

爲文必師古，使人讀之不知其所師，善師古者也。如韓愈師孟，不見其爲孟也。歐陽師韓，不覺其爲韓也。若拘拘規倣，如邯鄲之學步。里人之效顰，則陋矣。所謂師其意，不師其辭，此最爲文妙訣矣。（《文體明辨》）

王氏雖主文須有師法，但應入乎其內、出乎其外，猶習繪事技藝，初經模仿，漸進於創作，乃必經之過程，起始也難，久之，則豁然貫通，自有悟識，從容乎進出。語曰：「繪事後素」！其此之謂乎？

治學與習藝之方，固不盡同，然其用心思維，殊無二致，舉一隅而三隅反焉。立文之首要綱領，即識見須高！北齊顏之推曰：

文章以理致爲心胸（腎），氣調爲筋骨，事義爲皮膚，華麗爲冠冕。

此剖析文之體勢架構，一言中的。「先器識而後文藝」之說，信其言而有徵矣。（《文章辨體》）

宋代眞德秀強調文章以明義理，切世用爲主。明乎此，當三復先秦荀子之言，曰：

學不可以已，木受繩則直，金就礪則利，君子博學而日三省已，則知明而行無過矣。故不登高山，不知天之高也，不臨深谿，不知地之厚也，不聞先王之遺言，不知學問之大也。

又曰：

吾嘗終日而思之，不如須臾之所學也，吾嘗跂而望矣，不如登高之博見也。登高而招、臂非加長也，而見者遠，順風而呼，聲非加疾也，而聞者彰，假輿馬者，非利足也，而致千里，假舟楫者，非能水也，而絕江河，君子生而異也，善假於物也。（《荀子》〈勸學篇〉）

荀子學說頗有邏輯推理思見，尤其彼倡言知天制天之義，開先儒不逮之思維，其明達篤實，非株守先王遺制之拘儒，所能望其項背者，世以荀子法後王者，信其言之有據也。以〈勸學〉一文推理之警誡！吾人當惕勵於「學問如逆水行舟，不進則退」矣！反之，若戮力向學，何事非文何學不治？甚而可達「青出於藍，而勝於藍」之理想。吾儕曷勉旃。

讀諸子文章之片段，領悟未得十之三四，恐不免於斷章取義之疏失！吾輩惟

> 稟天地所生之靈，含五常之德，剛柔迭用，喜慍分情，夫志動於中，則文思外發。……紛披風什。

蓋沈約之言，意猶未竟，特以劉勰之語，以申其餘，彥和〈情采〉篇云：

> 「若乃綜述性靈，敷寫器象，鏤心鳥跡之中，織辭魚網之上，其為彪炳文章，縟采名矣。」此「續貂之儷」，相映成趣也。

下筆為文，當何所瞻當顧？宋謝枋得曰：

> 凡學文，初要膽大，終要心小，由粗入細、由俗入雅，由繁入簡，由豪奢入純粹。

（《文體明辨》）

對此，明代王世貞有更進一層之析解，乃可資爲篇章裁剪之法度。王氏曰：

首尾開闔，繁簡奇正，各極其度，篇法也，抑揚頓挫、長短節奏，各極其致，句法也，點綴關鍵，金石綺彩，各極其造，字法也。篇有百尺之錦，句有千鈞之弩，字有百鍊之金。

閱斯語不亦莊周「辯雕萬物」之藻飾也，抑，韓非「豔采辯說」之綺麗乎。（參四）

聯辭結綵，落英紛披

先哲文章之菁華，落英紛披！其理致尤經緯萬端。取之不盡，用之不竭，何所適從，殊無定準，胥視當下之取捨。「其於學自一身以至於天下國家，皆學之事也。」有明末三儒之譽的顧炎武，與友人論學書曰：

聖人之爲學也，何其平易而可循也！曰，下學而上達，博我以文，切問而近思，好古而多聞。

顧氏之於先聖賢之行事，眞可謂亦步亦趨矣。彼素以「天下興亡，匹夫有責」自期許，以其高資質實之情操，發爲文章，世謂之「樸學」。其學養人品，垂諸青史，足爲士人之楷模。

「文章，經國之大業，不朽之盛事，年壽有時而盡，榮辱止乎其身，二者必至之常期！未若文章之無窮。」閱曹丕《典論論文》，知文章之爲用亦大矣。錄古文箴言，綴用世文章，庶幾乎爲文之階梯也！盍興乎來。

一九九五年五月二十六日於臺北新店寓所

書後跋

近世採隔空教學法者，惟國立空中大學之有素矣。其特性恰與其稱名相表裡。若舉其迴異於一般大學之不同處，項目頗多，茲不贅敘，特僅以人文學科之作業爲例，當概悉其餘，空大每學期課間作業限交四篇，數量似若一般大學之半，實則命題內容，何止加多一倍。

電視傳播授課，其不同於課堂授習者：是師生間未能「如親謦欬」！然每月一次之面授，殊收輔佐之功。故每當面授課，教學雙方之共同感受，即時間苦短，惟當同席共研、情志交流，耳提面命，亦若水乳交融之親切。尤其空大諸生之人格特色：成熟、自律、自動向學、執教者當善加運用生活經驗之鎔入薰陶，使成人互動教學之理則，收無形化育之功。雖然，當因人、時、地、物而制宜之。

集古文素材，或爲摹擬之參考，以膚淺試作，幸邀方家一笑！

一九九五年八月一日於臺北新店寓所

參閱資料

參一：人類對自己的未來加以密切注意與關心，是近幾年的事。早先，人類文化的發展是緩慢進行的。但是，進入工業時代、資訊時代及現代科技文明的快速發展，卻帶來了人類空前未有的心理恐慌：《未來的衝擊》（*Future Shock*）、《第三波》（*The Third Wave*）等書的作者杜佛勒（Alvin Tofflen）指出：人類社會因受超級工業技術所引發的「加速推進力」的影響，已經面臨空前未有的大衝擊。「加速推進力」像龍捲風，更像連續不斷，洶湧萬丈的變動浪潮，以排山倒海之勢在傾覆我們的組織、轉變我們的價值觀念、動搖我們的根基，未來變動的衝擊將以「一時性」、「新奇性」、「多樣性」三種形式向人類圍攏而來。一時性，使人類的狀況不斷的改變；新奇性，使人類喪失了傳統，而面臨一變再變的陌生環境。多樣性，則人類面臨選擇過多的危機，而感覺無所適從。杜氏認爲變動是人類自己所造成的，目前我們所面臨的困境，是過去我們盲目的發展科技所造成，鑑於此一慘痛教訓當自警惕、審愼深遠的計畫、明智的選擇未來科技發展方向，對目前認知狀況，作有效之控制緩和。」（《教與學》季刊期社論）

參一

意志和行爲，《東方百科全書》（上）哲，頁一〇二、一〇三

意志：意志是行爲之動力，行爲是意志之表現，而行爲正是以增進福利安寧的謂之德行。反是者謂之惡行。意志之表示果爲德行，謂之善意。反是謂之惡意……由意志而至行爲，依心理之分析，必經動機、思慮、選擇、決定，而後可。凡有意志的動作，必有目的觀念在其先，加以感情，即可爲引起行動原因，通稱此爲動機。（頁一〇二）

行為：人爲所志，即可因異勢遷，而至消滅；那麼欲意之執行，不可沒有堅強的意志，吾人於所志之事，能明顯意識，且集中全力而注意之，不爲外物所誘惑，或制止，則意志必發生強大的力量，必可實現於行爲。世固有所志甚高，而卒致湮滅無聞，類多立志不堅，與時浮沈！終至一無建樹者。（頁一〇三）

參二

陰陽剛柔：在中國古代哲學中，有一派認爲，包括人在內的宇宙萬物，都是由陰陽之氣和合而成的，但是，每種具體萬物得到的陰陽之氣，往往有所偏重，得陽氣多的萬物，其屬性偏剛，得陰氣多的事物，屬性偏柔，人也是如此，文學作品的不同風格，審美特徵，則是由於

人稟氣不同而形成的不同氣質、個性、心理特徵的外在表現，自從易賁（閉）卦、彖辭中提出「剛柔交錯、天文也」的命題，後代不少文論家、程度不同地論及稟氣與個性，文風的關係，但都不及姚鼐闡述的系統之詳盡。（《惜抱軒文集》卷六）

參四

文學界說，《東方百科全書》（下）中國文學

自廣義言：經天緯地之謂文。文者，載道之器，所以彌綸宇宙，統括古今，裁成萬物，是以乾包坤絡，非文不宣，聖作賢述，非文不著，書籍以後，作者代興載籍充盈，體制不一，約而論之，莫不根柢於群經，權輿於六籍。

文體區分，《東方百科全書》語三十

清姚鼐編《古文辭類纂》凡區分十三類，曰：論辨、序跋、奏議、書說、贈序、詔令、傳狀、碑誌、雜記、箴銘、頌贊、辭賦、哀祭。……又繫之以言曰：凡文之體類十三，而所以爲文者八曰：神、理、氣、味、格、律、聲、色。神理氣味者之精也，格、律、聲、色者，文之粗也。

文體運用，民國章炳麟（《東方百科全書》引）

「一切文辭、體裁各異，以激發感情爲要者箴銘、哀誄，詩賦、詞曲、雜文小說之類是也；以濬發思想爲要者、學說是也；以確盡事狀爲要者占繇是也。其體各異，故其工拙，亦因之而異，其爲文辭則一也。」蓋所謂文者，不以文辭爲限，亦不以典籍爲限，凡天地間一切事項皆文也；自一身推之國家皆事也。道外無事功之可言，亦即無文之可言，道之顯在謂之文，文之施於用者爲事功。

李益其人與詩識略

弁言

在盛唐時期李益的詩雖不若李白、杜甫之名震千古，廣泛的受到後世之矚目。但，他的七絕詩，寫烽火離亂邊塞悲離之情境，被後人推崇爲中唐第一。以之與李白、王昌齡之詩格相提並論，毫無遜色。

前數年個人以鑑賞傾慕之心思讀李益〈上汝州郡樓〉七絕句：「黃昏鼓角似邊州，三十年前上此樓，今日山城對垂淚，傷心不獨爲悲秋。」他以沉鬱的心思，委碗表露憂國憂民之情懷，觸及個人於一九四九年從軍於武昌之黃鶴樓，四十年後，返鄉探親，重遊舊地，頗有感懷，乃即興草成步「上汝州郡樓」韻句：「淩空乍見古神州，四十年前登此樓，山川勢移共垂淚，傷心豈只爲悲秋。」這首詩，我附小序贈昔年同窗摯友喬新民兄及我師姊張鴻才大姊、鴻英二姊。隨之又寫兩首七絕句贈在臺同宗學長曹建中將軍，共題曰感懷！一、「復興崗上憶別時，我失雁行久孤飛，惜自解甲榮歸後，憂威仍披舊時衣。」二、「疆場馳騁心猶健，袍服依然鬢已稀，攻伐遠望三十載，寶刀未老待重揮。」拙詩弦外之意，似仍「老驥伏櫪，志在千里」！以之與李益寫詩的時代背景迥異其趣。李益所處中唐之世、安史之亂後瘡痍未復，社會狀況急遽惡化，戰火餘燼未息！各藩鎮軍閥，擁兵自重，甚而變節叛離中央，到處仍感受烽火彌漫氣氛，正是「上汝州郡樓」觸目驚心之情景。

李益之時代傳真

直敘其狀，朝廷內宦官專橫至極，府外則朋黨之禍起，德宗一朝爲尤甚，相對於閹患，內外交煎，民不聊生。彼宦官閹賊，原本是帝王家奴，終至欺主亂政，竟奪得軍政權柄，任其生殺予奪之乖戾行事，不僅操控皇帝之廢立，並逆其生死！自中唐代，德、順、憲、穆、敬、文七個君主中，竟有四人死於宦官之手，這四個帝主是順宗、憲宗、敬宗、文宗。內廷闖禍逆倫背法，而中央政府朋黨之禍猶烈，溯自代宗、德宗時，就有了元戴、常袞、楊炎等爲首的「庶族」，與李揆（李益的堂伯）崔祐甫、盧杞等爲首的「世族」的鬥爭。李益，初入朝爲官，就發生了「牛（僧儒）、李（德裕）黨爭」，李益捲入卒遭罷斥，他內心雖憤慨！然而流露其不滿心情於詩中仍甚溫婉敦厚，如其〈飲馬歌〉：「百馬飲一泉，一馬爭上游，一馬噴成泥，百馬飲濁流，上有滄浪客，對之空歎息，自顧纓上塵，裴回終日夕，爲問泉上翁，何時見沙石。」讀了李益這首歌行詩，可以想見在那個兵荒馬亂的時代，人們生死之契機，榮辱貴賤的轉變，全由朋比爲奸作惡的黨人所掌握，而那些當權者，呼鷹挾彈，走馬鬥雞，如：「晚來香街經柳市，行過娼舍宿桃根（〈漢宮少年行詩〉）的無恥頹廢生活，朝廷重臣如此，那些擁兵自恃的將領，亦不爲民族大局著想，而只爲了個人植黨營私，私心自用。

上汝洲郡樓詩常繫我心

我之所以特爲留意這首詩，乃緣於一絲鄉土之情，唐之汝州郡治所在梁縣（今之河南省臨海縣），我籍隸汝南郡轄之新蔡縣，雖未與汝州郡有直接關聯，然而就昔日所生事故一觀，是有連接之點的。李益這首詩寫於元和年間，早在唐德宗建中三年（西元七八二年），當時淮西節度使李希烈據葵州（今河南省上蔡縣），舊制新蔡縣即爲蔡州所轄。李揆部四出搶掠，圍鄭州，擾洛陽，寇鄂州（今武昌），侵汝州。直到唐憲宗元和十二年（西元八一七年），裴度平淮西，李愬雪夜取蔡州，活捉吳元濟之後，戰亂始平息。在三十餘年頻繁戰亂中，汝州處於唐之中央與地方（李希烈盤據蔡州等地）之中間前緣，故而汝州一直戰雲密布，鼓角頻聞，所以李益說：黃昏鼓角似邊州！當他登上汝州城樓，目睹肅殺瀰漫的戰火狼煙氣氛，想到朝政的腐敗，山河破碎，黎民塗炭！不自禁愴然淚下，字裡行間流露憂國愛民的情思。不只是秋風冷雨的感觸而已！

李益事歷簡摘

李益，字君虞，祖籍隴西姑臧（今甘肅省武威市），祖輩顯達，考之史冊，漢飛將軍李廣爲其二十七世祖，其第十二世祖李暠於五世紀初，建立西涼王朝，滅亡後，益之十世祖李寶入仕北魏，以後其家族徙寓豫中滎陽（今河南省滎陽縣），李益之祖父李成績，曾爲虞部郎中，李益的父親李虬，其事歷不詳。據推測可能早死，益之堂伯父李揆，肅宗時爲宰相。以此而論，李益乃系出世家望族。他生於唐玄宗天寶七年（西元七四八年），歷經肅、代、德、順、憲、穆、敬七朝，文宗太和三年（西元八二九年）逝世，享壽八十二歲。

李益處在盛唐李（白）、杜（甫）與中唐白居易之間，是一位根基扎實的詩人，他的詩現存一百六十八首另兩句，其中四首在有的版本中合爲一首，有十八首在別的詩人名下出現過。除詩作之外，在《文苑英華》中收有他一篇〈從軍詩序〉的短文，截至目前所見李益的詩，文似止於此。這些素材見於卞孝萱先生《李益年譜稿》載於《中華文史論叢》第八輯。又：參稽《唐詩百名家全集・李君虞集》及《二西堂叢書・李尚書詩集》等，筆者轉錄自王亦軍、裴豫敏編著之《李益集注》，由蘭州市，甘肅省人民出版社印行，出版日期爲一九八九年十二月。

李益集注雪鴻零縑紀要

唐代李渤——左散騎常侍張惟素，右散騎常侍李益等三人……，伏請賜上下考外，特與遷官，以彰陛下優忠賞諫之美。（見《考校京官奏》）

唐代白居易——敕：李益等，去年春，朕以陵寢事大，哀惶疚心，而（李）益等齋栗奔命，各率其職，俾予孝道，刑于四海，何嘗一日而忘之耶，即命有司舉常典……進級（李）益封，無有不當，由（李）益而下，爾宜欽承，可依前件。（見《李益》〈王起、杜元穎等賜爵制〉）

唐代柳宗元——李益，隴西姑臧人，風流有文詞，少有癖疾，以故不得用，年老常望仕，悲其志，復爲尚書郎。（見《柳河東集》卷十二）

唐代李肇——李益詩名早著，有〈征人歌早行〉篇，好事者畫爲圖障。又有云：「回樂峰前沙似雪，受降城外月如霜，不知何處吹蘆管，一夜征人盡望鄉。」天下亦倡爲樂曲。（見《唐國史補》卷下）

宋代沈括——河中府鸛雀樓三層，前瞻中條，下瞰大河，唐人留詩者甚多，唯李益、王之

渙，暢諸三篇能狀其景。（見《夢漢筆談》）

宋代魏泰——韋應物古詩勝律詩，李德裕、武元衡律詩勝古詩、五字又勝七字，張籍、王建詩格極相似，李益古律詩相構，然皆非應物之比也。（見《臨漢隱居詩話》）

宋代洪邁——「李益、盧綸等皆唐大歷十才子之傑者。綸于益爲內兄，嘗秋夜同宿，益贈綸詩曰：世故中年別，余生此會同，卻將悲與病，獨對朗陵翁。」綸和曰：「戚戚一西樂，十年今始同，可憐風雨夜，相對兩衰翁。」二詩雖絕句，讀之使人悽然，皆奇作也。（見《容齋隨筆》卷九）

宋代嚴羽——大歷以後吾所深取者，李長吉、柳子厚、劉言史、權德輿、李涉、李益耳。（見《滄浪詩話》〈詩評〉）

元代辛文房——（李益）風流有詞藻，與宗人賀相埒每一篇就，樂工賂求之，被于雅樂，供奉天子，如：〈征人早行〉篇，天下皆施之繪畫……往往鞍馬間爲文，橫槊賦詩，故多抑揚激厲，悲離之作，高適、岑參之流也。（見《唐才子傳》卷四）

明代楊愼——「尤延之詩話云：《會眞記》「隔牆花影動，疑是玉人來」，本於李益「開門風動竹，疑是故人來。」然古樂府「風吹窗簾動，疑是所歡來。」其詞乃齊梁人語，文在益先矣。（見《升庵詩話》卷五）

明代陸時雍——李益五言得太白之深，所不能者澹蕩耳，太白力有餘閒，故游衍自得，益

將矻矻以爲之。〈蓮塘驛〉〈游子吟〉自出身乎，能以意勝、謂之善學太白可……。（見《詩鏡總論》）

明代胡應麟——李杜外，短歌可法者……李益《促促曲》、《野田行》雖筆力非二公比，皆初學易下手者。（見《詩藪》〈內編〉卷四）

李益詩、文猶待釋證之點

李益詩文中仍有待釐清之疑問！如：〈從軍詩序〉一文，究係後人拼湊，還是李益自撰？一些詩作，既在李益名下，又在別人詩集裡出現，當如何斷定作者爲誰？另外有些人名、地名、歷史事件，或語焉不詳，或根本無片言隻語之記述；有些名物究竟是指什麼？有些詞語，究竟作何解釋？尚無從取得現成的（第一手）直接資料予以證辨。唯一補救之策，也是不得已！就從浩如淵海的文獻中。廣泛地觸摸以求得線索。尋覓蛛絲馬跡之相關解釋，即在百事俱陳的相互聯繫中，作客觀理性的判別，然而有些問題難以三言兩語說清楚，有須繁複考證者，這篇短文，力不能勝，有待方家之匡正。

餘札

這是急就章之應景文章，不得以學術論文尺度衡酌，個人在四至七月上旬期間，爲演出《車站》舞臺劇之排練，占去全部時間，早已延誤交稿時限，但仍願草草脫稿，送達隴石文化研究年會，敝請方家學者之教正。

本文參稽主要資料，已於前節提示出處，茲不另列注釋頁次。

二〇〇一年七月二十二日於臺北新店初稿

張輔越南靖難記

中越關係研究學者張秀民先生，於民國三十八年稍前著《中國歷代統治安南名宦傳》有〈張輔傳〉一篇，足以補《明史》張輔傳之闕佚。全文經「中國東南亞研究會」之《會訊》發表，引起世人重視。一九四九年某日，張秀民先生走訪明史研究權威學者張亮塵（星烺）談起明襍劇〈英國公三擒僞王〉故事中張輔。秀民先生問星烺先生是否聽聞張輔有無後人於當世？亮塵先生說：「我先世就是他的子孫。」並隨即取出《桃園張氏家譜》一書。引起張秀民先生發表張輔傳的情興。按，張輔傳：「張輔字文弼，河南祥符人，河間忠武王（張）玉長子，母王氏，爲元樞密院判王執中之女，太宗皇帝靖難，王爲元勳。輔雄壯有父風，從父力戰有功，授蔚州衛同知。東昌之戰，玉歿於行陣，輔襲職，爲都指揮同知。統父兵，戰夾河、藁城、彰德、靈璧有功。從入京師，封信安伯，祿千石，予世券。妹爲帝妃。邱福朱能（成國公）言：「輔父子功俱高，不可以私親故，薄其賞。」永樂三年晉封新城侯，加祿三百石。」

永樂初，安南黎季犛者，篡陳氏而奪得大位，自稱帝曰國祖章皇，時年六十五歲，國號大虞，改姓胡，自謂係舜帝胡公滿之後，未踰年。以位與其子黎蒼（大越史記稱胡漢蒼）。自稱太上皇。同聽政，殺戮陳宗室及上將軍陳渴眞等。黎蒼擅政暴虐、繁苛、人心不附。

越故王（當指陳顒之後人）之孫陳天平，自老撾來奔（受中國庇護），季犛得知後，向明廷表示，請陳氏歸國，明成祖遣都督黃中，以兵五千送之，並以前大理卿薛嵓爲輔，返越途中，季犛伏兵芹站，殺天平，嵓亦死，黎氏俘囚官兵、發配義安種田，官吏留僞京收養。永樂聞報黃中、陳天平皆死難，十分震怒，謂朱能（成國公）曰：「朕推誠容納，乃爲所欺！此而不誅，兵將奚用。」朱能等皆曰：「逆賊罪大，天地不容。臣等請伏天威，一舉殲滅之。」成祖決以大兵征討。開大（越僞黎朝紀元）四年七月辛卯日，帝（朱明成祖）命朱能佩征夷將軍印，充征討安南總兵官，當，朝廷派兵選將時，察知張輔沉雄有膽力，諸年老將帥，不及年輕之張輔，較爲稱兵遠征，更適當此重任。（張時三十二歲）遂即提升張輔爲副將軍（右副將）。帥豐城侯李彬等十八將軍（按《平定交南錄》，今言均作二十五將軍），此十八將軍說從《明史》張輔本傳。會左副將軍西平侯沐成兵合八十萬。分道進討，兵部尚書劉儁贊軍事，北京行部尚書（諸書作「刑」部尚書者誤）黃福，大理寺卿陳洽給饋餉。以張輔爲中心的這一作戰指揮部的成員，各個皆爲職能相稱的專材，其所賦予之權責，都能各盡所司。況以勤遠大軍師出有名，每一將士官兵，自必體認承擔使命非比尋常。張輔雖僅爲副將，但以其年輕有爲之魅力，自然成爲重心人物。

除了所任得人，萬眾同心同德，中央政府必亦傳檄得體，頒發一份情眞意切之告父老同胞書，足以說服人心！師出有名。以皇上名義頒布的文告檄曰：

安南之人，皆朕赤子，今其勢如在倒懸！汝往，當如救焚拯溺，不可緩也，惟黎賊父子及其同惡，在所必獲，其脅從及無辜者必釋。爾宜深體朕心，毋養亂，毋玩寇，毋毀廬墓，毋害稼穡，毋恣取貨財，毋掠人妻女，毋殺戮降附，有一於此，雖有功不宥。毋冒險肆行，毋貪利輕進，罪人既得，即擇陳氏子孫之賢者立之，使撫治一方然後還師，告成宗廟，揚功名於無窮，此朕所望也，其往勉之！

（朱）能等頓首受命，閱此檄文，起始乃警勉師軍之司令官，認清此一弔民伐罪之用兵，只針對挑起戰端的罪魁禍首，必當予以活捉，使就刑罰，切勿導致民眾之反感！故須大軍行動，紀律嚴整。尤不可傷農，不可毀壞廬墓，褻瀆民之祖墳。更切誡不可貪取貨財，淫辱婦女。後段詔示，興滅繼絕之仁心，揚名立萬之意旨，或有疑此雖本諸王道精神之用兵，有太過者，惑於明帝朱棣之何以出此甘冒天下之大不韙，近乎侵略之倒行逆施，朱立對黎孝犛父子究有何不共戴天之深仇大恨？不只在檄文中看不出他用兵動機，即使在另一篇，他專諭敕統軍首領朱能等之手令，也不見端倪，敕曰：「安南僻在海陬，自昔爲中國郡縣，五季以來，中國多事，不能制之，歷宋及元，亦嘗悖叛，用兵圖之而無功，蓋由將驕兵懦，貪財好色，爾其戒之。」言辭冠冕，似仍不足以支持其用兵遠略之理由。

是年（越黎朝開大四年）十月戊子，朱能領兵首抵龍州，朱卒然病死！張輔代爲統帥領兵以進。乙未，朱能喪事畢，撫率師發憑祥，度坡壘關，望祭安南境內山川，令都督同知韓觀軍至關下，督運糧需、修馳道，遣鷹揚將軍都督僉事呂毅等前哨進至隘留關。賊眾三萬餘，依山拒守，毅督軍進攻，斬首四十餘，生擒六十人。餘賊皆敗走，大軍遂度關，留兵守之。

張輔大軍輕易挺進越南關隘，暫休兵，肅整行陣，他亟宜之首務，也是仿朝廷檄文，寫一紙告越南父老同胞之文書，同樣也是以弔民伐罪之興師理由，洋洋灑灑，文辭並茂，情境動人，檄曰：

> 安南密邇中國，自我太祖高皇帝肇膺天命，統一寰區，越皇陳日煃率先歸順、錫爵頒恩，傳序承宗，多歷年所，賊人黎季犛父子，爲其（指越之陳朝）臣輔，擅政專權，久懷覬覦，竟行弒奪，季犛易姓名爲胡一元，子黎蒼爲胡奃，謬託姻親，益張威福，手弒其主，戕及闔家，肆逞凶暴，虐於一國。草木禽獸，不得其寧，天地神鬼之所共怒。皇上即位之初，隆懷遠之德，黎賊父子，遣使入朝，挾奸請命，稱陳氏宗族已絕，已爲其甥，暫權國事。朝廷惟務推誠，未疑其詐。……賊人黎季犛父子，兩弒其安南國王（檄文歷數其罪譴二十有四）。弒君以據其國，僭稱僞朝，其罪一也。賊殺陳氏子孫宗族殆

盡，其罪二也，不奉朝廷正朔，僭改國名大虞，妄稱尊號，紀元聖元，罪三也。視國人如仇讐，淫刑峻法，暴殺無辜，重歛繁征，剝削不已，使民手足無措，窮餓罔依，或死塡溝壑，或生逃他境，罪四也，世本姓黎，背其祖宗，擅自改易，罪五也。憑藉陳氏之親，妄稱暫權國事，以上罔朝廷，罪六也。聞國王有師在京師，誑詞陳情，迎歸本國，以君事之。及朝廷赦其前過，俯從所請，而逆肆邪謀，遮拒天兵，阻遏天使，罪七也。其安南國王之孫，始被迫逐，萬死一生，皇上仁聖，矜憫存恤，資給護送，俾還本土。黎賊父子，不思感悔，竟誘殺之，逆天滅理，罪八也。寧遠州世奉中國職貢。黎賊恃強，奪其七寨，占管其地，殺擄人民，罪九也。又殺其士官刁吉罕之婿刁猛慢，擄其女囊亦以爲驅使，強徵差發銀兩，驅役百端，罪十也。威逼各處士官，趨走執役，發兵搜捕夷民，致一概掠走，罪十一也。侵占思明府祿州、西平州、永平寨之地，及朝廷遣使索取，巧詞支吾，所還舊地，十無二、三，罪十二也。……。

十三以下約爲八大罪狀，多係黎氏父子於越之境內自我膨脹，恣意入侵占城，及對明廷之不敬，例如：明成祖朱棣責斥黎季犛篡弒陳王朝之罪，他竟以狂傲之態，反唇譏誚朱棣說：「天下還有比這更大的不合理的事，難道只有我嗎？」這句話隱含永樂帝殺侄篡位情節，正刺到朱棣之最痛。犯了朱之大忌！清代學人查伊璜（繼佐）在其所著《罪惟錄》卷三十三，外藩列傳中揭出明成祖，不惜甘冒天下之大不韙，以重兵伐越滅黎。

張輔的討賊檄文說：「天兵之來是爲弔民之困苦，復陳氏之宗祀，嚴飭將士秋毫無犯，可皆按堵如故，勿妄勿驚……若能爲一國之人造福，生擒黎賊父子，送至軍門者，重加爵賞！敢有昏迷不悛、助惡拒命，天戈一指，掃蕩無遺。」初大軍擁至，越人驚悚茫然，惟探悉榜示說：擒捉黎賊後，選立陳氏後人，民眾奔相走告，確已收到檄文詔示的成效，令民改心易憲，幡然效順。大軍所到之處，交（越）人感到欣悅，此時有三帶州僞僉判鄧原，及南策州人莫邃來降，向張輔供出敵情：安南有東、西二都，依宣、洮、沲、富良四江爲險，賊沿江南北岸立柵，聚舟其中，築城於多邦，檣艦相連數百里，水陸軍號稱七百萬，（當係悉驅國境中老幼婦女總人口）壯其聲勢。並揚言固守各陣地，使張軍老死於當地，此一傳聞，恐影響軍心，張輔特書諭季犛曰：「予奉命統兵來問爾罪，能戰則率眾於嘉林以待，不能，赴軍門以聽處分。」然而賊以先作周全以持久防禦，消耗張之軍力。張輔從新福縣移師三帶州，屯箇招市江口，造船置銃圖進取。同時口諭將士：「賊所恃者，此城（即多邦城）大丈夫報國家、成功名，在此舉，先登城者，不次升賞。」將士聞命，無不踴躍，張、晟二人親揮軍連夜以雲梯攻城，死傷屍身堆與城齊，猶進攻不已，都指揮蔡福等先登城，賊眾驚嚇，倉皇失措，群躍下城散逃，張輔等隨即入城！賊部又驅象迎戰。而張輔已諭飭內府，畫製獅革蒙於馬身衝象，佐以神機火器燒象鼻，象遇假獅則股慄，並受銃箭傷，奔突後退，反傷敵軍，賊眾潰亂，張軍斬賊帥梁民獻、蔡伯樂，追敵至傘圓山，殺死敵軍不可勝計，張軍又得糧甚多，駐紮城東南，收納降附兵勇。來歸者日以萬計。皆使復業，召告父老，曉以弔伐大義，民眾如歸慈父母……三江路州縣，皆望風降。

張輔首役大獲全勝，班師回朝受重封賞，此次出征歷八閱月之奮戰，除了軍事上勝利，他在越之政略，深得民心！不只留名於國內史冊，且揚名於國際，越之《大越史記全書》及《安南志原》等皆作客觀公正之記述讚揚。張輔使越三進三出，皆建立功勳。惟以首次出征，功業最彪炳！

越開大五年五月甲子，獲賊首黎季犛，及其子澄。乙丑，莫邃下頭目阮如卿（明《實錄》作土人武如卿，是同一人）等於永盎海口高望山，獲僞大虞國王黎蒼太子黎芮，及黎氏子孫弟侄、賊將胡杜等，安南平。

六月癸未朔，明廷以平安南詔告天下，並敕輔曰：

爾等生擒逆賊黎季犛父子及其僞官，綏輯善良、撫納降附，秋毫無犯，市肆不驚。捷音來聞，良深嘉獎。昔宋元之時，安南逆命，興兵討之，皆無成績，今之此舉，實過古人，盛名偉烈，傳之百世，茲特遣人賚敕慰勞。

六年六月丁亥，輔、晟等旋師至京，輔上交趾地圖：東西一千七百六十里，南北兩千八百里，帝嘉勞之，賜宴於中軍都督府。乙丑，吏部尚書蹇義等奏：「新城侯張輔等平定交趾，建設軍民衙門，總四百七十有二。置城池十二所。安撫人民三百十二萬有奇。獲蠻人二百八萬七千五百有奇。糧儲一千三百六十萬石。象、馬、牛共二十三萬五千九百餘隻。船八千六百七十艘，軍器二百五十三萬九千八百五十二件。

七月論平安南功，行封賞，癸丑制諭群臣曰：

新城侯張輔南征之際，實統師旅，審機出謀、克明克斷，率先將士，奮不顧身，遂生執凶渠，摧逆撫順，今進封爲奉天靖難推誠宣力武臣，特進榮祿大夫，右柱國，英國公，食祿三千石，子孫世世承襲，賜冠服，賞白金四百兩，鈔一千錠，綵幣四十表裡。

明史張輔傳曰：「輔雖起家武臣，然好接引文士。嘗請帝賜一日假，率武臣等諸國子監聽講。許之，是日輔率公侯伯二十餘人儼然造馬，講畢，宴款，諸侯伯皆列坐，祭酒李時勉獨引輔抗禮，諸生歌鹿鳴之章賓主盡歡而散！時稱武臣盛事云。輔雄毅方嚴，治軍整肅，屹如山岳，天下倚爲重，平定交南，三擒僞王，威名聞海外，四夷莫不知名，以元勳世冑，國戚仁賢，歷事四朝，爲國柱石，凡朝廷大政事、大議論，無一不與，與蹇夏三楊，同心輔政，二十餘年海內宴然，輔有力焉。明英宗，正統十四年八月輔死於難，年壽七十有五。

輔有二子，長子忠以疾廢。庶子懋，吳氏出，九歲襲爵，尊寵爲勛臣冠。正德十年卒，亦七十五，贈寧陽王，謚恭靖。孫侖嗣。傳爵至世澤。流寇滔京師遇害。論曰：「……使成祖能效太祖，命沐氏世鎮雲南故事，而命輔之子孫世守交阯，則交阯至今仍如雲南之爲我有無疑。安能淪爲異族（指法國）之殖民地哉。」

二〇〇四年四月二十五日初稿於臺北新店

錢穆學術研究會側寫

自囊篋中翻閱章炳麟（太炎）先生對「教育的根本要從自國自心發出」之演說文，指出中國不是古來沒有學問，也不是近來的學者沒有心得，而在於用偏心去看，就看不出大道理。太炎先生說：怎麼叫做偏心？那就是只佩服別國的學說，完全不採本國的學說，是第一種偏心。有人治本國學術，或有識見，他就以爲其餘的學問是無足輕重了。這妄自菲薄，甚且詆毀，令人心冷。譬如講漢學者，就輕忽魏晉之玄理，以爲那是空言，且視之爲「異學」。對於談「政事」的言論，則斥之爲廢物，爲假「古玩」。諸如此等妄言，俯拾可見，這就好比一人做弓，一人做箭，做弓者說，有我的弓就好射了，不必用箭，而做箭的說，有我的箭就好射，不必用弓。各恃己長之心態，當屬第二種偏心。

研求學術，若各拘守一隅，而於相同題旨，只以爲自己爲至得，而菲薄他人，反復爭論，相持不下。這就須辨章學理，萃取卓識，不宜模稜混沌，尤忌流於黨同伐異，相互菲薄。其尤令人痛惜者；外國月亮比中國圓之自卑心情，以爲外國之言行，皆優於本國！好壞評價，悉憑外國人論斷。對自來之天性智慧，一切拋卻腦後，只一味隨聲附和，驅時順勢，如此淺漏荒唐之偏心狹見，致使傳統文化，日見萎墮，失其優勢。太炎先生舉其當下所見之例。以日本人讀漢字分漢音、吳音、唐音……實則其自以爲保有中國各時期古字音發生並不準，然逞其口舌之強，對其發出奇怪的音，必強說是中國的古音。國人不究內裡，就附和誤信其謬說。要知道中國古音，也分別爲二十幾韻，哪裡像日本人所說的簡單，縱使古音，多佚其證據，而日人於隋唐時有來我國留學者，記取若干流俗語音，或若合隋之平水韻部，至今亦多失貞！可依廣韻之切音印證其得失，茲舉「聲紐」（即字母發音），四聲調（反切音韻之別）自隋唐迄今，無重大變異。而日人自以爲之古漢音，並未沿用上述兩項字組，聲部之判別。

太炎先生並就日人精通漢學之淺薄，予以釐正，（茲不贅引）在此演說中，先生也提到英、法等國學者，對中國人種之淵源，謬判誤導、予以正本清源之舉證，有人以爲我國象形文字源出埃及象形字模，章大師也作精確之研析，否定外人之誤判。

太炎先生在世時，曾作怨憤之預言說：他死後，恐怕傳統學說就此中斷其統續。這是發人深省地肯綮之言，而定居臺灣之錢賓四先生卻默默承續了中華文化全整系統！這在《錢穆全集》彰明昭著。

《錢穆全集》彙編過程，大約如編後語所謂：「將先生歷年著作，類分爲甲、乙、丙三編。甲編以有關學術思想者爲主，凡二十三種，二十五冊；乙編偏重史學，凡二十三種十一冊；丙編則多關文化人生及其他雜著。最末爲總目凡二十一種十八冊，總集爲五十七種，五十四冊。」

全集已將賓四先生既出版之成書，蒐輯完整，全部收入。編後語述全集梓行之趣：在維護發揚我國傳統文化之優良，以期矯抑一世蔑古崇外之頹風，所以扶立吾國人之自尊自信，以為民族復興契機之啓迪者，尤可謂深切著明！而先生允見稱為名世大儒，洵不誣也。

《錢穆全集》正文之最後一冊……彙輯序跋、雜文、書扎、詩聯輯存、晚學拾零五部分，其中序跋類四十三篇。最前兩文為賓四先生早年任教小學時之作，特具紀念性。而這些文牘函札，多見先生眞情抒發，如為其逝世之長兄聲一先生編撰之「紀念文集」，在臺無從覓得這一文集，錢夫人胡美琪教授（我的授業老師）曾數度赴上海、無錫、蘇州、北京等地尋訪遺籍，惜無所獲！但於無錫縣立第四高等小學，民國九年之校刊，有賓四先生撰寫「跋吾兄聲一詩選」短文一篇。又於北京尋得民國九年，先生紀念其好友朱懷天先生，為其整編遺稿時所寫之序文。上述一序一跋兩篇文章，皆抒發動人之眞情摯誼，今日重讀斯文，直令興起「風簷展書讀，古道照顏色！」之感喟。

繼兩篇序、跋之後，錢夫人又蒐得賓四先生民國三十年所作文稿，雖僅寥落數篇，得之匪易、彌足珍貴！尤可見美琦吾師之與賓四先生鶼鰈情深，至矣、盡矣。至於雜文、書札、詩聯乃非學術論著，但，此中眞情洋溢！讀之更令人有親切感，讀其文，如見其人，文理密察，深文細緻，如親謦欬！約三年前，友人劉定國君，送我一副賓四先生撰作手寫對聯（影印放大），先生書體瘦勁，亦若其人之清雅丰神、我珍藏之後，忘記文辭。以下略引「素書樓餘瀋」，美琦老師片段文句：「民國四十五年後，新春年節必撰二或三對聯語應景，或大門、客堂兩聯；或大門、客堂、書房三聯；胥隨興戲筆，無意保存，更未紀錄。」

「先生於九五高齡之年，又病中，竟又爲搬遷居處困擾，生活大受影響，部分草稿未及整理，今既彙編先生全集，特選部分（當指詩聯）收入本集（指晚學拾零），讀者可藉此以見一位「中國傳統文化中的士」，在其人生走到盡頭時，心中之所思所想！眞乃典型夙夕在，吾心常悱惻。

我雖非賓四先生及門弟子，但，先生應爲我之正宗老師，何以故？爰賓四先生受聘爲華岡教授，特爲中文研究所博士班開課時，我忝爲大學生本科生，而未克親炙先生授課。但卻受業於錢夫人美琦老師之「中國教育史」課徒。以此「家學」體系倫理以推，而外人不能說我是攀援附會此一師生關係。

民國七十二年臺北東大圖書公司，出版錢賓四先生《八十憶雙親師友合刊》，先生自撰簡介文，謙稱自己老而無成，幸得師友輔翼，他說：余之爲余，則胥父母師友之賜。……追憶往昔，雖屢經劇變！而終不能忘者，是即余一人眞生命之所在也。……竊此八十年來國家社會、家庭、風氣、人物思想、學術一切之變！而豈余之一身一家瑣屑之所萃而已乎？善論世者，其終將有獲於斯文。」

研究先生之學，或讀其書，不徒於文字之織錦，而應以行誼德性爲圭臬。淺言之，要眞知篤行，誠須深切著明。先生於序文末提示：「讀此雜憶者，苟以研尋中國現代社會史之目光視之，亦未嘗不足添一客觀之旁證，有心世道之君子，其或有所考鏡。況余之所雜憶，固不僅有關於一人之事而已！其於前世風範，猶有存留。雖心中仍有極明白清楚之事，然余雙目已不能見字，信筆所之，寫成一字，而不自覩，工拙又豈能計？知我罪我，全在讀者。時年八十有四，停筆於臺北市士林外雙溪之素書樓。」

這是一段沁人心脾，感人至深至情之告白。這也是個人姑且不鑽研奢談先生之學的主題，而略讀先生及夫人美琦老師的性情文章，走筆疾書此劄記文稿，呈請主辦「錢穆學術研究會」之江南大學，以表敬仰懷德感謝之忱。敢不揣簡漏，貽笑方家，尚懇匡我不逮！

二〇〇五年七月三十日于臺北新店

試以東坡詩句式（未細按韻格）撰句以況讀賓四先生全集欽敬之微忱。

綜覽全書似嵩鋒　深廣博約自不同
未聞絕學眞經絡　怵惕思入變態中

戲筆得句，一笑指正！

曹尚斌
吟草二〇〇五年七月卅日

蔣士銓母畫像徵文　啟迪人文情意疏引

一九八〇年間，予爲實踐專校之服裝、食品各科系授國文課選本中，有清代學人蔣士銓《忠雅堂文集》一篇〈鳴機夜課圖記〉抒敘至情之佳作。此乃蔣士銓二十五歲時撰文，時士銓爲秀才食廩餼生員，他出生於雍正三年（乙巳）（一七二五～一七八五），江西鉛山人，字心餘，一字招生，號青容。父蔣堅字適園，年逾中旬始娶鍾氏，過門後次年生士銓，蔣母年甫十九之妙齡。日後乃能教成其子爲出類拔萃之「士」的器格。

蔣父堅與鍾氏年齡差距二十餘歲！志稱蔣堅有奇節，未述其詳，蔣母令嘉、號甘荼老人，義出《詩經》〈邶風〉：「誰謂荼苦，其甘如薺。」她有著作行於時。題《柴車倦遊集》。人以孝女稱，此或即蔣士銓爲其母徵文畫像之緣起。

按：《禮記》〈祭義〉云：「父母全而生之，子全而歸之」，此是孝德之培養與擴充。孝經云：「夫孝，德之本也，教之所由生也。」《論語》：「君子務本，本立而道生，孝第也者，其爲人之本歟？」儒家闡發孝悌之本義，即在教人推愛親之心，進而培養對人之親和感。曾子曰：「大孝尊親……立身行道，揚名後世，以顯父母，孝之終也。」

蔣士銓與其父皆入於仕途，彼之教養行事準則，莫不出於儒者典範，而儒家之教孝，不只著眼於當下之事親敬長，和平天下，其於人生過去與未來之處理，天人與幽明之調和，均融貫於孝道之中，故儒家之孝道，有宗教之超越性，有人倫文化之執著性。而省思天人與群己共生共長之關係，乃欲以孝道使之合一也。

士銓十歲時，父親返鄉省親理家，一年後攜妻、子偕遊燕（河北）趙（山西）秦（陝西）魏（河南）齊（山東）梁（河南）吳（江蘇）楚（兩湖、安徽），即使奔波於東西南北，游宦於途，而士銓之庭訓垂教，仍不稍歇！本文云：

先府君苟有過，母必正色婉言以規，或怒不聽，則屏息，俟怒少解，復力爭之，聽而後止。先府君每決大獄，母輒攜兒立席前，曰：幸以此兒為念！府君數領之。先府君在客邸，督銓學甚急，稍怠，即怒而棄之，數日不及一言，吾母垂悌撲之，令跪讀至熟乃已，未嘗倦也。銓故不能荒於嬉，而母教亦是益嚴。

吾人處於當前臺灣社會，人倫頹廢，綱紀蕩然失序的群居生活圈內，世俗之物慾橫流，思維溷沌中，當一念及傳統文化的問題，極欲獲得導我迷途的正確指引！日前於臺北市長安圖書館，批閱臺灣中研究余英時院士於一九八七年六月行世《士與中國文化》之論著，指出：士在中國史上的作用及其演變，是一個十分複雜的現象，不是任何單一的觀點所能充分說明的。予因而觸及蔣士銓「鳴機夜課圖記」，雖是單純的文學作品，但作者之思維理念，則根源於文化素養。何況，文之範圍至大無外，而非僅以幾句簡單扼要的話，就能將中國文化之特性、刻畫得恰如其分？又以中國近百年來受到西方文化之激越，且曾於三十年代引發文化論戰之浪潮，而於中西文化的評析，見仁見智，得失互聞，陷入了墨子所謂：一人一義、十人十義的紛亂狀態。

余英時先生的專著，可說另闢蹊徑，他藉中國傳統「士」的途程淵源不斷之歷史發展，尋繹中國文化的獨特性，不失爲一條正道。這一題旨的入門，自然是由孔子奠定這一傳統之起始，已延續了二仟五百年，其流風餘韻，至今未稍衰歇。

這種文化的特性之所以歷久彌新，其來有自，不妨假西方人之認知來看問題：他們以爲「知識分子」（中國稱「士」，並衍稱士大夫）爲「社會的良心」！人類的基本價值（如理性、自由、平等）。而臺灣比年來時代菁英：李濤、李艷秋、葉耀鵬、李敖、胡忠傳、邱毅、鄭村棋、黎建南、蘇盈貴、陳文茜、張友驊等，堪稱時下臺灣社會的「良心」。彼請君子義憤填膺，挺身而起，向貪腐之政治饕客、上流之「金光黨」挑戰，以公義、法理爲訴求，號召全民告發！使人們百般無奈之際，終於見到「社會良心」，公道正直之士獻言爲正義奮爭，臺灣還有明天！

在抻敘的一些現今之「聞」人，他們允稱爲：新世代「士」之篤實踐履的承傳者。彼今日之所爲，算是立言，而後人將視之立德！萬一獲得全民起而相應，一舉同心協力逐去邪惡貪腐之亂黨群伙。自當爲此刻之菁英群，許爲立功之三不朽志業。竊以爲上舉十君子，正是我中華民族「士」的歷史特質，決非筆者牽強附會，且就余英時的話驗證：

余先生說：「士」的傳統雖然在中國延續了兩千多年，但這一傳統並非一成不變，相反地，「士」是隨著歷史各階段之發展，而以不同的面貌出現於世的。例如：先秦時期的「士」是「游士」，秦漢以後是「士大夫」。筆者衍生余先生辭意說：於今之臺灣，「士」則化身於各不同之職業層，有民代、新聞工作者，近更有法律公職人員，如李子春、楊大智等加入上述十君子行列，可戲稱爲十二金剛，爲正義公理、司法良心之守護者。又：董智森、張珮珊、李慧芬、張啓楷、范立達、張緒中等十八位熱情赤熱的現代之「士」，爲全民所推重，而此一正直全民開講之節目，亦將永垂不朽。

各時期「士」人之活動方式，則因應當時社會環境特性之不同，而化身（置入）於適切之時空中，如秦漢時，「士」則棲息於儒教爲中心之「吏」與「師」之群中；魏晉南北朝時，政客、軍閥之生殺予奪，無錢、權之黎民百姓乃「人爲刀俎，我爲魚肉」。儒教中衰，「非湯、武而薄周、孔」之「道家」、名士隱然爲「士」的寄身，方外十友，竹林七賢之外，有心存「濟世」的僧侶如：道安、慧遠等方外之人，也表現爲「士」的精神……隋唐時佛教徒之拯救眾生的悲願，尤其禪宗一支倡經義不立文字之哲思，寓「士」心而世之性情，及以詩、書、藝、文名世的李白、杜甫、韓、柳、歐、褚等人，雖亦有人爲君相所籠絡，但彼輩率皆高風亮節、足以代表當時之「社會良心」士的特性。

有宋之世，儒家復興（理學代起，不在本文話下），特以范仲淹倡說：「先天下之憂，後天天下之樂」以天下爲己任之弘道精神，而成爲「士」的新標準。此種新風格不特是原始儒教之復甦，且更濡沫了佛家積極濟俗情境，治新儒學後期，日趨心生之汲黯，代之而起的明末清初樸學蓬起！至乾、嘉之季，文風鼎盛，茲略其大旨。退而舉述一家，一人之學行，如本文所標榜之蔣士銓，彼本以詩、詞見重於當時，茲略而不談，僅就其一篇〈鳴機夜課圖記〉短文抒其孝親之用心，筆者以兒女情長之人倫思維，發蔣氏之「士」的寓意，情操惟拙文非爲〈鳴機夜課圖記〉作註釋，只稽大要或揭櫫情趣，公諸大雅方家，不言指正！如：

銓四齡，母日授四子書四句。苦兒幼不能執筆，乃鏤竹枝爲絲斷之，詰屈作波磔點畫合而成字，抱銓坐膝上教之。既識，即拆去，日訓十字，明日令銓持竹絲合所識字，無誤乃已，至六齡，始令執筆學書。

蔣士銓以二十五歲之青年，竟懷此深刻之孝行，爲母徵文畫像，志在娛親。此即當時知識分子，本於「社會良心」之良知良能愛親之一念所自發耳。

士銓之孝思，固基於良心良知之自發，然而他因父母嚴教勤勞以身示範之母德懿行，啓發薰陶，融爲健全之人格，他二十二歲成秀才，補食廩之生員，在此之前，似乎不曾離家就外傳，惟其優越品性，接受父母之影響化育者。如謂：

「銓九齡，母授以禮記、周易、毛詩，皆成誦，暇更錄唐、宋人詩，教之爲吟哦聲。母與銓皆弱而多病，銓每病，母即抱銓行一室中。未嘗寢，少痊，輒指壁間詩歌，教兒低吟之以爲戲。母有病，銓則坐枕側不去；母視銓，無言而悲，銓亦淒楚依戀，嘗問曰：「母有憂乎?」曰：「然」。「然則何以解憂」?曰：「兒能背誦所讀書，斯解也。」銓誦聲琅琅然，與藥鼎沸聲相亂，母微笑曰：「病少差矣。」由是母有病，銓即持書誦於側，而病輒能瘉。」

這一段生動傳神的母子談心，至爲感人，可稱許蔣母家教之用心，不稍遜於孟（軻）母之堅毅精神，及歐（陽修）母之賢慧心思，故蔣士銓之讀書有成，良有以也。士銓三十三歲舉進士薦翰林院邊修，又歷經蕺山、崇文、安定等書院講席，時人以其與趙翼、袁枚爲「江左三家」。

士銓本以詩詞、戲曲最爲人推重，日本青木正兒，彙其戲曲九種，題曰：《藏園九種曲》

曲目：一片石、第二碑、四絃秋（三雜劇）、空谷音、桂林霜、香祖樓、臨川夢、雪中人、冬青樹（六傳奇）合共九種。其中以白居易〈琵琶行〉爲本事的《四絃秋》及以湯顯祖生平歷史爲題材的《臨川夢》二劇爲其代表作，由於蔣士銓在詩文戲曲中喜言節義倫常，後人議其作品，爲名教之擁護宣揚者，如其在《香坦樓》自序劇中人曰：「曾氏得螽斯正者也，李氏得小生之正者也，仲子得關雎之正者也，發乎情，止乎禮義，聖人勿以爲非焉！」然而後之評論，以其於戲曲中倡說人倫教誨！殊不知戲曲應以人情故事之出奇制勝爲本。彼自以爲得意者，正是其失也，故其作品甚少上演，而流爲「書齋劇本」之譏誚焉。舊戲曲之創作，至蔣士銓而告結束，後之作者只是餘響尾聲矣。

乾隆十四年（己巳）士銓爲父守喪一年，不忍見其年僅四十四歲之寡母，終日以淚洗面之哀淒苦悶。頃聞有一南昌老畫師遊鄱陽，卒然想到請畫師爲其繪一幅母親課子行樂圖，以娛解母親愁苦心情（此段本文前節略）。士銓得到母親允許後，遂豫以構思藍圖張本，授其大意，曰：

> ……乃圖秋夜之景，虛堂四敞，一燈熒熒，高梧蕭疏，影落簷際。堂中列一機，畫吾母坐而織之，婦執紡車坐母側。簷底橫列一几，剪燭自照，憑畫欄而讀者，則銓也。階下假山一，砌花盆蘭，婀娜相依，動搖於微風涼月中。其童子蹲樹根，捕捉促織爲戲，及

垂短髮，持羽扇、煮茶石上者，則奴子阿童，小婢阿昭，圖成，母視之而歡。銓謹按吾母生平勤勞，爲之略，以進求諸大人先生之立言而與人爲善者。

拙文若公諸大雅君子，必將引發質疑，筆者既標題爲蔣士銓之徵文引疏，何以未著墨於此？且抽敘臺灣近數月間某一電臺之「扣應」節目，討論有關政治貪腐問題：此外又引錄余英時著述之《士與中國文化》書中所展現屬於「士」的探析之章節文字，似皆非關本文所謂〈鳴機夜課圖記〉之疏釋，雖然，也引錄蔣士銓原文各段落，然而並未做任何形式之疏釋，或不以爲然。

個人不敏，謹對上述疏失，內疚於心！但，不擬作亡羊補牢之修飾，反之，乃再引述若干新儒家之言，藉以作本文之旁搜佐參，惟在「士格」風骨之襯托渲染，而非章節句讀衍繹。

誠如臺灣東海大學哲學系葉海煙教授《道德・理性與文化的向度》書中所說：「當代新儒家普遍具有深沉的憂患意識，以及強烈的文化關懷，此其遠紹先秦與宋明，進以超邁前代開啓未來的精神力量，依然是傳統儒家一貫承繼而來的內聖之學。」

提及「新儒家」一詞，無可避免的會有人想問：究竟有哪些人？算是新儒家呢？葉海煙書中列舉出隔代的先後人名爲：「第一代人是二十年代至四十年代，有梁漱溟、張君勱、熊十力、馮友蘭、賀麟等人；第二代人是五十年代至七十年代，有唐君毅、牟宗三、徐復觀、錢穆、方東美等人；第三代人是八十年代以後，有杜維明、劉述先等人。」據葉海煙教授提示：

「一九八七年，初步確定以梁漱溟、張君勱、熊十力、馮友蘭、賀麟、唐君毅、牟宗三、徐復觀、錢穆、方東美等十人爲重點研究對象。」

以上所舉十君子，都爲當代「新儒學」重鎮！客歲，筆者應江南大學之邀列席「錢穆學術研討會」，爲撰述論文之促，乃泛閱臺北聯經之《錢穆全集》五十餘冊，眞如瞎子摸象！無從下手，雖曾上書本師胡美琦教授（錢夫人）請教當如何撰述論文？然未獲胡老師賜教。我只得倉促間寫「非論文」雜述之短文，奉寄江南大學文學院濫竽充數，承附於討論文集之末。

今年十月中由江西上饒師範學院主辦之「中國歷史文獻研究」第二十七屆年會，復承邀請赴會，忝爲會員，自當應命題交論文。撰此膚淺應景文稿以應卯。

二〇〇六年二月十五初稿於臺北

宋明理學融貫「道統」思辨述要

一　緒言

就「理」學的字面看，可以直截了當地說，理學就是理氣之學，而氣之所含：天理與人欲並充其間。析言之：理者包含外在的天理、物理、事理，以及內在的性理、心理。專自心性理氣論其根源變化，及天人合一之道，則必涉及宇宙論、形上學、認識論、心理學、神靈學、倫理學等。後人以「理學」統括之。或曰：「性理學」、「道學」等名義。各具識見，但以「理學」一詞，似較貼切。

國人於「哲學」的思考，往往不如西方人細密，如以「知易行難」（傅說）、「知難行易」（孫文）、「知行合一」（王守仁）三者作比較，殊不合宜。顯見思維推理之不周延。此一病徵，各有其根源。

唐君毅《中國哲學原論》曾舉文、名、空、性、事、物六「理」學術之冠名。

如果這六種「學理」融入「理學」之內涵，現所謂「宋明理學」之稱，似較「性理學」或「道學」之稱較周延而廣深。

自宋以來歷代對「宋學」之稱說甚多，茲不備舉。

按理學家程頤、朱熹倡言「性即理」。蓋以性理名其學雖無不當，但此名稱卻不能賅括陸九淵、王守仁所講倡的「心即理」之說的內涵。再就《性理群書》、《性理大全》、《性理精義》等書的採輯內容以觀，所收錄的有周敦頤、邵雍、張載、大小程子、朱熹等人著述，卻無陸象山、王守仁的作品。可見「性理」之名，並不能代表理學的全整內涵，故而今人多不採用。

宋明理學的發展，大別爲兩派：一爲程頤、朱熹，一爲陸九淵、王守仁。程、朱倡言「性即理」；陸、王倡言「心即理」，所談皆偏重於「心性」，故又稱理學爲心性學云……。又西方學者稱我國宋明理學爲New-Confucianism，中譯名稱：「新儒學」。

二　理學興起的因緣——社會、政治、宗教等誘因

（一）外緣

1　書院的創設

早期書院原不具學校性質，延至唐末藩鎮坐大，中央政權萎弱，地方政權膨脹，但教育事

業衰落，惟有識之士，藉書院之成長，蓄植人才，一時蔚爲風尚、逮宋（北朝）初有四大書院創設之業績斐然成風。致南宋以降，書院林立、多至數百餘所，賡續至元、明而不衰，馴至近世私立大學之勃興，實爲宋代書院制之深遠影響。

2 活版印刷術的便利

自畢昇發明活字（膠泥）版印書，因之書籍得以大量印刷，學術易於流通傳布、私人講學之風日熾，其學說講義亦便留存實錄，形成流派，家法統系林立。資料龐雜豐富。

3 宋室獎勵文教政策之導向

宋太祖即帝位不久即巡視太學，並爲孔、孟塑（繪）像。題讚聖賢，藉示尊崇學術。宋仁宗並以范仲淹之奏議，詔告天下飭知州、郡、縣各設學校。由此一上行下效風尚之廣被，民間生活亦有餘裕，受教育機會增多，並刺激教育事業之成長。學術氣氛濃郁。

4 宋室承平之影響

宋自開國即強敵寰伺，外患頻仍，然而京畿之地繁華豪奢，令人目迷五色！且看孟元老《東京夢華錄序》中一段話：

僕從先人宦遊南北，崇寧癸未到京師……正當輦轂之下，太平日久，人物繁阜，垂髫之童，但習鼓舞，頒白之老不識干戈，時節相次，各有觀賞。澄宵月夕，雪際花時，乞巧登高，教坊游苑。舉目則青樓畫閣，繡戶珠簾。雕車競駐於天街，寶馬爭馳於御路，金翠耀目，羅綺飄香。新聲巧笑於柳陌花衢，按管調弦於茶坊酒肆。八荒爭湊，萬國咸通。集四海之珍奇，皆歸市易；會寰區之異味，悉在庖廚。花光滿路，何限春遊！簫鼓喧空，幾家夜宴，伎巧則驚人耳目，侈奢則長人精神。……

好一句「侈奢則長人精神！」怕不是「消人志氣」之反諷語乎？這一段描述宋都汴京（開封）的繁華狀態之文字、可以對照張擇端之「清明上河圖」的畫面。正反映出當時工商業繁榮盛況，及一般市民之冶豔生活之一斑。南宋臨安（杭州）的情景又如何？且以林洪的詩為證：

山外青山樓外樓，西湖歌舞幾時休？煖風薰得游人醉，直把杭州作汴州。

南北兩都城相互輝映比美！主張揮軍北上的岳飛、李綱之輩、其被處斬與罷黜自是必然！後之視今亦猶今之視昔啊？在這種浮華虛靡的浪潮下！學者惟以護道自居。

5　變法的失敗

王安石新法，對考試、學校制度，有甚大之變革。但由於舊派士人以司馬光爲首的一些人，反對王氏之變法維新，卒致兩敗俱傷。有識之士惶惑於現實與學術理想之邊沿。對傳統經傳注疏之詁訓正義，產生懷疑！是理學興起之另一緣由。

（二）內因

1　訓詁、詞章、科舉之反動

溯自漢書儒家，經生多訓詁、詞章功夫……然而訓詁學、詞章學卻給儒家自己以厭惡！是宋學（理學）勃興之內因。同時釋、道兩家是在對面給儒家以壓迫之外力，乃可謂宋代理學勃興的外因。

有宋之世，除了典章制度一仍唐之舊制，初時拘守唐人經傳注疏，更甚於唐人。且把科舉之「明經科」，改爲「學究科」。章太炎說得好，這學究兩字是他們無上的諢號。在詞章學方面，自漢武帝好製詞賦，始啓虛浮之習，歷兩晉南北朝，文章皆尙駢儷、諧聲韻，文詞絢爛，後世稱之曰「六朝文」……爲浮華虛靡之徵！而唐代的學術可以「科舉」爲代表，而科舉又可以「詞章」爲表徵。

2　宗教勢力消長之激越

至於宗教方面的發展，佛教則歷陳、涉隋以逮初唐諸宗並起，舉其大概、有禪宗等十大宗派。至於道家，因佛教之勢甚盛，道家則自老、莊虛玄之說，一變而爲方士神仙之術。前者後來稱「玄學」，後者稱「道教」。由於佛教經唐武宗一番抑毀，到宋太祖時，修廢寺，造佛像，刊行大藏經……但宋徽宗則設道階、置道觀、立道士學，置道學博士、又修道史，給道士俸，道教之盛莫過此時。至於道教之怪誕，方東美有評斷。（茲略）

不過，從漢迄宋，一種「三教統一」的呼聲甚囂塵上……釋、道、儒三家皆同聲一氣地說：「你我原是通家。」或云「儒佛一致」，或說「道內儒外」，或云：道佛之教同體異用。或竟說：三教一致。聲音雜沓，一時難別是非。至今仍是懸案。

在釋、道、儒三家爲學術、宗教競立門派，又倡言統一之際。宋儒似已不耐「學究」之譏言。內則向訓詁、詞章之學革命，外則與釋、道兩家斷絕關係，自命是王孫貴胄，不與蠻種異類「通家」。宋儒的前驅者孫泰山、石守道分別向訓詁、詞章之學起革命，並激戰佛、道二家，彼二子者可說立了「破舊」之功。後繼者之正統派代表人物：周濂溪、程明道、程伊川、張橫渠等嶄露頭角，組織新學，創立新規模，於是儒家蛻化爲有宋「理學」之大宗。

三　理學

宋代學院之勃興，印書和藏書事業的發達，爲宋之學術界特殊狀況。由於傳播資具之便利，直接影響學術思想流通之普及，並激發新思潮之萌芽茁壯，而這些新儒家「理學」之興起，亦呈百家爭鳴之勢，若作一鳥瞰（後人歸納之統系，或有見仁見智之不同），則北宋以伊川（程頤）爲主，南宋以晦翁（朱熹）爲主，伊川以前爲「洛學前期」，其本期爲「洛學期」，北宋之末，南宋之初，伊川以後，晦翁以前，爲「洛學後期」，晦翁以後爲「閩學後期」。

茲將這四個不同分期所突顯的學派及其代表人物舉述於次：

（一）洛學期

1 濂溪之學——周濂溪敦頤
2 涑水之學——司馬光涑水
3 百源之學——邵雍百源
4 洛學——程明道顥、程伊川頤
5 關學——張載橫渠

6 蜀學——蘇洵老泉、東坡軾、潁濱轍
7 新學——王安石荊公

（二）洛學後期

1 洛中本系——呂原明希哲等十二人
2 南劍系或道南系——游廌山酢等十餘人
3 藍田系——三呂晉伯兄弟
4 永嘉系——許横塘、景衡等永嘉九子
5 湖南系——胡文定安國父子叔姪等多人
6 涪陵系——譙天授等多人
7 吳系——王信伯蘋等多人

（三）閩學期

1 閩學——朱晦翁熹
2 湖南學——張南軒栻
3 浙學——又分三支

(1)婺學——呂祖謙東萊

(2)永嘉之學——薛艮齋季宣、陳止齋傅良、葉水心適

(3)永康之學——陳龍川亮

4 江西之學——三陸兄弟梭山九韶、復齋九齡、象山九淵

（四）閩學後期

1 金華系——勉齋等多人

2 鄱陽系——饒雙峰魯等多人

3 新安系——董介軒等三人

4 義烏系——徐文清等多人

5 四明系——又分傳朱學與陸學之別：

(1)傳朱學者二人：余正君端臣、黃文傑震

(2)傳陸學者有楊慈湖簡爲代表，袁潔齋燮、舒廣平璘、沈定川煥、稱甬上四先生

象山之門，遠不及晦翁之盛，其學派流傳偏在浙東。晦翁亦說：浙東學者多子靜門人。……四明王深寧應麟爲獨得呂學之大宗，兼取諸家。綜羅文獻，推呂氏世嫡，然東萊學派二支最盛：一自徐文清再傳而至黃文獻、王忠文，即所謂義烏系；一自魯齋再傳而至柳文肅、

宋景濂，即所謂金華系，皆兼朱學，爲有明開一代學緒之盛，四百年文獻之所寄。

四　朱、陸二人學旨舉要——鵝湖之會分歧未決

（一）朱熹學說撮要

朱熹的心性論，約其旨要：

1　心兩分觀念

他以爲道心，乃純粹之善心；人心乃雜惡念而不純，如其對心體之說：

性是未動，情是已動，心包得已動未動，蓋心之未動則爲性，已動則爲情，所謂心統性情也。欲是情發出來的，心如水，性猶水之靜，情則水之流，欲則水之波瀾。（《朱子語錄》）

此心之靈，其覺於理者，道心也，其覺於欲者，人心也。（同上）

有道理底人心，便是道心。（同上）

飢欲食，渴欲飲者，人心也，得飲食之正者，道心也。（同上）

2 性兩分觀念

他以爲義理之性純善性；氣質之性雜揉惡質、如云：

論性要須先識得性是箇什麼樣物事？性即理也，仁義理智而已矣！然四者有何形狀？只有此理。便做得許多事出來。所以能惻隱、羞惡、辭讓、是非。譬如論藥性寒熱，亦無討得形狀處，只服了後，卻做得寒，做得熱便是性。今人往往指有知覺者爲性，只說箇心。（〈答陳器之書〉）

天命之性，不可形容，不須讚嘆，只得將他骨子實頭處談出來，乃於言性爲有功，故某只以仁義理智言之。（《朱子語錄》）

上兩節引述《朱子語錄》及答客問書中語辭意含，可以看出他的心性觀是：心統性情（當係義理之性），性即理（有道之理）。據此，我們不難推斷朱子的心性修養：一是主敬——伊川學述之持續。一是窮理——伊川之格物窮理說，惟朱子乃以認眞實在地讀書致知。「聖人之先得我心之所同然者」。以下略揭其讀書之方：曰少看熟讀，聖賢垂訓，托其大要。曰反覆體玩，乃玩索自得矣。曰不必想像計獲，勿急功近利，不存成見。只此三事，守之有常。朱子學案有言：「學者讀書，須是於無味處當致思焉。」又云：「始讀來知有疑，其次則漸有疑，中則節節是疑。」

他這種質疑精神啓迪了清代考據之學興起，並影響及於近代。如胡適嘗引朱子讀書之明訓：寧詳勿略，寧下勿高，寧拙毋巧，寧近毋遠。緣此可見他是一個踏實爲學，誠懇爲人的一代宗師，因之他的理氣能不離不雜不離。

（二）朱子的學術成就

1 融匯北宋理學之大成，使理學體系趨於完整。

2 勘定《四書》，並以周、張、二程諸子續於《四書》義理（道統）之下。

3 在本心涵養之外，兼重察識工夫，補救程門教法之偏，主張讀書明理，使格致之法有以啓迪。

4 承認客觀知識的存在，影響後人對知識領域之擴展，日進不已。（註六）

五　陸象山學說綜述

（一）心即理說的啓悟

陸九淵十三歲讀古書時便領悟「宇宙即吾心，吾心即宇宙」的大道理。故陸氏學的重點：一是「心即理」。他在與李宰之書中引孟子語，三復斯言曰：心即理也。孟子四端之心是自辭受取與間見本心遍在，理亦先在……終歸至善！

陸氏所謂之心乃寄託格物，物各有理，但超越世俗之善惡理念。一是復其本心，若孟子求其放心，先立乎其大。陸氏曰：「六經注我，非我注六經。」他遠紹程影顥，幸未淹沒，近宗胡銓，人鮮知之。（註七）

〈瀛陵文集序〉：「聖賢蓋以心傳道，而非專取於詩書之文辭而後已也，道苟得於心，則不得已而作書作文，當然要發於心。」（〈集十五〉）又策問四云：「誦其詩，讀其書，不知其人可乎？知其人者非他，知其心與道也，心與道蓋不同條而共貫哉？（〈集五〉）又答譚思順云：

詩、書、禮、樂、春秋、蓋堯、舜、禹、湯、文、武、周公、孔子數聖之心法在焉。

（〈集九〉）

又在〈僧祖信詩集序〉云：「自得於心，不假少鑠，則德全神王。」陸氏與胡季隨書曰：「大學言明明德之序，先於致知；孟子言誠身之道，在於明善。今善之未明，知之未至，而循誦習傳，陰儲密積、廑身以從事，喻諸登山而陷谷。愈入而愈深；適越而北轅，愈騖而愈遠。」（《象山文集》卷一）

凡上所引皆可見陸九淵心學之特重本心的闡發，並強調人爲主體，方足以據爲義利之辨的準的。但他卻未對義利之辨提具體思路，或可資遵循之方式，然而，他卻以爲：「萬物皆備於我，只要明理。」

（二）九淵「以仁識心」指微

九淵先生認爲學問的知識種類繁多，但學問知識之極點在於仁，「仁者，人心也。」故學問知識之道在求放心而已！如其所言：

仁，人心也，心之在人，是人之所以爲人，而與禽鳥蟲獸草木異焉者也，可放而不可求哉，古人之求放心，不啻如餓之於食，渴之於飲，焦之待救，溺之待援，固其宜也，學

問之道，蓋於是乎在。（《象山文集》卷三十二）

義理之在人心，實天之所與而不可泯滅者也，彼其受蔽於物，而至於悖理違義，蓋亦弗思焉耳。誠能反而思之，則是非取舍，蓋有隱然而動、判然而明，決然而無疑者矣。（《象山文集》卷三十二，「思而得之」）

人皆有是心，心皆具是理，心即理也。……所貴乎學者，爲其欲窮其理，盡此心也。（《象山文集》卷十一「與李宰之」）

（三）存心、養心、求放心

九淵先生認爲：人失去本心，有兩種原因，一是不肖之徒，蔽於物欲，而失其本心；另一是智者賢者，蔽於意見，而失其本心。如其所言：

道塞宇宙，非有所隱遁，在天曰陰陽，在地曰柔剛，在人曰仁義。故仁義者，人之本身也。……愚不肖者不及焉，則蔽於物欲而失其本心；賢者智者過之，則蔽於意見而失其本心。（《象山文集》卷一「與趙監」）

人失了本心，其救助挽回之法，是存心、養心與求放心。如其所言：

古人教人，不過存心、養心、求放心。此心之良，人所固有，人惟不知保養而反戕賊放矢之耳。苟知其如此，而防閑其戕賊放矢之端，日夕保養灌溉，使之暢茂條達，如手足之捍頭面，則豈有艱難支離之事。……此乃爲學之門，進德之地。……得其門，有其地，是謂知學，是謂有志。既知學，既有志、豈得悠悠，豈得不進。（《象山文集》卷五「與舒百美」）

九淵先生之學，使人求放心而躬行實踐，此乃格物致知後的「學以致用」。如其所言：

爲學有講明，有踐履。大學致知，格物，中庸博學、審問、愼思、明辨。子思始條理者智之事，此講明也。大學修身，正心，中庸篤行之，孟子終條理者聖之事，此踐履也。（《象山文集》卷十二「與趙詠道」）

講明是爲學求知之功，踐履是實行驗證之事，此二者乃知行並重之論，亦是宋儒諸子講論的重心，不特象山而已也。（註八）

降至明季王陽明的致良知，知行合一之說，顯然受陸九淵心即理、知行並重之以仁識心的啓發甚多。雖然王氏自有持志養氣之思路，足以召納好學者授其門下。

至於姚江學案「王陽明學說」論著繁多，本文從略。

六　陸、朱論心同具「自然」與「超越」雙層面之融貫

黃光國教授在其《儒家思想與東西現代化》書中第二部分「探討儒學思想的內在結構」裡，藉康德的概念判定：儒家思想在本質上是「實踐理性」，而不是「理論理性」；再以韋伯的概念來說：它是「實質理性」，而不是「形式理性」；用平常的話來說：它是「規範性知識」（Normative Knowledge），而不是「科學性知識」（Scientific Knowledge）。然而，這種「實踐理性」卻蘊含有一種強旺的成就動機，能夠促使個人去追求「理論理性」或「科學知識」。

在「儒家的心之模型」第三章裡黃先生說：

倘若我們以「心」作爲認識對象，來看儒家諸子有關「心」之討論，則吾人應當可以看出：儒家諸子所討論的「心」，也分別屬於自然及超越兩個不同的層次。大體而言，從

孔子提出「仁」的概念之後，儒家學者對於「心」的討論，可以分為「以仁識心」及「以智識心」兩大系統，「以仁識心」的一系，以孟子為首，王陽明、陸象山等人繼之加以發揚，形成新儒學中的「心學派」。「以智識心」的一系，則以荀子為代表。……儒家（應涵蓋宋之新儒——理學家）諸子「以仁識心」時所提到的「心」，包括良心、天心、本心、道德心、德性心、赤子心，或心本體、良知本體等，而可統稱為「仁心」。以「知識心」時提及的心，又稱為形氣心、氣質心、人心、認知心、或情識心，而可統稱為「識心」。……

更清楚地說：儒家諸子所體會到的「心」基本上是一種「雙層次的存在（bi-level existence）」，它包含有超越層次的「仁心」，也包含有自然層次的「識心」。「識心」其實就是一般心理學者所謂的「認知心」。儒家思想的最大特色，不在於「識心」，而在於「仁心」。（註九）

這雖非以宋之理學家紛然雜陳的「心、性」討論其所自呈現的「心」之模型歸類。但上引黃教授的論點，乃為審觀的以「識心」推斷儒家——包括宋儒「心、性」論說的內涵，可以省卻以經驗層次作長篇累牘的解釋推論。

七　宋明理學家之於「道統」貢獻
——宋史為「道學」立傳是一特例

元代重修宋史曾以「道學傳」之例目，標榜宋之「理學」對中國「道統」所具之深義，降至今世，作冷靜之省識，可以察見其於「道統」之承先啓後的功能，約爲：

1對宇宙論之形上學始有涉入之探討，足以補充先秦儒學之缺失，並使儒學體系趨於圓融。

2對心性問題作親切平和之擴展、更具人情化，影響後人研究之興趣，並試從多方面認知，逐步趨於系統思想體制。日後並將與現代心理學融會貫通。

3修養方法之構求，因而提升學者之崇高人格典範之建立，並擴大其影響。

4學者志節操守之堅持，自宋以後節操之士多於前代，顯係理學家流風餘韻，如響斯應。

5胸襟氣魄之培養，宋儒多能抱持萬物一體理念，把個人心志投注於社會全體，關心民瘼，且以天下興亡爲己任。

6對教育重視理想，尤能以道德培養爲方針，並申明義利之辨，是非之別，善惡之分。

八　書後——兼及朱、陸學說比較

最後引錄蔡仁厚教授《新儒家的精神方向》書中的一段話，以爲本文之結語。

宋明儒學有六百年的發展，他們重建道統，把思想的領導權從佛教手裡拿回來，重新挺顯了孔子的地位，使民族文化生命返本歸位，而完成第二度的「合」。他們最大的貢獻，應該是復活了先秦儒家的形上智慧。道家講玄理所顯發的「無」的智慧，以及佛教講空理所顯發的「空」的智慧，雖皆達到玄深高妙的境界，但由玄智空而開顯出來的「道」，畢竟不是儒聖「本天道爲用」的生生之大道。儒家之學，一面上達天德，一面下開人文，以成就家國天下全面的價值。這樣的道，當然比佛老更充實、更圓滿。這「於穆不已、純亦不已」的天人通而爲一的浩浩大道，是通過「仁的德慧」而彰顯。這是先秦儒家本有的宏規。北宋諸儒由《中庸》《易傳》之講天道誠體，回歸到《論語》《孟子》之講仁與心性，至到陸王之心學，良知之學，正表示儒家形上智慧的復活，和道德文化意識的重新發揚。（註十）

蔡先生指出「陸、王心學」爲形上智慧的復活，使人聯想到「形而上者謂之道、形而下者謂之器」這句話，如果把話題轉到「朱、陸比較」的論點上，而朱學則較傾向於「器」之形塑；而陸學則較偏於「道」之闡發。而朱子有師承，重視經驗理念的實踐！屬於「規範性知識」的傳達。而陸象山學無師承，自謂因讀孟子書而自得啓悟之道，尤其他自髫齡即豁然領悟「宇宙即吾心」之深奧義理。可見他的學養似乎來自天機逸趣、這也難怪王守仁等強調「良知良能」之格致頓悟，引來顧炎武之譏嘲曰：

今之君子則不然，聚賓客門人之學者數十百人，譬諸草木區以別矣。而一一皆與之言心言性，舍多學而識，以求一貫之方，置四海困窮不言，而終日講危、微、精、一之說，是必其道之高於夫子，而其門弟子之賢於子貢？（陸象山指子貢未得孔子之道）祧東魯而直接二帝之心傳者也，我弗敢知也。（〈顧亭林與友人論學書〉）

顧炎武這篇似是而非的論學書，在當時確予「理學家」以重創，其時正値亡國之痛，顧先生發出：「士而不先言恥，是爲無本之人」的沉痛呼聲，他自己不肯受清廷以「博學鴻詞」之利誘，氣節之士望風景從，致有清之世，「理學餘緒」形同中斷。其實明朝之亡，理學家何辜？只不過凡此衰世，適逢其會耳。

蔡教授還有幾句中肯的話：

宋明儒（指理學家）的成就和貢獻，畢竟偏重於「內聖」一面。「外王」事功則缺少積極的講論和表現，此即所謂「內聖強而外王弱」。所以宋明「理學」，所代表的「合」，仍然不夠完整。而明末顧亭林、黃梨洲，王船山諸儒自覺地，要求由內聖（心性之學）開展出外王（開物成務、利濟天下）事功，這是切中時弊的中肯之論。因而有清一代「樸學」當道，蓋以時勢轉移之必然也。

註釋

一　見董金裕：《理學的名義與範疇》，孔孟學會第一九〇次研會講稿（《孔孟月刊》第二十卷第九期）。

二　同上，引牟宗三先生語。

三　見《宋明理學》授課講義筆記（董金裕整理）。

四　見繆天綬選注《宋元學案》序。

五　同上。

六　見《宋明學案》授課筆記（董金裕整理）

七　見繆天綬選注《宋元學案》序。

八　見張振東著《中西知識學比較研究》。

九　見黃光國著《儒家思想與東亞現代化》序。

十　見蔡仁厚著《新儒家的精神方向》。

這篇文稿先經臺灣《中原文獻》季刊徵求作者（曹尚斌）同意於該刊第二十七卷第二期（一九九五年四月一日）刊布。同年又經駐馬教育學院頓嵩元教授告知：再將本文收錄於《中原文化與傳統文化》專集中。（北京高等教育出版社）由新華書店總店北京發行所印行，一九九六年十月出版。主編：劉乃和、副主編朱仲玉，頓嵩元、周少川。

曹尚斌附識

二〇〇九年八月十五日臺北

對詩的韻格芻蕘淺談

（青澀草稿，竟公諸世人，曷其慚恚）

溯自二十餘年前，我尚肄業於文化學院中文系，方受詩選課，老師約略地提示用韻問題（我入學遲了一個月，未能獲聞用韻方法等細節），因而至今對詩的韻格，只有粗淺的領會，甚至對平上去入四聲調的判別，時有扞格之病。故而對詩的習作，竟生厭倦排斥之心！並生反傳統之念頭，個人陷於奇思冥想之窄巷中。姑且將因畏難而提出革新的淺見於下：我以爲現代語言音聲已大幅變革，就不必墨守唐、宋時，詩之韻格陳規。雖然，傳統詩（唐宋以降稱近體詩）音韻結構能融貫一體地表現整齊的形式，無論律、絕、歌行等結構的美感，都不能輕言拋棄！詩的精鍊語詞，正是文字工力之表徵，都必須珍重地保持。但應注入新文學的鮮活而切合現實的生命力——添加新的養分。

近代已創行字母（聲、韻符）拼音、而四聲調也失去了入聲。如果寫作傳統詩，在韻格上就要按現代之聲調（韻符）表達詩的韻韵。

嚴守舊格律的結果，使現代由中學到大專的青年學子，對舊詩、詞、曲的創作望而生畏。

甚至有些人另闢蹊徑，把西洋詩的形式全盤移植到我傳統詩的園地裡，並以新爲標榜，其實是別人傳續已久的舊形式，而我們才接觸到罷了，所謂「新」者，應是新嘗試而已。

英文十四行詩，雖也重諧聲，但沒有我傳統詩所謂四聲八病之猥瑣，我們可擷取其長。如果眞有心寫舊（近體）詩，就須先讀舊詩，並突破「近體」之侷限，何妨上溯到漢樂府、古風以至四言詩，用韻靈活寬廣。西洋詩只求諧聲有如天籟之自然而不細求什麼韻目聲類……，他們的詩式依然行之久遠！我們也可以改進詩律單純化，發展出不失傳統的，並保持自己固有特色的新體詩！且須著眼於通俗普遍性。白居易的詩，婦人孺子皆能上口，蘇東坡往往突破格局不減損其評價，處在以白話文爲主體的現代！何不把「詩」的舊藩籬拆除——特指舊韻格問題。

臺灣地區流行歌詩，尤其電視劇之片頭歌（或稱主題曲）亦若舊戲之定場詩，插科打諢。其所表現之詩詞情景，幾乎篇篇都是嘔心瀝血之佳作，日後必將匯爲詩律的新格套，怎能再默守舊詩、詞韻格之陳規呢？吾人不宜等閒視之。

反觀大陸興起之「順口溜」或將成爲舊詩新作之過渡性替代形式，須留心其後續發展，將產生何種影響。

省思一得，引文學概論有關詩律之粹言擷要，自反而縮，就教於方家，匡我不逮！企盼甚！盼甚。

一　格律分兩類

格律乃增加形式美及內容之表現力，是形式內容相結合的必要手段。沃爾斯福德說：「所謂天才，就是對於形式和思想結合時正當比例之敏捷而無誤的知覺，這種結合視藝術的完成。」

（一）形體的格律

文字形體的表現，也就是文學形式彩色的表現。其作用是擴大、加強、提高與美化文學的內容。西方詩之分行、分章；散文的分段、分節等排列，即使一個標點也要考慮其美的表現。如「十四行詩」，就是詩的格律化表現。

（二）聲韻的格律

此在格律中占極重要地位，文字乃包含語言要素，而文字聲韻之運用直接代表語言，間接則代表一切聲韻中所包含各種深淺強弱不同的文學內容。特別在美感動人上是不可缺少的條件。中國文字之特性，在形體的格律上尤其爲顯著，例如傳統字數之整齊排列的特色，和西方文學完全不同。一首詩首以字句，有字數的規定，如五言、七言、絕句、排律、駢賦、歌詞、曲等多樣形式；再就段落篇章，有句數、片數之規定，如某些句要儷比，某些句要對偶。又除了聲韻等條件之外，句型、篇型都有嚴格限制。即使格律比較寬鬆的，其伸縮是很有限的。各種體制分別爲律詩、駢文、詞、曲、賦、銘、箴、誄……等格律皆爲形體之別。

因體制之異，在修辭上乃各具特質，所謂析字、嵌字、藏詞、歇後、複疊、迴文、節略、聯邊……等，茲略舉一、二詩辭例句：

「情波碧柳春歸燕，細雨紅窗晚落花」（王安石迴文詩例句），又：「落雪飛芳數　幽紅雨淡霞　薄日迷香霧　流風舞豔花」。

這首五言絕句詩，見於清代「同治」御窯，茶壺上循環圓形詩，可自第一字起讀，依序順延直至末一字再回讀，直延續到第一字正、反各讀出二十首詩。眞可謂迴文之絕唱！再舉「藏詞」之句例：

「一欣侍溫顏（陶潛詩，略考據），再喜見友于。」（兄弟二字，藏而未露）

「豈不旦念夕，爲爾惜居諸」（韓愈詩：日居月諸，日月二字，藏而未露）

二　運字之實例

茲以巧妙運字，構思精密之（詩鐘）實例，見一斑而窺全豹。

（一）唱序格：可依命題，連續至五、七唱……此僅舉一至三唱詩例：

(1)花鳥一唱：「隴上花開迎月暖，簷前鳥啼報天晴。」（范煥昌詩）

(2)瓜果二唱：「霜葉紅添秋熟果，冰泉冷浸夜浮瓜」（尹城詩）。

(3)書畫三唱：「虛壁留圖蝸自畫，長空作字雁能書」（楊向詩）。以下僅略舉規格題名若干，不錄詩句。

（二）比翼格、（三）單詠格、（四）悔明格、（五）分詠格、（六）鳳頂格、（七）雲泥格、（八）碎錦格、（九）魁斗格、（十）頂踵格、（十一）合詠格、（十二）四皓格、（十三）湯網格、（十四）蟬聯格、（十五）勾股格、（十六）折腰格。

還有二十項以上之詩鐘題目，不備錄，詩家可自創發明而延伸、增加。詩鐘之作，限時、限字、限序、限格，實爲表現才華之極致。能作詩鐘，當能悟通聯句融匯一體。

又：聲韻的格律，這在傳統詩中占重要地位，前已舉例，且以西方詩歌中所講求之音素，如音步、音節、重音、音量，相似中國詩調之平仄、四聲、五聲、七聲、雙聲、疊韻、五言、七言等等規律，皆屬聲律的範圍。

韻律和節奏在詩歌、韻文有關等重要的作用，一指句中，或句與句間，聲調、節奏和諧融暢之美感，如一般常說之韻味、風韻、韻人、韻事，乃爲抽象美的感覺，或是綜合之印象。一種則是詩賦詞曲之句中韻或句末韻而言。韻字的字源，是「均」即聲音均和之意。如「文心雕龍」謂：「異音相從謂之和，同聲相應謂之韻」。實兼上舉兩種解釋。

二　韻律之美感

哲學家斯賓賽在他的「文體論」說：「韻律的構造，是強烈情緒的自然語言之理想化。」詩人愛倫坡說：「詩是美的韻律的創造。」這都是兼指前兩種表現而言。西方詩用韻的有所謂數句中開頭字母類似的頂韻，數句中，行中母音類似的諧韻，數句尾音的類似腳韻，以及數據相間用韻的區間韻等。中國韻文的用韻，沒有頂韻、諧韻，而腳韻與隔句韻的用法較多。主要的是中國文字與西方文字不同。西方文字，一字可有許多音，而以母音的類似與尾音爲韻，中國文字則一字一音，雖然有聲韻的可分析，但在用韻上，一字代表一韻，而且與字義有連帶的表彰或感應作用。如陽韻的字都有高明美大的意思，東韻侵韻的字，都是有眾大高闊的意義，……。（見劉師培《正名隅說》）。所以韻在中國文學中有更多的意義與更廣的應用。眞韻元韻的字，都有抽引的意義。是順乎語文特性的一種自然的表現。

二〇一〇年四月二十日修撰
臺北新店

河洛文化對越、日、韓諸友邦之廣泛影響

摘要

環顧河洛文化廣被四表，無遠弗屆，在亞洲文化群居中心地位。首自越南文獻一窺其典籍。有《大越史記全書》、《越史通鑑綱目》、《歷朝憲章》等；以言日本則爲《日本書記》、《大日本史》、《日本外史》籍冊等；而韓國自古以中國文化繼承者自居，其歷史文獻分量不稍遜於日本、越南。如：《三國史記》、《高麗史》、《東國通鑑》等。各國文獻皆爲中文版。

綜觀越、日、韓三友邦千百年久遠與我中國具有密切之多層面互通！其尤甚者，雙方國勢興衰亦互相影響。顯見彼此儼然爲生命共攸關。

關鍵詞：河洛文化溯源、友邦文化、中國文化省識

Abstract

Looking about the Heluo Culture（河洛文化）, it is be known all around the world. The Heluo Culture is in the central position in Asian Cultures. It can be seen from Vietnam documents, like “Vietnam Records of the Historian”（《大越史記全書》）, “Vietnam History Comprehensive Mirror for Aid in Government”（《越南通鑑綱目》）, and “The Charter of Korean History”（《曆朝憲章》） etc.... From Japanese documents, like “Nihon Shoki”（《日本書記》）,“History of Japan”（《大日本史》）and “ Dai Nihonshi”（《日本外史》）. Korea is named themselves as Chinese Culture inheritor, and their numbers of historical documents are not less than Japan and Vietnam’s, like “ History of Three kingdoms”（《三國史記》）,“Korean History”（《高麗史》）,“Comprehensive Mirror for East Countries”（《東國通鑑》）etc....Every documents of nations are written by Chinese version.

Vietnam, Japan, Korea are three friendly countries and they have a close communication with Chinese. The power of both Chinese and Vietnam, Japan, Korea influences each other. It is obvious that Chinese have a close life with each three countries in Asian.

Keywords: Source of The Heluo Culture, Culture of friendly countries, Chinese Culture Introspection

一　緒言

文化與人類歷史產生之先後的認知，殊難分軒輊！竊以爲二者乃相互俾倚、齊頭並進。

近世倡言文化之立論，有以遠古伏羲氏爲首始者；歷述其年代迄今約爲六千五百年前，當是時初民已奠基於祭祀神鬼、天地所用之禮器。乃顯現文化之徵狀。由祭祀禮儀蛻化爲教規法律。進而宗教與文化相濡以沫，累世傳承，漸成風俗，普化社稷人群，融溶爲民族習性。此先有河洛文化之孕育，漸次衍進發展爲中國文化之芻型。

文化形塑之功能，首推河洛文化孕育廣被，厥惟黃河流域肇其端，尤其黃河兩岸各支流水系三角地帶星羅棋布之居民，相互交融綿延創發各自形成因地因時因人制宜其自然增長發展，日趨繁榮，根基奠厚，乃成爲民族共通生活之準繩，亦即歷史丕基。

二　河洛文化發展之區別

（一）夏文化孕育之地帶

起於河南西部之伊水洛水兩岸，沿入黃河之三角地帶。筆者於前三篇河洛文化拙文中已歷述淵源事例。（註一、註二）

（二）殷商文化發展地域

當自河南安陽之漳水、洹水兩支流沿岸並入於黃河三角洲地區。並非嚴刻劃定界限，只籠統指述。自古至今之發展，各地域乃有此消彼長、盛衰起伏之跡象。

（三）周文化發源於陝西東部之廣大區域

相對於陝西東邊境域之西部則爲孔子言必稱堯舜之唐虞世紀爲輝煌的歷史文化總源頭。其各自發展，迨後必有參次變化，所謂三十年河東、河西狀況，興替互見。

綜上概述中國河洛地區早期文明世代所孕育之文化形塑，乃緣於黃河繞流之廣大地域內之居民，各以其交流融溶之便利，而滙爲一龐雜廣大，淵源深厚的文化體系。因以促成政治社會、文明之啓迪，建構爲文化根柢！終成爲大領土，大一統之民族國家！相應蔚成絢爛輝煌博大，無遠弗屆——由中國全境，進而擴大其功能，影響於世界。

姑且就我國鄰近友邦越、日、韓三國，於中古之世，即受到中國文化之薰陶化育之榮景，略指大端。

三　中國人何以能創造永不滅絕之卓越文化

吾人當知文化乃指人類生活之總體，人們因文化之演進，方面適廣，部門體系愈雜。目前因各類生態科學之極其發達，有屈指難數之窘況，若舉其耳熟能詳之門類，當以政治、經濟、科學、宗教、道德、文學、藝術之要項。茲就此七標題略敘大要：

（一）經濟

衣食住行等物質生活，實爲人類生活之基石，拙文〈淺談生活與爲學〉中指出生活之偉大壯貌。（註三、註四）

（二）科學

人文科學以人類生活行爲擷取人生法則、自然科學，探求自然界之眞理。雖爲人生外在之影響，但卻影響人生至鉅。

（三）藝術

包括一切美學如：音樂、繪畫、雕塑、建築等，但雖亦面對物質世界，而藝術創作必得把心靈投入。故藝術是趣味的，重在「再創造」，即使是面對物質之描繪表達，但應賦予新生命，並與觀賞者心靈相交融。

（四）政治

包含人群組合的種種法律、風俗習慣、典章制度，爲政者必得依上述規章促使人際關係之和諧安樂。彼此須以良性互動爲之。

（五）文學

泛指一切詩歌、小說、戲劇、舞蹈等，把人生投向於大眾人生世界，以求人之呼應。故文學是情感的，使爾、我心心互交融。

（六）宗教

是人類心靈中要求「忘我」和「寄託」之信仰，可以說是人們不能全知之宇宙，尋求一種心靈之慰藉及解脫。在此附記日前臺灣「人間」電視播出臺灣佛光山星雲大師專題演講（轉錄大師在上海交通大學演講實況），對企業家應抱持何種心情擁有並享用自身經營賺得之財富新觀念。大師提出四項思維。（本文略）（註五）而陳光標卻以具體行爲作了完善答案。二〇一一年一月底大陸富豪陳光標暨其妻、子一家人來臺於新竹、桃園、南投、花蓮等縣市當街行走發給數以億萬計之現金紅包。除了受惠者之感激戴德，並也引致一些雜音——有讚譽之詞也有非議之詞。上述兩大事件，星雲與陳光標行事之風評定位，將載之史冊垂諸後世迨無疑義。筆者以爲此乃文化薰被之效應，胥俟專文記述。（本文略）

（七）道德

屬於心靈世界之精神標幟！文學、藝術、宗教有所爲，有所求。而道德則無所求，惟只求盡其在我，只求「付出」不求「報償」。故言道德是人性之光輝，是崇善之心靈世界。（星雲法師、陳光標是一例）

四　越、日、韓諸鄰邦承受中國文化之洗禮述要（註六）

將河洛文化，提稱爲中國文化，是水到渠成之酌稱詞。中國歷史綿長，早在數千年前中央政府就有史官專職！所謂左史記官、右史記事。而史書無論編年或斷代之體例或記事本末之綱鑑，都稱得上卓越之創作！如孔子《春秋》、《公羊》、《穀梁》，左丘明《左傳》等，降及宋司馬光《資治通鑑》！皆稱著史典範，至於司馬遷《史記》之書出儼然爲千古不世出之傑作。而班氏兄妹、范曄、陳壽等前後《漢書》、《三國志》等都爲「地球村」世界東西文明古國卓越史冊之代表。梁啓超、錢穆等各有讚譽之言喻。

自古即有「六經皆史」之評斷，又言：文史不分。吾人亦須體認：歷史與文化是爲一體兩面之箴啓詞，如欲暢說：越、日、韓三友邦汲取中國文化而光大其國家文化者，自必由史籍尋繹其脈絡。

試一回顧我國古代究以何種寶典，最爲他國所仰望者？

（一）儒學典範

中國在儒家受世人推尊之前，先民以六藝（又稱六經）易、詩、書、禮、春秋樂經早自漢代即亡佚，故後習稱五經之教。敘其項目：

1易——以陰陽解說天道人事，按易之本義內涵爲三：簡易、變易、不易。筆者於二○○八年四月撰〈易學淺說〉一文經《中原文獻》季刊第四十卷刊布。（註七、註八）

2詩——中國文學之寶典，但亦爲歷史文獻，其於教育更具多方面功用。古之諺語：不學詩無以言，不學禮無以立。

以下書、禮、春秋等，本文略。

越、日、韓各國薰沐於中國經學教育下，初爲生根發展，繼之則轉化爲他國文化道統，以此爲津梁，而卒見奠定其政治、哲學之基礎。

（二）正統論之篤行

中國正統論最早見於《書》「大禹謨」曰：「黃天眷命奄有四海」。又見於《詩》北山曰：「溥天之下莫非王土，率土之濱莫非王臣」。此蓋因春秋戰國之時，列國分立，因而有「正」與「不正」之辨，明夷夏之分，如：漢儒董仲舒策對曰：「春秋大一統者天地之常經，古今之通誼也。」可見儒家之政治文化即大一統理念。

宋代歐陽修正統論曰：「正者所以正天下之不正也，統者所以合天下之不一也。」爰於正統論，以尊王攘夷爲標榜。

五　分述日、韓、越汲取中國文化所影響之大略

（一）日本對中國文化之欽仰

十七世紀（中國明神宗萬歷朝）日本德川家康創幕府於江戶，開二百餘年武人治國之局面，由於武人專政之桎梏壓抑！日本竟嚮往文人當政之恢復，因而對中國正統論之提倡者朱熹倍極推崇。江戶時代，朱熹學說，定位爲官學，儒學亦隨之普及人心。對中國文化有五體投地之崇拜。有荻生徂徠其人，爲翻譯華文，而倡組譯社，於其社約之最後一條曰：「凡會之譯，其要在以夏變夷，不得以俗亂華也。」此是明指「夏」爲中國，「夷」爲日本，而他在題孔子畫像自稱「日本國夷人物茂卿」。可見其對中國文化仰慕之熱誠，致吾人自嘆之弗如。

日本自大化革新迄奈良平安時代約五百年之王政，實即中國正統思想之表徵。主要是辨內外明夷夏之道統文化的踐履篤行。至於明治維新，乃轉而傾慕歐美船堅砲利之霸權興起，則致其侵略思維膨脹，竟妄想征服中國稱強於東亞，其野心猖狂，卒致玩火自焚。

（二）朝鮮為中國文化之大宗

十三世紀末之元代有高麗僧一然其人：著《三國遺事》卷一：「魏書云：乃往二千載，壇

君王檢，立都阿斯達，開國號朝鮮，與（唐）高（堯）同時。古記云：……周虎王即位己卯，封其子於朝鮮壇君乃移位於藏唐京，後還。隱於阿斯達爲山神，壽一千九百八歲。」據查中國魏書無此記述，顯係向壁虛構之寓言。

除壇君建國之說外，更有百濟建國傳說（茲略）惟韓國之地理人種歷史都與中國有密不可分之關係。韓人一向以中國爲本位。自稱爲中國之分支，此堪爲韓國傳統之特色。溯自中國漢武帝以後，將朝鮮半島設置郡縣約四百年，降至西晉末年，高句麗、百濟、新羅三國崛起，中國退出朝鮮半島，自此，中國、韓國始有內外之別。約在六世紀初已輸入儒學，因而春秋大義深入人心！如新羅朝法興王二十三年（西元五三六年）（註九）新羅初建年號，有違春秋精神曾爲韓國史猛烈抨擊。（註一〇）至眞德王四年（西元六五〇年）新羅始行唐永徽年號。自始以後，歷代皆行中國年號，一直繼續一千兩百餘年至清季甲午（註一一）光緒二十年。後韓國始自建年號。新羅之行中國年號，正爲其貫徹春秋大一統主義。高麗史家金富軾論其事曰：「三代更正朔後代稱年號，皆所以大一統，新百姓之視聽者也。事故苟非乘時並起，兩立而爭天下，與夫奸雄乘間而作，窺視神器，則偏方小國，臣屬天子之邦者，固不可以私名年。」（註一二）

新羅且以我王制有「天子七廟、諸侯五廟之說，則安於諸侯之分。而立五廟。又因有「天子祭天下名山大川，諸侯祭社稷之說，彼亦安於諸侯之分而祭社稷。如其《三國史記》卷三十二，雜志一，祭祀曰：按「新羅宗廟之制……至三十六代惠恭王（西元七六五～七七九年）始定五廟……第三十七代宣德王（西元七八〇～七八四年）立社稷壇，又見於祀典，皆域內山川而不及天地者，蓋王制曰，天子七廟，諸侯五廟，二昭二穆與太祖之廟，而五。又曰：天子祭天地名山大川，諸侯祭社稷，名山大川之雖在其域者，是故不敢越禮而行之者歟。」（註一三）見《中國文化對日韓越的影響》〈中國正統論對日韓越的影響〉，頁二六五。朱雲影著，臺北市：黎明文化公司出版，臺北市印行。

（三）越南受中國文化薰染形塑良深

越南在我國後唐五代之前，屬我國郡縣，而其歷史於石晉時，越人吳權，始倡獨立，繼之有丁、黎、李、諸朝代，皆著有史記，惟現已無存。而其近代史書可考正者，乃爲陳朝所保留之典籍文獻，有黎崱撰著之《安南志略》，佚名撰著之《大越史略》，胡宗粟撰著之《越史綱目》，黎文休撰著之《大越史記》，斯一史記尤稱重要之典籍。此爲黎氏陳太宗時奉命編撰者。至陳聖宗紹興十年（一二七二）（註一四）完成。上起趙武帝，下迄李昭皇，凡三十卷。此書爲越南十四世紀以前所見之史書內容最豐富者。

繼陳朝之後，黎氏王朝建立伊始。黎太祖首命之臣，著《藍山實錄》斯編之主要內容，則爲藍山起義抗明事端。後黎仁宗延寧二年（一四五五）（註一五）又命潘宗先續撰《大越史記》斯編與黎氏原編先後比美。然而《大越史記》之成爲完璧，當歸功於吳士連奉黎聖宗之命，綜合黎潘二氏原註補修《大越史記》全書，於洪德十年（一四七九）完成。（註一六）

承黎氏王朝而興之阮朝，歷八十年過程，更重視修史事業。阮福映爲開國主，性嗜文史，在統一越南前一年（一八〇一）（註一七）即命侍書院撰《綱目正編》，至嘉隆十年（一八一一）（註一八）議修《國朝實錄》，且下詔懸賞徵求遺典故事，明命元年（一八二〇）（註一九）設立國史館。嗣德八年（一八五五）（註二〇）越帝鑒於「士之讀書爲文，惟知有北朝之史（指中國清朝），於本國（指越南）之史，鮮或過而問焉？昧於古者，何以驗今？特命潘清簡等將《歷代史編年》一書參以諸家之言，勒成欽定《越史通鑑綱目》全部。

綜觀越南歷代各朝纂修國史之盛況，亦如日本、韓國之見賢思齊。竊慰私衷。至於吸收我國文化而廣被其自身以文化，吾人不禁感慨良多，果面臨「禮失求諸野」之窘況矣。至其所修史籍之特色，約爲：

一、褒、貶勸戒之筆意：如《大越史記續編》序云：「國史何爲而作也？蓋史以記事爲主。有一代之治，必有一代之史。而史之載筆，持論甚嚴。如黼黻至治與日月之並明，鈇亂賊與秋霜而俱厲，善者知可以爲法；惡者知可以爲戒，關係治體，不爲不多，故有爲而作也。」

二、通鑑綱目卷首載嗣德帝諭旨曰：「史者，域中至大之事，考古修史鑑戒關焉，勸懲寓焉；義例須精，而當筆削，須嚴而公……發凡起例，提綱分目，著遵前論：依據紫陽目書法。

亦如孔子春秋別內外，辨華夷精神。」然此筆法，乃引致越之史家強列反應。（原文略）

前已提及（本文之六），西元九三九年即中國後晉天福四年，越之吳權倡獨立稱王後，旋即詔令「制朝儀，定服色」（註二一）乃越人衣冠文明一大推展。此後，九七五年（中國宋太宗開寶八年，乙亥），丁朝代興，越南脫離中國郡縣體系，雖然，而中國文化之影響力則由北而南次第光大，如：中國二十五史梁書扶南（早期高棉之稱號）傳云：

「吳時……國人猶裸，唯婦人著貫頭，雖國中實佳，但，人褻露可怪耳，尋始令國內男子著橫幅，大家（蓋指豪富大户）乃截錦為之，貧者乃用布。」（註二二）（《大越史記》轉述中國《二十五史》〈梁書〉）

六　後記

越南與日、韓同為中國文化圈構成之一邦，而越南民族與中國之東南沿海的古越族為同系脈之源流，並為史家所公認者。筆者於西元二〇〇二年、二〇〇三年、二〇〇五年三次應越南河內市國家大學之社會人文大學邀約訪問，並作一個月之專題演講，並承社會人文大學校長范春桓博士、阮文紅主任共同聲請國家大學總校長陶仲詩、副總校長阮德政博士，及漢學碩儒賴高愿、傅氏梅教授等以教授團會議商酌，翻譯拙著之《先秦儒學人本思想津梁》論文爲越文版，供作人文大學之參考書。（註二三）筆者殊爲欣幸。

二〇一一年二月十日初稿於臺北市

題外語：因俗務冗繁紛擾，且以字數之架限，倉促爲文，不得謂爲正論，乃膚淺雜沓，不一而足。公諸大雅方家，忻祈指正。

註釋

一　河洛文化與民族命脈神髓禪聯（見《第九屆河洛文化研討會論文集》），廣州珠海河洛文化研討會秘書處印行。

二　臺灣與河洛文化之淵源，經臺北《中原文獻》季刊第四十卷第四期刊行，並經臺北市田彬先生之網站引用。（網址另查）

三　淺談生活與爲學一文見於《中原文獻》季刊第四十一卷第四期二〇〇九年十月一日臺北刊行，《文聯文藝》第三期轉載，臺北刊行。

四　此七項之標目擷取自《中國文化史》，陳正茂、林寶琮合編，臺北縣中和市「新文京開發出版股份有限公司」印行。

五　二〇一一年二月五日晚間臺北人間衛視節目九至十時播出。星雲法師在上海交通大學演講原文：「現代企業家對財富擁有、享用之觀念。」及陳光標來臺發紅包之新聞報導。

六　以下資料素材酌採朱雲影編著之《中國文化對日韓越之影響》一書（臺北市：黎明文化事業公司出版印行）及《中原文獻》季刊曹尚斌撰述之〈臺灣河洛文化之淵源〉一文之大要。（見臺北田彬網站）

七　二〇〇八年七月一日《中原文獻》季刊第四十卷三期刊布〈易學淺說〉，頁一。

八　西元六〇四年爲中國隋高祖仁壽四年甲子、次年即隋煬帝大業一年乙丑。

九　東晉梁武帝大同二年丙辰（西元五三六年）輸入儒學春秋大義。

一〇　見青柳南溟朝鮮四千年史、箕子朝鮮，修史之風，自是彰顯。頁十二～十九。

一一　唐高宗永微一年庚戌（西元六五〇年），新羅初建年號，行千百年。

一二　一八九四年（清光緒二十年甲午），自此脫離中國年號。

一三　《中國文化對日、韓、越的影響》，朱雲影著，頁二六五，臺北市：黎明文化出版。

一四　一二七二年（宋度宗咸淳八年壬申），陳太宗令撰《大越史記》。

一五　一四五五年（明景帝景泰六年乙亥），撰《藍山實錄》。

一六　一四七九年（明寧宗成化十五年己亥綜合黎潘二人修補史書。

一七　一八〇一年（清嘉靖六年辛酉），命侍書院撰《綱目正編》。

一八　一八一一年（清嘉慶十六年辛未），議修《國朝實錄》。

一九　一八二〇年（清嘉慶二十五年庚辰），設立國史館。
二〇　一八五五年（清咸豐五年乙卯），編纂《越史通鑑綱目》全部。
二一　《大越史記》外記全書卷之五吳紀前吳王己亥元年條擷取衣冠文明之頁五七三（朱雲影著書）。
二二　《大越史記》，本紀全書卷之一丁紀先皇帝乙亥六年條。
二三　見阮文紅、范春恒、阮金山書函及《中原文獻》季刊專欄文章。曹尚斌撰：〈中越兄弟情誼〉、〈河內存知己　天涯若比鄰〉。

語言學的實務理論及語言風格綜識

一　前言

一個民族的語言結構，是許多時代的產物，由於客觀事物的發展，詞彙經常在變動中，表達方式也逐漸有所改進，但是語言結構的基礎，卻能持續保存相當長久的時期，文字原是記錄語言的符號，由它記錄下來的書面語言，在古老時期也許跟當時的口語差不多，但實際上通過文字書寫的加工語言，已大不同於口說的白話：這樣書面語跟群眾的口語就逐漸分了家，群眾的口語不斷地發展演變。書面語卻比較有凝固性，時代久了，書面語跟口語越脫離越遠，這就是語言學也必須隨之求新、求變以達至善之目標。（註一）

二十世紀初德國和歐洲各國掀起一種所謂「格式塔」思想，德語（Gesalteit）（原是定型意思）但卻應用於「心理學」，其後由心理學擴展到其他領域。語言學界在這種思想的誘導下，特別著重對語言結構、系統和功能的研究。德人素緒爾（desaussure）也深受影響，在許多方面提出好些與新語法學派針鋒相對的見解。如：語言是一個系統，語言學應該分成共時語言學和歷時語言學，共時語言學研究作爲系統的語言，所以特別重要。歷時語言學，只研究個別語言要素的演變，不能構成系統，所以同期時語言學比較起來並不怎麼重要等等……。所有這一切提供了「語言研究中較新趨向的理論基礎。」對其後許多新學派的建立和發展都發生過影響。

德人索緒爾是一個不斷革新的人，他在多年的講課中，少不了有些前後不很一致之處，而且辭鋒所及，常摻雜有若干巧妙的俏皮話，現在讀他的《普通語言學教程》，有些章節很難懂，但卻不失爲一本繼往開來重要著作。

本班，八十一學年新開《語言學研究》課，由陳老師良吉教授主講，這確是中文研究所暑修班之新猷！陳老師在語言學研究上的成就，不僅是國內語言學術的重鎮。即放眼國外亦堪稱翹楚。陳教授遊學德國、西班牙等地十八年之久，由於他用功至勤，精研深思，嚴謹治學，認眞教書的敬業精神，也足爲我們的典範，但也因爲如此，陳老師笑談間之機智詞鋒，也使我們頗感既輕鬆又沉重的壓力，當要撰寫報告時，眞有擲筆三嘆之窘況。

二　中國語法學演進的分期

我國古代不曾有「語言學」專書，然而這一學科在近代卻有如雨後春筍般蓬勃發展，以《語言學》爲題旨並標榜曰研究者，已經到了林林總總、眼花撩亂的境地。環觀《語言學》著述，而中國大陸遠比臺灣這一類的專著要多，發展自亦較普遍。

若是敘述語言學史，則依德人索緒爾的《普通語言學教程》就必須從古希臘、法、德等國家說起。（茲從略）姑且從龔千炎（大陸作者）編寫的《中國語法學史稿》中摘敘一些簡要的資料，講起中國語法學史，首先應該研究我國古代是怎樣論述語法學現象的，後來又是怎樣建立科學的語法系統，並向前發展的。

概括地說：中國語法學史可分爲以下四個時期：

（一）醞釀萌芽時期（西元前四七五～一八九七）：這段漫長時期，只有零星和片段的論述，且是爲訓詁經義而作。

（二）草創模仿期（一八九八～一九三七）：這個時期的特點，是移中就西，主要的著作是《馬氏文通》、《新著國語文法》。

（三）探索革新時期（一九三八～一九四九）：這個時期的特點是反對模仿，主張革新，根據漢語的特點創建了漢語語法新體系。

（四）發展繁榮時期（一九四九～）：依龔千炎先生的說法，這個時期是漢語語法學的大發展和大繁榮時期，其特點是語法知識在社會上廣泛普及，各具特色的語法著作不斷問世。

三　語言學的義蘊

考諸典籍，我國最早提出語言理論問題的，是戰國末期荀況的書中「正名篇」談到了實物與名稱之間的關係問題。他說：「名無固宜，約之命實，約定俗成，謂之實名……。」大意是說：事物的命名，無所謂合理不合理，人們在實踐中互相約定這個事物叫什麼就是什麼。約定俗成就是合理的。（註二）

無論考之古籍或引用近代語言學專著，都有同樣的體認，這幾乎是無法說出一套完整具體地定義的。人們說話的機能，不管它是天賦的或非天賦的，使其發音器官，適切地表達其心意，與人溝通，使語言活動成爲統一體，而達成預期之目的。

四　中國語言學之孕育——音韻訓詁

詞彙發展是反映社會發展的指標，新詞的創造尤能反映社會生活的變動。人類對語言的認識，經歷了一段漫長時間，如今還在繼續往前探索。早期的語言研究，無論在中國還是在希臘，都是爲了對經典文獻作注釋而引起的，我國從春秋戰國（西元前七七〇～前二二一年）就做解釋古書的工作，即所謂「訓詁」。例如：公羊高和穀梁赤根據義理注釋《春秋》，在希臘的亞歷山大里亞（Alexandria）西元前三世紀有一批學者，整理和核對荷馬（Homer）的《史詩》，在對各種版本錯誤的考證時，認爲最早的形式就是最好的，這就是語言學注重書面語和古老形式的開端。

在此同時，我國的《爾雅》已出書，它是我國最早解釋辭義的專著。頗像今天的類義辭典。西元一世紀末至二世紀初（西元五十八～一四七年）東漢許愼《說文解字》出書，在許愼之前約一百年間（西元前五十三～西元十八年）揚雄的《方言》書成，它的體例和《爾雅》相仿，進入東漢後，又有劉熙著《釋名》，體例亦若《爾雅》，是推究事物得名的由來，可以說是一部類似辭源學的著作。

《爾雅》、《方言》和《釋名》都屬於「訓詁學」，到了清代訓詁學大發展，訓詁學家對前人的著作，加以整理和作注，這跟當時對古音有了更清楚的瞭解有關，錢大昕認爲古人訓詁寓於聲音，王念孫等人並認識到不能「增」字釋經，而且有了「以時」解釋（即按經之成書的當時社會狀況、人文風尚以釋經義的）理論。而戴震、段玉裁等人更以實事求是的樸素理念，跳出漢唐儒生的治學藩籬，可見訓詁學到了清代更加科學了。

音韻學的發展較晚，大致自西元十世紀（唐代末年）開始建立，由於古人不認識語音的演變，對語音的研究也就不足，直到二十世紀才比較全面的研究上古、中古和近代漢語的語言。

五　語言的內部要素和外部要素

（一）音位辨識

把研究聲音的音位學列入言語的語言學，不過在《普通語言學教程》裡，只用附錄的方式討論音位學的基本問題，德人索緒爾曾對其學生說：他將要給他們講授言語的語言學，但由於他過早去世，沒能如願以償。因此後人也無法獲悉他的言語的語言學的全貌。

（二）語言符號的建立

德人索緒爾曾建議建立一種研究社會生活中符號的生命的科學，稱之爲符號學，他認爲語言學就是符號學之一種，而符號學則是社會心理學的一個部門，因爲符號是社會心理現象，且有必要把語言和言語分別爲「語言的語言學」和「言語的語言學」二者。

《語言符號》是「能指」和「所指」的結合，離開了能指或所指，符號就不能存在。這就是他的符號兩極性的理論。在語言符號裡，「能指」是音響形象，「所指」是概念。由某一音響形象和某一概念相結合，就構成了語言符號。不指明任何概念的音響；不被某一音響形象所指明的概念，都不能成其爲《語言符號》。

（三）能指和所指的質素

作爲《語言符號》中的「能指」，不是物理的聲音，而是心理上的音響形象，因爲人們可以不發出聲音而在腦筋裡呈現出某一概念結合在一起的音響形象。即聽別人說話時所給人們留下的聽覺印象作爲「能指」。構成語言符號的兩個「極」——音響形象和概念，都是心理現象，這種任意性是語言符號的第一個特點。語言符號不是象徵，象徵也是「能指」和「所指」的結合。（以天秤爲例，茲略）

《語言符號》的第二個特點，是它的「能指」的線條性，它的能指只能由一個度向（時間）去加以衡量……由於語言符號具有這兩個特點，語言符號就具有不變性，又具有可變性。語言符號中能指和所指的結合，既是任意性的，約定俗成的，那麼只要是社會的公認，用什麼音響形象和什麼概念相結合都無不可。一旦符號形成了，某一音響形象和某一概念結合起來了，就沒有必要加以改換。（註三）

六　語言符號的不變性和可變性

（一）音響形象與概念

在任何時代，哪怕追溯到最古的時代，語言看來都是前一代的遺產。曾幾何時？人們把名稱分配給事物，在概念和音響形象之間，訂立了一種契約——這種行爲是可以設想的，但是從來沒有得到證實。我們對符號的任意性，有一種非常敏銳的感覺，這使我們想到事情可能是這樣。

事實上任何社會，現在或過去，都只知道語言是從前代繼承來的產物，而照樣加以接受……語言學的唯一的眞正的對象，是一種構成的語言的正常的，有規律的生命。一定的語言狀態始終是歷史的因素的產物，正是這些因素可以解釋符號爲什麼是不變的，即拒絕一切任意的代替。

（二）語言的聯結關係

我們研究語言學事實時，第一種引人注目的事是：對說話者來說，它們在時間上的連續是不存在的，擺在他面前的是一種狀態。所以語言學家要瞭解這種狀態，必須把產生這狀態的一切置之度外，要排除過去才能深入到說話者的意識中去。

索緒爾的聯結關係和結構段關係的學說，是現代語言學的靜態分析的基本原則，也給現代語言學的靜態分析法奠定科學的基礎，現代各語言學家之如何從語言材料中分析出各個語言要素或語言成分，都是依照聯結關係，和結構段關係之間的相互作用來進行的。（註四）

七 共時語言和歷時語言學

什麼叫做「共時語言學和歷時語言學」？德人索緒爾解釋說：有關我們的科學的靜態的一切都是共時的；涉及演化的一切的都是歷時的。它們也可以叫做「靜態語言學」和「演化語言學」。在德人索緒爾看來，這兩種語言的方法和原理都是對立的，重要性也不相等，因爲共時語言學研究的是聯繫各同時存在並構成系統的要素間的邏輯上的，心理上的關係。這些關係是同一集體意識所感覺到的，相連續的要素間的關係。它們一個代替一個，互相間不構成系統，並且認爲語言中所有歷時的一切，都只出於語言，在語言中可以找到一切演變的萌芽。

德人索緒爾認爲語言是被組織在聲音材料中的思想，從聲音材料裡抽象出來的思想是雜亂無章的一團混亂，離開了思想，聲音材料也是一團混沌，對思想來說，語言的作用，不在於爲思想的表達創造出聲音材料的工具，而是充作思想和聲音之間的中介。使思想和聲音的結合，能夠必然的達到劃分各個單位界限的地步。

自有近代語言學以來，我們可以說，它全神貫注在「歷時態」方面，即歐語比較語法利用掌握的資料，去構擬前代語言的模型，比較對它來說只是重建過去的一種手段，在建立語言研究以前，那些研究語言的人，即受傳統方法鼓舞的「語法學家」……他們的工作，顯然表明他們所要描寫狀態，他們的綱領是嚴格地共時的。（註五）

以下要把探索的話題轉到「中國語法學的歷史任務」上。應該著眼於探討我國古代是怎樣論述語法現象的，後來又是怎樣建立科學的語法系統，並向前發展的。

八　中國語法學穩步進展

（一）語法的初創

中國語法學雖然發展緩慢，但經過長時間的醞釀，加以鴉片戰爭之後，東西方文化接觸增多，有了模仿借鑑的良機，因而誕生系統語法著作的條件就成熟了。我國第一部語法著作《馬氏文通》在一八九八年出版，並由出使西洋，精通西方語言的馬建忠寫成，絕不是偶然的。

1　馬氏文通的啓發性

《馬氏文通》分析的對象是先秦兩漢古文，如：《論語》、諸子、國語、國策、春秋三傳、《史記》、《漢書》等，漢以後只用了韓愈一個人的文章。分析時常引用前人的說法，有不同的意見時，也常常加以批評，從這個意義上說，《馬氏文通》也可以說是一部很好的文言讀本。只不過這個讀本不是從文字訓詁方面去注釋，而是從語言方面加以解釋。

2　馬氏文通的評價

他創建了中國語法學，《馬氏文通》規模宏大，體系完整，可說是中國語言學史上的一座《說文解字》、《爾雅》、《切韻》、《廣韻》相比，毫不遜色。自從有了《馬氏文通》，中國語法學就在世界上占有一席地位，影響國內語法學研究成爲語言學中的熱門，並得到較快的發展。

3　雨後春筍般的語法論著

自《馬氏文通》出版後，有不少文法書跟著出版，較有影響的是章士釗的《中等國文典》（一九〇七年出書），五四以後較爲重要的有陳承澤的《國文法草創》（一九二二年出書）、楊樹達的《高等國文法》，以及劉復的《中國文法通論》等。這些書一般都輕視句法，重視詞法，但卻各具特色。有的取材豐富，有的理論性強，有的創新體系，有的提新觀點，但在中國語法學史上發生了一定作用。

4　別具一格的高等國文法

《高等國文法》是語法學與訓詁學的結合。楊樹達的這本書除了第一章敘述言語的起源、變遷，及漢語的緣起發展外，其餘九章是分別介紹了九種詞類、不談語法特徵、不談語言內部的結構關係，從甚至可以將其拆散開來編成《詞詮》看，它不是由整個體系考慮來進行研究的。……它是繼《馬氏文通》之後，材料最豐富影響最深遠的一部文言語法著作。（註六）

（二）語法學的奇葩

《新著國語文法》是白話文語法的代表作，「五四運動」後，白話文代替了文言文，在時代潮流的激盪下，隨之出現了許多「白話文法」和「國語文法」等二十餘種。並無新義可言。惟黎錦熙的《新著國語文法》因規模宏大，材料豐富，體系完整，而產生了巨大的影響，成爲這類著作的代表作。

《馬氏文通》以後的語法著作，都是以詞類爲綱來講語法。而黎氏的《新著國語文法》則打破傳統，力主在句子分析的基礎上來講語法，綜合以觀，黎氏「句本位」語法要比「詞比位」語法進步。所謂句本位語法，是把句子分成六大部分，然後依據詞在句中所充任的句子成分劃分詞類，又從六大成分引出實體詞的七個位，並由此分析單句，研究省略或倒裝，進而分析複句以至句群段落篇章。

黎先生依據意義給詞分類爲九種。（俗稱九品詞法）這九種詞分別稱：一、名詞；二、代名詞；三、動詞；四、形容詞；五、副詞；六、介詞；七、連詞；八、助詞；九、嘆詞。又把九個詞類約之爲五：（一）實體詞、（二）述說詞、（三）區別詞、（四）關係詞、（五）情態詞。

黎氏的《新著國語文法》可以和《馬氏文通》作比較式的評價：馬建忠創建了中國語法學，但他所創建的是古代的「文言語法學」，而黎錦熙則是建立了現代漢語完備語法體系，因此可以說馬、黎二氏同是中國語法學奠基人。

九　語言風格識要

（一）風格的意義與要素

討論過「語言學研究」的概況之後，似應就一個專業性問題略作探討。老師曾指導往某一種方言，如臺灣之山地土著族群十餘種，選擇某一族具代表性之方言，按其語言結構之特徵，分析其詞與句的形式……惟個人對此問題最感不足以著手的障礙，是我不會說臺語，甚至也聽不懂。去年寫《俗文學》報告，需蒐錄（規定實地採訪紀錄）臺灣諺語，我以能力——語言條件不足向黃老師報告，承老師諒解允予作書面摘錄，並特許另一項摘要作業免做。惟不使老師陷於窘境，我仍摘錄《民間文學故事》之緒論一章（全書的十分之一）皆蒙黃老師欣然接納。

今年《語言學研究》我受到同樣是方言阻力，又加外文能力薄弱，幾乎毫無基礎，因之在指定預期作業中，每一項目錄名稱皆應以中、英文並列，連參考書目亦須寫出英文譯名、或英文著作之書目，雖然可以依樣葫蘆的抄寫，但耗時費力，仍恐事倍而功半，終不免錯誤百出，為此，我只抄錄中文敘述，而省略英文部分，還望吾師知我不責，賜予所求！

手頭僅有的幾冊有限資料中，以《現代漢語語法要點》（見於大陸一九八〇年商務印書館刊行，呂叔湘主編）最具參閱價值，尤其所附表件近二十種，更宜精研細讀，每一張表解皆依各該類語詞之特性，提要勾玄，層次分明的引導解析，可收一目了然之功，惟須一提者，表中遣詞用語有強烈地社會主義標榜色彩，為免瓜田李下之嫌，或徒增篇目——一時取捨，自不具優遊涵泳之效益。況更不當敷衍了事，有負老師認眞教導之苦心。「知之為知之，不知為不知！」其曷自勉乎。（表件略）

以下就「語言風格」閱讀所獲，不願拾人牙慧之譏，予以引申，本書例言指出：

目前只有少數研究漢語的人，涉足到現代〈語言學〉的風格領域，其餘許多人對這個領域還相當陌生。

個人正是陌生人群中的一員，若非陳老師良吉授業於本班，真不知何時？何故？並將如何涉入「語言學」之研究的領域內。作者程祥徽語重心長的感喟：

眞正的符合現代風格學原理的，漢語風格學尚未建立，因此有必要的闡釋「語言風格」的主要原理，它與中國傳統的文體風格的關係。

討論現代語言學的「語言風格」必須連帶研究作家的語言風格。語言學理論的意義，在於指導我們用科學的方法觀察語言現象。而語言現象則是我們建造語言學理論大廈的土壤和基石，語言風格不是虛無縹緲或難以捕捉的東西，也不是俗話常說只可以「意會」，不可以「言傳」的神祕之物。它附麗在具體的語言作品上（句子、對話、演說、文章、鉅著……），語言的各種材料（語音、詞彙、語法）是風格的負荷者，語言作品多至無窮。

《語言風格學初探》書中是以老舍作品示例。

在漢語中，風格的詞義很難界定，具有權威地位的辭書《辭海》說：風格是「風神品格」，一、風神條下解釋爲「風采」。二、是賅括言論舉動或態度而言。三、但《現代漢語辭典》解釋風格爲「氣度、作風」。四、氣度是人的氣魄和表現出來的度量。五、「作風」則被語意循環解釋爲「風格」。

風格辭義難以界定的原因是「人」或「事物」的風格本身具有抽象的性質。西施的一顰一笑，不同於林黛玉的多愁善感，效顰的東施即使模仿得唯妙唯肖，也依然不是西施。「風格」提供一種氣氛，給人以一種總的感覺或印象。

古往今來一切成功的文學家、藝術家都有自己獨特的風格。文藝評論家也總是不忘把評論工作昇華到探索文藝家獨特風格的高度，因爲認識了風格才能認識到作家的精神和作品的精髓，也才達到了最高認識的水平。

一切人在他們的言談舉止上，都會呈現出風格。「風格」是其參與社會活動中表現出來的特點的綜合。「風格是人在使用語言的時候，表現出來的氣氛或格調，用語言材料營造氣氛，常常採取兩種方法：

一、是充分利用風格要素。

二、是使用或駕馭「風格手段」。

（二）風格學的功用

任何一種發達的語言，都有許多同樣的系統——詞彙中有同義詞；語法和語音也有同樣成分。這些成分在意義上是平行的，沒有邏輯意義上的差別，只有風格色彩，如「母親」具有嚴肅的風格意味。在家庭的交際場合中，我們只說「媽媽」，而不說「母親」，如果改說「母親」，而不說「媽媽」，就會與家庭交際場合的氣氛不協調，而在莊嚴氣氛中朗誦「大地，我的母親」，就不能將「母親」改稱爲「媽媽」。同樣的例子又如「蘇格拉底，哲學之父」，這「父」字也是絕不能換爲「爸爸」的。風格學是十分重視這種同義成分的「比較」與「選擇」，風格研究可將「母親」、「父親」等歸入書面詞一類；而將「媽媽」、「爸爸」等歸入口語詞一類。指出書面詞表達嚴肅、正式、拘謹等等風格色彩；口語詞表現輕鬆、隨便、親暱等風格特色。

語言風格不同於文學風格，語言風格是在具體地交際環境中表現出來的語言特點，比如外交場合中說的話帶有外交辭令，家庭成員在一起閒聊，則呈現出親切而不拘謹的言語氣氛……理論上說，有多少種不同類型的交際場合，就應該相應地有多少種類型的語言風格。「風格」只有在語言環境中表現出來，它是社會的、集體的語言在特定交際環境中的變體（Variety）。風格作爲語言的一種變體，是與語言的地域變體（即方言dialect），或其他變體相對而言的。

（註七）

十　古今語法之遞嬗

語言是一座豐富的庫藏！它有紛繁的語書，包羅萬象的詞彙及多樣化的語法格式。然而語言財富沒有一個集中的貯藏所，它們分散地存在於每一個說話人的嘴裡。因此，語言的運用，便成爲語言存在的唯一方式。號稱語言而從未被使用過，這種「語言」是沒有過的。彼時被使用，而此時不再被運用了，這樣的「語言」是「死」的語言。是歷史的陳跡！語言風格既然是在語言運用表現出來的特點，那麼研究「語言風格」也就是研究語言存在的形態。從這樣的研究中可以把我們對語言的認識，深入到語言的本質中去，同時可以使我們從風格角度鑑別語言運用的成敗優劣，提高使用語言的能力和效力。

十一　古文言句式的特色

從語言風格的探討中，我們綜括地印象：語言是因時、地環境之不同而孕育生長演變的，以下再就漢語語法問題，擇其要義略申管窺之淺見。

先就語言歷史關係看，文言跟現代語的距離相當遙遠，由於經過長時期的發展和演變，不但詞彙的變動特別大，就是「句式」也不是完全沒有變，所以無論在詞法，或是句式上兩者都有很大差別，先從「詞法」言：

漢語的詞彙，除了基本的如人、馬、愛、笑、方、圓等詞古今沒有變動外，其餘的就差別很大，比如古人說「冠」，現代人說「帽子」，古人說「足」，現代人說「腳」，古人說「嗅」，現代人說「聞」，古人說「辛」，現代人說「辣」。又如古人說「行」，相當於現代人說「走」。古人說的「走」，卻相當於現代人說的「跑」。古人說「疾」，卻相當於現代人說的「快」，古人說的「快」，卻又相當於現代人說的「樂」。詞彙演變最爲顯著的，是文言的單音詞，到現代語裡往往轉成複音詞，現代語的詞性比較固定，文言裡的詞就多可活用。（註八）

文言裡一個詞往往含有多義，又由於客觀事物的發展，單音詞所表示的有時也不夠精密，爲了明確使用，往往把同義的詞來結合或用別的詞來區別，構成一個複雜詞，這樣在現代語裡複音詞的逐漸增多，就成爲一種自然的趨勢了。

十一　古文與現代語詞位的差異

茲就上述質疑分別舉例：

（一）現代語有的表達形式在文言裡沒有

1　代詞後邊可附複數標記

在現代語裡人稱代詞是複數的，可在它後邊加「們」來表示。如說「我們」、「你們」、「他們」，文言裡就沒有這種標記詞。但無論單數、複數在形式上仍然是一樣，例如：「吾與回言終日，不違如愚。」（《論語》〈爲政〉）這裡「吾」是單數，孔子指自己。又：子貢曰：管仲非仁者與？子曰：「微管仲吾其被髮左衽矣。」（《論語》〈憲問〉）這裡「吾」卻是複數，包括對方在內。

2　詞後邊必須接量詞

在現代語裡數詞必須與量詞連用，也叫數量詞。若表物量，數量詞就在名詞前，如說：

「兩個」人、「三匹」馬、「五張」桌子等。表動量卻在詞後如：說「一陣」、看「兩遍」、哭了「幾場」、教導「一番」等，可是文言裡的數詞後一般不用量詞，就是用量詞，形式上也跟現代語不同。

3 數詞直接在名詞和動詞之前

無論表數量或動量，數詞直接在名、動詞的前面。如：「三人行必有我師焉」（《論語》〈述而〉）。「秦昭王願以十五城易趙璧」（《史記》〈廉頗、蘭相如列傳〉）。「梁使三反，孟嘗君固辭不往也。」（《戰國策》〈齊策〉）

又：現代語裡的數量詞要在名詞前，而文言裡的數量詞倒能在其後，如：「吏二縛一人詣王（等於二吏縛一人）。「瑜得精兵五萬、自足制之。」（《資治通鑑》〈赤壁之戰〉）等於「得五萬精兵」。

4 動詞後可帶時態詞尾

現代語裡動詞後常能帶時態詞尾，如：表行動完成的可用「了」，表繼續的可用「著」，表開始的可用「起來」。文言裡沒有這種形式，動詞的時態只能由讀者去體會罷了。

下列例句，若在現代語裡，它後邊都可帶時態詞尾。「公子娶季隗，生伯儵、叔劉」

（《左傳》〈僖公二十三年〉）。「其爲人也，發憤忘食，樂以忘憂」（《論語》〈述而〉）。若在現代語裡，「娶」與「忘」字後，都應代表行動完成的「了」之時態詞尾。又：「王視晏子曰：齊人固善盜乎？」（《晏子春秋》〈內篇〉雜下）「民扶老攜幼迎君道中終日」（《戰國策》〈齊策〉）。在這兩例句中之「視、扶、攜都屬行動繼續時態。若在現代語裡可加「著」之詞尾。

（二）文言有的表達形式，現代語都沒有

文言有些動、賓（包括介、賓）詞結構必須倒置，到現代語裡就須順說，文言有些表達方式很普通，到現代語裡卻沒有和它恰相當的，這也看出兩者在語法上不同之點。

爲什麼說文言有些動、賓結構必須倒置呢？比如疑問代詞作賓語，就得倒置動詞之前。如下例：

「臣實不才，又誰敢怨？」（《左傳》〈成三年〉）

「問臧奚事，則挾策讀書。」（《莊子》〈駢拇〉）

「方此時也，堯安在？」（《韓非子》〈難一〉）「在」在這裡是動詞。又：

「大王來何操？」（《史記》〈項羽本紀〉）

「當察亂何自起？起不相愛。」（《墨子》〈兼愛上〉）

「在王所者……皆非薛居州也，又誰與為善？」（《孟子》〈滕文公下〉）

前四例是賓語在動詞前，後兩例是賓語在介詞前，這些例句在現代語裡就得順說：

「又敢埋怨誰？」、「問臧幹什麼？」、「堯在那裡？」、「大王來帶著什麼？」、「應該考察亂從那裡起來？」、「王還同著誰做好事？」

如照原倒置句型，那就變成：

「又誰敢怨埋？」原意已變，必致誤會。若說：

「問臧什麼幹？」、「亂那兒從起來？」就更令人聽不懂了。相反的，在文言裡若說成：

「問臧事矣。」、「堯在安。」也同樣不成話。可見文言與現代語兩者在語法上各有特點。又如介詞：「以」、「有」、「用」、「把」等意，也常常倒置它在賓語名詞之後。

「君子義以為質，禮以行之，孫以出之，信以成之。」（《論語》〈衛靈公〉）

「且晉人憂戚以重我，天地以要我……必歸晉君。」（《左傳》〈僖公十五年〉），此為秦穆公語）

「先君若問與夷，其將何辭以對？」（《左傳》〈隱公三年〉）

「君子無怨，秋以為期。」（《詩經》〈衛風・氓〉）

「其有不合者，仰而思之，夜以繼日」。（《孟子》〈離婁下〉）

前三例中「以」的賓語是名詞，或用如名詞。後兩例中賓語是時間詞，都倒置介詞「以」

的前面。這些例句若譯爲現代語，同樣也得順說：

「君子把義作爲主體」、「晉人用憂戚感動我」、「將用什麼話來對答？」、「把秋季作爲婚期」、「把黑夜來接白天」，「以」都必須在它的賓語之前。

以上（一）、（二）兩節參考王力《古代漢語語法》之部分資料，主要在闡明文言語法和白話（即現代）語法之間的差異。雖然這是「語言學」課程之最普通一般認識的探索，而未涉入專門性學理之研究，但由於個人初次嘗試這門學科，凜於「行遠必自邇，登高必自卑」的訓誡！所以要從基礎起步，以後的學習路程還很遠，研讀的書還很多，且以陳老師講課時隨興提到的就有以下幾種必讀的書目：

《現代語言學》（趙世開編著，大陸知識出版社印行，一九八三）。本班已影印參用。

《中國語法學史稿》（大陸出書）。

《漢語語法論》（開明書店出書）

《漢語方言概要》（大陸，袁家驊）。

《漢語語法專題十講》（鄧福南，長沙出版社印，一九八〇）

《現代漢語》（張志公，北京人民出版社，一九八二）。

《漢語語法修詞詞典》（張滌華等合編，安徽教育出版社，一九八八）。

《詞彙學研究》（王德春，山東教育出版社，一九八三）。

《漢語的構詞法》（陸志韋，一九六八）。

《現代漢語詞典》（大陸，資料未詳）

雖然這只是有限的書目，但已匯集了語文學之全般的共通知識的基礎。即使不完全精讀，也要走馬看花的約略翻閱。

十三　臺海兩岸語法學動態一覽

課程結束前又獲閱姚榮松（臺灣，師範大學）教授的近作《海峽兩岸新詞語的比較分析》專文抽印本，文中敘錄了大陸近年有關語言學普通與專業的辭典中，各類新詞的來源、類型之析述。

姚先生的這篇文章資料來源，他說：主要是根據大陸出版的新詞書四種：

一、王均熙等的《現代漢語新詞詞典》

二、閔家驥等的《漢語新詞詞典》

三、劉繼超等的《當代漢語新詞詞典》

四、李行健等的《新詞新語詞典》

除了上述四種大陸詞典專著之外，姚教授撰寫此文時，他說：臺灣地區尚無同類工具書，所以他又從若干專文如：湯廷池一九八九《新詞創造與漢語詞法》及其平日由報刊搜集者為依據。所謂新詞語，都是近四十年來在兩岸出現的。其中大量則是近十年間衍生的。

臺灣兩岸隔絕了四十年，在語言文字上出現了明顯的差異，這種差異有兩個層面：一是工具性的差異，這指文字使用及注意方式的分歧。另一種是語言本身的分歧，由兩岸的共同語「國語」，到了臺灣後，必須接受以閩南語為主體的方言的影響，加上長期失去了北方話的根，必然形成自己的「普通話」的色彩。由於語言分流的結果，在不同的社會基礎上，創造不同的新詞。這些新詞的來源和類型，姚先生依其地域來源及使用對象，並從兩岸分隔的背景因素，把它歸為五類：

一、帶有意識型態的新詞。

二、特定社會條件下產生的新詞。

三、反映新生事物的新造詞。

四、外來語或流行語。

五、新興的地區性詞語。（方言詞）

《海峽兩岸新詞語的比較分析》第四節中曾詳實地把兩岸新詞構詞法列舉實例比較分析。茲錄其項目或能觸類旁通，想見內容之一斑。

一、派生詞的比較：這一節裡主要敘述兩岸繼承了舊有的詞綴而產生的新詞。

二、複合詞的比較：這一節指出由兩個詞幹組合的複合詞，依其句法結構分爲「偏正式」、「述賓式」、「述補式」、「併列式」、「重疊式」、「主謂式」等六種，這主要是臺灣地區百多個新造詞。

三、縮略詞比較：指在原有詞彙的基礎上改變詞或簡縮詞語之謂。

四、帶數詞的詞比較：由於四十餘年來社會的發展，所產生的新的帶數詞的集合名詞大量增加，幾乎可以編列一本專用數詞詞典。

五、外來詞的比較：主要是對西方語詞的吸收，這一點臺灣比大陸偏多。

除上述五類詞的比較外，還有一般詞語的析述，尤其顯出它的多樣性。例如：「一刀切」、「三次方人才」、「三瓜兩棗」等，（茲從略）。

兩岸新詞的差異，是長期分隔的結果，由於兩岸關係互動腳步的加快，已經出現了新的形勢，隨著文化交流的日益頻繁，今後雙方的詞語必然相互滲透……。姚榮松教授建議由兩岸共同編輯一部具有包容兩岸新詞的《當代漢語詞典》作爲研究問題起點。這對於兩岸語文的趨同，及華語文的教學有積極正面的意義，這也許是爲日後兩岸統一的一個重要環節吧！

十四　結語

最後仍以索緒爾的一段話，作爲本文的結語，德人索緒爾認爲語言的本質特點是：語言不是自然現象，而是社會現象，語言不是個人心理現象，而是社會心理現象。雖然他這一觀點有唯心主義的成分，但就語言學史的角度來看問題，卻給二十世紀的語言學提出了新的任務，即把語言主要看成是社會現象來加以研究。換言之，他也是看成以符號系統爲特點的交際工具來加以研究。這是初涉入語言學範疇的人，必須正視的一個重點。

一九九二年九月八日於新店

請吳、李二師審度裁定！准我所請。（可否擠入這篇文稿末尾？）

予幸獲受「古代漢語研究」課既竟，乃以昔日在政大中文所碩士學分班，於四年暑修畢四十學分。諸師勉我輩提交學位論文，學校則將據以向教育部核准頒發學位證書。然而表決結果，未達足夠人數之贊同。不過我結業總成績（八十）餘學分。空留悵望至今。正値博士學程修業已足，並獲准於明年提交學位論文。生謹盼補交一份碩士論文，明年連帶博士學位論文，如能評審通過，一併發給我「博」、「碩」雙學位證明書！各一份。

（生）曹尚斌

謹呈西元二〇一六年六月十日

附註：這段記述片語，我擬加入昔日所交「古代漢語」課中報告文結論內，請老師酌裁。

註釋

一　見王力著：《漢文文言語法》，頁一。

二　見龔千炎著：《中國語法學史稿頁》。

三　見高名凱著：《德．索敘爾和他的語言學教程》。

四　仝右

五　仝右

六　見程祥徽著：《語言風格初探》，頁七。

七　見王力著：《漢文文言語法》，頁十四、十五。

八　見姚榮松著：《海峽兩岸新詞語的比較分析》。

先秦儒、道、法、玄學思淺斟

一 儒家之思維概說

按儒家思想之發展，酌以廣狹意念分別敘述：以廣擴意念言，新儒學乃現代中國思想的主流。且就中國大陸之近況以觀，舉國上下無論政治、社會、學術、文化各方面皆競力以赴建樹新儒家思想，並使之發揚光大，放眼蹺跂此一廣義疏釋新儒學運動，乃成全球性推展形勢！例如：要在歐、美地區創立孔子學院，除了要將傳統儒學，在學術上確定爲世界人類文化之根基！推展爲生活行事之典範，對人處事、行己立身都以儒學之啓蒙完成塑型一個儒者天生人成的美善人格。

且看賀麟（新儒家十人之一）說：「儒家思想乃是自堯、舜、湯、文武周公、孔子傳統以來最古最舊的思想，然，就其在現代及以後的新發展而言；就其在變遷中、發展中、改造中，以適應新的精神需要文化環境的有機體而言，也可以說是最新的思想。在儒家思想的新開展裡，我們可以得到現代與古代的交融，最新與最舊的統一。」假如儒家思想能夠把握、吸取、融會、轉化西洋文化、以充實發展自身，則儒學思想便生存、復活，而有新發展。

中國學術文化，當以心性之學爲其本原……而中國思想中之所以有天人合德之說之眞正理由的理由所在。

二　新儒學之根本任務約略三項指標

（一）道統之肯定——肯定道德宗教之價値，護持孔、孟所開闢之人生宇宙的本體。
（二）學統之開出——轉出「知性主體，以容納希臘傳統，建置學術獨立性。
（三）政統之繼續——由認識政體之發展，而肯定民主政治，接續民族文化生命之本源大流。

三　道家說略

按：《道德經》爲老子學思之總匯，省思其與傳統思想淵源，可自《易經》中尋繹脈絡，老子書中與《易傳》相同之觀念，從二者類似之思想，以時序先後推斷，乃是老子受「易經」之影響，不過之後乃自發展出其本原精神。老子所指天大、地大、人大之觀念，則可能源自《易傳》所揭示的天、地、人三才觀念之變詞。又老子所謂無極，實則即《易傳》所謂之太極，易、老把天地連言者尤多。老子所說之「無」實即《易傳》所謂萬物資始的「始」，而老子所說之「有」乃相當於「萬物資生之『生』」。

四　返樸歸真之人生

爲了返樸歸眞之要求，老子提出一種與之相應的人生態度：「知足」。他說知足者富，「禍莫大於不知足，咎莫大於欲得」，知足不辱，知止不殆，可以長久。

老子深切了解，人類之歸根復命，與萬物不同，人雖是自然之一部分，但人的本性卻使其必得遠離自然，人要恢復生命之本眞，就須憑藉工夫！所謂「聖人皆孩童」、「復歸於嬰兒」，而不是初生之嬰兒，是生命之再生，象徵「樸」與「眞」的聖人境界。

五　莊子學思說略

莊子乃是十分通達之士，在其主觀之心境上，實已達於無所不透的地步！人世間無何以繫縛其心，名利不動，哀樂不入，置生死於度外，乃精神世界之超人！東郭順子看莊子：「其爲人也眞，人貌而天虛，緣而葆眞，清而容物。」是乃「和光同塵與物無忤」。《史記》：《老子》《韓非列傳》說《莊子》：「其學無所不窺，然其要本歸於老子之言。」老子爲莊學重要之傳承，迨無疑問。在《莊子》書中（〈天下篇〉除外）共有十四次提老聃或老子（對話中重複出現者不計，從後《漢書》以來雖以老莊並稱，只是歷史時序列次）並不同孟並稱私淑情境。

老莊之學的分別，同與不同皆有所指，首自形上學之雷同者，是於「道」之基本概念。彼二者述「道」之推理都有本體論、宇宙論，但其思維方法不同，老子運用概念思辨方法，莊子則訴諸主觀的體驗，因而，前者的表達是分解的，後者的表達是描述的。又：老莊雖共同運用以自然爲宗的基礎上突顯其各自的形上學，但往後發展之重點則不相同：老子傾向於社會政治的道途，而莊子則執著於個性人生道上獨行其是。因此，老子則明顯表現出思想的客觀性較大之傾向，而莊子則於思想上表現了強烈地卓越，然而老子雖已注意到虛靜無欲的工夫，但並非其哲學重點。而莊子的修養工夫臻予理論化，並看重於心靈世界之開擴，這也呈現了莊子學說的精彩天空。

老、莊之間另一共同特色，是他二人都對現實政治社會持反動態度，及其強烈的反抗情緒，但卻也衍生出彼二人之迴異其趣的理想目標！老子則嚮往原始型之單純社會——返樸歸眞。莊子則追求超越而諧和的心靈王國！惟彼二人皆不同於儒家之入世致用思想。故儒家竟視道家爲異端。他們被後人評述爲「創造性反叛」。就形上學與修養工夫言，老莊之影響，無遠弗屆，將其二人相同相異之思想合而爲一，乃足以表現道家思想之完整性。

莊子學說之最大創獲是建立了獨特風格和有內涵之生命哲學，歸納其思想特點：一、熱愛生命，其思想重心，都圍繞生命問題的思考，乃其切身體驗養生之葆眞盈泰，以「庖丁解牛」之寓言故事呈現出篤行實踐的理念。

莊子所建立之生命哲學，是其以內在之體驗，擴及到宇宙人生之形上解喻。其思想憑藉之概念是「心」、「性」之學的闡發。

六　法家學說之緣起

莊子後數百年，儒家孟子乃著眼於「心」、「性」之闡發。而孟子主以人性之善端爲行事之根柢，而與孟子持相對之思見的荀子主性惡之推闡，後人以爲荀子乃爲先秦思想的綜合批判者，他的天道自然觀，是道家天道觀之改進，在其明辨思維中，有墨家、名家之成分，重禮而不輕法，形成由儒躋法之津梁，故韓非、李斯出於荀子之門。荀子雖推崇孔子，卻把子張、子夏貶爲賤儒，除了對孟子攻擊不遺餘力。孟子以爲學問之道無他，求其放心而已！荀子以爲「學」則是經驗知識之修習，而孟子以爲「學」只是內者的工夫！二者所見迥異其趣。因爲荀子認爲「學」是外向性的活動，故其「勸學篇提出規矩繩墨之說」，而在〈天論〉篇的思維把傳統儒家之道德觀擴充爲人文理念之新發展，把自然的天與創造性的人，分立爲二，他說：「天行有常，不爲堯存，不爲桀亡，應之以治則吉，應之以亂則凶，強本而節用，則天不能貧，養備而動時，則天不能病……不可以怨天，其道然也。」

《公孫龍子》一書，有十四篇論文，今尚可見五篇，自晉魯勝以來，對公孫龍的思想，認爲是源自墨家，由於公孫龍嘗勸燕昭王偃兵，故自古迄今之學者，皆以爲公孫龍宗墨學。但，就其白馬非馬，堅白異同之說，質之以辨經小取篇，乃可以否定魯勝指公孫龍祖述墨學之說。而《莊子》〈天下篇〉說：公孫龍飾人之心、勝人之口，則不能服人之心。」可公孫龍、惠施之輩逞其才智口辯之技巧，「欲以勝人爲名」。其哲學不無異問？在思想史中公孫龍五論，即：白馬，指物、通辯，堅白、名實等。而惠施則爲十論，而無著書存世。（茲略）

近人曾把魏晉玄學稱之爲新學，斯以針對漢代經訓之舊學而言。其所謂「新」應係指爲一套新風格之思想的稱謂。

魏晉正始時代，王弼、何晏二人爲所謂「玄學」之代表人物。按：王弼生年僅二十四歲，其於老子、周易所發揮之「玄談」、「哲思」，後人有譏爲反智之說，認爲其對智識論無所建樹，他（指王）雖講「道」生萬物，卻又是無生之生，而不能落實於宇宙論上，吾人省察古典的道學論，不管思想如何詭譎，整體以觀，依然能爲人生開出一條奮鬥之途徑，而何晏、王弼未能提出相應之貢獻，衹算是概念的遊戲文字而已，早在晉人范寧就痛斥何、王二人之罪，深於桀紂，此或嫌誇大失實，然，彼王、何二者之言論影響及於當時放蕩乖誕之風氣，確爲無可狡辯之事實，始作俑者，其無後乎？

七　中國思想以生命為重心

凡具有思想活動特色的史實，必有前後承續的關係，且有思想演變和發展之線索可循。一個思想家，寧可壓抑個人之獨立思考，而遷就既成之權威。中國哲學思想，無論儒、釋、道皆以生命爲重心。而哲學家所蘊鑄之偉大哲思，多半是發之於反躬自得的體驗與頓悟的基礎上。例如，王陽明之「致良知」，並非是邏輯演繹或抽象的思辨中獲得，他自稱是由千死萬難的困境和工夫中得來（他的「格物」頓悟之過程，即共例證）。若舉述先聖賢重視生命之哲人，必以孔、孟、老、莊爲先驅，關於孔、孟先聖，照垂千古（上已指述莊子學思情狀之概略），茲不贅敘，以下且就宋、元、明、清諸子學案，舉述二、三子學思情狀，道、範、略指。如：宋代張載，字子厚，號橫渠其爲人，氣性剛毅，德盛貌嚴，年輕時從焦寅習兵法，冠蓋之年（十八歲）欲覲范仲淹，而范氏勉其勤學，讀中庸、范書。一〇五一年，張載三十一歲與程明道同舉進士。爲雲嚴縣令，曾宣示：「政事以敦本善俗爲先」。五十歲，辭官反里、矢志著述，其代表作爲《正蒙》行於時。有張子全書行世。後人習常喻其語萃：「爲天地立心，爲生民立命，爲往聖繼絕學，爲萬世開大平。」或書寫條幅以自期勉之座右銘。

依次隨筆清季學者王夫之（船山）二十四歲中式舉人（時西元一六四二年，明崇禎十五年，清崇德七年）家學淵源，幼承庭訓。經、史、音韻、文學無所不涉，船山思想凝重，持載豐盛。於經、史、文學卓然成家。綜觀其學，似欲企將宇宙間一切相反對待之事物，都統合成一和諧之整體。他說：「道」不只是形而上，「器」也不只是形而下，而是器在「道」中，道在「器」中，道與器合而爲一，走筆至此，忽而聯想起易學研究之巨擘徐芹庭博士，大著《易經導讀》導論篇（一）認識易經章所言：易經爲群經之首，是中國經學中最高深的一門學問。一般人都以爲易經有如天書，很難了解。實則，中國人認識的中國字，來研究中國學問，是世界上最簡單的事，只是人不肯花工夫，用心思而已。

這篇文章全文五十頁，雖非長篇累牘，但細思精研其文意，眞得付一生之心力，探討內涵，或能有淺識之心得？

荀子法理意念略指

天生人成，乃荀子天人之分的思想基礎！也是禮義之統的功能論。荀子於其〈王制篇〉說：「天地者生之始也，爲之，貫之，積重之，致好之者，君子之始也，故天地生君子，君子理天地。」故曰：「天地合而萬物生，陰陽接而變化起，性僞合而天下治。」

批判精神是荀子對先秦諸子學，作系統批判的圭臬。在荀子前，有莊子的〈天下篇〉與荀子有近似之處。而孟子對並世各家之嚴苛批判，是出之於價値判斷，尤其顯示出個人之好、惡的情緒性反應，這在學術上是不客觀的。〈天下篇〉（《莊子》）和〈非十二子篇〉（《荀子》）對各家之批評不同，吾人自莊、荀對先秦諸子批評，可獲得較深刻之瞭解，這包括各家思想的要點，基本精神，有些並可以使我們了解，他們的價値限制，是一種理智的批判精神，也是文化思想的創造過程，不可或缺的一個重要步驟。

儒家思想以人爲本，人禽之辨，乃爲首要之務，這須以相對於荀子的孟子思想作反襯。孟子主性善說，是以仁心或善性乃爲人之特質，不但是天生人成，而且是具體的，因此之故，這種善性是出入無時，「出」則顯現，「入」則隱沒，仁心之呈現，操之於存養工夫。人雖有仁心，若不知存養，則隨時可能同流於禽獸！孟子曾慨乎言之，「人之異於禽獸者幾希，庶民去之，君子存之」（〈離婁〉下）而荀子對人的瞭解與孟子不同，他從無生物、植物、動物一層層的區別中，顯示出人之所以爲人的特色，他在〈王制篇〉說：「水火有氣而無生，草木有生而無知，禽獸有生而無義，人則有氣、有生、有知而且有義。故最爲天下貴也。」姑以上幾句話，分別舉述其條理。水火一氣，植物一氣加生，動物一氣，加生加知，人一氣加生、加知、加義。

荀子所指之義，是辨別之能力，人與物之差別義，就是行而宜之謂。荀子另一思想特徵；

「是意義之謂，他把理治主義和周文傳統精神相結合。」吾人深知周文傳統爲儒家政教之所本。而其日漸式微時，孔子欲從人性上復活其生機，荀子則以理性思維，於舊傳統賦予新生命、新意義發揮更深遠之功用。

荀子雖是闡揚孔子德治精神，而又創建禮治之統，晚年爲蘭陵令，乃開創了蘭陵學派，曾設帳講學，他由儒學發展爲禮治思想。主張法後王，揭人性之惡，故主張制天、應天之情，他在先秦儒家群中，最富客觀精神和實用精神，他既主天人之分，惟人性與天命之關聯乃告中斷，而彰顯其法治理念。

思想家爲闡明自己主張，每每必須對語言提出省察與批評，以莊、荀二人之語言差異試作列述。

莊子乃哲學達人，其於天地之道無所不透，名利不能縛其心，哀樂不入，其爲人也眞，人貌而天虛。他曾言：「出入六極之外，其散發於書中概念之辭約百餘新詞一〇八句：如「因機括、眞牢、眞君、葆元、天理、天放、長生、大聖、天和、體性、天年……。

《莊子》書，對中國文學、藝術有重大影響。觀其筆底，「萬物畢羅，無限開闊」。以天下爲沉濁，不可與莊語，以卮言爲曼衍，以重言爲眞，以寓言爲廣。

魏晉玄學之興起

文學發展降至魏晉六朝，乃轉化於玄闡氛圍，蓋以宋文帝立學則乃標示：「文學」、「儒學」、「玄學」、「史學」四者相對立，古代文學概念之突變在魏晉」！何以故？乃文學發展至魏以後，士族門閥制度，逐漸穩固，並把文壇——文學離開了現實社會、失掉生活內容，而文學成爲貴族階級、縱欲享樂、精神超脫的工具，文學成了追求曠放任意，高談玄理的玄言文學，追求全眞養性的遊仙文學，追求荒淫無度的色情肉欲的宮體文學！

魏晉時代不少文人，相信鬼神，史學家干寶（河南新蔡人）聲稱編寫《搜神記》目的是發明神道之不誣。他的書是當時類似之作中，最好的一本。如書中董永賣身葬父的故事，流傳至今，還爲人傳寫改編爲電影，廣受人們欣賞。這一故事文學之主題，是表現人們渴望追求美好幸福生活，這緣於建安時長達十九年的戰爭，黃河流域遭受空前的大破壞，戰亂飢餓，人民大量的死亡，形成「出門無所見，白骨蔽平原」的慘況！人們仰企上蒼賜福之幻想！希望有一天也能得到像董永之幸獲天眷。綜括魏晉文學，凡諸創作，先期則受到《典論論文》（曹丕）之影響，如「奏議宜雅，書論宣理，銘誄尚實，詩賦欲麗。」這四點理念不僅實用，且關聯審美效果。除了建安文學以〈典論論文〉的風格思維之導引。而另一風格則爲正始文風之影響，當時之代表人物何晏、王弼二人把易與老莊思想混入儒家體系。再者，貴遊文學之風格改變，誠如論：自漢以來，文體三變，指此一時期文體風格說：「降及元康、潘、陸特秀律異班、賈，體變曹、王，縟旨皇稠，繁文綺合，綴平臺之逸響，採南皮之高韻，遺風餘烈，事極江左」。

永嘉之亂後，南朝東晉元帝傳及十主。復經宋、齊、梁、陳四個王朝，歷經二百六十餘年（合三國之吳計入），踵事增華的文學發展，其文特質則爲：

一、逃避現實的文學——劉勰評之曰：「自中朝貴玄，江左稱盛，因談餘風氣，流成文體，是以世極迍邅，而辭宜泰，詩必柱下之旨歸，賦乃漆園之義疏。」

二、爲文藝而文藝之進展——史稱元嘉文學（西元四二四～四五三年），劉勰云：「宋武愛文，文帝彬雅，明帝以後，文理替矣！爾其縉紳之林，霞蔚而飇起——顏，嚴、謝、莊，尤爲繁密」，蕭之顯以爲，此種作影響於後者，較爲深切著明，他說：今之文章略有三體：

（一）啓心閑逸，（繹）託辭華曠，雖存巧綺！終致迂迴。

（二）推源及於魏晉曰：「雖不全似，可以類從」。

（三）謂爲鮑照遺烈者，其所謂「遺烈」，不僅籠齊、梁作家，亦推及後代詩人靈性之營構。

至於這一時期文學聲調，宮體浮艷之特色不一一引敘。雖然浮靡色情之作，爲數不多，惟於美艷之刻畫，細入眉眼腰支，也可算是一時特色，降及末世之陳後主宮廷，由一夥狎客耽子逸樂如江總，孔範之流，沉湎聲色，無怪乎後之史乘譏爲：「淫哇艷曲，亡國之音。」或即此一長達二百多年文學狀貌之縮影浮繪矣！

維根斯坦說：「所有的哲學，是一種語言的批評。」而卡西勒說：「每一哲學改革，必使其立基於語言批評之上。」

西元二〇一八年一月二十三日匆草

中西詩作體制各異通變指略

一　前言

爰閱覽《中國文化新論》〈文學篇〉，有蔡英俊、呂正惠諸先生大作——〈抒情精神與抒情傳說〉、〈形式與意義〉，感觸間聯想到，拙作〈詩的韻格芻蕘淺談〉，或皆可以評述詩文之作視之，不過個人仍欲以「淺談」之辭下筆，而不得擅以深廣之思想侈言。

首先，以《中國哲學之理論與實際》，引入「欲了解中土哲學理論與實際事物之關係」，首先應了解中國人對該一關係作何看法？而了解理念，始論如何關聯到實際上去。一、中土之眞理觀念，二、實際之人本主義，即被視爲最具力量之人本主義。

由於眞理只能在事件——主要爲人事——中加以發現與驗證，其必然之結果，厥爲一眞理之記載，再見於歷史文件當中。孔子即一再回顧此類記載，而不論其寫下與否。此類記載最後成爲中土之經典，最著者爲四書與五經，吾人通常了解此類經典乃儒家教化之基石，然而，一般並不了解，大部分儒家人物亦均視之爲史。該等記載，不單是變動之人事歷史，並是揭示與職掌永恆原則此諸事物之歷史，中國表示，古典之「經」，亦即恆常不易之意。像胡適允當之言，中土古典在中土乃允當爲自然法，因爲他們高高凌駕在政府、社會、宗教與其他各方面之中土文化上，就歷史而言，此等經典早在西元前二世紀，便已由儒家學者們樹立爲權威，目的在於節制皇帝之權力，該等經典被促進爲最高權威，甚至凌駕在被認爲具有絕對權力之君主之上。西元前一二四年，設有一所國立大學，分爲五院，以與五經相應，每院則附有五十位全國名儒，簡本之四書，作爲學校教育必備之教本，從十四世紀初開始，儒家經典成爲文官，從而選出之科舉考試之標準教本。西元一九〇五年以前，此等經典一直被視爲人生各層面之常規。如此，它們爲中土提供了一套標準。隨時可供討論與考試，儒家經典長久維繫了中土文化與生活之統一與和諧，而最重要者，此等經典一直是眞理之有效性，主要見於歷史此一信念之活證。而此，正如一位儒門人物所說：「百世以俟，聖人而不惑！」同時，此等經典勢力益見擴大，進而主宰中土思想，箝制了具有創造性之哲學思維，並挫折了學術之多樣性。有時，此等經典之研究，甚至墮落爲純粹之經院繁瑣哲學。吾人之信仰此等經典之無上權威，無疑地拖延了中土學術復興與自然科學之進展。儒家經典之被接受爲人間活動之最高準則，此一事實，所隱含之意，爲此等經典所包含之永恆眞理，主要爲道德眞理，此爲中土之眞理觀念之另一方面。

把文學作品，以「詩」、「小說」、「戲劇」、「散文」分四大類的作法，乃時下仍頗讚許沿用的風尚。實際這種分法，是從西洋文學得來的，以之移用於中國古典文學的分類，也是適切可行的，不過這卻易致誤解，茲且以「詩」舉例：之所以持此理念，因爲中國詩、西洋詩，都是詩，因爲這是詩的共名，但，要做實在地探討，則是南轅北轍，試舉例，設若有一西洋學人問中國學人，何謂詩？而詩之特質爲何？中國詩人可能回答說：詩就是抒情的文學作品吧，但，若中國詩人要問西洋學人：何謂詩？那位西洋詩人可能反問你：要問哪一種詩作？這可能令你有瞠目結舌之反應。因爲在提問的中國詩人裡只想到，詩不就是「抒情的截句文辭嗎？」怎麼還要指出哪一種類呀？這是原先提問的中國人受到反問後之揣想，然而，當他被反問，關於詩之體制之後，他可能又再想到中國傳統詩、古典詩的規格上，像律排、絕句的五、七言，或古歌詞賦騷體的分別上（可參閱《中原文獻》第五十一卷第一期之季刊上發布之拙文，題名爲〈詩的韻格芻蕘淺談〉），西洋詩作家問的絕非單就中文詩的規格作回答？他可能就西洋詩多層（重）性感，應答言順口說出一些詩的形式意義之詩的名著題名或人名，例如：名人荷馬之名作《伊里亞特》、但丁之名作《但丁神曲》、莎士比亞之名作《十四行詩》，以及其遺作之《哈姆雷特》等數十種名劇作。另外像是歌德遺作《浮士德》，這可能令中國詩人詫異於中西詩作的差異意涵，大爲不解，除了詩之體制差異，另外，西方歐、美各地域，於近代且興起之一種獨特的評詩理論，其思潮似若專對抒情而發，因爲他們評詩之理念，重張力、重矛盾語，並著重於「性情相異之事物的結合（換句話說，即「戲劇」性），此一隨著人、事、物之推衍的思潮來看，只不過是把評戲的標準移易於對抒情詩的尺度上，中國詩人能不搖頭慨呼乎？

我們重新檢視傳統的文學作品，我們則將會評異其中所包含的體式，竟是那麼多，根據劉勰（約西元四六四年～西元五二二年）《文心雕龍》一書的剖析，當時留存的作品，已可分成二十體，一百八十類之多，……眞正具有「文學藝術價值」，進而從中探尋到中國文學的特質，譬如說：向皇帝上書表示意見的「章、表，奏、議」，儘管有其獨特的語文表現模式，同時也的確具有「表情達意」的功用，是否就認定他們的「文學性」？這是一個值得深思的問題，尤其是我們要從社會文化的麗常來考察這些現象的存在的因緣時，更是如此。雖然如此，我們卻可能擺脫一切外在功能的解釋。純粹就文學作品本身所具有的自律性，也就是文學作爲一種語言藝術的必要理則——以語言爲本質——以藝術爲效用，作爲判斷的基準。在劉勰所劃分的眾多類型當中，前面所舉的章、表、奏、議等文類。顯然政治層面上的論辯功能，大於藝術設計上的美感效果，並不能成爲中國文學傳統中的代表作。當然，我們說某些作品是「不夠文學的」，或竟不是「文學」，而只是一般的語言構造品。我們並不因此貶損它們的存在價值，只是，由於社會型態的變異，我們想從另一觀點來討論文學創作的意義，與文學作品的藝術價值，我們同意王夢鷗先生的主張，採取一種陳義較高、趨向於純粹性的文學典範之要求。

二　詩詞的形式特質

詩是中國文學的主流，這是公認的事實，詩，這個名詞，按傳統用法，只包括：《詩經》、《楚辭》和五、七言詩，以及古七言詩、近體詩，更嚴格的說，則只指五、七言詩，按現在通用的習慣，中國文學裡的「詩」，應包括：《詩經》（四言）、《楚辭》（騷體、楚歌體）、五、七言詩、詞，以及散曲。可見，「詩」在中國文學裡包括相當多的類別。

從時間上講，《詩經》（西元前十一世紀～六世紀）、《楚辭》（西元前三、四世紀之交）是中國最早的詩歌，對後代的詩人具有無與倫比的影響力，因此一般認爲是中國詩的兩大源頭。從文學發展的立場看，《詩經》、《楚辭》，卻都是孤立的現象，《詩經》之後，沒有四言詩；《楚辭》之後，沒有騷體，後代詩人寫四言詩和騷體的，都只是零星的現象，其形式在《詩經》、《楚辭》之後都已僵化，也不再有一個綿延的文學傳統。《詩經》、《楚辭》，對後代詩人的深遠影響是精神上的，而非形式的。

中國詩具有綿延不絕的傳統，是從五言詩成立（西元二、三世紀之交）開始，先是五言詩，然後七言詩加入。五、七言詩成爲中國詩歌的主體，這種情形，從東漢末的建安時代，一直維持到民國六年的新文學運動爲止。在將近二千年的長時間裡，五、七言詩的作家獨占「詩人」之名；五、七言詩則獨占「詩」之名。在很多人的觀念裡，「詩」就是五、七言詩的同義字。

唐、五代之間，中國詩的另一種形式——詞，乃誕生。詞在兩宋達於極盛，明代雖有中衰的現象，大致說來，從唐、五代之間，至民國之間到民國初年，仍然具有千年左右的傳統。其源遠流長，雖不及五、七言詩，其流量，也不及五、七言詩，又有一段時間的幾乎中斷。但，仍是中國詩、歌中不可忽視的一大支流。因此，習慣上，常把五、七言詩、詞並稱。

至於散曲，實際上只是戲曲的附庸，無論質量，均遠不及詩、詞，文學史上的散曲，並沒有明顯可見的獨立傳統，也沒有一群不可忽視的一流作家和一流作品。所謂詩、詞、曲的「曲」，主要還是指戲曲。我們所有關心的問題是特殊的形式（譬如律詩），是否只表現在某種特殊的內容？不同的形式？（如律詩與絕句）是否會表現不同的內容，而綜合起來看，中國詩詞的主要形式（五、七言、古風、律、絕、詞的小令與長調），雖然各自表現不同的內容，是否也指向一個共同的特質？這特質的基本性質又是什麼？從這基本性質中，是否可以找出中國文學「抒情本質」之所在。

純粹從文類研究的立場，來探討中國每一種詩體所表現的特殊內涵，是非常有趣而又值得嘗試的。讀過一些舊詩的人，都可以感覺到，同樣是絕句，七言絕句的世界和五言絕句大不相同。同樣是律詩，五言律詩和七言律詩的味道，彼此互異，同樣是詞、小令和長調的題材與技巧也有很明顯的界限，從這種立場可以研究每一種詩體的特殊世界，仔細的分析五古、七古、五律、七律、五絕、七絕、小令、長調等各種體式，各自具有何種特殊的結構，最適宜表現怎樣的題材與情調，如何捕捉到彼此理想中生命境界等等。

這樣的文類研究，在中國似乎還很少人嘗試過，因此，想要在這有限的篇幅中，簡短而精確的描述每一種體式的特質，幾乎是不可能的。不過，若已闡述中國文學的抒情特質的立場，來探究各種詩歌形式，和這一抒情特質的關係，到還有嘗試的餘地。

以詩（五、七言詩）而言，最具決定性的因素，應是句數的限制，律詩只有八句，絕句只有四句，這是中國人都知道的常識。但是，極少人仔細的去思考這種句數限制所代表的意義，四句或八句，等於是把中國人的視界，逼到一個特殊的範圍之內，想想看，四句的絕句能表現什麼？又不能表現什麼？從這個角度來思考，當能發現問題的癥結。

以絕句而言，幾乎每個有讀詩經驗的中國人都會說：「絕句表現的是一刹那的感受」。這是必然的趨勢，絕句只有四句，四句詩或者二十字（五絕），或者只有二十八字（七絕），在這麼短小的篇幅中，所能表現的人生經驗，可以想像得到，很容易是那種一刹那之間所感到的經驗，很不可能是那種事件繁多、過程複雜的「大」經驗。

絕句所長表現的一刹那經驗，大致可分成兩大類，例如：王維〈鳥鳴澗〉：「人閒桂花落，夜靜春山空。月出驚山鳥，時鳴春澗中。」這首五絕，寫的只是夜晚寂靜的春山中，「月出驚山鳥」這樣一個簡短的事件。可是這樣簡單的事件，在詩人靈敏的感性下，卻具有極端耐人尋味的特質，這特質來自詩人所深切體會到的宇宙之中靜與動的對比，「人閒桂花落，夜靜春山空。」整個畫面所強調的是「閒」與「靜」，是寂寂無聲息的山，似乎在暗示，一切生命的活動都已暫時止息——人也要休息，鳥也要休息，然而，就在這一切生物都感受到——生命在休息而沉入寂靜之中的時候，突然在最令人意想不到的一角，一個奇特的「動物生命」闖了進來，那突然出現在天邊的月，像一個沒有人知道他存在的生命，「莽撞的闖入已在休息的生命群中，使那棲息在樹枝上的山鳥『大吃一驚』，飛了起來，而『時鳴春澗中』。」這首詩告訴我們，我們以爲沒有生命的所在，正有一個永恆的生命，在那裡流動，那「月」正如宇宙生命的化身，在一切生命暫時停止活動的時刻，還在慢慢的，卻不停的動著，這首詩展現了宇宙的本質，那是永不停息的生生之流，這生生之流化作山月，驚動了山鳥，使得靜觀一旁的詩人「當下徹悟」。

這首詩正可代表中國絕句「本質主義」的傾向，經驗的本身只是個象徵，只是個誘因，讓我們體驗世界，或者人生的本質。西洋人有「一刹那見永恆」的說法，追求本質的中國絕句，基本上也是走的這條路。

另一類型的絕句，可稱之爲「印象主義」，譬如：「朝辭白帝彩雲間，千里江陵一日還。兩岸猿聲啼不住，輕舟已過萬重山。」李白這首〈早發白帝城〉，是印象主義絕句的最佳代表，整首詩所描寫的就只是從白帝城到江陵之間，那種小舟如飛的感覺，從實際行程來講，那是相當長的一段路，由於長江三峽湍急的水勢，千里江陵，卻只要一天就可以到達。又由於這首詩短小的篇幅，那一日的行程，使人在讀之下，又化作一剎那的「錯覺」，而這一剎那所感覺到的，就是「兩岸猿聲啼不住、輕舟已過萬重山」，是連綿不停，而又戛然而止的「印象」。

當然，以上所舉的這兩首詩，在中國絕句中，都是比較特殊的例子，正因爲特殊，更容易有突出的表現了他們所代表的典型，從這兩首詩作出發點，再來進一步的分析其他的絕句，也許就更容易看出其中「本質主義」，或者「印象主義」的傾向了，譬如下面這兩首：

「玉階生白露，夜久侵羅襪。卻下水晶簾，玲瓏望秋月。」（李白〈玉階怨〉）

「吳頭楚尾路如何？煙雨秋深暗自波。晚趁寒潮渡江去，滿林黃葉雁聲多。」（王士禎〈江上〉）

李白的〈玉階怨〉，寫的是感情，和王維的〈鳥鳴澗〉，以外在世界爲重心，在內容上並不同，但就處理經驗的方法而言，兩者實在是異曲同工，在這首詩裡，李白把女子的閨怨情懷，固定在「望」這一個動作之上，由於這首詩的簡短，也由於把「望」這個動作放在最後一句上，在極短的時間內讀完這首詩，在陡然煞住之際，這「望」的動作，也跟著停止，成爲懸在永恆之中的恆久動作，因此這「望」，把女子的幽思固定爲恆久的盼望，而遂有了本質性的意義，簡單的說：「望」成了女子生命的本體，她的全副生命，就變爲現在這「望」中，就這一意義而言，〈玉階怨〉也是「本質主義」的絕句。

至於王士禎的〈江上〉，則很容易看出是屬於「印象主義」的了。我們不能說〈江上〉沒有表現某些感情，但，更重要的，那基本上是船行江上的印象紀錄，「晚趁寒潮渡江去」、「滿林黃葉雁聲多」，也許包含了某些作客他鄉的心懷，但那略帶蕭颯卻仍優美的黃昏景象，更令人玩味不盡，雖然李白的〈早發白帝城〉，更容易突出中國絕句「印象主義」的本質，但，也許王士禎的〈江上〉，更能代表「印象主義」絕句的一般特色。這種絕句，不管情懷的表現有多麼哀傷，所描繪的「印象」，似乎總有令人喜愛而玩賞的一面。再配上七言絕句所特有的悠揚的聲調，甚至可以說，那實在能引發某種感官的「愉悅」。

讀朱際鎰「史學、史家與時代」心得記略

歷史，是人皆曉悉的名詞，順口說出，隨時隨地可用。它之普遍性，廣泛應用性不減乎科學，但其權威性不及科學，相距不可以道里計。

試問，天之下、地之上，甚至擴大說：宇宙之內、以及自然之種種切切，有沒有無歷史的東西？有沒有無歷史的人？有沒有無歷史的國家？有沒有無歷史的所謂科學？故而宇宙和自然，都必得以歷史記錄它們所誕生之原委爲之根據。

歷史是什麼？自古至今仍是史學界懸宕未決的大問題，無偏就學術思想，乃至文化人文層次，人各執己見論斷，而無一致統合之認同。以下擷取中外古今賢哲之精粹論斷：

孟子有言：「其事則齊桓晉文、其文則史，義則夫子自謂竊取之矣。」

司馬遷自敘曰：「書以道事。」「究天人之際，通古今之變，成一家之言。」

章學誠《文史通義》謂：「六經皆史也。」又說：「凡涉著作之林，皆是史學。」

梁啓超《中國歷史研究法》云：「史者何？記述人類社會賡談活動之體相較其總成績，

求得其因果關係，以為一般人活動之資鑑者也。」

在西方有歷史之父美稱的希羅多德（Herodotus），他是小亞細亞人，但他發願著作《波斯戰爭史》，並希望其史事傳之久遠。吉朋（E. Gibbon）之《羅馬衰亡史》說：「歷史是人類災害、愚蠢與罪惡的紀錄。」伯利（J. B. Bury）：「歷史是科學，不少，也不多。」《說文解字》謂：「史，記事者也，從乎，執中，中，正也。」而中國自古就有史官、史館之制度，史官多能秉筆直書、守正不阿之精神。如：「孔子作春秋，亂臣賊子懼。」

歐洲文藝復興之後，人文思想史學亦漸興盛！如前所舉吉朋、伯利、黑格爾等，大致由玄學的歷史轉為「如其實」的歷史求真態度，啓發了科學的歷史觀。十九世紀後，各種學術蓬勃發達，史學之獨立性更充實其義界，認定人為歷史之中心！漸為史學工作者所推重。如卡爾所說：「歷史，是史家和事實之間，不斷交互作用之過程。亦即『現在』和『過去』之間，無終止的對話。」真乃人言人殊，莫衷一是，關於史學之定義究為何？且看魯賓孫（J. H. Rohbinson）在其新史學中所說的話，或具別趣？他說：「我以為不如不去下歷史的定義，倒是安靜得多，我們只要曉得歷史家的責任，無非是研究有趣味的同重要的人類過去就完了。」他的意含，乃是你高興要什麼？你就取什麼好了。這真是穿透人心實話，可能一時還找不到比他說的更合轍、更適切了。

中國先聖、哲都以歷史作資鑑！如孔子《春秋》、司馬光的《資治通鑑》。清代學人王夫之《讀通鑑論》，曾說：「所貴乎史者，述往事以爲來者師也，爲史者記載徒繁，而經世之大略不著，後人欲得其得失之樞機以效法之，無益也，則惡用史爲！」《資治通鑑》，專爲帝王取資鑑之用。梁啓超爲歷史下定義，照樣說：「以爲一般人之資鑑者也。」

過去史家爲歷史說定義，以長篇大論之理由，夾帶著情感和價值觀念，自以爲言之成理、事之有據、脫不了質勝文則野、文勝質則史之窠臼。而今之治史，乃直述事之原委大義，而不必強說歷史定義當如何、如何？眞的，誠如魯賓孫所指不要嚕嗦，反而安靜，或以安靜一辭，說爲純淨。（筆者戲言，猶須斟酌）

朱際鎰先生說：「歷史的封域雖甚遼闊，但歷史的主體性在人，至少到目前爲止是如此。」古人有「人外無史」的話，朱先生以爲古人或未注意到其他生物、無生物皆有史存在。今日一切之所謂歷史，人自己的歷史不用說，就是生物的歷史、地質的歷史、天文的歷史等，何一不是由人去觀察、分析研究、解釋而加以記述表現出來的？沒有人去觀察、去記述，它們的歷史就等於不存在。這雖是主觀的看法，卻是客觀的事實。

過去史家把歷史限於文字記載，今則任何遺留下來的資料，皆可成爲重要史材，並藉以充實歷史之內容。由於考古學之成立，所有人類的遺物遺跡，不但擴大了歷史研究之領域，同時也把人類活動之年限，不斷向遠古時代推移。即如：地質、生物、心理、天文等等學門的建立，吾人欲追溯其源始到成立之經過，順其發展趨勢，而有地質學史、生物學史、心理學史、天文學史等專門史學之勃興。

章學誠說：「史之大原，本乎春秋，春秋之義，始乎筆削，筆削之義，不僅了具始末，文成規矩而已。以夫子義則竊取之旨觀之，固收綱紀天人，推明大道，所以通古今之變而成一家之言者，必有詳人之所略，異人之所同，重人之所輕，而忽人之所謹，繩墨之不可得而拘，類例之所不可得而泥！而後微茫杪忽之際有以獨斷於一心。」

曾鞏於〈南齊書序〉曰：「古之所稱良史者，其明必足以周萬物之理，其道必足以適天下之用，其智必足以通難知之義，其文必足以發難顯之情，然後其任可及而稱也。」

劉知幾主張史家必須具才、學、識，並說：「夫有學無才，猶愚賈操金，不能殖貨，有才無學，猶巧匠無楩柟斧斤，無能成室。」（《唐書》〈劉子玄傳〉）

章學誠於才、學、識之外，又加史德一項，曰：「才、學、識三者得一不易，而兼三猶難。史所貴者義也，而所具者事也，所憑者文也，非識無以斷其義，非才無以善其文，非學無以練其事，三者固各有盡也。其中固有似之而非者也，記誦以爲學也，辭宋以爲才也，擊斷以爲識也，非良史之才學識也，能具史識者，必知史德，德者何，謂著書者之心術也。蓋欲爲良史者，當愼辨於天人之際，盡其天而不益以人也。盡其天而不益以人，雖未能至，苟允知之，

亦是以稱著書者之心術也矣。然而心術不可不慮者，則以天與人參，其端甚微，非是區區之明所可恃也。」（章學誠《文史通義》）

在電子科技充斥於媒體的今世，治史者必不能免於採擷平面媒體（報紙雜誌），及立體媒體（電視廣播）等報導素材。若引用媒體素溶於史料，首要之務，乃查察其虛實偏正與其所適於位置，而彰其中正不移之正道。

余英時先在其史學、史家與時代文中說：「史學、史家與時代都有密切的關係，沒有一個歷史學家，可以完全脫離時代。」當你採用某些素材，你或說了一句「客觀」，然而，這就已表示了你的主觀意見，即是科學家也不例外，按，自然的情況是某粒子不能自動進入科學家的腦海，必須經過人爲設計，並試驗觀察和歸納，才能有新的發現和發明。發明發現以後，才能讓人照公式演習，這種照式演習，就如歷史教師照著課本宣讀沒有兩樣。照本宣讀或照式演習，像是千篇一律，沒什麼差別，可是甲與乙的宣讀，或乙與丙的演習，彼此則不盡相同，是不是各人各有主觀成分在內，科學研究上之完全客觀之說，乃粗淺不實的說法，若說科學上有客觀，那也只是較其他學科在程度上有點差別而已。

在遼闊的歷史領域內，過去的不論什麼人事物之素材，都概括於歷史範圍中，而過去與現在，僅是瞬間之隔。現在就在瞬間已成過去，瞬間現在之一切，就成了過去的一切，夫此瞬間。現在、過去之一切，統統都屬於我們所謂的歷史之中，歷史雖然來自於遙遠的過去，卻緊隨著瞬間現在進行。又永遠隨著人類的思想而向四面八方不斷伸展前進。這莊嚴而遼闊的獨立領域，除開爲人人所有、物物皆具、事事都是以外，就是一切學問的成果，都會在時間之流裡呈現於歷史版面上，其進行的快慢，程度的高低，莫不一目了然。

歷史早已不限於紙上談兵，必須與人群實際生活相結合，才能使歷史發生實際效用。吾人胥知你我都生活在歷史中，並帶著自己的歷史前進！也帶著他人的歷史向前邁進。更擴大範疇說：生爲現代人，都正帶著國家民族乃至人類的歷史共同向前邁進！走筆至此，卒然想到大陸海協會長陳雲林來臺協商兩岸互通互惠之議題，本是好事，然而，有一撮人，以搗亂爲能事，使用各種暴力方式，製造紛亂，明明是害臺禍國，卻扭曲事情本質，及誣政府賣臺，公然辱罵馬英九，可笑的這些大言狺狺之狂徒！扯出美牛進口、H1N1疫苗等事件，想挑起美國須表明支持臺灣發表強烈聲明，好爲叫囂臺獨聲勢壯大！美國不是如彼輩之低能，隨之起舞，今天報紙又渲染誇大王建煊一句「馬英九不會當街脫褲子」的話，是俗鄙詞。其實王建煊天賦厚道，用心正直，話本率眞，見到不明是非狂悖言行而氣憤！他以馬英九不同於無賴政客狂徒之卑劣行徑，故而以訓斥之譬喻之諍言公諸世人，可以理解其用心良苦。回到正題：

歷史就是時代，時代是歷史某一階段人、時、空、事四者所呈現之社會情狀，如對過去歷史的演變不明，就說能知道時代、瞭解時代，是欺人之談！即使能瞭解一些浮現在表面的事態，如清末之變法維新、民初五四運動倡說之「德」先生、「賽」先生等，當時對政治熱情的士子，以爲學到那些口號，付諸行事，就能使中國富強！吾人稍一深思，那不過是天眞夢想，而不以爲然也。

當前美國在太平洋海域之強大艦隊擁有毀滅性核子武器，他以往戰略似爲防堵共產集團勢力南侵，而其假想敵以中共爲一線，萬一——不知何時何事導致中國與美艦隊挑起熱戰，臺灣就可藉美軍上岸保衛臺灣獨立，照樣過著紙醉金迷，人慾橫流，而政客走狗買辦可大肆撈黑錢，發不義之財！如情勢逆轉，彼政饕臺奸，可就持綠卡潛逃美國寓居。這一美夢是否成眞？且拭目以待，不數年就可分曉耶！最後爰引朱文末段爲結尾：

今天是科學昌明，工商業發達，物資豐富，人民生活富裕，經濟繁榮，也是知識爆炸的時代，人類將從此步入太空的發展！朱先生說：稍有認識的人，一定會覺得，這是一個弱肉強食，唯利是圖的強權時代，不折不扣的功利主義極盛時代。……一種畸形發展，缺憾多、矛盾多的局面，再深入具體言，這是仍爲歐洲強力文化支配的時代。歐文化之所以成爲強力支配整個世界，其演進的路程和成就是長遠而複雜的，目前看起來，歐洲國家相繼倒下，但人們當自警美、蘇兩強仍承其衣鉢餘緒，延長其影響力。此一曲折複雜過程，胥視史家細味研求。朱先生附撰聯語云：

究天人、通古今，推明大道；
行仁義、合東西，實現太平。

竊以未來「地球村」世代，孔學必復興昌明人間。

佛陀之教育理念啓蒙初探

一　引言

印度佛教於後漢明帝永平十年（西元六十七年）迦葉摩騰與竺法蘭隨從王使，來到洛陽，譯出「四十二章經」，爲公然的佛教初傳……後來由於學者的研究，永平十年說，並不是傳著事實的，但也不是空中樓閣，尚有研究之餘地。一般學者頗多以魏略西戎傳及魏書釋老志中記載有：前漢哀帝元壽元年（西元前二年）盧受大月氏的伊存口授了《浮屠經》之事實，而取之爲佛教之初入中國。雖然也有人對「伊存口授說」持懷疑態度，然而據《後漢書》〈楚王英列傳〉看，明帝異母帝楚王英是於永平八年就信著佛教的，據此，當可斷定明帝時代，中國人已知佛教之事實。（註一）

二　理佛之心思情趣

永平十三年，楚王英謀反事件，東晉遠宏（西元三二八～三七九年）在他的《後漢記》敘述了他所理解的佛教，及佛教最早傳至中國的情形。袁宏的記述，又被范曄轉載於《後漢書》卷八十八（西域傳）天竺國條下。這項遞嬗紀敘的史料初被認爲是佛教傳入中國的可信記錄，但不是最早的。

關於佛教歷史，個人不擬深入探究，關於佛經、佛法之哲理，也不易驟然能解。縱偶有心得，實爲老師於佛學所作提要勺玄深入淺出之啓發，雖尚無心得，然而頗有「勝讀十年書」的感覺。

有心受教於老師對佛學講解之意趣，首當思索的一件事，便是「心」的問題。溯自佛祖安心的軼聞，或當溯自二祖慧可向達摩元祖求安的例證緣，二祖慧可自斷手臂祈求達摩祖師說：「弟子的心至今未能安定，懇求師傅爲我安心！」達摩說：「把心帶來，我爲你安。」二祖說：「可是弟子遍尋不著。」達摩說：「你的心不是已經安了嗎？」此乃慧可求「安心」的禪趣模式，自是耐人深思。不能釋懷。

佛經之精彩，並不只是在它精深的完美理論，而是由它所衍生出來的，對於人類生命、生活以及宇宙間一切現象正確而又合理的解釋。然而除了少數人至今尚能認識這套寶貴的文化遺產之外，大多數的人均已陷入追求物慾的漩渦裡去了。

三　佛陀教育之增上緣心法淺識

人終其一生都在教與學，隨時由他人那兒學些東西，更要滿懷仁愛，默默地助人向上，照顧父母、兄弟、姊妹、子女、鄰人、同胞……並欣賞他們的優點，因爲只有當我們沉浸在眞、善、美，而不意識到自己存在時，我們才過得沒有負擔，身心才更平靜。

一般人對教師的看法：一、認爲教師的任務在於啓發學生的心靈，或引導學生各種潛能的發展。二、認爲教師的任務在把知識體系、文化價值、道德理念傳授給學生，並把文化的精髓，運用藝術手腕和系統的方法、移植於兒童的經驗中，使他們相互發生一種交融作用。這兩種學派各執一端，在教育史上爭論了很久。前者主張教育應是一種「引出」的方式，後者則主張教育是一種「注入」的過程。事實上，這兩種見解本來是不相矛盾的，因爲人們偏激和執著，所以造成了對立。

如來佛陀早在兩千五百多年前便認爲每一個人都具有許多潛在的能力，而這些潛能的發揮，除了靠自我努力、自我教育的因素外，還有待於外在環境的助長。外在的環境包括：良好的導師、書本、朋友（佛經稱爲「善知識」）、學習的設備等。佛陀甚至把學生比喻爲幼苗，把教師比喻爲園丁。每一棵幼苗都能夠自行生長，而且能夠成長爲某種形態。而形態可能有美醜、榮枯之分。如有好的園丁照料它，經常替它澆水、灌溉、施肥，增上緣之支助力。它便可以長得更茁壯、更美好。換句話說，澆水、灌溉，是幫助幼苗成長的手段和過程。

同樣的道理，教師將精粹的知識傳授給學生和啓發學生的潛能並不相衝突，而且這兩者（指「注入」和「引出」的教育方式）經常相輔相成，不容易嚴格劃分。（註二）

四　佛陀的人格教育表徵與教育理念

每個人都希望別人瞭解他，尤其那些孤立、不滿現實、缺乏溫暖而得不到關懷的學生，更是需要教師的瞭解。到底，我們應如何瞭解學生呢？佛陀告訴我們：這主要是憑觀察的經驗和禪定後所產生的敏銳洞察力。

一般老師都憑自己的感官來瞭解學生。譬如哥倫比亞大學教授海佛特在其所著《教學的藝術》一書中所說的方法：「觀察他們和他們談話，下課後不妨和他們玩一會兒，經常和他們交往討論，或參與他們的遊戲。」……又說：「青少年們從事各種艱苦的努力，不外想使自己成爲一個眞正有成就的人。因此，如果你想在某方面影響他們，就必須讓他們知道你認識他們每一個人。第一步就是背熟他們的名字，記住他們的模樣。」

佛陀認爲運用感官喚起經驗的方式瞭解學生是表面的、局部的，惟有透露禪定所引發出來的敏銳洞察力才是完全的、徹底的。

根據佛經的說法，佛陀具有「妙觀察智」，能清楚地觀察一切人、事、物的性質、功能與眞相。

佛陀有驚人的記憶力和洞察力。他不但熟記每一學生的姓名，而且熟記教材內容和學生的年齡、籍貫相貌、健康狀況、智慧友愛、心理背景、社交情形、知識水準、記憶能力、推理與判斷力、學習動機、學習效率、個性、稟賦、嗜好、家世淵源、家庭環境、雙親近況……等。如《大乘理趣六波羅密多經》第八卷上記載：談論行、住、坐、臥、動、靜、語、默……佛陀的精神，總是專心一致，寧靜安詳的。他能隨時隨地入定並且運用禪定引發出來的智慧，來瞭解弟子的各種情況，然後再演說深淺適當的道理來契合他們的根機。所以《無量義經》和《妙法蓮華經》第一卷都描述到佛陀能夠瞭解弟子過去的稟賦、習性、以及現在的需要和興趣。（註四）

由上引這段話，對凡爲人師者，似都應深契斯旨，並以佛陀之慧識爲圭臬，使自己漸幾於完美的教師人格典型。

《摩訶般若經》的第二卷上說，無論弟子心裡有無雜念，有無強烈的學習動機，有無特殊的感受，有無憎恨或厭煩的地方，有無疑惑，有無渴愛，有無負擔，有無解脫、專心或散心，定心或亂心，胸襟和抱負大小等，佛陀都知道得一清二楚。

佛陀不但能瞭解他弟子的一切狀況，而且能了知宇宙中所有各種動物的心理。《大乘義章》第十五卷和《大智度論》第二十三卷中把這種本領稱之爲「他心智」。《般若經》中稱之爲「他心通」。

佛陀不僅知道弟子的稟賦，並且知道運用什麼方式才能使對方解脫各種煩惱，要經多久的時間才能啓發他們的心智。這顯然是因材、因人而施教，並且是有教無類的慈悲情懷！

五　以佛陀之專注精神為師法

作爲一個好老師不但必須精通他所教的科目，而且必須熟悉和任教科目相關的一切知識。對學生的問題，能予以滿意地答覆，以鼓勵學生上進，據此擬定一個適當的教學綱目。

（一）精通本行知識與忠於真理

當學生有問題去請教老師時，假使教師對學科不熟悉而無法解答或者答覆得雜亂無章時，學生對老師的尊敬心和對那一門學科的興趣可能會減低。

據佛經的記載，佛陀不但精通教材，開口成章，而且能瞭解無窮宇宙的一切事物道理。

要做一個好老師，除了精通本行的知識之外，對於慈愛一切眾生和解脫生、老、病、死的

眞理，也應下功夫學會才對，因爲關懷別人和解脫煩惱是人人最切身的問題。（註五）

（二）不斷的學習與廣泛的興趣

一個教師要是沒有不斷學習，便會落伍，便會和學生的見解脫節，需要廣泛地吸收各種新知識，須如此，他才可以和各種不同興趣的學生談得起勁，進而瞭解他們，無論學生和他談文學、科學、哲學、藝術、宗教、史、地、天文、時事、讀書方法，以至交友之道，演說術和休閒方式，都能告訴學生一些東西，並啓示學生健康快樂的思想。

按《眾德三昧經》上記載，佛陀自從立志追求無上智慧以普度一切眾生以來，更博學一切經典，熟練世間所有技藝、醫術、邏輯、韻律，內心永不厭倦，在修身養性方面，他本著「不以善小而不爲」，和「不以惡小而爲之」的精神，不斷地廣修各種善行，並且以各種純善法教化人民，永不厭倦。

根據〈大智度論〉的說法，因爲佛陀從發願教化眾生以來，精勤學習世間各種善法和藝術，不斷嚴守種種戒律、專心一志地追求智慧，不惜生命，也不退怯，只爲利人濟世。

（三）大公無私、民主合作的態度

作爲一個教師最忌諱的是對學生偏心，或者先入爲主地喜歡某一個人，面對有此不當表現的老師，學生會表示不滿甚至因而討厭老師所教的科目。《妙法蓮華經》描述佛陀為利益眾生而出現於世，宛如青雲化雨滋潤一切草木。他以平等心來慈愛一切眾生，無私地對待一切弟子而沒有貴賤、上下、愛憎的分別。

我先聖孔子之有教無類的廣泛教育理念，與佛陀如來如出一轍，眞所謂東方有聖人焉，其心同，其理同，西方有聖人焉，其心同，其理同。

依《菩薩戒經》的記載：如果有弟子不信佛陀所說的道理，甚而違反佛陀所說的意見，佛陀不但不生氣，仍然照樣關心他們。

（四）教育的樂趣和熱忱

藝術家都有一個共同的特點，就是熱愛自己所從事的工作，並把全副的精力集中在自己所做的事情。教師要成為心靈的工程師和生活的藝術家，就必須先對教育感興趣，而後全神貫注在這件有樂趣的工作上，否則他便無法把學生教好。

從現代心理學上的許多研究報告中，我們可以發現：教師對工作的態度會影響到學生的學習效率和教室氣氛。一個對教育沒有熱忱的教師說了一句無心的話，或任何一種無意的行為，都可能在學生靈上烙下終生的傷痕。從許多經典的記載，可以發現：佛陀是一位對教育有濃厚興趣和豐富熱忱的教師。譬如《涅槃經》第十七卷上說：佛菩薩樂於為一切眾生說法，而且運用自如，毫無障礙。《華嚴經》第五十八卷上描述菩薩雖到達忘我的境界，但是他以教化眾生為樂，從不感到疲倦。

（五）奧妙的教育情境與方法

佛陀的教育情境是很特殊的，根據《般若經》和《法華經》的記載，佛陀在講大乘經典和說深奧的道理前都有一定的教育情境。例如先入定觀察眾生的根器，接著天使散下種種香花……在座的眾生都產生歡喜心，然後佛陀再開始講經。

六　結語

據《大智度論》的記載，佛陀能美巧地運用色、聲、香、味、觸、法六塵來教化眾生，使對方能以眼、耳、鼻、舌、身、意等種種感官來悟道。譬如有的人聽了佛陀所說的道理而悟道；有的人見到佛陀身上所放的光芒而得道；有的人因為想念佛陀的話而悟道……。佛陀有時透過布施來使對方悟道，有時顯現機智來使對方悟道。吾人應用心及此，尤當以身教為榜樣，行不言之教、生化育之功。

初識十二因緣法貫注佛學經義，使我等初啓茅塞，獲益良多。

數以萬計的古經典中，都詳細地記載了佛陀的生活、言行及教學過程。可是目前中外教育史上卻從未重視這位偉大的教師，實在是一大憾事。

佛陀教法最獨特的地方在於融合了眞、善、美、聖、慧。它使一個人所有的行爲、語言、意念能與宇宙間的自然法則相符合，完全「隨心所欲而不踰矩」，而達到「行善而不執著善」「行善而不自覺」的境界。

參考資料

一　簡明中國佛教史　金田茂雄著　臺北縣　谷風出版社

二　禪與中國　柳田聖山著　臺北市　桂冠圖書公司

三　隋唐佛教史稿　湯用彤著　臺北市　木鐸出版社印行

四　佛陀的人格與教育　陳伯達著　紐約世界宗教學院美國佛教會印行

附記：參考閱讀資料多種，與原文稍作變易，故未逐條注其出處。

閱讀文言文之門徑

一 概說

閱讀古文之困擾，豈只我輩學力淺薄者有此苦悶！國學大師王國維曾提出他個人體會有項困擾之原因：（一）是訛缺。（二）是古語與今語不同。（三）是古人頗用成語。因成語之義，與其中單語之意義又不同。

訛誤是古籍中普遍存在之現象，遠古典籍之傳承，由竹木簡冊，到絲帛、紙張、卷帙成本。也有口傳、手抄、刻版、活字版印刷等，歷千數百年。不知又經過多少劫難，造成訛誤、脫、衍變，錯亂在所難免。後人讀起來，若無善本校正，必致文義難懂，字辭晦澀，索解不得竅，例如：

《墨子》〈魯問〉：「越人迎流而進，順流而退，見利而進，見不利其退速，越人因此若執函楚人。」

這段語文中的「執圅」兩字，長期索解而不得其義蘊。直到清代考據大師王念孫校訂，原「執」爲「埶」之訛，「圅」乃「亟」之誤。「埶」即古「勢」字，「亟」作頻數解。此若埶成的困擾，例如：

《詩經》〈鄭風〉：「有女同車，顏如舜華。將翱將翔，佩玉瓊琚。」

這幾句中的字韻：「車」讀「居」聲，「華」讀「敷」聲。末字「琚」三個字同屬古韻「魚」部，完全合韻。又如：古文中伏羲有寫爲「庖犧」的。陳駢有寫爲「田駢」的，經清代學者錢大昕考證，因古代漢語讀「伏」如「庖」，讀陳如田，兩字可以通用。由此可見，古今語音的變化相當大。不過，古今差別最大的還是「詞彙」，古代一個字，就是一個詞。

例如：還視「桁」上無懸衣（《樂府》〈東門行〉）。「桁」，現代語則說：「衣架」（名詞）。夏后氏尚黑，戎事乘「驪」（《禮記》〈檀弓上〉）。「驪」，現代語則說：「黑馬」（名詞）。厲王「虐」，國人謗王（《國語》〈周語〉）。「虐」，現代語則說：「殘暴」（形容詞）。童僕懽迎，「稚」子候門（《歸來去辭》）。「稚」，現代語則說：「年輕」（形容詞）。

這裡只舉出名詞及形容詞兩種文言句法，以見其餘。語言是社會現象，隨著社會的發展而生新。無論語言、詞彙、語法、用字各方面，古今都有差別。例如：現代語「熱水」，古語文說「湯」，這是在語法、字義上古今之差距。又如古今都用之同一詞，但其涵義，古今有別。例如：「往往」這個詞，現代語意含是指時間的「經常」。但在秦漢時，卻是指空間關係之「到處」。《史記》〈吳王濞列傳〉：「寡人金錢在天下者，『往往』而有。」這往往一詞，是「到處」之意（空間關係）。而語法上，古今差別之例，亦所在多有：「不欺騙我」，這一現代語法，古語是「不吾欺」。又如現代語：「應該派誰告訴你？」古語是「當誰使告汝？」又，《史記》〈魏其武安侯列傳〉云：「汲黯是魏其」，這句話像似「汲黯就是是魏其侯」，但古文原意則注解為「汲黯認為是魏其侯是對的」。

還有古語文對虛詞之用法，古今更有明顯之差別。隨著歷史發展過程，不僅語言內部要素——語音、詞彙、語法起了變化；而語言表達的外部事物、風俗習慣、典章制度也發生重大變革。所以鄭樵（宋人《通志》作者）說：「古今之言所以難明者，非為書之理意難明也，實為書之事物難明也。」又，清代學人戴震（東元）說：「昔之夫孺聞而輒曉者，更經（治）學大師轉向講授，而仍留疑義者，則時為之也。」

文言（古）文難讀的原因是多方面的，但最迫切又直接的，還是字詞語句方面的一些問題。

二　識字與通讀

先秦兩漢的古文，保存了古字古義，吾人欲心所好之，志且用之，就要熟悉研讀之竅門。當自識字始，先具文字、聲韻訓詁之常識，曉悉古人用字條理：一是用字之意義，一是用字之聲音。古人用字有其形，即用其義者，似若今人寫別字，乃用其形而不用其義，但取其音。瞭解字的形體、構造，是識字。而從聲音推求字義，稱爲通讀。所謂識字者，辨形之事；而通讀則求義之事。弄明白一個字的構成，乃有助於掌握字義，例如：止戈爲武，反正爲乏，血蟲爲蠱。且看《禮記》〈檀弓〉：「衛憲公出奔，反於衛，及郊，將班邑於從者而後入。」

欲曉悉這段話中的「班」之用意，也就須按字形推求其意義，吾人若依現代所認知的班之字義，那是說不通原文句之涵義，惟從「班」的構成要件來分析，才能明白其原意，班之中間原爲刀，它兩邊是兩塊玉，按《說文解字》云：「班，分瑞玉也。」班之本義既是分玉，再引申於一般的分的作用，而班邑於從者，是把聚居之邑埠分給隨從的功臣。又，《漢書》〈嚴延平傳〉：「延年母從東海來，欲從延臘，適見報囚。」

唐朝〈顏師古注〉：「報爲奏報行決」，這顯然是將「報」理解爲報告、上報等意，然就證明他不明報之本義，且就其構造說：而報的右旁「𠬝」是服的本字，甲骨文寫作「」，像一隻手銬著一人跪下，在左邊的「幸」，不是幸福之意，是「㚔」（捏），是手銬之象形，把兩字合在一起，表示罪犯在服刑，或指斷獄判決。「報囚」即處罪犯，並非顏師古所誤注爲報告、上報之意，這是以字形推求字義之例。又，《三國志》〈魏書・華陀傳〉云：「復與兩錢散，（李）成得藥去，五、六歲，親中有病如成者，謂成曰：卿今強健，我欲死，何忍無急去藥，以待不祥。」

上見文之句讀有錯，而錯在「去」之斷句，因爲不明白「去」之本義，致誤解錯斷、去之小篆寫作「」。上半是鑵蓋之象形，下半是器物之形。以器藏藥，又加蓋，表儲藏之意。上文斷句「成得藥云，五、六歲。」是應在藥下加逗號，去五、六歲，指儲藏五、六年。

宋代王安石著《字說》有：「以竹鞭馬爲篤」、「坡者，土之皮」，這顯見其對文字學功力之不足，遺譏後人。清代陳建侯（文字學家）說：「每見一字，先求其母（形旁），如山旁必言之山，水旁必言水，於其偏旁所合之字，詳其爲何義，審其爲何聲，雖不中，不遠矣。」《孟子》〈公孫丑下〉：「不幸而有疾，不能造朝。」造之辵旁是形符，而告爲聲符，本義爲到某地去。又，《國語》〈齊語〉：「桓公親逆之於郊。」句中，「逆」爲反訓義。訓詁學有「反訓」條例，如訓治曰亂，茲不備舉。

《說文解字》所收形聲字爲最多，因爲字之孳乳，一新生字之構成，人們因新事物之產生，乃需要新字以應用。如理化、科學之發展，不斷要新字以適用。而形聲字的偏旁與主體字旁之結合，多係長期以來，社會人際活動，使用其字以聲求之，再輔以適當之形符，兩者相合，約定俗成，自然造出新字。

由對字形體結構熟悉，進而再衍生曉暢之通讀，唐代以前人們讀書，多靠手抄、先生口授、學生記錄，一時不得所要之字，倉促間以同音或音近之字代用。例如：《漢書》〈何武傳〉云：「武使從事，廉得其罪。」

〈顏師古注〉：廉，察也，本義是廉隅，廉作察解，是廉之通叚字「覝」。《說文解字》：「覝，視也，从見，兲聲，讀若廉」。又，《左傳》〈隱公八年〉云：「君釋三國之圖，以鳩其民，君之惠也。」

這句話之「鳩」是通叚字，原其本自爲勼。《說文》：「勼」，聚也，从勹，九聲，讀若鳩，此叚借之「鳩」本爲鳥名，而與勼義不合，這裡只取其音同之便而借用，但原本勼字竟廢而不用。又，《詩》〈大雅・大明〉：「殷商之旅，其會如林。」（省文假借之例，會乃「旝」之省文。）

句中之「會」是「旝」的通叚字，本義是古代聚會軍旅時用的旗子，通叚字行，而本字廢的又一例證。熟悉古字音通叚情況，爲閱讀古文之必要常識，清代學人俞樾說：「讀古人書，不外乎正句讀、審字義，通古文叚借，而三者之中，通叚借尤爲重要。」早在漢人注經，就已注意到，經常用「讀爲」、「讀若」之辭。清代學者研求古書之訓釋，以形、音求義，有更精到之卓見。段玉裁說：「自爾雅而下，訓詁之學，不外叚借、轉注二端。」段氏所謂之轉注，乃指字義之互訓。其所云叚借，即指通叚。前已舉省文叚借之膾，茲再舉一「㱿」字。此乃杜絕之㱿的本字，自古已成叚借行，而本字廢之事實。

民初學人黃侃（季剛）（本師伯元陳新雄太老師）說：「大抵見一字而不了本義，須先就《切韻》同音之字求之，不得，則就古韻同音字求之，不得者，蓋已甚少，如更不能得，更就異韻同聲字求之。」所謂「迭韻易和，雙聲難憢」，古文中以疊韻通叚爲常見。但有學者則認爲，古人轉注叚借，多取雙聲。由於語音的發展多變化，有些通叚字，今天的讀音和本字音已不同，甚至相差甚遠，惟古時讀音是相同的。例如：《孟子》〈告子〉曰：「入則無法家拂士，出則無敵國外患者，國恆亡。」

這段文句中之「拂」，通輔弼之「弼」，依現讀音，二字之聲、韻、調均不同，但，古無輕唇音，一般讀作重唇音（雙唇音），現代語之ㄈ聲，古代讀爲ㄅ聲或ㄆ聲。所以拂與弼，古代是雙聲字，可通叚。具相當的音韻常識，對識別古音通叚是有助益的。清代學人在通讀方面渡越千古，其成就超邁前賢，如顧炎武（亭林）之音學五書，使古音大明！嘗聞本師伯元陳新雄教授說：他寫博士論文時蒐遍全國，偶得音學五書之珍本，但不得影印，乃以手抄全書，陳老師治學之踏實用功，爲其同儕所不多見者。其於聲韻學卓然，蔚爲大家者，其來有自也。老師著作《音略證補》一書，譽滿黌學，爲中文系所不可或缺之參考必備教材，自民國六十七年九月增訂初版，至民國八十五年十月增訂版，已刊十八刷。臺北市文史哲出版刊行，伯元師於《音略證補重刊賦事》（代序）詩曰：

念年燈火校蟲魚，析字論音意皦如。已有眞知承絕學，又翻舊典出新疏。東坡萬里藏三卷，炎武千秋炳五書。一脈相傳量守業，此生幸作瑞安徒。

古音明，而古義往往因之而明。反之，不明古音者，不足以識叚借，凡聲旁相同的，上古讀音則相同相近，從形聲字的形，旁聲旁上，探得古音不同的氣息，以爲識別通叚之啓迪。此外，還有一項古今字的通用問題，這在古文中是常見的情況，段玉裁說：「凡言古今字，主謂同音而古用彼，今用此。」在不同歷史時段，而具同一意義兩個不同形體的同音字，乃因文字孳乳，詞義分化等緣故所發展形成者。例如：偶見古人書畫題跋上，有「見之令人神王」一詞，而「王」實爲「旺」之古字。由於詞義伸展借用，以王表示帝王之意含，而只好把興旺之意的王加日旁，此當視爲王之孳乳字。古今字的情況甚多，以下略舉實例若干：

益溢　然燃　其箕　罔網　賈價　責債　知智　屬囑　赴訃　莫暮　內訥　右佑　道導

要腰　昏婚　田畋　戚慼　禽擒　辟譬　景影　縣懸　暴曝　受授　解懈　共供　大太

弟悌

以上例：上一字爲古字，下一字爲今字，古今字因當時應用而生，有了今字並無完全汰換古字，後人仍有用古字者，時人抄寫古文常改古字爲今字。

古文乃節錄《怎樣閱讀古文》一書之首章提要勾玄，藉資參詳，疏略自所不免，猶盼師友寅誼惠予指正！

桑榆未晚，紅霞滿天
——祝賀曹尚斌先生讀博士

高齡八十一歲的曹尚斌先生，考取臺灣國立東華大學中文博士班，經媒體報導後，親鄉好友奔相走告，傳爲美談。我有幸在網路上，看到曹先生於西元二〇一二年九月十四日與幾位青年學子同窗共敘的照片，一陣驚喜掠過心頭，不禁讚嘆：「眞是桑榆未晚，紅霞滿天。」曹先生步入的人生佳境，令人仰慕。

十年前初識曹先生。是他偕夫人鍾德卿老師參加學術會議，順道經滬上，邀請他倆光臨敝舍作客。其時他已是臺灣空中大學講師，並有學術專著《先秦儒學人本思想津梁》一書問世。交談中，他得知我曾與表妹合寫過〈追憶外公劉積勛參加辛亥革命〉的文章，又與胞妹合寫過〈深切懷念母親劉巽章〉的文章。談及往事，他對二位劉老的家世也早有所聞。出人意料的是，經曹先生大力推薦，拙文竟先後在《中原文獻》發表。鄉情殷殷，令人難忘！

此後，我還從《中原文獻》上讀到曹先生的諸多大作，其中尤以思情懷鄉的內容感人至深。曹先生一歲喪母，五歲時，兩位胞姐接連病故。十歲時，唯一的胞兄又英年早逝。不堪哀傷的老父，臨終前囑咐年僅十五歲的尚斌繼續讀書。古人云：「百善孝爲先」，自此，曹先生便立下宏願：發憤讀書，從而確立了他做人的根本。我們從他至今保留的書寫風格——靈秀端莊，一絲不苟，可以想見他的勤奮和用功。無奈家貧如洗，在姨母的勸說下，曹先生十七歲時，因生活艱迫中斷學業，走上自我謀生之路。難能可貴的是，他的堅忍刻苦自學，使他的學業並未受大的影響，三十八歲時從軍中退役後，便進入大學讀書，以後又在大學執教，應邀去越南講學，教學相長，逐漸步入學術領域。

常言道：「學海無涯，苦作舟。」退休後，在夫人的支持和鼓勵下，曹先生常常筆耕至深夜，方從圖書館回家。從他的大量詩文中，可以看出他閱讀的範圍非常廣泛，包括：經史子集、魏晉玄學、唐代傳奇、宋明理學、明清「樸學」、河洛文化及語言宗教等，堪稱飽學之士。今又更上層樓讀博士精研，大展鴻圖，且不說對國家民族的文化建設方面做出貢獻的大小，即以其在知識化時代營造出書香氛圍，帶動社會風氣之轉變，所起的表率作用，堪稱功德無量。曹先生「朝聞道，夕可死矣」的求知精神和高尚情操，永遠是我們學習的榜樣。

這裡，讓我感到特別榮耀的是，家鄉新蔡正在醞釀成立的「文化研討會」，其負責人謝石華先生得知我與在臺鄉親時有聯繫，支持我參與《情繫家鄉》一書的編寫。我首先想到的是曹尚斌先生，他每次回鄉都會給鄉親們以力所能及的資助。有一次返臺前路過上海，他發現手上還剩下三千多元人民幣，便匆匆托我送給一位名叫萬庭民的鄉親，寄去三千元，餘下的留給在滬失業的管薔。前不久，一位鄉親到上海送我一本《新蔡人物志》（二〇〇〇年十二月版），上面記載有縣志辦公室爲此書出版收到的一萬元贊助款，就是曹尙斌先生提供的，赤子之心，天地可鑒。

走筆至此，我不禁要引用一段《新蔡人物志》第一四一頁記載十六世紀末新蔡進士曹亨居鄉的一段佳話：他「衣著樸素，平易近人。徒步出遊，路人不識。與人談話，言不及私，總是關心一方利弊和他人疾苦。新蔡無志，他力勸劉大恩創立《新蔡縣志》。《縣志》草成，他爲之寫到〈序〉，《縣志》付印，他又作〈跋〉。」曹尙斌先生繼承和發揚的優秀文化傳統與他高深的學養密不可分。

梅花鄉自苦寒來，艱苦中以求卓絕，衷心希望曹先生在收穫豐碩成果的今天，爲頤養天年的明天多多保重，僅此以文恭賀曹先生學業成功、健康長壽、家庭幸福。

管繼英
上海師範大學教授

後記——獻給曹爺爺的學術人生

說起自己與爺爺的緣分，應該是二〇一二年與爺爺同時入學東華大學中文系，我是大一新生，而爺爺是博士班學生。當時爺爺常會來旁聽大學部的課程，令我印象最爲深刻的是爺爺會印製自己撰寫的文章，或他人精闢的言論發送給同學。現在想起來原來我與爺爺的著作早在那時就結下的深厚的緣分。大家都稱他「曹爺爺」，我於是乎也稱爺爺，在繕打爺爺多篇的生命故事時，發現爺爺與我自己外公的生命經驗是雷同的，都是隨國民政府來臺，歷經戰亂，在臺落地生根。我未曾見過自己的祖父與外公，但他們的年紀都大爺爺十餘歲，於是我就把曹爺爺當成自己的爺爺般，藉以感受爺爺疼孫子的感情。我與爺爺竟又是同一屆參與畢業典禮的撥穗儀式，因此我們的緣分能說不深嗎？

爺爺的指導教授是吳冠宏老師，而吳老師也是我大學時期的貴人。吳老師顧及爺爺年紀大，其所受的教育已大別於現代的學術研究，因此要完成博論上實屬不易，但爺爺矢志要完成學業，吳老師認爲或可從爺爺歷來曾寫過的論著，加以集結成冊出版，其學術價值與傳播效果未必不如一本博論。由是他透過前中文系助理語宸姐與我聯繫，詢問當時就讀碩二的我可否有意願替爺爺繕打文稿以備出書之需，我與爺爺就此結下更深的緣分。

繕打爺爺百餘篇的文稿，或手稿、或印刷稿、或論經史子集古典漢學、或論現代漢學、抑或敘事抒情，無不精彩。手稿中有幸看到爺爺雋秀的字跡，印刷稿亦能濡染爺爺深厚的學養，著實令我汗顏，才知「少壯工夫老始成」。經過一番努力，在二〇二〇的秋冬之際爺爺的著作《尚文齋纂言斠編——曹尚斌論文集》付梓，並順利地回到母校東華大學辦理新書發表會。

自此以後，爺爺心心念念《續編》的出版，而這本書所收集的文章，有更多爺爺描述生命經驗的心情及感受；或是表述對親友、師長的懷念；又或是評論時事，有感而發之作。比起前本著作以學術爲綱，這本書更能一窺這一位前輩近一個世紀的所見所聞所感。尤其爺爺在論述個人生命時，鎔鑄鄉愁、生離死別的悲情於文字之中，讓沒有經歷過大時代的我，於閱讀之際也有如身歷其境般，久久不能自已。

爺爺的生命歷經生離死別、逃難遷移、矢志讀書、疾病纏身、榮譽博士，我想應該可以說是苦盡甘來吧！雖說爺爺的生命前階段苦難之多，令人不捨，但就是因爲遭逢這些劫難，銘記其父的遺訓——讀書，才讓爺爺一生始終不忘學習，充實學問。若以「千淘萬漉雖辛苦，吹盡狂沙始到金」品論爺爺的人生，當是最適合不過了。

如今《尚文齋纂言續編——曹尚斌的漢學天地與人生風景》也即將付梓，回首這三年多來替爺爺繕打百餘篇的文稿，給我最大的體悟就是「古人學問無遺力，少壯工夫老始成。紙上得來終覺淺，絕知此事要躬行」，這是南宋陸游示子堅持勤學、實踐學問的一首詩，我要用前句稱頌爺爺的勇者如斯，而以後句作爲自己的警惕。

爺爺對學問之道的認眞實踐以及吳老師的從旁協助，都如同爲我上了一門人生課程，想起這難得的善緣，我又豈能忘記吳老師給的機會與語宸姐的引薦，由衷感謝爺爺、奶奶待我關愛有加如家人，最後我也要將最深的祝福，獻給他們。

歐家榮　謹誌　辛丑年孟秋

著作集叢書 1600004

尚文齋纂言續編——
曹尚斌的漢學天地與人生風景

作　　者　曹尚斌
主　　編　吳冠宏
編　　輯　歐家榮
責任編輯　蘇　輗
特約校稿　林秋芬

發 行 人　林慶彰
總 經 理　梁錦興
總 編 輯　張晏瑞
編 輯 所　萬卷樓圖書股份有限公司
臺北市羅斯福路二段 41 號 6 樓之 3
電話 (02)23216565
傳真 (02)23218698

發　　行　萬卷樓圖書股份有限公司
臺北市羅斯福路二段 41 號 6 樓之 3
電話 (02)23216565
傳真 (02)23218698
電郵 SERVICE@WANJUAN.COM.TW
香港經銷　香港聯合書刊物流有限公司
電話 (852)21502100
傳真 (852)23560735

ISBN 978-986-478-540-7

2021年11月初版

定價：新臺幣820元

如何購買本書：

1. 劃撥購書，請透過以下郵政劃撥帳號：
帳號：15624015
戶名：萬卷樓圖書股份有限公司
2. 轉帳購書，請透過以下帳戶
合作金庫銀行 古亭分行
戶名：萬卷樓圖書股份有限公司
帳號：0877717092596
3. 網路購書，請透過萬卷樓網站
網址 WWW.WANJUAN.COM.TW

大量購書，請直接聯繫我們，將有專人為您服務。客服：(02)23216565 分機 610

如有缺頁、破損或裝訂錯誤，請寄回更換
版權所有·翻印必究
Copyright©2021 by WanJuanLou Books CO., Ltd.
All Rights Reserved　　**Printed in Taiwan**

國家圖書館出版品預行編目資料

尚文齋纂言續編：曹尚斌的漢學天地與人生風景 / 曹尚斌作. -- 初版. -- 臺北市：萬卷樓圖書股份有限公司, 2021.11
面；　公分. -- (著作集叢書；1600004)
ISBN 978-986-478-540-7(平裝)

1.曹尚斌 2.中國文學 3.學術思想

820.7 110017090